U0594432

战国风云三十年

同室操戈

许葆云◎著

国际文化出版公司
·北京·

图书在版编目（CIP）数据

战国风云三十年／许葆云著. —北京：国际文化出版公司，
2015.3（2023.1 重印）
ISBN 978-7-5125-0766-1

I. ①战… II. ①许… III. ①长篇历史小说—中国—当代
IV. ① I247.5

中国版本图书馆 CIP 数据核字（2015）第 066712 号

战国风云三十年

作　　者	许葆云
责任编辑	潘建农
统筹监制	葛宏峰　兰　青
策划编辑	耿媛媛　王　维
美术编辑	秦　宇
出版发行	国际文化出版公司
经　　销	国文润华文化传媒（北京）有限责任公司
印　　刷	天津画中画印刷有限公司
开　　本	710 毫米 ×1000 毫米　　　　16 开
	21.75 印张　　　　　　267 千字
版　　次	2015 年 6 月第 1 版
	2023 年 1 月第 2 次印刷
书　　号	ISBN 978-7-5125-0766-1
定　　价	36.00 元

国际文化出版公司
北京朝阳区东土城路乙 9 号　　邮编：100013
总编室：（010）64271551　　传真：（010）64271578
销售热线：（010）64271187
传真：（010）64271187-800
E-mail：icpc@95777.sina.net

目 录 Contents

一权臣

引子

　　周赧王二十八年，也就是秦王嬴则在位的第二十年，初春的一个下午，刚下过一场小雪，天气阴冷，北风朔朔，地上的雪已经化了大半，到处是一层松软的烂泥，大路上行人绝迹，山岭间鸟兽无踪。刚过晌午，官道上忽然蹄声如雷，一支由葳城出发的秦军骑兵从西方呼啸而来，马不停蹄地从郑邑穿城而过，风驰电掣般直撞入崇山峻岭，踏着满地泥泞沿着崤函绝道向东疾驰而去。

　　葳城是咸阳东面的关防要塞，由秦国名将左庶长胡阳驻守，这一万精骑都是胡阳帐下的精锐士卒，而这次亲自统兵的将军却是秦军的大良造白起。由于要走崤函道，白起和胡阳都弃了战车改乘马匹，为了长途奔袭，骑士们全都卸去重甲，每人身上只穿一件束腰窄袖齐膝黑袄，头戴一顶麻布圆帽，脚下一双牛皮靴，背着令六国军人闻风丧胆的手擘劲弩，背后的箭箙中密密插着百支雕翎，手持一条九尺长的扁茎青铜铍，雪亮的锋刃在阳光下灼灼耀眼，铍茎上一簇红缨在风中猎猎飞扬，万骑齐发，兵锋锐利无匹。

崤函道是进出秦国的第一险固要隘，西起崤山，东至潼津，长达数百里，山径崎岖，高低起伏，道路宽处有十丈开外，狭窄之处却是车不方轨，马不并辔，号称天下奇险。秦国第一雄关函谷关正在崤函道口依山而建，深入魏境，是进出秦国最便捷的关隘，也是一座铁打的城池，方圆五里，屯驻精锐甲士万人，当年辩士苏秦佩齐、楚、燕、韩、赵、魏六国相印，率中原百万精锐士卒攻伐秦国，至函谷关口，六国之兵裹足不敢进，终于散去。

眼下一万秦军骑兵蜂拥而入崤函道，不顾土崖壁立，山势迂回，大路上到处是车马碾踏出来的沟坎和雪水泡软了的烂泥，只管在这险道之中不顾一切地纵马狂奔，不时有战马失蹄，骑士落马摔伤，后面的人却连扶一把伤者的工夫都没有，尽力向前赶路。

远远只见山道边闪出一个小小的村落，一个穿着黑袍子的老里正已被斥候兵从村里叫了出来，战战兢兢地立在道旁。眼看大军到了近前，这老者慌忙跪倒在烂泥里，浑身颤抖，连头也不敢抬。

秦王以水德治国，所以秦人尚黑，不论老幼个个都穿着一身黑衣，阴沉着一张黑脸，就像冰凉的春水一样冷峻肃杀，缺少感情。

秦国僻居西陲，西与胡地接壤，几百年间战事不断，东与中原相邻，文化上却不相容，被山东（崤山以东）六国鄙视。可是秦国胜在土地广大，关中一带沃野千里，西北边关草场肥美，秦人守着乡土且耕且牧，日子不太好过，也还勉强过得去。

可惜自从商鞅变法以来，这地处西陲的大秦国忽然变了天，秦王为了自己的利益，把一个"法"字视作捆人的绳，杀人的刀，罗织出一套森严的法令，事无巨细，皆列于法，水银泻地，无孔不入，又创下后世荼毒无穷的"连坐"之法，以百姓治百姓，以士卒杀士卒，以致鞭笞流拘，劓面刖足，腰斩族诛，无所不用其极，一切君王对百姓的役使虐杀皆化其名为"法"，令百姓怨无从怨，恨无可恨。

当君王贵人们把他们的私心私欲全都变成"王法"写进文书的时候，黔首们受的罪就无边无岸了。

自从商鞅变法以后，五千里大秦国成了一座阴惨惨的寒水地狱，在这食人的鬼国之内，无事不触法，无人不犯法，好端端的百姓无缘无故就会成为罪人刑徒，被官家捆捕拘拿，流放苦役，为奴为婢，无理可诉，无冤可伸，甚至连自己所犯何罪、将死于何地都不知道。大秦国六百万黔首人人有罪，个个自危，时时难安，见了官员如见鬼神，吓得毛骨悚然。眼下忽然有一支大军从咸阳驱驰而来，立逼着村中里正到路边答话，却不知他们要干什么，把这山村中的里正吓得魂飞魄散，远远就冲着统军大将叩头不止，颤声问道："咱这村里没出坏人，也没欠税粮，不知将军至此所为何事？"

那里正只知道来的是个将军，却不知道站在自己面前的竟是秦国的大良造和左庶长。

战国是个强者的时代，只有最强壮敏捷的虎狼才能生存。所以战国名将大多年纪较轻。左庶长胡阳不过四十出头，是个阴沉朴素的人，穿一身和士卒相仿的黑袄，矮墩墩的个子，面目黝黑，嘴角习惯性地微微往右挑着，好像随时都在紧咬牙关，这一脸倔狠之气倒显出他的脾性来，这个楚国来的客卿，以"硬仗死战"而闻名列国。

在他身边的大良造白起年纪才三十来岁，穿一身银线刺绣狴犴纹黑蜀绵袍，皮肤又白，长得又俊，额头宽敞，鼻梁挺拔，两道粗眉下一双斜吊的狼眼，看人的时候总是半侧着头，微眯着眼，显出一股子眼高于顶的桀骜之气，若不是被众将簇拥着，根本看不出他是个踩着士卒的白骨从底层

爬上来的将领，倒像个天生显贵颐指气使的王孙。

这时白起没时间和里正废话，只问："你这村前有没有齐国人过去？"

"啥？"

"齐国人！"

白起这一声斥喝，把老里正吓得浑身一哆嗦，过了半天才说："函谷道上来往的人多得很，老汉也弄不清谁是齐国人……"

这个糊里糊涂的老东西惹得白起心头冒火，忍不住瞪起眼来，胡阳知道白起的火暴脾气，怕他发作起来误事，忙走上前来把声音放缓了些，对里正笑道："没事，咱这支军马是来追赶齐国人，又不是来寻你的，你不用怕。我问你，今天有没有一大队车马从你村前路过，估计能有上千人，都是齐国人，领头的叫田文，也就是齐国的孟尝君。"

老里正想了想："有！今天上午有好多人从咱村过去，在村吃了个饭，给了好些钱，不是咱秦国的'半两'，都是这怪麻式样的钱……"说着从腰里掏出一串钱来。胡阳接过看了一眼："全是'齐刀'！这准是他们！"瞪起眼来问老里正，"他们是上午到的？"

"早上来的，在村里待了有一个时辰。"看着面前的将军眼色凶狠，老里正越发害怕，赶紧又跪在地上，"咱村都是老实人，也不知道这伙齐国人是咋回事……"

胡阳不再理跪在地上的老头子，回头对白起说："大良造，从这里到函谷关还有百十里路，孟尝君的人马过去只有半天，估计他们到关下的时候天已黑了，函谷关西接衡岭，东临绝涧，只有一条进出的大道，别说一个孟尝君，就算十万大军也冲不过去！这下齐国人跑不掉了。"

白起点点头，右手一举："都下马，吃口锅盔歇歇脚，下边的路一气不停，直到函谷关下。"

　　一声令下，一万骑兵就在小村前下马，从村里取了水，掏出随带的硬面锅盔啃了起来。胡阳在白起身边坐下，低声问："大良造，我不明白，大王费尽心思才把齐国的孟尝君请到秦国来，一心要让他做秦国的相邦，这货为啥忽然逃走？"

　　白起咬了一口饼子，慢吞吞地说："他孟尝君心里想啥，咱咋知道。"

　　见白起这副样子，胡阳越发觉得内里有事了。

　　大良造白起是头天早上到蕲城的，随身只带了十几个亲兵，凭着秦王兵符和一道盖了王玺的羽檄文书调兵一万，追拿从咸阳出逃的齐国孟尝君田文。胡阳是个精细的人，一直觉得这道檄令来得蹊跷，在这件事上他不敢多问，可又不能不问："大王的檄令上说要捉拿孟尝君，可我听说孟尝君进咸阳时带了一千多门客，这些人必是精选的敢死之士，到时他若要抗拒，咱们怎么办？"

　　"若敢抗拒，当场格杀。"

　　"可孟尝君是齐国的贵人，杀了他只怕不妥……"

　　白起斜眼看了看胡阳，一声不答。

　　大凡要紧的人物，嘴里都没有废话，如果说出废话来，那就是在试探虚实。

　　秦国左庶长胡阳就是个要紧的大人物，很多事他心里隐约明白一些，可不问清楚，他又害怕。现在胡阳是鼓足勇气才问出这么一句废话来的，而白起却没有废话来答复他。

　　见大良造这副样子，胡阳心里明白了一大半，自己又低头想了半天，才把嘴凑到白起耳边低声问："这是穰侯的意思？"

　　穰侯魏冉是秦王生母宣太后的弟弟，也就是当今秦王的舅舅，在秦国掌权二十年，培植了无数亲信，这次领兵的大良造白起和左庶长胡阳都是

穰侯提拔起来的人。

既然同侍一个主子,白起和胡阳形同一党,自然亲近得很。在这件事上白起也不必瞒着胡阳:"穰侯是大王的亲舅舅,做了二十年相邦,现在大王忽然找个齐国人来换他,能行?孟尝君来咸阳就是找死,不用穰侯开口,秦国多少人要拾弄他!孟尝君倒还有自知之明,眼看不是路,自己跑了,跑了也好,省好多事。偏偏孟尝君出走之时盗用了大王的印玺,激怒大王派兵来捉他,可我觉得,既然孟尝君出了咸阳,再弄回去也没意思了。"

胡阳抬起一张黑脸琢磨片刻:"大良造的意思是:让孟尝君逃出函谷关,秦国脸上不好看,咱们要是把他带回咸阳,穰侯的脸上就不好看。"

秦国脸上不好看倒没什么,穰侯脸上不好看,那可是大事了。

到这时胡阳把事情全看明白了,把最后一块锅盔塞进嘴里,喝了两口凉水,翻身上马,冲手下吆喝一声:"走!天亮之前到函谷关,凡是齐国人,见一个杀一个!"

在村边歇了小半个时辰,秦军骑兵再次上马进发,马不停蹄直向函谷关而来。四更将尽,隐约只见山路尽头现出一道灰蒙蒙的城墙,秦国第一险塞函谷关已在眼前,随着胡阳一声令下,一万骑兵挺起长铍纵马直向关前扑来,准备对关下的齐国人大杀一阵,却想不到函谷关下灯火通明,关门大开,几个守关士卒执着长戈立在城门外,关前早已空无一人了。

见此情景,追杀过来的秦军都给弄糊涂了。胡阳飞马赶到关前,冲着士卒吼道:"你们疯了吗?为何此时开关!那些齐国人到哪儿去了?"

守关的士卒睡眼惺忪,也没看清眼前是什么人,不回答胡阳的问话,倒冒冒失失地问了一句:"你是什么人?"

胡阳大怒,挥起马鞭劈头盖脸地抽了那士卒两鞭子:"找死!敢问老子！你们为什么半夜开关，不要脑袋了？"

这两鞭子倒把守卒打醒了，赶紧跪在地上："大人，函谷关的规矩是太阳落山时闭关，鸡鸣之时开关，今天也是一样，城里的鸡都叫了，小人才开的关。"

"放屁！"胡阳跳下马来挥起马鞭冲着几个守卒一通乱打，"鸡叫！这才四更天，鸡叫什么！"

几个守卒无缘无故挨了一顿揍，一个个抱着头缩在地上，领头的带着哭腔说："今天也怪，鸡比平时叫得早，大人您自己听听……"

听守卒这么说，胡阳也是一愣，侧耳倾听，果然，函谷关城内鸡鸣不已，高一声低一声的。胡阳忍不住嘀咕了一句："真是见鬼了。"又问守卒："刚才是不是有一队齐国人出关去了？"

"有，齐国使臣申恪向大王进贡方物，自咸阳而回，刚刚出关去了。"

"还有别人吗？"

"没了。"

听说孟尝君一行并没有出函谷关，胡阳和白起面面相觑，都给弄糊涂了。琢磨片刻，白起忽然灵机一动："齐国使臣申恪？有封传吗？"

"有。"

"拿给我看！"

那守卒飞奔进城里，片刻工夫捧出一张白绢来，白起接过就着火把光亮看了，果然是盖了大印的传照文书，上面的名字确是"申恪"二字。白起细看多时，忍不住笑了出来："娘的，这个孟尝君还真机灵，'申恪'分明是'田文'二字硬改出来的！"用马鞭指着守卒们骂道："你们这帮吃闲饭的东西，关文让人动了手脚也看不出来！老子擒不住孟尝君，回来就杀你们的头！"一挥手，带着一万铁骑驰出函谷关向东追了下去。

出了函谷关再向前，秦军铁骑踏进了魏国地界，狭窄的山径忽然变成了平坦的通衢大路。这时天色已经放亮，路上的行人忽见一队秦军如狼似虎地冲杀过来，吓得四散乱跑。胡阳策马赶到白起马前："大良造，再追下去就到曲沃了，太子城里驻着三万魏军呢，咱们这大白天的……"

"怕什么，难道魏国人会知道老子何时出关，特意派大军来堵截咱吗？杀孟尝君是穰侯亲自下的令，杀不了他，咱们在穰侯面前不好交代！"

听大良造白起口口声声只提穰侯，一个字也不提秦王，胡阳觉得这个说法十分不妥。可也正因此，他反而不好再劝了，只能紧紧追随在白起身边。一万秦军又向东追赶良久，却见一条大河拦在面前，河上架着一道浮桥，桥对过紧邻河岸一字排开七八辆马车，车辆之间堆着箱笼，又填了些土，临时拼凑成一道短墙，把浮桥堵得严严实实，短墙后蹲伏着三四百人，看样子像是孟尝君的门客，一个个张弓搭箭守住浮桥。

再往远处看，河对岸高岗上隐约可见一座巍然的关隘，正是与函谷关对峙的魏国要塞太子城。一条大道盘卷曲折直通关下，远远可以看见一大队车马正沿着大道往那关隘的方向驰去，相距不过十多里远。

这是秦军第一次看到了自己要追杀的目标——孟尝君田文的车仗，可惜，他们到底追不上了。

"晚了，"白起在河边停了马，"追不上了。"

胡阳指着对岸的人说："要不咱们冲过桥去，把这些门客杀几个也好。"

秦军有一万精兵，对面只有几百个齐国人，白起真要率军冲杀过去，用不了一个时辰就能把这些人都杀了。可浮桥狭窄，对手又有准备，真要冲杀起来，秦军也必多有死伤。再说，在浮桥这里耽搁一个时辰，孟尝君的车马早就进城了。

"杀这些门客有什么用？白白折损士卒。"

其实胡阳也知道杀这些门客没用，问这话只是在向大良造献殷勤罢了。听白起说了这话，忙笑道："大良造说得对。从咸阳一路追到曲沃城下，咱也算尽了力，要不是函谷关里夜半鸡鸣，孟尝君也跑不了。"

到这会儿，也只能说几句宽心的话儿了。白起轻轻叹了口气："算啦，看来孟尝君命不该绝。"

"是啊，"胡阳扬起马鞭指着已经到了太子城下的车马冷笑道，"他田文回了齐国又能怎样？还能把天翻过来？咱们走着瞧吧。"

威风凛凛的君上

三月末，赵国都城邯郸城里，天气刚刚暖和起来，从代郡、云中刮过来的寒风被层层山麓阻隔，失去了冷峻的威势，当空的日头总算有了几丝热气，百姓们刚刚脱了棉袍换上夹衣短褐，从北边林胡地方来的商人们又像往年一样牵着牲口驮着货物进了邯郸城，在市井空地上扎起无数大大小小的帐篷，贩卖胡地的牛羊皮货，交换赵人制作的陶盆铁釜。从韩、魏来的买卖人和齐国来的粮商盐商也开始在邯郸城的西市里聚集，赁屋而居，摆卖货物。

不过说实话，在赵国除了牛羊马匹和粮食买卖之外，并没有什么大生意可做。那些真正做大买卖的商人大多只从邯郸城里过路，或是去秦，或是去齐，或者去魏国都城大梁，没有什么珍贵的货色会在邯郸城里交易，因为赵国人手里拿不出多少钱来。

与东面的齐国、南面的魏国相比，赵人实在是太穷了。

齐国用刀币，魏国用布币，赵国夹在两国之间，于是赵人既铸刀币又铸布币，可不管"赵刀"还是"赵布"分量都不足，在六国没什么信誉，在邯郸市场上使用的多是"齐刀""魏布"，赵国自己的钱币，连赵国商人都不愿收。

自三国分晋以后，号称"三晋"的韩、赵、魏三国里，只有魏国真正成了一个强国，韩、赵两国却一直处于弱势。韩国自立国以来，东、北两面被魏国层层包围，西临强秦，南接楚地，四面受敌，是个从地势上注定翻不了身的倒霉小国。而赵国偏居北方，南临魏，东连齐，北接燕，西北边塞之外又有楼烦、林胡不断骚扰，自立国以来，与齐、魏、秦、燕接战屡屡失利，民贫国弱，简直难以立国。好不容易出了一位赵武灵王，胡服骑射，败楼烦、林胡，灭中山，扩地千里，赵国的国力总算有了几分起色，但想不到赵武灵王虽有雄心大志，却是个任性的人，莫名其妙地夺了长子之位，硬把王位给了幼子赵何，结果引发了长子赵章的叛乱。闹到最后，不但赵章被杀，武灵王自己也被困死在沙丘行宫，相国奉阳君李兑大权独揽，迫害异己，压制赵王，生生毁掉了武灵王创下的雄图霸业，赵国重又变成了一个默默无闻的边陲小国，夹在齐、魏两国之间两面讨好，到处结盟，时而跟着齐国伐韩，时而跟着魏国伐宋，在强国面前俯首帖耳，苦苦求存。前后熬了七年光景，总算把个祸国权相李兑给熬死了，赵王好歹收回权柄，可赵国的国力却难以恢复了。

自从赵武灵王死后已经过了整整十年，这个大国夹缝中的小国实力毫无起色。土地还是原来那么大，人口还是原来那么多，全国人口超过十万的大城仅有一个邯郸。这座灰溜溜的赵国王城也一直是十年前武灵王去世时的老样子，丛台之上未增一室，赵王宫中未建一殿，唯一算得上高大巍峨的殿宇，也只是武灵王在位时修筑的一座彰德大殿。城里只有东西两市，最热闹的是粮食和牲口买卖，因为赵国土地贫瘠，每年打的粮食只是勉强够吃，尤其到了这青黄不接的季节，小半个赵国的老百姓都要靠齐国出产的粮食养活。

粮食不够吃，这对赵人来说是要命的问题，没有粮食，赵国自保尚难，何谈称霸？为了弄到粮食，赵国对富庶的东方霸主齐国着实巴结，赵王唯齐王之命是从，近些年来，赵国实际上已经做了齐国的附庸。

就是这么一个不起眼的邯郸，今天却忽然热闹起来了。天刚亮，一队头戴雉羽铜盔、身披鱼鳞铁甲、骑着骏马、挺戟持戈的禁卫骑兵就出西门去迎接贵客，直到中午时分，这一千名骑士才引着一队威武华丽的车马开进了邯郸。顿时，邯郸城里鼓乐喧天，引得无数百姓挤到街上来看热闹。

接引贵客的一千赵国骑兵过尽后，一辆华丽的驷马安车在随驾车马的扈从下驶进了邯郸城的西门。

周礼有定制：天子之辇六驾，诸侯之车四驾，大夫之乘双驾，可是到了战国，各国诸侯早不把天子放在眼里，秦王、楚王、齐王一个个都用上了六驾之辇，大国的君侯贵人也公然乘坐起四驾安车来了。

眼前这辆驷马高车虽非诸侯所乘，气势形制却俨然诸侯坐驾。青铜为毂，黑檀为盖，横轭上用金漆涂着龙纹凤饰，车身上绘着鎏金彩画，草地上四头犀牛悠然偃卧，白玉镶成的祥云瑞霭中，六只白鹤展翅飞腾，车顶上一只黄金为首、碧玉为身、玛瑙为目、玳瑁为鳞的狻猊昂首踞坐，车身四角是四只青铜铸成的饕餮神兽，口中衔着亮灼灼的金环，从敞开的车窗能隐约看到车里悬着鱼鳞细竹帘，垂绕着黄金丝绞成的缨络，飘出一阵隐隐香风。拉车的四匹骏马都是取自肃慎之地的名驹，与中原人常见的马匹

大不一样，通高九尺，壮硕非常，头大颈粗，眼眶高正，耳似削竹，胸肌宽厚，浑身黑毛，四蹄踏雪，金挽银辔，胸前悬着硕大的鎏金铜铃，马首上象牙雕成的翎壶里插着一束雪白的鹤羽，车前面坐着一名魁伟的驭手，蓄着漂亮的燕尾须，戴一顶皮板帽，手持缰绳端坐车前，目不斜视。

安车后面跟随着二十乘双服立车，高张伞盖，每辆车上立着两名舍人，头戴精致的漆纱笼帽，穿着大袖交领黑绨袍，腰悬长剑，容貌庄重，整齐肃穆。车队后面是一大队随从，横排四列，纵排一百五十，整整六百人，每人头戴一顶皮弁帽，身披青铜扎叶甲，内衬窄袖黑棉袍，腰悬三尺铁剑，手中挺着铜铍铁戟，队伍森严，雄壮威武。这一队人马车辆一路招摇过市，直穿过半个邯郸城，引得无数市井百姓蜂拥而来，塞街蔽巷，指指点点地看热闹。眼看这一队人经过邯郸西市，直往平原君府第而去，后来的人不知道是怎么回事，纷纷询问，有先到的就告诉他们：这并不是哪一国的大王进了邯郸，那队人马也不是军卒将士，这些人都是大名鼎鼎的孟尝君手下的食客。

原来是齐国的孟尝君田文自秦国归来，路经邯郸，特来拜访赵国的国相平原君赵胜。

此时平原君府门前早已洒扫干净，中门大开，几百名舍人仆役沿街排成两列。平原君赵胜在四位舍人陪伴下立于府门前待客。百姓们都离得远远地看着，只见平原君二十一二岁年纪，蓄着两撇燕尾须，身穿一件鹤羽镶边金绣龙虎穿云纹黑锦深衣，峨冠博带，相貌英俊，身形挺拔，气宇轩昂，引得这些市井之人深自艳羡，喝彩之声不绝于耳。

此时孟尝君的车队已到了府门外，平原君府的家宰李同带着四名插金簪、佩玉玦、系银带、着鞜履的舍人一起趋步向前，躬身禀手齐声叫道："奉君上命，躬迎孟尝君大驾。"顿时有孟尝君手下门客飞跑过来，把一只金镶银嵌的脚踏摆在车前，车门打开，一个四十多岁紫黑脸膛的雄壮汉子先下了车，却是孟尝君府上的家宰冯谖。

只见冯谖身穿一件大红文绮银绣深衣，发髻上插着一支半尺长的透缕鸥䴗纹白玉长簪，脚上一双牛皮靴，靴腰处缝着几十粒珍珠，鞋梁上一溜儿缀着五颗华贵的绿松石，鞋尖上包着三片洁白的玉板，这一身华丽的衣冠袍服，真把平原君门下的几个舍人比得抬不起头来。

齐国是天下最富强的大国，孟尝君又是齐国第一大贵人，单是孟尝君的封地薛邑就有百姓六万户，三四十万众，足足有两个邯郸那么大！要比排场气势，赵国一个小小的平原君，哪里配与孟尝君比肩？

眼下冯谖仗着齐国的声威，主人的气势，根本不把赵国人看在眼里，居然并不向平原君的家宰行礼，只是整整衣冠，扶了扶腰间的佩剑，旁若无人地四下扫视一眼，咳了两声，清清喉咙，摆足了派头，这才回身毕恭毕敬地从车里扶出一位贵人来。

只见这位贵人年纪也在四十开外，头戴高冠，玄衣紫裳，腰悬一柄黄金为柄、白银为鞘的长剑，脚上一双嵌着象牙和美玉的赤舄履，身高只在五尺上下，窄窄的肩膀上扛着一颗大头，隆额塌鼻，重眉细眼，短手短脚，相貌奇丑，蓄着一部稀疏的黄胡须，头顶已经半秃，勉强挽着一个发髻，满脸笑容，正是闻名天下的孟尝君田文。

见田文下了车，赵胜忙降阶相迎，与孟尝君见礼。却听得身后看热闹的百姓里不知有人喊了句什么，顿时引得众人一阵哄笑。这两位贵人都听在耳内，各自皱了皱眉头，却只装作没听见，在一片鼓乐喧哗声中执手入府。

　　平原君府中的琼枝殿内早已摆下盛宴，孟尝君、平原君各分宾主落座，平原君的家宰李同在平原君身侧伺坐，孟尝君府的家宰冯谖也在孟尝君身侧相陪，两府有头脸的舍人都在廊外侍立，两厢奏起雅乐，却是一首《大飨》，枹柎埙鼓，钟磬琴瑟，箫篪籥竽，诸乐纷呈，金、石、丝、竹、匏、革、土、木一时并作。孟尝君侧耳静听，待得木敔劼然，一曲终了，乃避席三谢：先谢平原君待客殷勤；再谢赵国中和之乐；既而颂平原君好客能明，赵有贤臣，于国吉利。平原君也忙避席还礼。舍人进酒，两位君上各饮一爵，这才双双归座。平原君又命廊下赐宴十席，供孟尝君舍人饮食，对座设宴十席，平原君府中舍人对面相陪。

　　少顷，金匕银箸、铜簋犀尊纷纷杂陈，煨熊炖豹、炙牛蒸羊，琼席罗列。两厢进乐舞，一名身穿窄袖黑袍须发如雪的老乐工跪坐在帘后，击节一声，亮堂堂地高声颂道：

　　　　南有嘉鱼，烝然罩罩。君子有酒，嘉宾式燕以乐。
　　　　南有嘉鱼，烝然汕汕。君子有酒，嘉宾式燕以衎。
　　　　南有樛木，甘瓠累之。君子有酒，嘉宾式燕绥之。
　　　　翩翩者鵻，烝然来思。君子有酒，嘉宾式燕又思。

　　随着歌声，六名美伎垂首而进，展袖踏屟，翩然而舞，席间众人举爵互祝，各饮了几爵酒，一起凝目观看歌舞。

　　看了一回歌舞，酒也饮了三四分，平原君推开金爵问道："听说君上此番去秦国，已被秦王拜为国相，怎么居不数月就回齐国去了？"

　　孟尝君田文本是齐国的国相，此次入秦，是被秦王约请，要担任秦国的国相，此事对孟尝君来说是极大的荣耀，所以他入秦之时到处宣扬，弄得天下皆知，不想入秦仅数月，并未拜相，却忽然一声不响地离开秦地返回齐国，这件事十分突然，也难怪平原君有此一问。

听赵胜问他，田文的一张脸立刻沉了下来，把金爵重重地墩在案上："说起这事真是气人！君上也知道，当年齐国为天下约长，齐相苏秦一人佩齐、赵、楚、韩、魏、燕六国相印，合纵伐秦，打得秦人不敢出函谷关，其后秦国一直想与齐国结好。这次秦王约我入秦，言明要拜我为相国，想不到这匹夫竟出尔反尔！不但不肯用我为相，反要杀我！幸亏我先得了消息，即时脱身，不然已为秦王所害！"

听田文说得十分惊险，赵胜吃了一惊，端着酒爵直凑到孟尝君席前，探过身子说道："都说秦国是化外夷狄，虎狼之地，果然毫无信义！孟尝君是齐国贵戚，名闻天下的贤士，秦王也敢暗算？"

田文身边的冯谖忙凑上来说："是啊，秦人真是如狼似虎，听说我家主人出函谷关后只一顿饭的工夫，秦国铁骑就追杀到关下，几乎走不脱了……"

听了这话，赵胜才算松了口气，一口喝干了爵中的酒，笑着说："好险，也亏得孟尝君智勇过人，这才能脱离险境，若是旁人，只怕已为暴秦所害。"坐在一旁的家宰李同也急忙笑着凑趣儿："今日酒酣兴至，君上就把在秦国如何脱险的经历讲述一遍如何？"

不久前孟尝君还是一条漏网之鱼，被秦人追得魂飞魄散，现在进了邯郸，倒被一群人围着奉承，孟尝君也浑然忘却了前日的落魄，不由得眉飞色舞起来："此番能脱险回来，全靠我府中养的一批奇人异士。当日我入秦之时，曾将一件白狐皮裘献给秦王。"对赵胜笑道："君上也知道，这白狐裘只产于极北之地，天下难觅，是我派人带重金到燕国去，

专门从一个肃慎商人手里买回来的，若不是齐国这样的大国，难有如此重宝。秦王得此裘之后深藏于内宫，却被他手下的一个宠姬看到了，向秦王要，秦王舍不得给她。后来秦王听了穰侯魏冉的挑拨，要加害于我，却被我知道了他的阴谋，急欲离秦归齐，一时得不到出函谷关的封传符册，就托人到秦王宫里找了这个宠姬，请她为我盗符，想不到这女人什么都不要，就要一件白狐裘，这让我到哪里弄去？偏巧我手下有一位异人，精于缩骨之术，竟从狗洞里潜入秦王宫，于千门万户之间，披坚持锐之隙，硬把这件白狐裘盗了出来，我就用这件白狐裘买通了秦王的宠姬，换来一道出关的文书。"

"得了关传文书之后，我等急离咸阳，直奔函谷关，可到了关前已是深夜，依规矩，函谷关的城门鸡鸣则开，这半夜里哪有鸡鸣？嘿，我门下又有一位异士，善学鸡叫，一声鸣动，顿时引得远近村落群鸡呼应，都叫了起来，守函谷关的军士听得鸡鸣，以为天快亮了，就开了关，我等立时出关而去。刚走，秦人的追兵就到了。"

田文一席话说得赵胜哈哈大笑，满席的舍人门客也都拊掌而笑，大殿上顿时闹成一片。赵胜捧起爵来高声问："这两位奇人异士何在？"廊下站起两个舍人来，田文指着他们说："这就是狗盗、鸡鸣二位。"赵胜举爵向这两人敬酒，两个舍人忙拜伏而谢，各自饮了一杯。

眼看酒宴上气氛热闹，孟尝君十分喜欢，平原君的家宰李同也凑过来锦上添花，冲孟尝君拱手问道："小人听说孟尝君府里有一位大贤人，当年此人慕君上之名到临淄投奔，仅一身布衣，一双草鞋，腰束一根草绳，插着一柄短剑，穷困落魄。君上问他：'有何异能？'答曰：'并无异能。'又问：'有何指教？'答云：'并无指教，只是听说君上好客，特来混口饭吃。'

君上将此人留在府内，数日后下人来报，说此人弹剑而歌："长铗归来乎，食无鱼"，君上就安排此人饮食有鱼肉。居数日，此人又弹剑而歌："长铗归来乎，出无舆"，君上又命人备车马，使此人出有车。而此又弹歌作歌曰："长铗归来乎，无以为家"，意思是要为君上做大事，君上就命此人到封地薛邑去收债。想不到这人到了薛邑，把欠债之人都找来，请他们吃肉喝酒，与富者约定还债之期，当场在契约上写明，那些贫穷无力还债者的借据，此公就自作主张一把火都烧掉了，又对百姓说："孟尝君放钱给百姓，是为了照顾百姓用度，收取利息，是因为孟尝君府上宾客众多，食用不济。现在富户能还本息的，约定日期偿还，贫穷百姓无力偿还的，我奉君上之命烧毁债契，从此作罢，不再追讨，君上如此，我等岂可负哉！'由此为孟尝君收买了人心，薛邑百姓六万余户皆愿为孟尝君效死力，此事名动六国，各国贵人都嫉妒孟尝君身边有如此高士，不知这位高士在君上身边吗？"

其实赵胜是何等人物，早已把孟尝君身边的一切事都打听得清清楚楚，怎么会不知道田文身边的"高士"是谁？李同故意问这一句，只是在给孟尝君捧场罢了。

听李同问起此事，孟尝君田文得意非常，手指着身边的冯谖说："这就是当日'弹剑而歌'之人，如今在我府里做家宰，精干忠诚，我一刻也离不了他。"

听说孟尝君身侧的冯谖就是名闻天下的"弹剑歌者"，赵胜忙上下打量了冯谖几眼，见此人壮硕魁伟，神色傲慢，颇有一股目中无人的气势，点头赞道："果然是个豪迈丈夫！"回头吩咐李同："快替我敬一爵酒。"李同忙捧起金爵趋步而前，冯谖也上前对赵胜伏地拜谢，捧过爵来饮了酒，又向李同还了礼，这才重又归座。

赵胜问："君上此番回齐国，有何计较？"

赵胜这话问到了要紧的关头，田文的一脸笑容顿时烟消云散，把爵掷在案上咬着牙说："我是齐国的国戚，却在秦国遭到这样的羞辱，绝不能就此作罢！这次回到齐国，我会立刻劝说大王出师伐秦！到时还请赵王以兵马相助。"

齐赵两国是邻邦，若论势力，齐国是主，赵国是从。如今孟尝君声言伐秦，邀赵国相助，一语既出，大殿上顿时静了下来，所有人都把眼睛盯着平原君，赵胜忙挺直腰杆郑重其事地说："暴秦无道久矣，当早伐之！齐王是山东诸国约长，赵国一向唯齐国马首是瞻，孟尝君若要伐秦，我赵国愿意相助。"

田文说要起兵伐秦，只是空话一句，赵胜的回复也仅是个空头承诺。可平原君赵胜毕竟是赵王的弟弟，执赵国相印，这句话虽然未必是真，却也说得十分诚恳，田文忙又拜谢。

至此，两位贵人不再谈论大事，席间众人也推杯换盏畅饮起来。忽然有个舍人疾步上前，俯在李同耳边低声说了几句话，李同起身离席，跟着舍人退到厢房。

那舍人已经吓得脸色焦黄，低声说："刚才有人来报，说孟尝君的门客不知为了何事在府外与赵国百姓争闹，竟至动起手来，这些齐国人拿着刀枪冲进了邯郸西市！到现在已经杀死几十人，砍伤无数！结果犯了众怒，引得百姓们当街和齐国人厮打起来，听说孟尝君的门客也被打死了几个！现在赵国百姓数千人围住了齐国人居住的传馆，气势汹汹，若是给他们冲进去就不好办了。"

听了这话，李同顿时吓出一身冷汗。这么大的事，他一个家宰哪里敢拿主意？当时也顾不得礼数，只好硬着头皮回到酒席上，先冲孟尝君赔着笑脸拱拱手，这才猫着腰在平原君耳边低声说："君上，借一步说话。"引着平原君离了席，一直走进无人的侧室，这才把外面发生的大事悄悄说了，赵胜也给惊呆了："怎么会有这样的事！为何事争斗起来的？"

"听说是在府门外看热闹的百姓中有些无聊的混子，看见孟尝君身形矮小，相貌丑陋，就当众讥笑他，结果惹怒了孟尝君手下的随从，就闹了起来。"说到这儿，李同忍不住又帮着自己人，气呼呼地说："这些齐国人也真大胆，一点儿口舌纠纷罢了，他们竟敢在邯郸城里动刀杀人，真是不知死活！"

嘻，世上的事就是这样，越是小纠纷，惹出的乱子越大！赵胜是个聪明透顶的人，虽急不乱，略想了想道："不管怎么说，是齐国人先动的手，虽然百姓也有错，可大错还在齐国人身上，就算打杀几个门客，孟尝君也说不出什么来，可要给百姓冲进传馆，就不好收拾了。"

"要不要调兵弹压？"

"弹压？压谁？咱们是赵国人，总得替赵国百姓出头，可孟尝君的手下又动不得……"赵胜心知此时急躁不得，强自镇定，低头又想了片刻，"百姓聚众，必有首领，知道什么人带头吗？"

"听说是管西市的田部吏赵奢。"

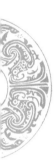

邯郸城里的大战

这天邯郸城里因为小事惹出的大乱，真是谁也想不到的。

齐国是东方的约长之国，孟尝君又是齐国宗室贵戚，闻名于列国，而赵国只是一个仰齐国鼻息的小国，所以孟尝君并不怎么把平原君放在眼里，赵国的平民百姓在他眼里更是不值一提。加上孟尝君刚刚在秦国吃了亏，丢了面子，急着要找回来，所以这一路上故意铺陈仪仗，耀武扬威，进邯郸城的时候更是把排场搞得极大，要在赵国君臣面前挣足面子，这么一来，未免有些过火。

赵国是个偏远之地，赵人本就没见过什么世面，偏又遇上这么一位急欲铺张炫耀的贵人，故意闹出这么大的动静，自然引得邯郸百姓都来围观。这些贩夫走卒之辈没见过孟尝君的面，市井传言又以为孟尝君名动六国，一定是个高大威猛的壮士，想不到一见之下，却是个身材短小、头发半秃的老头子，相貌又丑，邯郸市井间的闲人们就拿孟尝君取笑，都叫他是个"小矮人儿"，一时引得众人大笑不止，都在街上起哄。

要说这件事，一半是百姓们无聊，可归根到底还是因为孟尝君太傲慢，他的舍人们太骄横。赵国人虽然穷，却都是一副出了名的倔强脾气，看不得他们这副狂态，故意拿这些话找孟尝君的别扭。

可百姓们毕竟没见过世面，并不知道孟尝君田文是个什么样的人物。

此时的齐国是天下第一强国，合纵楚魏，力压强秦，威震八方，孟尝君不但是齐国第一大权贵，更是个杀人不眨眼的凶狠角色。

田文的父亲靖郭君田婴是齐威王的小儿子，被封在薛邑，领食邑三万户，荒淫无度，身边姬妾多得数不过来，一辈子共生了四十多个儿子。田文既不是长子，又不得父亲宠爱，完全是靠着过人的心机和胆略一步步出人头地的。

田婴这个人贪婪成性，敛财无厌，积攒了无数金银财宝，田文看准机会，就劝父亲招贤纳士，扩充势力，在齐国站稳脚跟，握住权柄，由此得到父亲的信任，掌握了田府的财权，表面上为父亲谋划奔走，暗中却把招来之贤、纳入之士尽归自己所用，只几年工夫，手下豢养的死士成百上千，积聚起一股强大的势力。等田婴老死之时，田文手下已有食客三千，死士数万，毫不费力地斗败了几十个兄弟，夺得父亲留下的世袭爵位，独自继承了田府一份偌大的家业，又凭着势力权谋做了齐国的国相，从此庇护凶徒，广招死士，引得天下枭残饕恶之辈尽集薛邑，在封地之内聚众六万余户，成了仅次于齐都临淄的天下第二大城。

田文这个人靠着钱财成势，又凭着手中无尽的金钱上下笼络，独掌齐国相印十三年，不知做出多少笼络暗算、伤天害理的事来，才成就了今天这位势比王公、威压海内的孟尝君。这么一个霸道的主子，他手下的门客中也尽是在各国犯了案的罪人，都是亡命之徒。自从投靠田文之后，这些人既有了容身之地，又有了强硬的靠山，所以在这些凶徒眼里只有孟尝君，根本不知天理王法为何物。今天这些门客听到赵国人笑话他们的主子，哪里忍得住，只看着孟尝君和平原君进了府门，立刻就和赵国百姓吵骂起来，那些邯郸市场里的闲人们就站在街边跟他们对骂。两边越闹越僵，忽然不知是谁发一声喊，孟尝君的舍人们一起下车，揪住骂得最凶的几个小子就打，这一乱，后面跟着的几百随从也一哄而上，这帮凶徒手里都拿着兵刃，此时竟不管不问，抽出刀剑冲着街上的百姓乱砍滥杀起来！

平原君府旁是邯郸的西市，无数买卖人在这里做生意，却忽然从偏街上冲出一伙人来，握着刀剑见人就砍！赵国百姓没有防备，竟被当街杀死几十人！其余的都被齐国人赶得满街乱跑。这一下邯郸城里大乱起来，却惊动了一个人，邯郸城中的田部吏赵奢。

田部吏并不是个要紧的职务，只是在市场上征收税金的官吏。这时赵奢正带着几个手下人在邯郸西市里巡查，忽然看见街上大乱，一问才知，竟是孟尝君的门客当街杀人！赵奢立刻就急了眼："哪里来的畜生，竟敢在街上闹事，都跟我去，先把人拿了再说！"

手下人急忙说："大人，听说这些人都是齐国孟尝君的门客，凶得很，咱们赵国也惹不起齐国人……"

"齐国人又怎样！敢拿赵国百姓不当人看，不要说是门客，就算孟尝君在，咱也要把他的头割下来！"

赵奢本是赵军中的将领，后来赵国发生内乱，相国李兑独掌大权迫害异己，赵奢也遭了冤屈，逃往燕国。等李兑死了，赵奢才回到赵国，却无法复职，只好做了一个管市场的小吏，可他身上那股武将的勇气还在。眼看情势紧迫，赵奢也没时间问个道理曲直，一心只想护着赵国百姓，立刻提了一把剑，带着几个手下人往出事的地方赶过来，只见满街百姓正没头没脑地乱跑。赵奢是个铁打的硬汉，看不得这帮百姓狐奔鼠窜的丑态，抬手揪住几个年轻人，瞪起眼睛喝道："往哪跑！齐国人也是人生父母养的，只有一个脑袋两只眼，怕他们干什么！都跟着咱往上冲，宰了这些齐国人再说！"

战国年间天下大乱，青壮年人人习武，赵国又是个四战之地，赵人一向秉性刚烈，彪悍凶猛，在列国之中是出了名的，这时候无缘无故吃了大亏，因为没人领头，被一帮齐国人撵得满街乱跑。现在忽听赵奢一声召唤，这些人一个个都发起狠来，顿时聚集了七八百人，有的拔出随带的短剑匕首，也有找来棍棒锄耙的，都跟在赵奢身后迎着齐国人的刀剑冲上去，就在街上打斗起来。

这一下邯郸城里大乱，两伙虎狼一样的凶徒乱冲乱撞，刀枪齐下，鲜血四溅，鬼哭狼嚎。街边的摊档都被掀翻在地，那些手快的客商急忙关门闭户，手慢些的，连商铺里的货物也被砸个稀烂，抢得精光，这些人恼怒之下，也纷纷冲出来拿着棍棒沿街追打齐国人，邯郸城的大街竟成了战场。

眼看赵国人越聚越多，四面八方围堵上来，那些齐国门客觉得不是路，走又走不脱，只得几十个人挤成一团，举着长矛向前乱捅，逼得赵国人无法靠前，其他人挺着短剑齐声鼓噪，随后而进，想冲出一条路逃命。赵奢立刻叫人从街边卸来几块门板，几个人举着一块门板直冲上去，用门板挡住枪戟的突刺，鼓起劲来往前猛撞，顿时把齐国人的阵势打散了，与这帮门客面对面拼杀在一起，不大工夫已经砍倒了十几个。

此时又有成群的赵国人举着棍棒从横巷里拦腰冲了上来，一顿狠打，这些齐国人眼看撑不住，发一声喊，几百人沿街抱头鼠窜，一路逃进赵国为孟尝君安排的传馆里去了。赵奢立刻领着百姓围了传馆。

此时被赵奢召集起来的百姓已经有几千人，把一座小小的传馆围了几层，气势汹汹，在围墙外喊打喊杀，砖石瓦块隔着院墙雨点般扔进院里。追随孟尝君来邯郸的食客人数众多，住在传馆里的还有数百人，加上闹事之后逃来的，足有千人之众，见数不清的赵国百姓围了传馆，吼声如雷，马上就要冲进来杀人了，这些亡命之徒各持刀枪守住大门，拿着弓箭攀上围墙，竟与赵国人对峙起来。见齐国人还敢对阵，赵奢发起怒来，立时就要率领众人攻打进去。

眼看这件事再闹下去只怕血流成河，难以收场，总算赵奢手下的人机灵，赶紧飞跑到平原君府上来报告。

听了这个消息，把平原君赵胜吓了一跳，又不好先对孟尝君讲明，只好找个借口离了席，赶紧派舍人到邯郸令那里去调兵马，自己先在府里招集了一批食客，坐了一辆马车飞赶过来，眼看几千百姓把一座传馆团团围住，吵嚷震天，刀枪乱舞，气势汹汹，好在还没有攻打进去，赵胜忙叫食客们上前拦住百姓，立刻命人把赵奢喊来。

不大工夫，只见一个黑脸汉子手里提着一柄剑气昂昂地走了过来，生得健壮魁伟，芭斗一样的大脑袋，粗眉大眼，目光似电，肩膀宽阔，两只巴掌蒲扇一般，一直走到平原君面前才收起短剑躬身行礼。

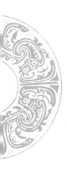

被这么个小吏惹出天大的祸来，赵胜已经气极了，瞪起眼喝问："孟尝君是赵国的贵客，谁让你带人围他的传馆，不要命了吗？"

赵奢自然认得平原君是赵王的亲弟弟，又是赵国的国相，一人之下万人之上。可赵奢天生了一副赵国人的暴烈脾气，又硬又倔，根本不知道害怕，听平原君把话说得很不客气，也瞪起眼冲赵胜吼道："君上的话不对！下官不知道什么是'贵客'，只知道做赵国的官，就要护着赵国的百姓！这些齐国人无故杀我赵国百姓，岂能放过他们！孟尝君又如何，做了不法之事，咱一样把他抓出来问罪！"

平原君赵胜是赵国头号的大贵人，平生没受过这样的顶撞，气得把手直戳到赵奢鼻子上骂道："混账东西，知道在和谁说话吗？"

听平原君骂他，赵奢也直着嗓子吼叫起来："君上是赵国的国戚，怎么不为咱们赵国人说话，反而来救这些齐国人！咱只是个小吏，不懂什么道理，君上有话不必对我说，且对这些百姓们说！"

平原君此来是急着要把事情平息下去的，本不愿意吵嚷。想不到这个赵奢又混又愣，吼声如雷，引得众人都往这边看，倒把他一个贵人弄得下不了台，气得揪住赵奢的衣领，一拳打在脸上。不想赵奢丝毫不惧，一把拨开平原君的手，胡乱抹了一把脸上的血渍，瞪起两眼吼道："君上既然不为赵人说话，咱这条命也不想要了，待我冲进去杀了这些齐国人！"说着竟不顾死活就往前闯。赵胜想不到这个收税的小吏如此强悍，赶忙叫手下人："快揪住他！"十几个门客一拥而上，紧紧扯住赵奢不放。

这一下赵奢真的发起急来，拼命挣开手，回身冲着平原君叫道："大丈夫生于天地间，只惜名节，不顾性命！下官若有过失，自然任君上处罚，可我今天并没有错！君上如此行事，是要逼赵奢死在这里，这也容易，咱死就是了！"挺起剑来就要自刎，平原君的随从一拥而上，抱住赵奢，硬从他手里夺下剑来。

眼看赵奢如此雄强不屈，赵胜知道这么下去事情会越闹越大，更加难以收拾。面对这么个凶野的家伙，赵胜也实在没了主意，只好收起骄矜之气，摆出一副笑脸，把话头儿也放软了："你的心思本君也明白，可你做事如此莽撞，不顾大局，如今你要在此自刎，是不是想告诉赵国百姓：平原君一心为齐人说话，倒逼死了你这个赵国的正直臣子？你这是要做忠臣，还是想坏国事？"

平原君是个贵人，从小锦衣玉食，不事劳作，每天琢磨的就是怎么欺瞒臣属，糊弄百姓。现在他这句话软中有硬，问得赵奢攥着两个拳头发愣，一个字也答不上来。见赵奢多少收敛了些，赵胜这才又笑问道："你叫什么名字，当何职司？"

见平原君对自己客气起来，赵奢好歹也收起了几分脾气，硬邦邦地说：

"小臣赵奢，是邯郸城里的田部吏。"

"田部吏是收税的，这里的事与你无关，你跑来闹什么？"

赵奢梗着脖子恶声恶气地说："我是赵人，凡是赵人受了欺负都与我有关，别人不肯为百姓出头，下官就来出这个头，此谓'当仁不让'！"

想不到这么个粗人话里也会带刺，倒把赵胜说得笑了起来。转念一想，要想收服这种不要命的莽汉，必须先顺着他些才好："你这话也有理。可孟尝君是齐国的宗亲，赵国的贵客，就算他有过失，这是齐赵两国之间的国事，你们这些人不能乱来。何况孟尝君在我府里做客，外面发生的事他并不知道。"

赵奢毫不客气地追问了一句："君上是说齐国人杀人倒无罪了？"

"自然有罪！杀人者抵命，此是王法天理，不分贵贱尊鄙。可传馆里孟尝君的门客有上千人，到底哪一个有罪，哪一个无罪？一时又弄不清，自然要把这些人都拘禁起来慢慢审问明白，有罪的拿来抵命，无罪的不可滥罚。你现在不管不顾，带着一群百姓闯进去胡乱杀人，这也不是道理吧？"

平原君的一条舌头比赵奢厉害得多，这一番话又把个赵奢问得哑口无言。

这时街上人喊马嘶，数千兵士飞跑过来，却是邯郸城的守军赶过来了，领兵的邯郸令老远看到平原君，忙抢上前来行礼。赵胜吩咐道："你先把传馆围起来，外面的不能进，里面的不准出，待我进宫去奏明大王，再来处置这些人。"又回头冲着赵奢问："这些兵马都是我调来的，你还有什么不信的？"

其实平原君调兵马来根本不是攻打传馆，倒是要让这些兵马护住传馆里的齐国人。可他前面说了一堆为赵国百姓撑腰的硬话，现在又声色俱厉

地喝斥赵奢，赵奢是个老实人，不得不信，退到一旁不吭声了。

见压住了赵奢，赵胜越发把声音提高了些："这里是邯郸城，你还怕传馆里的齐国人走掉吗？你先回衙署待命，叫百姓们也都散了，不要再闹出事来，我这就进宫去见大王，听王命示下。"眼看围着传馆的赵国百姓们渐渐散去了，这才上了车急急忙忙进了王宫。

平原君的霸业

平原君进宫的时候，赵王何正在彰德殿里饮酒看舞。

赵何是赵武灵王的次子，平原君赵胜的哥哥。赵武灵王曾是战国中一位了不起的豪杰，胡服骑射，击败林胡，兼并中山，扩地千里，使赵国一跃而成为中原强国。

赵武灵王既是能征惯战的君主，却又是个异常任性的怪人，中年以后，武灵王好端端地犯了糊涂，本已封长子赵章做了太子，却因为深爱赵何的母亲吴娃，忽然收回成命，反而立赵何为太子，又怕赵何坐不稳王位，就在壮年之时把王位让给赵何，自号"主父"，做了儿子的臣属，想以自己的威信扶持赵何坐稳赵王之位。

身为一国之君，武灵王的任性独断让人觉得难以理解，脾气也怪得要命，在把王位让给幼子之后，回过头来又觉得长子赵章可怜，就把赵章封为安阳君。想把赵国一分为二，分一半给安阳君。这一连串莫名其妙的胡闹弱化了赵国的王权，把臣民们弄得无所适从，反过头来又激起了安阳君的野心，结果引发了一场大规模的叛乱，不但使赵武灵王的长子安阳君赵章谋反被诛，一代雄杰赵武灵王也被权臣李兑的兵马困死在沙丘行宫。

赵武灵王龙威虎胆，以一人之力强盛了赵国，可有这样一位刚愎自用的任性君主，却未必是赵国之福。

武灵王死后，国相奉阳君李兑在赵国专权多年，为了巩固权力而大肆清洗，赵武灵王的亲信部将不是被杀，就是被逐，赵国的国力迅速衰落。直到权相李兑死了，赵何才真正掌握了赵国的王权，就封自己的弟弟平原君为相国，把赵国的实权牢牢抓在手里，再也不肯分给别人了。

赵何虽然年纪很轻，到这一年也不过二十四岁，可在列国诸王之中也算得上是个贤明君主，性情温和，听言纳谏，在位十余年，虽然亲政的日子还短，可处理国事却从未出过大的纰漏。平原君赵胜更是一位当世罕有的俊杰，虽然也是初掌大权，却有雄才大略，野心勃勃。自掌握大权以来，兄弟二人共执国政，一心想着强兵富国，在战国乱世之中也成就一番霸业，显一显赵国的赫赫武功。

在整个赵国，除了平原君之外，赵王信不过任何一个臣子，两人在外是君臣，在内廷中却亲密无间，听说平原君求见，赵何忙停了歌舞，把平原君召进彰德殿。平原君心里有事，也顾不得寒暄，立刻说："大王，今天邯郸城里出了大事！孟尝君到我府中拜访，不想他的门客竟在市间与邯郸百姓争闹起来，杀了人！百姓们一怒之下围了孟尝君食客所住的传馆。这都是臣一时疏忽惹出的乱子，请大王降罪。"

听了平原君的话，赵何也吃了一惊。他当然不会因此怪罪平原君，只问："现在怎样了？"

赵胜忙说："孟尝君在臣府里，可能还不知此事，臣先调了些兵马围

住传馆，免得百姓们闹事，眼下倒不至于怎样。臣想孟尝君是贵客，不必因为一点误会把事情闹大，免得将来不好收拾。"说完抬眼看着赵何，等他示下。

齐国是东方的盟主之国，尤其面对赵国如泰山压顶。孟尝君田文是齐国的国戚，在各国间名气很大，手下又养着无数亡命之徒，这样的人赵国惹不起。可毕竟田文的门客在邯郸城里杀人，闹的乱子太大，不制裁他，赵国的面子也下不来。

赵何虽然年轻，但毕竟在王位上坐了十几年，早就练成了一套重骂轻罚、阴谋阳办的权术，凡事都有自己的主意，却从来不肯轻易决断，往往因势利导，让臣下把自己想听的话说出来。现在听平原君的话头儿，是想让眼前这个乱子大事化小，这倒正合赵何的意思，可嘴里却偏不这么说："孟尝君远来是客，寡人也把他当成贵客看待，可孟尝君竟然唆使手下在邯郸街市上杀人，不治他的罪，赵国何以立国？"

赵何的质问听起来严厉，其实都是空话，只把一个难题推给平原君，让他去解决。赵胜忙说："孟尝君进邯郸后一直在我府里，这件事并不是他指使的。"

"难道那些食客不是他的人？"赵何冷冷扫了平原君一眼，"寡人知道你与孟尝君有交情，可此事非同小可，有伤赵国的国体，必要杀几个齐国人才可作罢。你要觉得不方便就不必管，让下面的人去办吧。"

赵何这几句话说得十分生硬，可平原君聪明过人，早已猜出兄长的心思，明明也是不想为难孟尝君。只是孟尝君的手下杀了人，不治罪就把这些人放了，赵王在臣僚百姓面前不好交代，这时候自然要有个人出来顶这口黑锅才好。所以赵何嘴里说让平原君"不必管"，其实是暗示赵胜赶紧站出来顶罪。

在赵国，出了这样的大事，平原君不出来扛，别人谁也扛不起。于是赵胜推开几案拜伏于地："大王，此番孟尝君门客与百姓冲突，皆因臣下疏忽所致，上愧对大王，下愧对朋友。臣在这里斗胆请求大王：看在臣的面上，赦了孟尝君的门客，有什么罪责，臣一人领受。"

半晌，赵何拉长声音说了一句："你这个人哪！寡人把赵国的国政交给你，可你这些年只知享乐，也懈怠了。"重重地叹了口气，却也没再说别的。

赵王这一句责备不痛不痒，正是当权者最滑头的官腔，叫做"高高举起，轻轻落下"。赵胜忙伏在地上连说了几个"是"。正想告退，赵何忽然说道："你觉得孟尝君此番入秦拜相，却只待了几个月就狼狈东归，内里有什么隐情吗？"

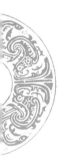

"齐、秦两国一东一西分为霸主，已经对峙几十年了，齐国富甲天下，又驱六国之师；秦国虎狼强兵，又依崤函之险，互相谁也奈何不了谁。这几年秦国不断攻伐韩、魏，齐国在重丘击败楚国，声威大振，据平陆诸城以威胁魏都大梁，占淮北之地以威胁楚国，又夺取赵国观津之地，前锋直趋黄河岸边，威逼赵国，从态势上看，齐、秦两国似乎有会盟之势。若这两个强国会盟，必从东西两面出兵瓜分三晋，与南面的楚国成三足鼎立之势。此番孟尝君入秦拜相，大概就是这个意思。"

孟尝君入秦拜相，确是齐秦两国结好的先兆。可赵王对此事却又有自己的看法："秦国自秦王则即位以来，始终由宣太后和她的弟弟穰侯魏冉执国政，秦王虽然已经亲政，大权还在太后与穰侯手中，秦王用孟尝君为相，暗里是想削弱魏冉之权。依寡人看来，这次孟尝君一定是被穰侯驱逐回来的。孟尝君被秦人驱逐，必怀恨在心，有此人从中作梗，齐秦结好并不易成。"

对赵王的想法赵胜却是不以为然："大王，臣以为孟尝君在秦国的去留并不影响齐、秦两国结盟。孟尝君离开齐国之后，秦国的五大夫吕礼已经入齐，被齐王拜为相国，这是齐王向秦国表了态，两霸联手已成定局。估计齐国是在等着秦国示好，下一步就会攻伐宋国。宋国一破，魏国、赵国就都被动了。"

赵胜一番话说得赵王愁眉深锁。可赵胜却又微微一笑："大王是在顾虑齐国吗？其实依臣看来大可不必如此，齐国这些年威逼诸侯，攻伐日甚，却不知道螳螂捕蝉，黄雀在后，他们自己早就大祸临头了。"

"你是说燕国……"

"对，二十年前燕国被齐国攻破，虽然复国，可燕国宫室陵墓被毁，国之重器尽被齐人夺去，这二十年来，燕王时刻不忘向齐国复仇。如今燕国已有精兵二十万，战车千乘，战马万匹，随时寻机攻齐，可齐王却浑然不觉，反而一心想着伐宋，只怕宋国灭亡之时，也是齐国破国之日吧。"

宋国灭亡之时，也是齐国破国之日？这话赵王实在不敢相信。

见赵王满脸疑惑，赵胜避席前趋，凑到赵何身边笑着说："大王，臣以为齐国破国之日，或许就是赵国称霸之时了。"

赵王一愣："此话怎讲？"

"如今天下七国称雄，秦国踞于西，齐国踞于东，各有地方五千里，人口五六百万，带甲六十余万，兵车不下万乘。楚国踞于南，地方七千里，人口七百万，军士百万有余，此三国的国力远胜于赵，且一西、一东、一南，正好把赵国围在中间，有此三强，赵国就不能称霸。赵国之西是韩、魏两国，皆是分晋而立国，与赵合称'三晋'，其中魏国与赵国实力相当，各有精兵三十万，魏不能胜赵，赵也不能胜魏，而韩国比赵、魏又次之；要论地势，魏国、韩国当西面，替赵国抵挡了暴秦；而赵国当东面，替韩、魏两国挡住了强齐，所以都说三晋是唇齿相依。当年三国分晋其实是不得已，分立之后，三国俱弱，国势俱危，谁也没得到好处，所以三晋之国早晚还要分而复合，只看谁来做三晋的盟主罢了。"

赵胜说了半天，却听不见动静，住了口，抬头看着赵王。好半晌，赵王才缓缓点头："极是。"

赵王是个极为迂缓的人，身形肥硕，两眼无神，举手投足间总带着一股慵懒劲儿，好似没睡醒的样子，与赵胜的目光如电、疾步如飞全然不同。现在赵胜说了一大套话，赵王却只随口说了"极是"二字，看似完全提不起精神。可赵胜心里明白，自己这位看起来无精打采的兄长绝不是个昏弱糊涂之辈，相反，在他慵懒的表象之下，这位大王头脑十分明白，心思极为深沉，更把权柄看得极重。

权力面前，骨肉亲情都是假的。在赵王面前，平原君一向谨言慎行，从不敢越雷池半步。虽然赵王器重平原君，把相国之位交给他，可赵胜在谈论国策之时，还是非要从赵王嘴里请下这"极是"两个字来，又饮了一爵酒，稳稳神，这才接着往下说："赵国要想称霸，必须先做三晋的盟主，臣想了很久，现有一策，可以使赵国破齐楚，弱韩魏，兼并三晋，东克燕齐，西伐强秦，南平楚地，成就一番霸业，臣斗胆，想把这些想法说与大王知道。"

赵王咳了两声，轻轻吁一口气，在一旁伺候的缪贤忙进前来斟了一爵热酒，赵王接过饮了一口，半晌才问："依平原君之意，如何破齐、楚，弱韩、魏？"

"齐、楚、韩、魏四国之中，齐国对赵国威胁最大。赵国要想崛起中原，第一个就要搞垮齐国。以前齐国是东方约长，楚国和三晋都与齐国合纵抗秦，可齐国不义，背弃三晋与秦结盟，三晋必合兵伐齐，而挑头的却是燕国。

伐齐这样的大事，秦国一定会插上一手，这么算起来，就有五国共同伐齐，合兵五十万众，必能一战击垮齐国。"

五国伐齐，这个主意赵何从没想过。现在半闭着眼睛往深处想了半天，越想越觉得有理。

当今齐王名叫田地，在位十四年，骄狂霸道，好战贪功，得罪的人太多了，尤其是齐国与燕国的世仇难分难解。如果燕国发倾国之兵攻齐，赵国、秦国再起来响应，魏、韩两国不想出兵也得出兵，这么看来，五国伐齐，未必做不到。

"伐破齐国，赵国有什么好处？"

赵胜笑道："臣听说当年楚庄王继位时，整整三年无所作为，他驾下右司马便问：'有一只鸟落于枝头，三年不飞，三年不鸣，却是何故？'楚王说：'此鸟三年不飞，一飞冲天，三年不鸣，一鸣惊人。'自先王晏驾，我赵国已被齐国压制了十年，就像笼中之鸟，欲飞无路，欲鸣无声，如今齐国一破，赵国没有了东边的强敌，必然一飞冲天！这就是赵国得到的好处了。"

沉吟良久，赵王慢慢地说："就算破了齐国，楚国仍然强大……"

"齐国一垮，秦国必出兵攻伐楚国。"

"平原君认为秦人不去伐魏，而是南下伐楚吗？"

"臣正是这样看！魏国看似羸弱，其实城邑坚固，武卒勇猛，又有赵、韩两国呼应，动辄集兵数十万，并没有多少空子给秦国钻。可楚国表面上地广人多，富甲一方，其实从楚怀王熊槐到如今的楚王熊横皆是昏庸无能之辈，君臣不思进取，国富而不强，兵多而不精，几十年间与秦、齐交战屡战屡败，丧师失地，已成日薄西山之势。秦人早看破了楚国的虚实，当然是避强击弱，先去抢楚国这块肥肉。所以齐国一破，秦人必先伐楚。"

楚国本是南方蛮夷之地的一个子爵之国，封土建国之时仅有方圆七十里，可凭着楚人强悍的个性，数百年来不断征伐，南平吴越，北定陈蔡，先后灭国百余，到战国时已经拓展土地七千里，成了旷世第一大国。

可惜，富而使人惰，强而使人骄，楚国几代国君贪图安逸，不思进取，到今天，楚国确实像平原君说的，国富而不强，兵多而不精，成了无用的蠢物。

平原君说的话都在理，可是赵何略一思索，又觉得不对："若齐、楚残破之后，岂不是让秦国成势了吗？"

"秦国自商君变法以来，历代君主英明有为，如今秦国法制森严，国富兵强，将领皆以斩首夺城缴名，锐卒皆以死战掳功博赏，伐无不取，攻无不克，合山东诸国之力尚居劣势，可见秦人早已成了大势，此非人力可以阻止。只是秦国偏居西北一隅，想并吞天下也没那么容易。天下雄强，一战而破国倾家的事多了，关键是要陷其于不义之地，让强暴之国成为天下人的死仇……"

平原君说的这些话赵王还真没想过，只得孤坐不语，没有任何表示。

赵胜喝了一口酒，略缓了缓道："一旦伐楚成功，秦国必转向三晋。三晋之中，韩、魏两国在西，首当其冲。眼下韩、魏与赵国实力相当，但他们与强秦面面相对，日夜被秦人攻杀，几年下来国力必然不支，那时要想生存下去，就必须向赵国求援。所以秦国越是攻伐三晋，韩、魏、赵就越能结为一体，最终韩、魏两国耗尽了国力，只得唯赵国马首是瞻，赵国做一个三晋盟主，不难。一旦三晋结为一体，衰落的楚国也会靠过来。楚

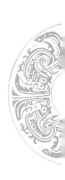

人与秦人的仇结得够深了，抓住机会的话，他们一定会发倾国之兵向秦人复仇。此时只要有一个合适的良机，把秦军精锐引入三晋之地，然后以赵为首，魏、楚、韩三国一齐用兵，当可大破秦军，打一场惊天动地的大胜仗！天下大势瞬间就逆转过来了。"

听赵胜说得慷慨激昂，赵何的心思也动了起来："你说的'良机'指什么？"

良机？这是个顺天应人的事情，所谓水到渠成。眼下时势未到，赵胜哪里说得出来。只得微笑着说："大王，天下大势滔滔，如黄河水，非人力可以左右，但只要筑堤掘沟，或堵或浚，筹划得当，人力又可以引导河水的流向，就看我赵国如何用力了。秦国破齐、伐楚、攻韩魏，总需要十年工夫，这十年间我赵国要用韬晦之术，对外不求有功，但求无过，对内广练精兵，积草囤粮，南边修好于魏楚，西边尽量不与强秦交锋，北边巩固云中、代郡，驱逐林胡、楼烦，稳固边防。眼下赵国有三十万兵马，十年后，当有四十万精兵。有这四十万大军，再合韩、魏、楚三国之力，就可以和秦国一争短长，若能一战而败秦国，就势兼并韩魏，将三晋重新合为一体，那时再争天下，就有几分胜算了。"

听了平原君的一番话，赵何皱起眉头想了半天，问道："天下大势，破齐为首……难道平原君心里已经有了破齐之策？"

"破齐已在眼前，只不过齐国并非被赵国所破，而是它自己破了自己。"

见赵王满脸疑惑，赵胜微微一笑："大王，齐国的国力远胜于赵，然而眼下已是朝不保夕。齐王继位这些年，仗着先辈积下的国力攻秦破燕，击魏伐楚，貌似势不可挡，其实连年征伐，国内财力已经耗尽，兵源已经枯竭，在外又到处树敌，与秦、楚、燕结下深仇，外患已深。国内，孟尝君掌握相印多年，树大根深，齐王早就对他怀有戒心。这次孟尝君入秦之后，齐王立刻把相国之位交给了从秦国来的吕礼，孟尝君回齐国，一定会与吕礼争权，这不就是破齐国的第一步吗？"

说完了第一步，赵胜故意停了下来。

那些聪明透顶的人性情往往如此，一旦来了兴致，高谈阔论起来真正是旁若无人，作为一个大贵人，赵胜身上又有个从小养出来的毛病，总喜欢别人在旁捧上一捧，他才得意。现在赵胜把话说到关键的地方，却忽然停了下来，就是等着有人来捧他一下。可赵胜却忘了，坐在上位的是自己的兄长，当今的赵王。

眼看赵胜把话说了一半，忽然停了下来，赵何知道平原君这是想引自己发话，可此时的他偏不肯说话。总算在旁伺候的宦者令缪贤有眼色，在赵王身后赔着笑脸问了一句："君上这破齐的第二步是什么？"

"自然是燕国。"赵胜并没有去看兄长的脸色，捧起爵来喝了一口酒，"大王也知道，当年燕国发生内乱，齐国趁势攻伐燕国，一战把燕国灭了，后来好不容易才复了国。这些年燕王视齐国为死仇，日夜想着复仇。为了报这个仇，燕国人设黄金台招贤纳士，苦苦经营了二十多年，文有邹衍、剧辛辅佐，武有乐毅、栗腹、司马骑劫为羽翼，早晚要举全国之力对齐国用兵，这就是破齐国的第二步。"

"光有这两步还不够。燕国虽然处心积虑，毕竟是小国，无兵无粮；秦王虽然必要破齐而后甘心，可秦国在西，齐国在东，中间隔着三晋，力不从心；赵国实力虽然比燕国强些，可咱们图的是天下霸业，当然不能把国力军力都投在齐国身上，否则得不偿失。这么算起来，伐齐这副猛药，还需要找一个'药引子'……"

这一次赵胜又故意把话说了一半，却留个谜题让赵何去猜。赵何精明过人，已经想到，却只是微微点头，鼻子里"嗯"了一声，并不答腔。还是缪贤出来替赵胜捧场："平原君想让谁来做这个伐齐的'引子'？"

"住在我府里的孟尝君田文，就是伐齐的'药引子'。"赵胜喝了一口酒，缓缓地说，"孟尝君田文是个浮躁寡恩之辈，手下食客三千，尽是鸡鸣狗盗之徒。有这样的人当政，齐国怎能不败？"

听赵胜如此贬低孟尝君，缪贤觉得不可思议："听说孟尝君礼贤下士，交游广阔，是天下第一等的人才，六国之内人人称道，手下养着食客数千人，多有异能，平原君怎么说他是浮躁寡恩之辈？"

这句话，缪贤是替赵王问的。

听缪贤问到了要紧的地方，赵胜微微一笑："问得好。田文广纳天下之士，门下有几千食客，又在薛邑养士六万户，个个都是亡命之徒，这都不假，可田文却是表面聪明，内里糊涂。一个高明的舍人要的是什么？不是为了三餐一宿，华服美食，而是来求'知遇'二字，可惜田文不懂这个，他在府外设下三处传舍，凡是他看重的人住上舍，供给车马酒肉；次之住中舍，有鱼肉可食；再次的住下舍，仅靠菜羹糊口而已。如此一来，那些真有本事的人觉得做上客没意思，做下客更无趣，反而都不屑去吃这碗饭了。所以孟尝君门下网罗的尽是些各地逃亡来的莽汉罪徒，有真本事的人实在少见。这次孟尝君从秦国逃命出来，在齐国又失了相位，在我赵国做客，本已是丧家之犬，漏网之鱼，可他手下的门客却不知轻重，反而在邯郸城里惹下这样的大祸，可见这些舍人、门客都是无足轻重的货色。其中有个叫冯谖的，孟尝君在封地放债，命他去收债，他却烧了债契，取悦百姓，孟尝君不但不罚他，反而认为这样的人可信可用，让他做府里的家宰，由此看来，孟尝君不过是个蠢物罢了。"

缪贤忙说："这件事老奴也听说过，都说这冯谖是个贤才，他烧毁借

据文契，是为孟尝君收买人心呢。"

"什么贤才，分明是个蠢才！春秋时出了一个大贤人孔丘，他门下有个弟子叫子路，在卫国做官，征发当地百姓修了一条水渠，子路见百姓无食，就自己拿出粮食给百姓们吃，孔丘知道这事就责备仲由说：'你自己拿出粮食给百姓吃，卫国的国君会以为你是在收买人心，这么做会给自己招来灾祸。你想让挖渠的百姓吃饱饭，可以请求国君，从公库里拨粮食发给百姓们吃，这些粮食是国君赐给百姓的，恩惠也是国君赐给百姓的，百姓们只会感激国君，这样你才能脱去嫌疑。'孔丘这样行事，才是明白人的做法。可孟尝君在齐国掌权多年，又是贵戚，手下食客又多，还不知收敛，像冯谖这样的人为主子收买人心，倒弄得天下皆知，齐王听说这件事，定然怀疑孟尝君有不臣之心，对他提防再三，眼下似乎相安无事，其实暗鬼已生，久后必成大祸。"

说到这儿，赵胜终于把话讲到了关键地方，却浑没注意，这半天来一直是他与缪贤两人一问一答，而赵王却已经没话说了。可赵胜已经注意不到这些了，只管自说自话："我已算定，此番孟尝君回到齐国，必然争权夺位，闹出一场大乱来。所以今天的事不必与孟尝君计较，让他早日回齐国去办'大事'，别因为这些小事另生枝节。"

这时候赵王已经有了几分不耐烦的意思，摆摆手道："好了，今天就到这里吧，孟尝君这些事寡人不问，你要怎样就怎样。"

平原君正说得起劲，赵王却忽然烦躁起来，弄得赵胜摸不着头脑，只得行了礼，退下去了。

眼看平原君没把话说透就走了，一边的缪贤颇有些意犹未尽，正在抓耳挠腮，赵何转过身来问道："你看平原君如何？"

平原君是赵国头号贵戚，缪贤一个小小的宦者令哪敢造次妄言？何况平原君精明强干，忠直果敢，缪贤也说不出他的坏话来："平原君仁义忠贞，谋略过人，是赵国干城，人所共知。"

"谋略过人？"赵何看了看缪贤，冷冷地说了句，"未免太聪明了些……"见缪贤一脸茫然，显然不能明白自己的意思，也不想和这个奴才多说什么，倚在几上，双目微闭，脑子里一遍遍想着平原君所说的"破齐楚，弱韩魏"的大计。正在出神之时，却听得细碎的脚步声到了面前，睁眼一看，却是缪贤从身后绕到面前，一声不响跪伏于地。赵何一愣："有什么事？"

缪贤伏在地上头也不敢抬，半晌才说："老奴犯了不赦之罪，这些天一直想向大王请死，可又不敢说……"犹豫了一下，到底不敢再说下去，只是趴在地上一个劲地给赵何叩头。

这个缪贤是宫里的宦者令，赵何对他很亲近。见这老东西忽然趴在地上自认死罪，倒觉得好笑，随口问道："你犯了什么罪？"

"老奴因为自家盖一所宅子，手里的钱不够用了，鬼迷心窍，竟从宫库里私取了十金，可用这偷来的钱盖的房子冬天不暖，夏天不凉，老奴住在里头，心中实在有愧，如今好歹把这笔钱凑出来，都交回库里去了，可老奴自知犯的是死罪，不敢隐瞒，特来向大王请罪。"

缪贤盗用宫里的钱，这事赵何隐约有所耳闻。想不到这奴才倒也老实，自己讲了出来。赵何暗暗好笑，冷冷地问："你自知是死罪，为何不去死，却来请罪？"

缪贤在宫里侍候多年，熟悉赵王的心思。今天他专挑这个时候跑来请罪，也是看准赵何正在琢磨大事，不会在这些小事上和他计较。现在听赵何话里的意思并未动怒，缪贤心里踏实了些，忙抬起头来赔着笑脸说："老奴本是该死的，可服侍大王是老奴的福分，哪里舍得就死呢？所以特来请

罪，若能得大王饶过一命，以后老奴更加尽心侍奉大王。"说着又一连叩了几个头。

此时赵何的心思都在刚才平原君那一番"破齐楚，弱韩魏"的话上，哪有时间为了这么一点儿小事和缪贤这个老奴才纠缠，只是摆摆手，再没说什么。缪贤赶紧又叩了几个头，弓着身子退下去了。

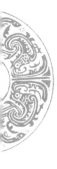

孟尝君力压赵国

从赵王那里请了命，平原君赵胜立刻回到传馆。

此时在传馆外聚集的百姓已经渐渐散了，可那个强硬的田部吏赵奢却还提着一条铜戈守在传馆门外不走。对这个牛脾气的硬汉，赵胜有三分气恼，倒有七分喜爱，知道这是个刚硬倔强的人，不想与他争执："你怎么还不走，没事做了？"

"君上何时进传馆捉拿凶手？赵奢愿助一臂之力。"

"此事重大，还需再议。这里有军马，用不着你了。"

"此事小人从头到尾都参与了，也认识几个凶徒，可以帮着指认。"

眼看赵奢纠缠不清，赵胜只好虎起脸来喝斥道："国家大事，岂是你一个小吏可以过问？是不是要我把赵国的相印兵符取来，都交给你才罢？"

可惜平原君这些厉害的话却唬不住赵奢，只见他冲赵胜深深一揖，沉声道："君上说笑了，相印小人不配要，也不敢要，可为赵国百姓出头是小人义所当为，不敢推辞。"

一番话说得平原君又气又笑，实在没工夫和赵奢在这里磨，就冲站在一旁的邯郸令使眼色。邯郸令忙上前问赵奢："你说你认得凶徒？"

"认得几个……"

"那你跟我来，仔细说说。"邯郸令不由分说拉起赵奢就走，赵胜这才好歹抽出身来，急急忙忙赶回府里。

平原君正在宴客，忽然离席而去，过了这么久才回来，孟尝君田文早已暗中打听到情况，知道自己的手下惹了大祸。可田文是齐国的贵戚，仗着齐国的强势，本就不把赵国放在眼里，现在他的手下在邯郸城里杀人作乱，闯出一场天大的祸来，田文却是一心要袒护自己的手下，心里又早认定赵胜不敢难为他，于是不等赵胜说话，自己先赔着笑脸问道："听底下人说，我手下几个不成器的家丁奴仆在外头惹了事？"也不等赵胜回答，又虎起脸说道："这帮东西好大胆，我平时怎么约束他们的！竟敢在邯郸城里闹事，今天不打死几个，他们就不知道天高地厚！请君上把拿住的人交给我好生惩治，给手下的人做个样子。"

田文的话说得虽狠，其实，却是在明目张胆地向赵胜讨要被赵国人抓去的齐国门客，而且口气生硬，毫不客气。

见田文这副嘴脸，赵胜心里很不痛快，可脸上却丝毫也不带出来，笑着说："君上说哪里话？刚才街上出了点小乱子，在下已经查问过了，都是些市井无赖和不相干的下人在那里闹闲事，互相殴斗，也没有伤人，我已经把君上的门客送回传馆去了。"

刚才街上那场争斗，被齐国人杀害的赵国百姓何止数十人！可赵胜却把话说得十分客气，又特别强调"没有伤人"。田文知道赵胜果然不敢得罪他，心里更加得意，仰起脸来笑道："是啊，在下记得齐威王四年的时候，

魏惠王拥武卒百万，称霸天下，发重兵围攻邯郸，几乎灭了赵国，是威王发兵来救，才解了邯郸之围，这些年齐赵两国屡次会盟，实在是兄弟之邦，有什么话不好说呢？"说完端起爵来向赵胜敬酒。

一个人可以对别人施恩，但千万别炫耀自己的恩德，因为一次炫耀，就可能与受恩之人结下仇怨。人与人之间的交往尚且如此，何况孟尝君提起的是当年齐国"围魏救赵"的大恩？

孟尝君的门客闯下大祸，平原君尽力为他遮掩，想不到孟尝君不但不言谢，反而当着席前众人的面说出这样狂傲跋扈的话来，让平原君的脸面何存？孟尝君这句不该说的话，狠狠得罪了平原君。

可赵胜偏是这么一种人，当他真正愤恨的时候，反而表现得比平时更加温和谦恭，拱起手来笑着说："君上说的是。自威王、宣王以来，齐国一直是山东诸国的约长，合纵六国以抗强秦，若不是齐国，天下是什么样子都不敢想了。君上执齐国权柄，仁义厚德，威孚素著，赵国实在感激不尽。"陪着田文饮了一爵酒，冲身边的李同使个眼色，李同忙转身向幕外轻轻击了两下掌，两廊洞乐，歌舞重开，平原君满脸带笑陪着孟尝君一起观看歌舞，不再提起刚才的事了。

这一天孟尝君就宿在平原君府里。天黑之后，赵胜把被赵国人抓去的几个齐国门客都悄悄放了出来，送到传馆安顿，那三千军士也仍然围着传馆，以免百姓闹事。

平原君的安排让孟尝君田文十分满意，又在邯郸住了三天，这才别过赵王回齐国去了。赵胜亲自把孟尝君一行送出城二十余里才回来。

二 诡计

苏代巧舌如簧

孟尝君回到齐国都城临淄，先在梧台之上拜见齐王。

当今齐王田地在位已经十四年了，这是一位雄壮威武、刚愎暴躁的大王，身材壮硕，勇力过人，性如烈火，好战嗜杀，自继位以来，挟威王、宣王盛世之余威，手握雄兵六十余万，国库充盈，富甲天下，旌麾所指无往不利，内使臣民畏惧，外令诸侯胆寒。像孟尝君田文这样显名于六国的人物，在齐王面前也只是耸肩俯首，唯唯诺诺而已。

今天孟尝君在梧台之上把自己入秦的遭遇从头到尾说了一遍，齐王是个暴躁的人，听了这些话气得大骂秦王无义，又安慰了田文一番，口口声声说要发兵攻秦，为田文出气。除此之外却再没有别的话。孟尝君何其精明，也知道伐秦之事非同小可，如今楚国君臣暗弱，日渐衰朽，韩魏两国屡屡被秦国所败，赵国又发生内乱，一蹶不振，天下唯齐、秦两国成势，齐王一直想要联合秦国瓜分天下，哪肯为了一个孟尝君而贸然伐秦？在梧台上说这些，无非是在用话哄他。孟尝君入秦不遂，在齐国又失了相位，成了个闲散之人，最急的就是想在齐国重新掌权。可齐王却只字不提任用他的事，这让田文十分失望，可在齐王面前一个字也不敢多说，只能陪着齐王喝了几爵酒，闷闷地退出来。回到府里刚刚坐定，下人来报，中大夫苏代到访。

这个苏代是早先联络六国合纵抗秦的纵横名家苏秦的亲弟弟，洛阳人，年纪已在四十开外，中等身材，穿一件皂色夔纹蜀绵大袖袍，蓄着一部华丽的长须，额头轩阔，鼻梁高挺，浓眉大眼，仪表出众，举止合仪，见人不说话，先是一副谦恭的笑脸。此人虽不及其兄长一人佩六国相印，却也以多谋善辩闻名天下。苏代虽是苏秦的弟弟，却并不借助兄长的名声，而是凭着自家的本事游走诸国，靠着满腹才学，一张利嘴，结交了无数名臣贵戚，先后在燕国、魏国做过大夫，齐、秦、楚这些大国也都看重他的才华，屡屡想要约请他。后来苏秦在齐国被人刺杀，齐王为了替苏秦报仇，在齐国杀了不少人。苏代对齐王非常感激，就离开燕国入齐，做了齐国的大夫。苏代极会做人，自入齐以来，在朝堂之上左右逢源，很得齐王的垂青，与孟尝君田文也相交甚深。这一次苏代奉齐王之命将要出使秦国，正好孟尝君从秦国回来，苏代就过府来见礼，顺便问问秦国的情况。

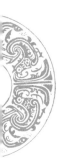

几句寒暄之后，苏代问道："听说君上此次去秦国，几乎做了秦国的国相，可后来秦王忽然反悔，是何缘故？"

一提起秦王，田文就一肚子火："这恶贼！骗我去咸阳，最后竟想害我！早晚要合赵、魏、楚、韩发兵攻打秦国！"

孟尝君能不能联合诸侯攻打秦国，苏代并不怎么在乎，他要说的却是别的事，放下酒爵，摆出一脸神秘的表情："君上知道是谁在幕后拨弄是非吗？"探过身子，把嘴凑到田文耳边压低了声音，"下官听说新上任的相国吕礼早年在秦国做过五大夫，与穰侯魏冉交情极深，如今他执齐国国政，一心想要与秦国结盟。要想结好秦国，就要想办法把穰侯推上相国之位，

所以吕礼暗中勾结穰侯在秦王面前进了谗言，以致君上不但没坐上秦国相邦之位，倒几乎丢了一条性命。这还不算，吕礼又在齐国散布谣言，想暗算君上……"

吕礼是齐康公吕贷的后人，本是齐国人，却在秦国做了官，混出名堂之后又回到齐国，立刻得到齐王的重用。田文在齐国掌相权多年，想不到自己刚刚赴秦，齐王就任用吕礼为相，取代了他的位置，本来心里就不高兴，听苏代说吕礼还在背后害他，忙问："吕礼怎么暗算我？"

"君上还记得大王继位的第七年，上大夫田甲作乱那件事吗？当时田甲发兵攻打王宫，想劫持大王，可上天护佑贤君，大王无恙，倒是田甲兵败被诛。现在吕礼对大王说：当年田甲作乱，是君上在背后指使。"

一听这话，田文勃然大怒，拍着几案吼叫起来："这是从何说起！田甲作乱与我何干？"苏代忙冲他连连摆手："君上不要声张，隔墙有耳！"田文这才好歹压住了火气。

当年田甲作乱，其实跟孟尝君田文很有些关系。也正因为心里有鬼，孟尝君才会大发脾气。可孟尝君只顾发作，却哪想得到，苏代这里说的却是一句瞎话。

苏代是个精明的辩士，知道权臣们最怕被人揭破隐私，就故意把谎撒在"隐私"上头。果然，一提田甲之事，孟尝君顿时胆怯，以致恼羞成怒。苏代却不在这件事上多做纠缠，免得田文在这件事上多动心思，又或者找人去问，弄到最后反而识破了他的谎言，急忙转了话题："吕礼还对大王说：君上掌齐国相印多年，位高权重，又得百姓拥戴，现在齐国人只知有孟尝君，不知有齐王，再这样下去，只怕大乱将至！虽然大王视君上如股肱，不至于因为这些谣言就与君上反目，可有吕礼之辈在朝堂，君上的日子恐怕不好过。"

听了这话，田文皱起眉头不吭声了。

说谎的高手都知道，彻头彻尾的谎话绝不能多说，因为这样的谎言早晚容易戳穿，到那时说谎的人就会自食其果。而世上最厉害的谎言，就是一句话里九成都是真的，偏偏最要紧的那一两个字却是假的。现在苏代所说的就是这样的谎话。

孟尝君田文在齐国掌权多年，一心招贤纳士，收买民心，单是在他的封地薛邑就养士六万户，府中舍人食客有三千余人，薛邑的百姓确实只知有孟尝君，不知有齐王，这些都是真的。只有一点是假的，那就是：齐国的相国吕礼有没有对齐王说过这些话，苏代根本就不知道，也不可能知道，这些谎话全是他揣测人心，自己编造出来的⋯⋯

可孟尝君刚从秦国回来，他不在的这些日子，吕礼在齐王面前说过什么，做过什么，孟尝君又怎么会知道？尤其苏代编出的这套话正好抓住了孟尝君的痛脚，不由得暗暗心惊。

苏代在一旁察言观色，见田文已经慌了手脚，渐渐落入自己设下的套子，心里暗暗冷笑，却并不急着再往下说，只管低头喝酒，偏要等田文来问他。果然，田文起身移席凑近前来问道："依大夫的意思，我当如何是好？"

听田文问出这话，苏代心里一阵狂喜。

天下人谁能想得到，这位齐国的中大夫苏代，竟是燕国派来的细作！

苏代一家本是农户出身，共有五兄弟，家里很穷。后来苏秦有幸拜在鬼谷子门下学得一身本领，可游遍各国却不得重用，弄得穷困潦倒，处处受人歧视，苏秦因而发下誓愿：哪国君王若肯用他，必当以死相报。其后苏秦投到燕国，终于得到燕王姬职的重用，于是苏代便一心报答燕王的知遇之恩，他的弟弟苏代自年轻时就一直追随在兄长左右，也学了一身纵横之术，练就一条如簧之舌，自苏秦投效燕国以后，苏代也追随兄长一起报效于燕国。

早年燕国曾发生"子之之乱"，燕王哙一心要学古代圣君"禅让"的故事，把王位传给了国相子之，自己北面称臣，闹得燕国纲纪大乱，被齐国趁势攻伐，几乎亡国。赵国的赵武灵王不愿看到齐国兼并燕国，扩大势力，就把在韩国做人质的燕国公子姬职迎回燕国继位，燕国才得以复国，可千里江山尽被齐人踏破，周天子所赐的九鼎神器也被齐人掳走，从此燕国与齐国结为世仇。燕王姬职是个有雄心的君主，自继位之后无日不想攻破齐国，可齐国强盛，燕国弱小，无力征伐，苏秦就在燕王面前立下誓言，入齐国为内应，名义上说动各国以齐国为霸主，联合六国之力共抗强秦，其实一心要让齐国空耗国力，待齐国衰落，燕国就可以起兵复仇。

其后苏秦靠着三寸不烂之舌说动齐王，先是掌握了齐国的大权，又佩齐、楚、燕、韩、魏、赵六国相印，名义上征讨秦国，实则每每使齐国劳军破财，无功而返。在苏秦的牵制之下，齐国的国势越来越弱，而齐王却不自知，始终重用苏秦。后来苏秦因与齐国贵戚争权，被人刺杀，他的弟弟苏代又自燕入齐，做了齐国的重臣，一门心思要为燕国破齐。

若论胸中韬略，舌辩之能，苏代不及苏秦，却也算得上当今天下第一游辩之士，最精于权诈之术，满心都是鬼主意。这时他早想好了一套阴森森的计谋，一定要哄得齐国天翻地覆，而苏代这些奇谋诡计，全都着落在孟尝君田文的身上："君上是何等人？岂能受小人的欺凌！若依我的脾气，就在朝堂之上杀了吕礼，为君上出气。"

苏代这句话说得太过了，孟尝君一丝一毫也不信，但脸上还是摆出一副又惊讶又感动的神情，双手直摇，嘴里连说："不可如此，不可如此……"

又挺起身来对苏代拱手一揖，谢他的这番侠情高义。

苏代推案而起，左手拢住腰间的长剑慨然说道："吕礼不死，必是齐国之祸！君上不可姑息养奸！"盯了孟尝君一眼，又冷笑道："难道君上不想除去吕礼这个小人吗？"

孟尝君心里当然想除吕礼而后快，可在苏代面前说"除去"也不妥，说"不除"又不甘心，只好应付一句："还是从长计议吧。"

苏代要亲手去杀吕礼，当然是在做戏给人看。听孟尝君说"从长计议"，也就顺势坐了下来，皱起眉头长叹一声："大王一颗心全放在攻宋的事上，要攻宋，必先结好于秦，要结好于秦，又必然重用吕礼，想在大王面前推倒吕礼，靠咱们的力量怕是不够，可天下却有一个人，只要一句话就能把吕礼赶出齐国。"

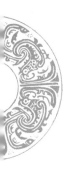

"你说的是谁？"

"秦王。"

一句话倒把孟尝君说愣了："这怎么会？吕礼本是秦王的人……"

苏代说这话就是要引得孟尝君迟疑，微微一笑，端起酒来饮了一爵，这才缓缓地说："请问君上，在诸侯间论名气，是君上的名气大，还是吕礼的名气大？"

在这上头其实是不用问的，孟尝君的名气自然比吕礼大得多。于是孟尝君冷笑一声："他吕礼算什么！"

"这就对了。要论威名德才，君上是六国第一人杰，可大王却不能赏识君上，请问是何缘由？"

苏代的话倒把孟尝君问住了。见他答不上来，苏代笑眯眯地说："君上是齐国大才，可久居于齐，事君忠诚，遇事恬退，大王与君上久处，反而不见其美。秦国是西方霸主，素怀狼虎之心，秦王思贤若渴，若有人将君上引荐于秦王，必得重用。"说到这里偷看了一眼，见孟尝君的脸色已经不太好看，忙拱起手来说道："君上不要急，让我把话说完：上次君上入秦险些被害，已与秦王结下怨仇，可秦人诡诈，毫无信义廉耻，只要有利可图，秦王必然愿意再请君上入秦为相。"

听到这里，孟尝君再也压不住怒火，一拍几案厉声喝道："大夫何出此言！我与秦人势不两立，岂肯再去咸阳受辱！"

孟尝君的暴怒也在苏代意料之中，丝毫不惧，笑着说道："苏某虽然愚鲁，也不会说出让君上去咸阳的话来，只想利用秦王的约请，以显君上之才德。《诗经》有云：'鹤鸣九皋，声闻于天，它山之石，可以攻玉。'君上在齐国被人冷落，却能'鹤鸣九皋，声闻于天'，得到秦王的器重，那时大王还能再冷落君上吗？"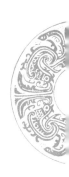

到这时孟尝君才隐约明白了苏代的意思，凝神一想，不禁暗暗点头。只是苏代的伎俩却也弄险，既欺了秦王，又骗了齐王，万一此事败露，孟尝君在齐王面前不好交代。

孟尝君阴沉着脸犹疑不定，可苏代却知道这些枭雄都是野心勃勃之辈，为了权力不惜性命，现在以"权柄"为饵摆个圈套在这里，不必劝哄，孟尝君一定会自己钻进来，所以一声不吭，只管喝酒吃肉。

也就片刻工夫，孟尝君果然抬起头来问道："苏大夫觉得谁能为我说动秦王？"

孟尝君果然上当了。苏代心里暗暗冷笑，嘴里却不紧不慢地说："大王派下官出使秦国，正好为君上在秦王面前说这件大事。"略想了想，又补上一句："下官有个主意：能否请君上选一位能言善辩之士随我入秦，一起说动秦王，则此事更易成功。"

苏代的辩才闻名六国，孟尝君对他的那条舌头是信得过的。即使苏代之计不成，于孟尝君也一无所损。有这么个机警的人愿意帮他的忙，自然很高兴。摆手叫过冯谖，在他耳边低声说了两句，冯谖走进内室捧出一只木匣，孟尝君打开木匣摆在苏代面前，却是满满一匣黄金："这些请苏大夫笑纳。"

一见金子，苏代两只眼都发出光来！忙双手捧过黄金紧紧抱在怀里，笑道："君上太客气了。"

其实苏代是个有大志向的人，哪在乎眼前这几块金饼？可苏代这样的纵横家个个都是洞悉人性的老手，知道贪财的人虽不招人喜欢，可有时候却最让人信得过。所以今天在孟尝君面前，他就故意做出这么一副贪财无耻的嘴脸来，好让孟尝君以为他苏代只是个渔利的鼠辈，只有这样，孟尝君心里才觉得踏实，也更把他当成心腹看待。

对孟尝君这种权倾朝野的贵戚重臣来说，与其养虎，不如养狗。看着苏代这副见钱眼开的丑态，田文心里暗暗冷笑，真就把这个滑头滑脑的中大夫看成了自己豢养的一条走狗，顿时放下心来，对苏代也更信任了。指着冯谖说道："这是我的家宰，也是我身边最信任的能人，苏大夫可以带他去见秦王。"

到此时，苏代已经把孟尝君田文握于股掌之间了。

可苏代是个细心的人，虽然用一番毫无漏洞的谎话骗住了田文，却还担心自己离开临淄之后，孟尝君这边有什么变化，眼珠一转，已经想出个主意来，笑着说："下官又有个想法：吕礼这个人凶险狡诈，大王又正对他信任，君上已经失了相印，如果待在临淄，恐怕吕礼要害君上，不如先回薛邑，那里是君上的封邑，方圆百余里，食邑六万户，铁打的城堡，别

说一个吕礼，就算三五万大军也攻不破，君上待在薛邑比在临淄安全得多。"

其实孟尝君也是个精明透顶的人，若在平时，苏代的心计他未必看不出来。可苏代刚刚收下了一笔金子，贪财的嘴脸都被孟尝君看在眼里，着实瞧不起此人，这么一来，他反而看不出丝毫破绽。略想了想，点头道："也好，我明天就回薛邑，大事都有劳苏大夫了，事成之后，我另有重谢。"

苏代忙说："这怎么敢当，为君上效命是下官的福分。"把那一盒黄金珍而贵之地收了起来，喜笑颜开地告辞而去。

与苏代会面之后，孟尝君田文果然向齐王称病，要回封地休养。齐王这里正因为免了孟尝君的相国之位，有些不好意思，又怕孟尝君留在临淄城里与新就任的相国吕礼争权，闹出麻烦来，现在孟尝君要回薛邑休养，正中下怀，立刻答应了。于是孟尝君一天也没耽搁，带着一大群舍人驾了百十辆车舆，老老实实回到他的封地薛邑养病去了。

孟尝君离开临淄的第二天，中大夫苏代也带着大批礼物穿越赵、魏两国，一路招摇过市，直奔秦国都城咸阳。

秦王要看贵戚的脸色

和齐国都城临淄一样，坐落在渭河北岸咸阳塬上的秦都咸阳城也是当世数一数二的大城。

自秦孝公将都城从栎阳迁到咸阳以来，城中居民已增至六万余户，东

西南北四处街坊中挤满了各国来的商人，东至齐、赵、燕、东胡，南到楚地、百越，西边匈奴、犬戎，北地林胡、猃狁、肃慎，以及中原的韩、魏、鲁、宋、卫各国商贾汇聚于此，广场上人声鼎沸，秦楼帘底莺声燕语，奇珍异宝罗列满市。

穿过繁华街市可见五丈高台上巍峨壮丽的咸阳宫，紫墙黑瓦，红柱云廊，丹地轩台，别馆离宫，绵延几十里，亭阁楼宇错落有致，宫殿深处的章台高接云汗，金碧辉煌，殿阁顶上一尊硕大的青铜鎏金彩凤展翅欲飞，远在十里之外就能看到，初到咸阳的外地人见了此景，无不目眩神驰，错愕如登仙界。

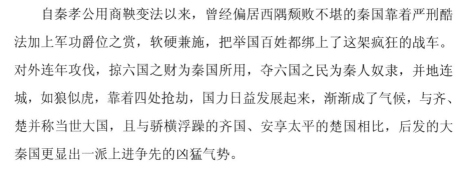

自秦孝公用商鞅变法以来，曾经偏居西隅颓败不堪的秦国靠着严刑酷法加上军功爵位之赏，软硬兼施，把举国百姓都绑上了这架疯狂的战车。对外连年攻伐，掠六国之财为秦国所用，夺六国之民为秦人奴隶，并地连城，如狼似虎，靠着四处抢劫，国力日益发展起来，渐渐成了气候，与齐、楚并称当世大国，且与骄横浮躁的齐国、安享太平的楚国相比，后发的大秦国更显出一派上进争先的凶猛气势。

可苏代却没心思观赏咸阳城里这一番美景，进城之后先到仪司投下国书，请求秦王召见，这才住进传馆，略安顿了一下，立刻带着一份厚礼来拜见当朝权贵、宣太后同母异父的弟弟穰侯魏冉，想不到却吃了一个闭门羹。

穰侯的面子大，门槛高，苏代一时钻不进去，当然不死心，又捧了几双玉璧去拜访宣太后的亲弟弟华阳君芈戎，想不到华阳君府上也是大门紧闭，根本不让苏代进门。

苏代这么一个名闻天下的智囊人物，在秦国竟如此不讨人喜欢，倒也有些出人意料。好在他们这些做说客的脸皮比常人要厚实得多，对碰壁的

事并不在乎。秦人规矩，各国使臣以及大商巨贾到了咸阳，秦国免费供应
食宿，安排车马，还有秦地特产漂亮丰腴热烈风骚的美人儿供这些人享乐，
于是苏代美美地吃了一顿，又招来两名美伎弹唱歌舞，只管享他的福，至
于秦王见与不见，全不放在心上。

　　苏代哪里知道，就在他躺在传馆里吃肉喝酒的时候，咸阳城里几位最
有权势的人物正坐在一起，算计他这个齐国来的使臣呢。

　　苏代入秦，第一个得知这消息的并不是秦王，而是秦国第一权臣穰侯
魏冉。得知这个消息后，魏冉也并没有急着去报知秦王，而是先进了后宫
的凤阁殿，把这个消息告诉了自己的姐姐——秦王的母亲宣太后。

　　秦王嬴则是惠文王之子，秦武王的弟弟。当年秦惠文王晏驾以后，秦
武王在位仅四年就亡故了，在秦国能继承王位的公子王孙不少，嬴则只是
一个普通的王孙，正在燕国做人质，实在没有继位的资格，是这位手握兵
权的舅舅魏冉调秦国大军把他迎回秦国，又靠着舅舅手里的兵权诛戮异己，
狠狠地杀了一批手足兄弟和朝中大臣，这才拥着嬴则登上王位。秦王继位
这二十年来，秦国的国政一小半掌在秦王手里，一大半却握在母亲宣太后
和舅舅穰侯魏冉手里，凡有什么大事，总是太后和穰侯姐弟二人先商量妥
当之后，再把嬴则请来商议一回。

　　这次齐国使臣苏代入秦，魏冉立刻感觉到这是一件大事，即刻入宫和
宣太后把事情的前因后果都算计透了，这才命人把秦王请来商量国事。

　　等嬴则被太后请到凤阁殿的时候，穰侯魏冉早就退出去了。

　　幽暗的大殿中点了几十支红烛，烛光下，宣太后一个人斜倚在榻上，
两名宫女在一旁侍立，另有一个十七八岁相貌清秀的白衣小子跪在太后身
旁，把头凑在她耳边低声说着笑话，见嬴则来了，忙像只老鼠一样飞快地

躲进殿角的暗影里一声也不敢出了。

这年宣太后已经六十岁了，照这个年纪来看，经过一番精心妆扮的宣太后算是出奇的漂亮，头发乌黑光亮，皮肤白净细腻，就连眼角处也看不到一丝皱纹，看着像三十多岁的样子。可宣太后的心却比她的容貌衰老得多，这些年来，她早已失去了走到阳光下的勇气，终日躲在这阴沉沉的内宫深处，用红衣绿裳、珠玉黄金和无数闪烁的烛火把自己层层包裹起来。只有在昏黄的烛光下，宣太后才觉得自己真正的年轻起来了，心里也才踏实些。

作为秦惠文王身边一个并不太受宠的姬妾，宣太后身边只有嬴则这么一个儿子。她很爱这个儿子，同时也很爱自己手中"临朝称制"的权柄，于是在宣太后眼里，儿子和权力融为一体，成了一颗一眼也离不开、一刻也放不下的珍宝。

现在宣太后就把自己这已经四十多岁的儿子从头到脚看个不停，早寒午暖，饮食起居，絮絮叨叨问了个遍，一直到宦官来报：穰侯魏冉求见。老太太这才想起今天还有要紧的事办，勉强闭上了嘴。

转眼工夫，宦官领着穰侯魏冉走上殿来。

魏冉年轻时是秦军中出了名的力士，能举千斤鼎，开五石弓，赤手搏熊虎。虽然已经五十多岁了，头发也白了一小半，可看起来还是像牛一样结实，个子不是很高，却粗壮得吓人，方脸盘，高颧骨，厚嘴唇，硕大的鼻子略显扁平，蓄着一部垂到胸前的长须，肩膀宽阔，脸膛红润，声音响亮，步伐沉重缓慢，进殿对秦王、太后行了礼，在秦王对面坐下，没有一句寒暄，立刻说道："大王，齐王派中大夫苏代出使秦国，已经进了咸阳城。臣估计此人之来，与吕礼出任齐国相国有关。齐国一向联络三晋诸国与秦国作对，现在忽然罢了孟尝君的相权，用吕礼为相，一心要与秦国交好，大王觉得齐国是什么意思？"

秦王嬴则是个雄才大略的英明君主，胸中尽是吞并六国之志，齐国人想干什么，他心里清楚得很。可穰侯魏冉是太后的弟弟，在秦国秉政多年，权倾朝野，人又爽直，在秦王面前说话从不避讳，在穰侯面前，嬴则很多时候乐得不开口，少开口。

现在穰侯动问，嬴则就把自己的想法全收起来，脸上毫无表情，只是反问一句："穰侯怎么看？"

穰侯魏冉在秦国做了十年将领，二十年权臣，半辈子在死人堆里打滚，三十年来不知谋害过多少人，早练就了一双鬼眼，一副狼心，没什么阴谋是他看不透的："大王，齐国绝不会真心与秦国交好，依臣看来，齐王摆出这么个姿态，无非是想要攻宋。"

穰侯推开面前几案，起身走到殿中，抬起手指向东方："当今天下只有齐、楚、秦三强，楚国这些年安享太平，志气消磨，已不足为惧，可齐国自威王、宣王以来积累起强大的实力，带甲百万，富甲一方，论国力当在秦国之上，又一直奉行合纵之策，联合韩、赵、魏三晋之力以抗秦，秦、齐两国一东一西，实力相当，战不能战，和不能和，只能仗恃国力，从态势上压过对手，齐王伐宋，就是想借灭国并地之威，从态势上力压秦国。齐国想要灭宋，以齐王的实力，应该做得到。可齐王不智，已经做下了蠢事，齐人若真灭了宋国，反而对我秦国有利。"

说到这儿，魏冉故意停了下来，等着嬴则问他。

魏冉掌秦国大权多年，又是秦王的舅舅，性格难免有些跋扈，现在他这样，是把嬴则当成小孩子了。嬴则却颇有气度，不动声色，也不急于动问。倒是一旁的宣太后看出穰侯的做法不妥，不等嬴则开口，先替他问了一句："齐国灭宋，对咱们秦国有什么好处？"不等魏冉回答，又故意冷着脸责备了他一句："你这个人也真是，一句话分成两半说，还要让别人问你？"

宣太后这一句数落，倒弄得魏冉有点尴尬，忙笑着说："臣哪敢有这个意思。臣觉得百余年来齐国始终联络三晋，土地数万里，集兵百余万，压得秦国喘不过气来，可这次齐王为了灭宋，主动与秦国交好，如此必失信于三晋，从此少了强援。为了吞并一个宋国，失去三晋的支持，实在得不偿失，可见齐王昏暴无能，正是灭齐的机会。我秦国大可以纵容齐国灭宋，待齐国与三晋彻底反目，那时就可北合燕国，东连赵国，再笼络魏国，并力攻齐，有燕、赵、魏的响应，韩国不敢不追随，如此则秦合五国之力，必可大破齐国，齐国一破，自然成就了秦国的滔滔大势，攻伐天下，无往不利了。"

魏冉说出了一番天下大势，但这些嬴则却早已想到，并不去接穰侯的话题，只问了一句："楚国会怎样？"

"楚国也不会坐视齐国称霸，但楚王熊横昏弱无用，首鼠两端，臣估计五国伐齐之时，楚国多半袖手旁观，就算出兵助阵，也必是连秦而破齐。"

魏冉一番话说得嬴则暗暗点头，正要答言，坐在一旁的宣太后忽然插了上来："国事说得够多了，我也听烦了。"对穰侯摆摆手，"你先去吧，我想和大王说些家常话。"

在秦国权势最大的是秦王，可在这间凤阁殿里，说话最有分量的却是太后。宣太后一句话，正在高谈阔论的穰侯魏冉急忙躬身行礼，告退而去，嬴则也收起了君王的气势，换上一副儿子对母亲的谦恭："母后有何事吩咐？"

"今年的天气真冷啊……先王过世二十多年了，我一个人孤零零的，身边连个嘘寒问暖、知冷知热的人也没有，不知这把老骨头还能撑几年？"

宣太后斜眼看了看儿子，又长长地叹了口气，摆出一脸愁苦相，眯起眼睛看着摇曳的烛火，不理儿子了。

听太后说这些话，嬴则心里暗暗好笑。

秦国的宣太后本是楚国王室之女，嫁给秦惠文王之后并未得宠，所以她对惠文王谈不上什么感情。自从嬴则继秦王位，宣太后凭着儿子的王位，仗着弟弟魏冉的兵权，一直居于内宫摄政，处事明决，手段强硬，这些年来把秦国治理得井井有条，从秦武王时的混乱衰败到今天的强兵富国，宣太后出力极多，这一点嬴则心里都清楚，也很感激。至于太后埋怨后宫"冷清"，嬴则却知道太后身边从来不缺男人，刚才跪在一旁侍候的那个模样清秀的小子魏丑夫，就是新近才招进宫来的男宠。但秦人风俗向来开化，从不把这些事看重，嬴则心里也觉得只要太后高兴，这些闲事不必去管，也不该管。现在太后忽然说这些伤感的话来责备他，嬴则当然知道所谓的"身边冷清"只是托辞，却不知太后到底想要什么，不好回答，只能赔笑道："寡人疏忽了，以后每天都到母后宫里来问安就是。"

宣太后瞟了嬴则一眼，有气无力地说："你拿这些虚话应付我，无非是说你国事忙，抽不出身来，我也不敢指望什么，反正国事比我这个老婆子的性命要紧得多。"

听太后话说得越来越难听，嬴则倒渐渐明白了她的意思。只是这层意思太后不挑破，他也不肯说破，便笑着说："母后的事比国事要紧。"

宣太后知道儿子的聪明，见他递过话头儿来了，也就把自己想说的都说了出来："国事也要紧。只是那些琐碎的事未必都要大王去操劳，找个可靠的人交给他办就是了。"说到这儿，见嬴则只顾低头喝酒，故意不肯看她，心里有些不乐，坐直身子盯着嬴则问，"大王在位二十年了，身边总有几个可靠的人吧？"

其实宣太后绕这么个大弯子，只是想让嬴则重新任命穰侯魏冉做秦国相邦。而太后的想法倒也正合嬴则的心意。

魏冉是宣太后同母异父的弟弟，当年秦武王薨毙之时嬴则年纪还小，在燕国做人质，是魏冉想办法把嬴则接回秦国，又拥重兵保着嬴则登上王位。其后魏冉平定"季君之乱"，杀了公子嬴壮，一壶毒酒毒死了嬴则名义上的"母亲"——秦惠文王的王后，又把嬴则的兄长秦武王的王后逐出秦国，使嬴则在秦国大权独揽，随后大开杀戒，血洗咸阳，先杀嬴则的兄弟手足，再杀朝中大臣贵戚，前后杀害了无数人，终于使得嬴则能坐稳秦国的王位，功劳很大，所以嬴则继位之后，一直委派自己这位舅舅担任秦国的相邦。

魏冉这个人文能治国，武能统军，又极善用人，方今秦国逞名一时的大将白起、司马错、蒙骜、胡阳等人，皆是魏冉一手提拔起来的。可也正因为魏冉太有本事，嬴则对自己这个舅舅反而不大放心，几年前借着一些小事免了魏冉的相位，同时又把穰城封给魏冉，让舅舅做了万户侯，也不算亏待他。

可自穰侯罢相以来，这些年在秦国还真找不到一个能替代魏冉的能人，现在秦国预谋伐齐，大战将临，很多地方用得上魏冉，重新拜穰侯为相，正是时候。

既然猜出了太后的心思，又觉得用魏冉正是时机，嬴则也就决定顺势而为。只是做君王的最忌讳的就是被人摆布，即使自己的亲生母亲也一样。若太后一开口，自己这里就答应下来，未免太容易了些，将来魏冉做了相邦，难免跋扈。想到这儿，嬴则故意沉下脸来，低头想了半天，才皱着眉头缓缓说："自樗里子去世之后，这些年秦国人才凋敝，真正能让寡人信

任的只有穰侯，只是穰侯这些年不怎么关心国事，倒把酒色二字看得很重，听说身体也不太好，还能担此重任吗？"

嬴则的话里虽有责备魏冉的意思，其实暗里还是答应让魏冉做相邦了，宣太后暗暗高兴，嘴里却顺着嬴则的意思，尖起嗓子说："大王说得对！穰侯只知道自己享福，倒把国事扔在脑后，实在不像话！什么身体不好都是托词！我今天叫他来本是要骂他一顿的！因为议论国事，倒忘了骂他。我看大王干脆多给这老家伙一些差事，让他有个正经事做，免得整天泡在女人堆里把骨头都泡软了。"

宣太后是个楚人，在男女之事上极看得开，加之性格又爽直，说出话来热辣辣地刺人。嬴则倒不好意思接口，却也不肯立刻答应任命魏冉为相，只是嘿嘿笑了两声，借口要见齐国使臣，从太后宫里告辞出来。

这时嬴则心里已经打定了主意，并不急着见苏代，只管忙着自己的国事，一连五六天把苏代扔在一边不理。

出卖魏国，交换一场灾难

苏代是个精明的人，知道秦王故意冷落他，是在做嘴脸给齐王看。

阴谋阳办，这是为人君者惯用的诡计。秦国与宋国本有盟约在先，齐国伐宋，秦国理应出兵相助。可眼下秦王已经悄悄打定了作壁上观的主意，任由齐国伐宋，在此之前他当然要摆个样子出来，让天下人知道秦国并不支持齐国伐宋。

既然秦王要做样子给天下人看，苏代也就刻意迎合秦王的心意，让秦王把这个正派嘴脸装到底好了。于是秦王不召见，苏代不求见，两人各自忙活自己的事。又拖延了快十天，王宫里到底传出话来，命齐国使臣苏代觐见。

这天一大早，苏代头戴大夫冠冕，深衣博带，手捧一张朱漆条案，案上金丝大漆檀木匣里盛着齐王送上的国礼——十双上等羊脂玉璧，在两名随从陪伴下立于咸阳宫门之外等候秦王召见。

这一等就是一个时辰。好容易听得宫院内一轮鼓毕，宫门大开，苏代走进宫门，在阶前肃立候召。片刻，鼓声再起，有接引官上前，引着苏代走到大殿的丹墀之侧静立。鼓声三作，中和韶乐响起，秦王嬴则登上大殿，接引官引着苏代上殿向秦王朝拜，继而献礼于前。秦王看过献礼，说了一声"有劳"，命宫人收起礼物，苏代忙俯身再拜，秦王却没有再说别的，起身退进后宫去了。苏代只得一个人在大殿外的廊上候着，眼见秦国官员在宫院里来往穿梭，公事繁杂，没有一个人理他。

这一等竟直到日头偏西，苏代两腿站得又酸又疼，肚子饿得咕咕直叫，终于有个内侍出来，把他引进后面的偏殿。秦王早已在座，苏代急忙匍匐又拜，嬴则却看也不看他一眼，只管低头批阅案头的竹简，又过了好半晌，这才翻起眼珠晃了苏代一眼，问了一句："齐王命你来做什么？"

见秦王把架子摆得这么大，苏代心里暗自咒骂，脸上却是恭敬异常，向前跪爬两步，赔着笑脸说："我家大王命臣下来拜见秦王，是想说一件国事：齐国与宋国接壤，这宋国是商朝国君后裔，周朝立国时受封公爵，尊贵无比，然则宋康王无道，无故征伐齐、楚、魏诸国，又兴师兼并滕国，自立为王，在国内荒淫骄奢，横征暴敛，残害贵裔，大夫们都来劝谏，宋王在御案之旁摆放弓箭，凡有臣子来劝谏的，不论情由，引弓矢而射，一日射杀景成、戴乌、公子勃三人，以致物议纷纷，天怒人怨，国人皆称其为'桀宋'，如此无道昏君当世罕有。齐王审察民意，顺天应人，欲解宋人倒悬之苦，想要起兵伐宋。但我齐国平素与秦国交好，也敬重秦王的德行威望，特遣下臣来拜见大王，说明此事。"

苏代说了一大堆话，嬴则这里却连头也不抬，只管批他的奏章，好半天才把笔放下，却仍然连眼皮也不抬，冷冷地问："伐宋？宋国受周天子册封，乃是公爵之国，你齐国不过侯爵之国，有什么资格伐宋？"

"宋王无道，为天下人所恶，齐王伐宋也是顺应天意。"

"大胆！"秦王一声怒吼，把手里正在看的竹简往苏代脸上砸了过来，苏代急忙躲闪，竹简重重打在他的肩上，"哗啦"一声滚落在地。嬴则指着苏代厉声斥道："你是什么东西！不知自己卑贱，竟敢在寡人面前妄说'天意'！单凭这一句话，寡人就可以立刻烹了你！宋国与秦国有盟约，齐国却要起兵伐宋，这不是与秦国作对吗？你去告诉齐王，齐国若敢攻宋，寡人必起倾国之兵伐齐！"

秦王的怒吼倒让苏代吃了一惊，可偷眼看秦王的神色，怎么看都像是在作戏。又把前后事情想了想，已经猜到秦王只是虚声恫吓，心里也就有了主意，笑着说："苏代说了一个'天意'，大王就要命下臣赴鼎镬而死，要是这样算来，那宋王岂不是要被大王剁成肉泥，煮熟了喂狗吗？"

"这是什么话！宋王怎样了？"

"大王，苏代曾听宋国人说过：宋王戴偃平日最恨秦国，斥责秦王欺压天子，攻伐列国，口口声声说要联络诸侯举兵讨伐暴秦，又命人于山阴水寒之地伐取槐木一株，刻成木人，身体手脸俱全，在木人胸前刻上大王的名讳，以咒镇之，以箭射之！这是要行巫术害大王性命，如此可恨，大王怎能放过这'桀宋'昏君！"

宋王真的把秦王嬴则做成木人，以箭射之吗？天晓得……可现在齐国伐宋，秦王分明是急着要做同谋，只差一个借口了。所以苏代说出这句话来，就等于递一个把柄给秦王，好把嬴则拉到自己船上来。

果然，嬴则立刻抓住这个把柄，对苏代的话一律深信不疑，立时拍案大骂："混账东西！寡人欲助宋国，不想那戴偃竟以巫术来害寡人！秦国早晚起兵灭了宋国，将这恶贼碎尸万段！"叫骂了几声，又把话头儿转了回来，"只是秦国离宋国太远，不便发兵，如之奈何。"鼻子里重重地叹了一声，摆出一脸气恨难平而又无可奈何的愁苦相。

到这时候苏代已经摸到了秦王的底，忙整整袍袖，对秦王拜了一拜，端颜正色地说道："苏代为齐王请伐宋国，就是要为大王报这个仇。"说到这里，觉得时机差不多了，只要再给秦王这条恶狼一块肥肉吃，齐国伐宋之事就可以讲定了，又像只老鼠一样匍匐向前，一直爬到秦王脚下，腆起一张脸来笑着说："大王，下臣其实只是个买卖人，知道一场生意做下来必得两方都有赚头才好。齐国伐宋，对秦国也大有好处。"

苏代是齐国使节，又是堂堂一个大夫，却把国家大事当成"买卖"来和秦王讨价还价。可偏偏这卑鄙的话儿秦王嬴则最爱听，翻愣着眼睛看了看苏代，虽不接口，神色却越发和蔼了。

苏代这个人最会讨别人喜欢，笑嘻嘻地说："仆臣虽然出身卑鄙，却也知道周朝败坏，王气已失，当今天下唯齐王贤明，秦王伟略，代天巡狩，是诸侯之主。仆臣虽然侍奉齐王，心里却也敬重大王。以前齐、秦两国多有战事，小臣为此寝食难安，现在齐国主动与秦国交好，臣十分欣喜，想来大王也会喜欢吧？"说了这几句套交情的话，又偷看一眼秦王的神色，见这个凶神恶煞脸上竟有了一丝笑意，这才彻底放下心来，把话说到正题，"齐国与秦结好，和三晋诸国的合纵自然就破裂了，大王可以乘势出兵伐

魏，必然大获全胜。如此一来齐得宋国之地，秦得魏国之地，大家各取所需，各获其利，大王何不顺势而为呢？"

听了苏代的话，嬴则心里一动。

原本嬴则把全部心思都放在齐国的事上，倒没想过借机伐魏。可现在苏代忽然说出这么一条计来，倒让嬴则眼前一亮，立刻想到，有苏代这一句话，秦国攻拔魏国重镇安邑的时机就成熟了。

想到这儿，嬴则脸上忍不住露出喜色。但嬴则也是个极有心计的人，只一眨眼工夫就把这份高兴的心思压了下去，仍然气呼呼地说："齐王反复无常，寡人不能尽信。"

苏代坐在秦王对面，两只眼睛一直死死盯着秦王，察看他的神色，嬴则脸上一露喜色，他立刻看在眼里，趁势就把自己的第二条计策摆了出来："大王说信不过齐国，下臣这里倒有个两全其美的办法，不知大王愿意听吗？"

"请说。"

其实苏代要说的就是孟尝君的事。可这苏代是个奸滑到骨头缝里的辩士，这次到秦国，在秦王面前该说哪句话，办哪件事，他早就一一布好了局。现在听秦王问他，苏代却不肯把话说透，起身拱手笑道："办法虽好，下臣却不方便说，臣此番入秦，还约请了一位名士，有一条妙计献与大王。"

"是什么人？有什么妙计？"

"此人叫冯谖，是孟尝君门下的舍人，只是他从薛邑入秦，要晚几日才到咸阳，到时大王见他一面，自然什么都明白了。"苏代对嬴则行了叩拜礼，退下去了。

苏代的计谋真是变幻莫测。明明是他领着冯谖入秦，又把冯谖介绍给秦王，而冯谖此时就住在咸阳城的传馆里，可苏代却说冯谖要晚些时候入秦，骗过了秦王，回传馆后又把自己与秦王所说的话，一个字也不对冯谖提起。

其后几日，苏代与秦王商定了密约：齐、秦两国结好。齐王默许秦国伐魏；秦王默许齐国伐宋。

把这件大事办成之后，苏代立刻向秦王告辞，要回齐国。直到这一刻他才对秦王说："大王，齐国来的名士冯谖已经到了咸阳，等候陛见。"

"你去唤他觐见。"

得了秦王诏令，苏代回去传馆，命冯谖入宫去拜见秦王。冯谖这里刚刚出门，苏代立刻坐上安车飞一样离开咸阳，回齐国去了。

不一时，孟尝君府里的家宰冯谖被内侍领进大殿，跪拜行礼已毕，嬴则问道："听说你是田文门下舍人，替你的主子来献什么'两全其美'的好计？且说来听听。"

听秦王把话说得这么直白，冯谖也就没必要再绕弯子了："小人卑贱，在大王面前如同草芥一般，全靠我家主人的面子才有幸跪在大王脚下说这几句话：小人以为，天下大国唯齐、秦而已，天下士人凡投靠秦国的，都想弱齐以强秦，凡投靠齐国的，都想弱秦以强齐。小人也是这么一个说客，既然到了秦国，就希望秦国强大，至于齐国是否因此变得弱小，鄙人却不去管。"

其实冯谖说的是一篇舌辩之士常说的虚话，这样的话嬴则平时听得太多了，随便点头道："你说下去。"

"大王可知齐国之所以名重于天下，靠的是谁吗？就是我家主人孟尝君。天下人哪个不知道我家主人礼贤下士，仗义疏财。我家主人在齐国时，天下贤能尽集于齐国，都是慕孟尝君之名而来，如今孟尝君被齐王罢了相位，赋闲在家，这是个大好机会，大王何不备下重礼聘孟尝君来做秦国的国相？有孟尝君在秦国，则天下俊杰必云集于秦。"

再请孟尝君田文来做秦国的相邦？这个主意嬴则早先也没有想过。

不久前嬴则费了不少工夫把孟尝君请到秦国，想要拜他为相，其实只是想借孟尝君的名声为自己招贤纳士，并不打算把秦国的国政交给孟尝君。可嬴则却忘了，秦国的实权一半掌握在宣太后和外戚手里。就因为嬴则要用这个齐国人，竟惹得宣太后大发脾气，两个舅舅穰侯魏冉和华阳君芈戎也从中作梗，逼着嬴则杀掉孟尝君。后来嬴则真的下了决心要杀孟尝君，却又给这个老滑头探到消息，赚开函谷关逃回齐国去了，弄得嬴则很不痛快。现在他已经打定主意要用穰侯为相，又怎么会再用孟尝君？

可嬴则也是个机警的人，略一沉吟，已经看到此事的好处。

齐秦结好已成事实，齐王又任命曾在秦国做大夫的吕礼为相，摆出一副亲近秦国的架势，秦国若用孟尝君为相，等于投桃报李，回过头来对齐王示好，这对齐秦两国结好大有帮助。而且孟尝君交游广阔，任他为相邦，也许真能为秦国招来一批有用的人才，实在是件一举两得的好事。

上次嬴则请孟尝君入秦之时，伐齐的事还不明朗，所以太后和穰侯不肯把相权交出来。可现在秦国已经下了伐齐的决心，用田文为相，不过是做样子给齐王看，让他对秦国不生疑虑，好一心去攻宋国。等到齐国攻破宋国，自己耗损了实力，又得罪了三晋，那时秦国起兵伐齐，罢免田文不过是一句话的事，甚至可以杀了孟尝君，也等于断了齐王的一条臂膀。这些宣太后和穰侯心里都清楚，他们也没必要在这件事上再找嬴则的麻烦。

这么看来，再请孟尝君入秦，对秦国倒是有百利而无一害，又不会因此得罪了母亲和舅舅，怎么看都是件好事……

想到这儿，嬴则脸上露出了笑意："寡人也久慕孟尝君之名，曾把他请到咸阳来做客，可孟尝君却听了别人的挑拨，疑心寡人要害他，也不知会寡人就径自回齐国去了，现在寡人再请他入秦，只怕孟尝君不肯来吧？"

对这一点冯谖心中有数，忙笑着说："大王，此一时也彼一时也。孟尝君原是齐国的国相，自然不愿留在秦国。可现在孟尝君在齐国已失了相位，大王备下厚礼，诚意去请他入秦，孟尝君必来。"

冯谖这些话正合秦王的心意，假装又想了想，随即说道："孟尝君果然是当世良相，寡人久欲用他。齐王不能赏识孟尝君的才干，是为不智。既然如此，寡人即刻派人赴齐，请孟尝君入秦拜相。"

孟尝君又做了相国

这一次替齐王赴秦国游说，苏代真是满载而归，既说服秦王与齐国结盟，又把一场战祸如期引到了魏国头上，还随手帮了孟尝君一个忙，真是一石三鸟，捞够了好处。孟尝君的家宰冯谖居然为主子说动了秦王，更是喜不自禁，于是苏代和冯谖一先一后赶回薛邑，把秦王的意思转告给孟尝君。

与此同时，嬴则派出的密使也带着安车十乘、黄金百镒到了齐国边境。

自从上次赴秦国几乎被秦王杀害，孟尝君算是把秦国人的嘴脸看透了，无论如何也不肯再去秦国。好在这次苏代用了巧计，只是把秦国的招请当

成一个引子，最终要为孟尝君谋取齐国的相位，孟尝君喜悦不已，并不派人去和秦国使臣接洽，只是和苏代商妥，让这只狡诈的狐狸到临淄去说动齐王，临行前，又送了一大笔谢礼给这个穿针引线的辩士。孟尝君自己只管待在薛邑享福，等着苏代在齐王面前替自己说话。

这一边苏代赶着车马昼夜疾行，一路回到临淄，立刻来见齐王："大王，臣下在咸阳把宋王偃的种种暴行说与秦王知道，秦王极是愤恨，对臣下说：宋王无道，齐国扫逆除暴，上合天意，下应民心，秦国上下喜悦，任凭齐国伐宋。"

听说秦国"任凭齐国伐宋"，齐王田地大喜："苏大夫有功了！想不到秦王倒也识时务，"又觉得自己这话说得太软，箕踞而坐，仰起脸来从鼻孔里哼了一声，"就算秦王不肯又如何，寡人早已整备兵马，年底即将攻宋。我齐国带甲百万，又有三晋为臂助，秦王则有什么本事，敢与寡人争执？"

苏代在齐王身边奉承多年，深知齐王的秉性，见齐王大发虎威，赶忙笑着说："大王说的是。齐国与周天子同兴，合诸侯，伐蛮夷，辅弼天子，功盖日月，德被苍生，天下子民无不仰慕。秦人只不过是西方夷狄，柱草披毡、茹毛饮血之类，岂有不惧齐国的道理？"说了一堆肉麻的奉承话，把齐王田地哄得志骄意满，昂昂作态，这才又把话头儿拉回到正题，"只是臣在归途中也听说秦人集结兵马，似乎要攻打魏国的安邑。"

这一次齐、秦两霸做的交易，就是齐国出卖魏国的利益，换取宋国的国土，所以秦人将攻安邑，齐王当然知道。现在大殿上只有苏代这么个不知羞耻的小人，齐王也就不必装什么道义了："你估计秦人何时伐魏？"

"秦人都是蛮夷之心，虎狼之性，臣料想他们数月之内就会起兵伐魏。

臣以为，安邑只是一城，宋国却是一国，所以大王可以先缓一缓，让秦国先出兵伐魏，等秦国人把注意力都放在魏国身上，大王再举兵伐宋，那时秦人就算想插手也插不进来了。"说到这里，苏代偷看齐王的脸色，见齐王的心思都放在打仗的事上，这才把话锋悄悄一转，"大王，臣回国的时候遇到一件怪事：有一个秦国使臣带着十辆轺车、一批重礼到了齐国边境，却并不来临淄朝见大王，而是徘徊边境，臣觉得奇怪，暗中派人探察究竟，才知是秦王派来招请孟尝君入秦为相的。"

苏代来见齐王，本就要说孟尝君的事。可他心知齐国的国政十分敏感，很多话不敢乱讲，所以先谈战事，然后缝里插针，在不经意间引出"孟尝君"的话头儿来。果然，齐王的心思都在战事上，对苏代的企图毫无察觉，只是一愣："孟尝君上次入秦为相，倒被秦国人赶了回来，躲在薛邑没脸见人，这样的人，秦国人还会再请他回去吗？"

苏代忙说："大王怕是误会孟尝君了。上次孟尝君入秦，秦王想拜他为相，孟尝君坚拒不从，几乎被秦王杀害，九死一生才逃回齐国。这次秦国知道孟尝君失了相位，又派使臣来招他，可孟尝君在薛邑闭门谢客，显然是拒绝了秦国的招请。"偷眼看了看，见齐王神色略和，这才又说道："孟尝君是齐国的国戚，曾掌相印多年，治国有方，百姓爱戴，贤达之名闻于诸侯，这样的人才大王应该重用才是。否则孟尝君早晚会被秦国人拉过去，这对咱们齐国没有好处。"

"孟尝君一直是齐国的相国，现在寡人要把他请回来，就得再让他做相国……"齐王皱起眉头略想了想，缓缓地说，"这件事寡人已有计较，苏大夫不必管了。"

眼下齐王把联秦伐宋看成头等大事，为了笼络秦国，他已决定用秦国五大夫吕礼为相国。可苏代今天来，就是要让齐王打消这个念头。像他这

等舌辩之士，学问一定是好的，略一沉吟，忙拱起手来笑着说："大王，管仲有言：'少不凌长，远不间亲，新不间旧，小不加大。'孟尝君是掌了十三年相印的老臣子，吕礼却是秦国的五大夫，不久前才离秦来齐，大王用这样的人为相国，岂不是犯了'新不间旧'之忌？何况孟尝君是靖郭君田婴之子，田婴又是威王的后裔，与大王骨血相连，是一家人。可吕礼却是康公吕贷的七世孙，与大王并非同姓宗亲，反而有隙。这不又犯了'远不间亲'之忌吗？孟尝君守先王之封邑，养士三千，贤名远播，举世皆知，而吕礼食客不过五十，六国不闻其名，齐人不称其贤，这不就是管子说的'小不加大'吗？"

齐国本是周武王大将吕尚的封国，后来大臣田和以下克上，废了齐康公吕贷，夺取齐国权柄，自立为国君，由此齐国改姓为田。这事已经过了多年，可一提起来还是让齐王警觉，偏巧相国吕礼又正好是齐康公的后裔，而此人又与秦国关系很深……

苏代的一条舌头，真顶得上千军万马。他这一番话说出来，莫说齐王田地，天下任何一位诸侯也要三思了。

半晌，齐王苦着一张脸问："可寡人要与秦国结盟，正用得上吕礼……"

齐王要说的话苏代早就想到了，赶忙笑道："大王，下臣以为君王用臣子，就好比狩猎一样，射禽雁用弓箭，刺虎豹用矛戟，当用则用，当藏则藏。齐、秦两国争雄数十年，现在忽然结盟，无非为的是一个'利'字，大王用吕礼，无非以此辈为'针'，纵横借力，引齐连秦。如今秦欲伐魏，齐将攻宋，两国之间已达成默契，用不着吕礼穿针引线了，既然用不着，何苦再用？论威望论能力，孟尝君都远远强于吕礼，眼下大王即将攻宋，早晚必有一场大战，西面的赵、魏，南面的楚国，都要有所防范才好。孟尝君素有贤名，齐国百姓一向服他，又交游广阔，与楚国令尹子良、赵国平原君赵胜、魏太子魏圉都是至交，大王灭宋之时，有孟尝君在国内坐镇，齐国的内外政局都会安定得多，这些吕礼哪能做到呢？"

苏代一席话说得齐王低头不语。

眼看已经把齐王说动了七成，苏代赶忙又加了一把火："孟尝君掌齐国相印十三年，只有功劳，绝无过失；此番他被秦王招到咸阳，却不肯做秦国相邦，舍命逃回齐国来，可见对大王忠贞无二；大王为结好于秦，任用吕礼为相，孟尝君没有一句怨言，为了避嫌，自愿回薛邑居住，这样的贤臣实在难得，大王不重用，岂不令齐国百官寒心？再说，大王若是一意冷落孟尝君，引得秦国、魏国都来招请，孟尝君只怕就一去不回了，这于齐国没有任何好处。"

半晌，齐王才缓缓说了一句："是寡人罢了孟尝君的相位，如今又请他回临淄，这话该如何说起？"

自齐威王击破魏国以来，齐国称雄中原已历三世，七十余年，传到当今齐王田地手里，国富兵强不可一世，所以齐王性情骄横，不是个礼贤下士的君主。现在他已经有意把孟尝君请回临淄，却又拉不下脸来。

战国乱世雄强辈出，各国君王无不求贤若渴，像齐王田地这样眼高于顶的跋扈之辈，虽然守着祖宗基业，又怎能成就大事？齐国落在这种人手里，破国倾家也是活该！想到这儿，苏代心里不由得暗暗冷笑。

可苏代这个人善用心机，最知道自己什么时候该装成小人，什么时候又该扮作忠臣烈士。眼下要引齐王入彀，该是他苏代扮演忠直之臣的时候了。于是苏代把心气略沉一沉，收起脸上的谦恭神气，推开面前几案，大袖一拂，对齐王顿首而拜，脸上摆出了一副疾言厉色："大王！当年魏侯得吴起而称霸，秦孝公用商鞅而兴国，正是一人可兴邦，一人可丧邦！孟

尝君之父靖郭君田婴相齐十一年，孟尝君辅佐大王也有十三年了，事君恭敬，御下亲和，名闻于诸侯，如今大王刚刚罢了孟尝君的相位，秦国立刻上下其手，不惜一切跑来拉拢，大王若再犹豫不定，只怕顷刻之间孟尝君已在咸阳！现在大王应命重臣亲到薛邑迎回孟尝君，重掌相国之权，这才是齐国之福，大王之福！"说了一番披肝沥胆的大话，又冲着齐王连叩了几个头，"臣下愚鲁，一心只有齐国社稷，不知进退，冒死敢言，荒谬之处，还请大王恕罪。"说完拜伏于地，等着齐王发话。

半晌，齐王终于说了一句："寡人知道了，你下去吧。"

离开临淄之后，孟尝君带着他网罗的三千多门客返回薛邑，像躲进了洞中冬眠的熊，不声不响地躲藏起来，一边靠着平日积攒的膏脂过着富比王侯的好日子，同时又不断把头探出洞外张望，渴望忽然刮起一阵暖风，寒冰消融，他好再次爬出洞穴，回到临淄，继续当他的相国。

孟尝君的父亲靖郭君田婴曾做了十一年的相国，到死还把相印握在手里。田文掌齐国相印已有十三年，超过了父亲，可就像所有贪恋权势的贵人一样，孟尝君并不是用年头来计算掌权的时间，在他眼里，掌权的唯一标准就是：至死方休。

与权柄共存亡，这其实就是"不得好死"的同义词。天下第一智者老聃早就说过："持而盈之，不如其已；揣而锐之，不可长保；金玉满堂，莫之能守；富贵而骄，自遗其咎，功遂身退，天之道也。"但凡读过这句话的人，都会从心眼里知道权柄的祸害。可惜孟尝君田文什么鸡鸣狗盗之士都养，却偏不与道家高士交往，什么权谋险诈之书都读，却从来不读那本天下至宝的《道德经》。所以孟尝君就是看不见已经到了眼前的危机。

其实孟尝君早已是天下第一富贵之人，在这世上除了齐王田地、秦王嬴则、楚王熊横、魏王魏遫之外，恐怕再没有一个人能与他比富夸耀。就算这四国大王，真正比较起来，也未必强过他孟尝君多少。

孟尝君的财富都放在他的封地薛邑城里。这座孟尝君父子两代人经营了几十年的封邑产业在临淄西南，方圆三百余里，依山凭湖，良田万顷，又正当通衢大道，背靠齐国，面向楚国，东邻鲁国，西接宋国，是韩、魏商人入齐的必经之路，城中有百姓六万余户，比秦国都城咸阳的人口还多，是天下仅次于临淄的第二大城。在薛邑城里孟尝君不需要再做什么营生，只要田租商赋两项，已经岁入万金。然而富甲天下的孟尝君，每年收取的赋税却永远不够花销。这倒也不奇怪，因为孟尝君心高志大，就算把天下所有黄金都聚在一起，也满足不了这位权臣的野心。

所以退回封邑的孟尝君丝毫感觉不到安逸和快乐，他的心里只有两愁。一愁临淄那边迟迟没有消息；第二个让他犯愁的事，就是自从罢相之后，身边的门客纷纷不辞而别，两个月工夫已经走掉了几百人。所谓大树将枯，细叶先落；大河将竭，支脉先涸。现在门客走了，这似乎是个信号：孟尝君快被这个世界遗忘了。

当然，这些鸡鸣狗盗之辈并没有全部走掉，就算真的都走了，孟尝君在薛邑城里还有六万户百姓，这些人永远也走不光。可田文这头冬眠的熊对时事太敏感了，把头探出洞来的次数太多了，每一点风吹草动都让他恐慌不已。

好在此时冯谖已经从咸阳回来，有个人可以陪孟尝君喝杯酒，说说话了。几杯闷酒下肚，田文忍不住问冯谖："你觉得本君为人如何？"

"君上是个豪杰，好客之名闻于天下，就算贩夫鄙卒也知道君上的威名，七国王孙之中算得上第一人了。"

"好客之名？值几个钱！当初我门下食客三千，为了笼络这些人，本君散尽了家财！"孟尝君喝得晕头胀脑，眼珠子通红，直盯盯地问冯谖："我对他们不错，对你也不错，是不是？我没亏待过你们吧？"

孟尝君这话把冯谖问得很不是滋味，可当着主子的面又不敢说别的，讪讪地笑道："君上对仆臣深恩厚义，无以为报……"

"你还不错！"孟尝君探过身来拍拍冯谖的肩膀，"你这人不错，可其他人都是一群养不熟的狗！我做相国的时候，这帮人千里之外跑来投靠，赶都赶不走，现在看本君不得意了，一哄而散！等着瞧吧，待我重掌相印，这些人必又回来奉承我，那时看我怎么一个一个摆布他们！"

孟尝君这话，把冯谖吓出一身冷汗。

孟尝君的凶狠冯谖是知道的，然而凶狠和愚蠢往往是一回事。现在孟尝君说的既是杀人的狠话，又是掉脑袋的蠢话，冯谖是孟尝君的家宰，在情在理，他不能不劝："君上所说的话不合常理……"

"怎么不合常理？"

面对已经喝得半醉的田文，冯谖心里也有些害怕，可话说开了头，又不能不说下去："君上去过薛邑的集市吗？每天早上开市之时，无数贩夫走卒聚拢一处，争着抢着往市场里挤，都想占一个好位子，能把自己手里的货品多卖两个钱。可到了黄昏，这些贩子们一个个背起货物扭头就走，对他们待了一天的这块地方连看都懒得多看一眼，并不是这些人早晨的时候喜欢市场，到晚上就讨厌市场，而是因为他们进出市场，只是在给自己牟利。"

"君上身边的舍人也是一样，为利而来，无利则去，所谓趋利避害，人之常情，富者多士，贫者寡交，毫不为奇。君上何必与这些人计较？倒不如把这些人情势利都看破，门客走了，任其自去，门客回来了，就像以前那样待他们，以免得罪小人，使出狠毒手段暗算君上，反成祸害。"

冯谖这一番话是大有道理的，可同样的话，不同的人却能听出不同的道理来。

听了家宰的话，孟尝君长叹一声："说得有理。所以世间只有两样东西要紧，一是钱财，一是权柄。钱财要拿来换权柄，权柄再拿来敛钱财，这样才能做到'富而多士'，让天下人都来奉承本君。"

冯谖说这些话本是劝孟尝君看透人间的势利，不与小人计较，想不到这位权倾一时的贵人满脑子都是邪念，倒说出这么一套话来，弄得冯谖无法作答，只好低下头去喝酒，不吱声了。

正在此时，一个仆人弓着腰走了进来："君上，太傅韩聂从临淄赶来，先派快马传报，说大王有诏命，请君上到府门前听命。"

两个月来，孟尝君早思晚想，就是在等着临淄方面的消息。现在听说太傅韩聂带来了齐王的诏命，孟尝君已经隐隐猜到，乐得一跃而起，一叠声地叫道："马上更衣，准备香案祭礼，冯谖，你去城外迎接太傅车驾，快去快去！"

不一时，太傅韩聂的车驾进了薛城，在孟尝君府门前停住。孟尝君已经换了深衣皂舄，大开中门，领着一群舍人出来迎接，与韩聂见了礼，一起走进府门，韩聂从怀里取出一束素帛递到孟尝君面前："大王诏命，请君上跪迎。"孟尝君忙跪倒在地双手接过绢帛打开来看，却是齐王的一封手书。

"寡人不祥，被于宗庙之祟，沉于谄谀之臣，开罪于君，寡人不足为也。愿君顾先王之宗庙，姑返国，统万人，可乎？"

虽然对再次担任相国已经有了几成把握，可齐王竟会亲笔写下诏命，所用语气又如此谦恭，还是大出孟尝君意料，忙捧着绢帛向东再拜。

韩聂笑道："大王另赐君上宝剑一口，黄金千两，车驾一乘，请君上即刻与我一同回临淄赴命。"

此时的孟尝君真是百感交集，忍不住落下泪来。恭恭敬敬地把齐王手敕和所赐宝剑捧进宗庙，在祖先灵位前供奉起来，又拜了一回，这才更衣出来，韩聂早在安车前相候，拱手笑道："请君上升车。"

此时的孟尝君田文真是志得意满，神采飞扬，在冯谖的搀扶下稳步登上安车，韩聂也上了后边的一辆车，一千军士在前开道，五百门客纵马随行，风驰电掣离了薛邑，到临淄当他的相国去了。

秦国名将全是穰侯的人

下了拜孟尝君为相的决心后，秦王嬴则费了不少口舌说服太后，为此事还不免争吵了几句，惹得太后很不高兴。好在穰侯魏冉颇识大体，反而和秦王一起劝说太后，好歹把秦国的相邦之位留给了孟尝君。想不到此事讲定之后足足等了两个月，去迎孟尝君的秦国使臣却空手而回，告知嬴则：孟尝君已经担任了齐国的相国。

听了这话，嬴则觉得不可思议："你见到孟尝君了吗？"

"臣还未到薛邑，便已经得知孟尝君拜相的消息了。"

"吕礼呢？"

"吕礼已被齐王罢相，离开临淄，听说去了魏国。"

怪事，真是怪事。

嬴则和魏冉对视良久，忽然脑子里灵光一闪，明白过来，忍不住哈哈大笑起来："田文这鬼东西，竟然耍了咱们。"

魏冉也笑道："田文能掌齐国相印十三年，自有他的过人之处，只不过在这件事上他耍的都是小聪明，我看孟尝君还算不上能臣。"

魏冉这人自视甚高，在他眼里，田文之辈不足挂齿。可嬴则偏不喜欢穰侯这副自大的脾气，摆摆手打断了他的话："孟尝之辈且不必理会了。可齐王罢了吕礼，只怕于秦国不利。"

"那倒不会。齐王是个一意孤行的人，打定了灭宋的主意，就轻易不会改。孟尝君刚得相权，急着奉承齐王，自然也会主张伐宋，只要齐国伐宋，就必须结好于秦。所以相印握在吕礼手里，和在孟尝君手里，对秦国来说是一样的。"

魏冉几句话打消了嬴则心里的疑虑。可问不倒魏冉，嬴则又觉得心有不甘："孟尝君是个有本事的人，此人掌了相印，日后秦国伐齐，就难成功了。"

魏冉笑道："大王，臣下有次到咸阳城外狩猎，天色将晚，至一离馆住宿，饥饿难耐，叫手下人烹牛肉，等了好久也不见熟，一气之下就要责罚从人，这时有个舍人劝我弈棋，咱就与他枰争多时，一心放在棋子上，竟忘了烹肉之事，一局未竟，肉已熟了，臣反倒埋怨肉端上来得太早，扰了棋局。其实天下的事都是一个道理，心越急越不成事，你不理他，他倒自己送上门来了。今天孟尝君用这条计，瞒了秦国也骗了齐国，日后齐王未必看不破，那时候齐王一定容不得这条老狐狸，两人必然反目。齐王跋扈日甚，与臣下离心离德，齐国变乱已在眼前，齐国一乱，燕赵两国岂有不趁火打劫之理？所以伐齐只在早晚，大王静下心来等着就是了。"

　　魏冉这一番话把嬴则也逗笑了："穰侯说得在理，心越急越不成事。就让齐国人去闹腾吧，咱们也该出兵伐魏了。"

　　说起伐魏，嬴则已经想了很久，胸有成竹："此番伐魏的目的是要巩固我秦国新设的河东郡。如今河东郡已有闻喜、猗氏、大阳、河北、蒲坂、汾阴、皮氏、绛邑、临汾、襄陵、杨县、平阳、永安、北屈、蒲子、端氏、濩泽、东垣、解县诸地，都是这些年从韩、魏两国手中一寸一寸兼并过来的，城池虽已夺取，百姓尚未归心，要想巩固河东郡，就必须把魏国的势力远远击退，使河东郡的黔首子民与魏国彻底切断联系。魏国的安邑大城正好挡在河东郡的门口，这里原本是魏国的王城，城高池深，险固异常，城里有三万精兵，粮草足够三年支用，极难攻打，魏王的打算是：秦军攻安邑，他们就死守安邑，同时联合齐、赵、韩三国，加上魏国精兵一起援救。可现在齐国人不会帮他们了，齐国不动，赵国、韩国也不敢援手，单以魏国一国之力，援兵不过十万。寡人打算发十万精兵攻打安邑，再以五万兵马截断魏国援军通道，用半年工夫，当有胜算。"

　　嬴则是个明决的君主，把战局分析得丝毫不差。可穰侯魏冉却是个治国统军的全才，战场上的经验比秦王更加丰富，低头想了想道："大王，安邑是魏国西面的门户，坚固异常，又驻扎重兵。秦军虽然精锐，可攻击这样的要塞必然多有折损，而且耽误时间。依臣看来，秦军不必直攻安邑，只以五万兵马围住城池，另派一员上将统兵五万绕城而过，攻打安邑背后的新垣。新垣是来往大梁与安邑的要道，拿下此邑，就切断了安邑与魏国之间的联系，回头再打安邑一座孤城就容易得多了。"

　　魏冉一边说，嬴则一边仔细地看着地图上的标识。果然，新垣在安邑背后百里之外，在魏军防守的纵深地带，离韩国的国境也不算远。若在平日，秦军越过安邑要塞深入魏境，一旦齐、韩、赵各国军马来援，安邑守军自背后截杀，秦人就会四面受敌陷入被动，因而魏国有恃无恐，新垣的城防要比安邑松懈得多。

可现在秦国已经与东方霸主齐国暗通款曲，没有齐国的支援，韩、赵两国援军也都不会来了，面对奇兵奔袭的秦国大军，单凭魏军之力，估计守不住新垣。

可话说回来，新垣虽然易得，安邑却仍然难以攻克。这么一来，五万秦军精锐就被阻隔在新垣城里了。秦军长驱直入，占据新垣一座孤城，倘若魏军倾巢而来，新垣秦军孤立无援，粮草不济，时间一长，很有可能发生变数……

魏冉站在身边观察秦王的神色，见他眉头微皱，已经知道秦王心中的顾虑，忙说："此番伐魏的目的很明确，就是攻克安邑，巩固河东郡，新垣并不重要。拿下新垣城之后，我军可用一支兵马守城，主力回过头去与先前的一路兵马合围安邑，前后夹攻，造成安邑已经无法防守的态势，如此一来，在新垣的兵马与围攻安邑的大军前后相通，进退自如，粮道无忧，占据了战场的主动，反倒是安邑要塞成了孤城一座。魏军如此来援，我军就凭借新垣以逸待劳，足可以拖住魏军，使其劳而无功。待魏国无计可施，大王再派一介使臣与魏王会商，让他用安邑这座无法防守的孤城换回已被秦军攻克的新垣，我看魏王一定答应。如此既巩固了河东郡的形势，秦军也不必深入敌境孤军犯险，绝了后顾之忧。"

好个穰侯，不必亲临战阵，只是凭图指点，一席话，使得秦军在战场上反客为主，魏国经营多年的安邑要塞已经唾手可得。

可魏冉的这些奇谋妙策，在嬴则听了，却觉得心里挺不舒服。

自从辅佐嬴则登上王位，穰侯魏冉大权在握已经二十年了。虽然魏冉勇谋兼备，功勋彪炳，人又忠直可信，是个能臣，可二十年来他始终在嬴则面前指手画脚，也真是够了！像这样的功臣贵戚，功劳越大，权柄越重，就越让嬴则觉得不是滋味。再加上自己这个舅舅实在精明能干，每每高过他这个秦王一筹，偏又不知避讳，心直口快，想到哪儿就说到哪儿，在舅舅面前，嬴则常常会觉得没有自信。

身为一国之君，且又是一位正当盛年、英明睿智的君主，当然想一展拳脚，做出一番大事业来，可嬴则身边上有宣太后，下有穰侯，外加一个太后的亲弟弟华阳君芈戎，军权、政权，朝堂、后宫，处处压过嬴则一头。现在攻伐魏国这么一件大事嬴则前后想了很久，自以为处处算计周详，可到最后，还是让这个不知收敛的舅舅抢了风头，他这个秦王倒变成了一个任别人摆布的木偶。

人心里的精明都是有限的，因为精明人的眼睛长得太高，只能看到别人的短处，却永远看不透自己身上的毛病。魏冉是个安邦定国的能臣，军国大事没有他看不透的。可秦王眼下这一番灰溜溜的心思，魏冉却一点儿也没看出来，见嬴则阴沉着脸一声不吭，倒以为他正在考虑自己提出的计划，就兴冲冲地追问了一句："大王觉得如何？"

半晌，嬴则硬把一口气吞进了肚子里，慢吞吞地说："甚好！就依穰侯吧。你看应由何人统兵伐魏？"

"大良造白起最合适。"

听了这话，嬴则又不吱声了。

白起是秦国的第一名将。此人本是楚国贵族白公胜的后裔，祖上迁居秦国郿县，便成了秦人。这白起早年从军，有勇有谋，剽悍善战，却没有出身，不得器重。自从嬴则继位为国君之后，穰侯掌权，慧眼识人，从年轻将领中看中了这个白起，对他左提右挈，而白起也果然了得，这些年来攻必克，战必胜，屡立奇功，连年晋升，从一个官大夫升到公大夫、五大夫、左庶长，成了秦军中第一流的上将，其后又大破韩军，升了左更，再破韩、魏联军二十四万于伊阙，俘魏将公孙喜，积功升任大良造，成了秦国的第一名将。

这个白起是楚人之后，穰侯魏冉也是个楚人；白起确实能征惯战，可一路把他提拔起来的偏偏不是秦王，而是穰侯。这些年穰侯掌着秦国的军政大权，白起做了秦军的大良造，这是秦国将军中最高的官位了，现在嬴则被太后逼着不得不命魏冉重掌相印，而大战将临，穰侯又偏偏举荐这个白起去伐魏，眼看着秦国的军政大权都让这几个人掌了，所有大功都让这几个人立了，嬴则越想越不是滋味："秦国大军将要伐齐，应该让大良造多做些准备，伐魏之事还是另选一将吧。"

"左更司马错如何？"

司马错，这又是穰侯的一个亲信将领。此人追随魏冉的时间比白起更长，功劳之大则仅次于白起……

可是不用这两名大将又该用谁呢？

秦国是个强盛的大国，军中名将如云，不用白起、司马错，还有胡阳、蒙武这样的勇将可用……可秦军左庶长胡阳是个楚国人，五大夫蒙武是个齐国人，他们都是这二十年来被魏冉提拔起来的。

若不用这些大将，或许可以用华阳君芈戎为将？可华阳君却是魏冉同母异父的弟弟。

还有自己的两个亲弟弟泾阳君嬴芾、高陵君嬴悝，这两个都是秦王的至亲骨肉，可他们的爵位都是嬴则奉母亲之命分封的，所以这两个弟弟只知道和母亲、舅舅亲近，对嬴则这个大王倒并不怎么亲热……

　　到这时候嬴则才忽然感觉到，原来秦国这些皇亲贵戚、名臣大将，一半都是穰侯的亲信。原来穰侯魏冉掌握秦国大权已经二十年了，太久了。

　　沉吟良久，嬴则缓缓说道："新垣之战算不得一场大仗，寡人觉得不必司马错出战，用五大夫王龁吧。"

　　五大夫王龁是秦军中的后起之秀，临阵凶悍敢战，擅打硬仗死仗，在秦军中是一员数得着的虎将。关键是，王龁其人，与穰侯魏冉没什么瓜葛。但攻拔安邑这样的大仗，只用一个五大夫做统帅，似乎不够谨慎。

　　其实秦王的话里满是酸溜溜的味道，可魏冉偏偏没听出来。只听到嬴则说新垣之战不算大仗，这让魏冉觉得不可思议，也没细想，急忙说道："大王，新垣之战秦国用兵当在十万以上，且又是长途奔袭，前有疑兵，后有攻坚，又要围安邑，又要克新垣，若有不慎，只怕损兵折将，王龁虽勇，毕竟年轻。"

　　"可司马错年龄大了……"

　　嬴则的话还没说完，魏冉已经焦躁起来，一摆手拦住了话头儿："司马错还结实得很，能用！"

　　想不到竟被魏冉公开顶了一句，嬴则不由得沉下脸来，冷冷地说："原来秦国的军政大事都由穰侯一人决断了，怪不得寡人这几年清闲得很！"

　　魏冉满心想的都是伐魏的事，冷不防嬴则忽然说出这么一句话来，魏冉顿时吓出了一身冷汗，忙避席拜伏于地："秦国江山是大王的，臣万万不敢独断妄为！刚才失言，还请大王恕罪。"

　　其实嬴则也是急切间口不择言，把话说得太硬，话刚出口立刻就后悔了，忙笑着说："寡人并不是这个意思，只是觉得司马错果然可用，让他伐魏最合适不过，就依穰侯的意思吧。"不等魏冉再说别的，已经转了话题，

"如今大战在即，寡人与太后商量过，秦国的相邦还是由穰侯来做吧。"

一听这话，魏冉喜形于色，忙又拜伏于地连连叩谢。

眼看送出一颗相印，总算把刚才的尴尬遮掩过去了，嬴则也悄悄松了口气："传寡人诏命：司马错率军十万即日出兵攻伐魏国。"

三 最后的巨子

巨子到了魏国

　　秦国左更司马错率五万大军出闻喜，长驱直入攻打新垣，另一路五万秦军由五大夫王龁率领，从临漪出发渡过涑水，佯攻魏国重镇安邑。

　　秦国此次出兵完全不合常理，大军不顾一切远道奔袭，新垣守军措手不及，城池立刻被秦军团团围住。危急之下，魏王急忙向齐国、赵国求援。然而身为东方约长的齐国却置若罔闻，没有向魏国方面派出一兵一卒。赵国倒是迅速集结起精兵五万，摆出一副准备援救魏国的姿态，可眼看齐国都未发兵，弱小的赵国也不敢轻动。

　　于是齐、赵两国作壁上观，眼睁睁看着秦军虎狼之师围攻魏国的新垣城。

　　自三国分晋以来，魏国的开国之君文侯、武侯任用贤臣李悝、吴起，革新军制，训练出天下无双的武卒，由此使魏国进入极盛，魏武卒横行天下，屡败诸强，夺取秦国河西之地，逼得秦人退守洛水以西，几乎难以立国。

　　然而魏国的雄霸基业却没有维持太久，到魏惠王时，与齐国的桂陵、马陵两战皆负，秦人又大举兴师夺回了河西之地，反而渡过河东，威逼魏国都城安邑，魏惠王不得不把都城迁到千里之外的大梁。

自从迁都之后，魏国在西方的势力大衰，秦国连年攻伐不断，伊阙之战魏国大败，从此彻底失去了战略主动权，黄河以东的国土被秦国一块块蚕食。到今天，魏国西败于秦，东臣于齐，南迫于楚，内外交困，偏偏当今魏王遬又昏聩久病，不能理政，国政全落在年轻的太子魏圉肩上，而魏圉身边又没有一个谋事的能臣，每有什么大事，他只能和比自己还小几岁的弟弟魏无忌商量。

太子魏圉是个好人，性情温顺，待人和蔼，肚量宽宏，每与诸贤为友，也能听言纳谏，不刚愎独断。可魏圉又是个软弱的人，遇事犹豫不定，也没有雄心大志，他的天性就是如此，想改也无从改起。对魏圉来说，处置国事总是左右为难。秦军攻安邑，若坐视旧都被秦人伐取而无作为，魏国以后如何立国？可安邑远在千里之外，中间隔着一个韩国，秦军可以从几条路线攻打安邑，魏国却只能从一条路上派兵去救，秦国有六十万虎狼之师，魏国能战之兵却只有三十万，加之魏军面对秦军，已经不知打了多少败仗，魏圉甚至不愿意再去设想魏军与秦军大战，会是什么后果了。

安邑大概守不住了。因为连手下的臣子都没有一个人来劝他发兵。

其实就算有人来劝，魏圉也不敢真的发兵。可真的没人来劝，又让魏圉觉得很不痛快。他心里明白，魏国无人，没有一个谋国的臣子可信可用。

宫里悄无人声，静得像个鬼域，晦暗的烛光下，大殿上的廊柱、纱帘、礼器、桌案到处投下古怪的阴影，一隐一闪，阴森森的，压得人喘不上气来，魏圉手里握着一块温润的玉玦坐在殿角发愣。

这块玉玦是魏国的先辈魏绛留下的，目的是告诉子孙，临事决断，不可犹疑。其后魏绛的子孙魏舒、魏取、魏曼多、魏驹，以至开国之君文侯魏斯、武侯魏击，都佩戴此玦，在他们手里，魏氏的基业蒸蒸日上。可到了魏圉这一辈，魏国为秦所逼，衰落不堪，魏圉虽然贵为太子，手握玉玦，却不能决断一事，只觉得胸口憋闷得难受，一时无由来地想要哭一场，或者扯开喉咙冲着无尽的黑暗拼命吼叫几声，却又浑身酸软，动弹不得。正在愣愣地出神，忽然听到背后有人缓缓说道："太子是在琢磨安邑的事吗？"

魏圉吃了一惊，回过身来，只见烛影里站着两个人，前面是个身材高大的老者，粗眉大眼，额头宽阔，长着一个狮子鼻，留着一副花白的络腮胡须，头上戴着竹冠，身穿短褐，脚蹬麻鞋，粗手大脚像个农夫，只是眼神炯炯，声音洪亮，带着一身勇武之气。在他身边是个瘦小的年轻人，皮肤白晰，面目俊秀，头发拢在头顶，又结了一条细辫缠住发髻，再用竹簪别住，腰带上插着一柄楚国式样的柳叶短剑，半个身子隐在阴影里，手按剑柄一声不吭。

深宫之中忽然莫名其妙冒地出这么两个人来，而且直入正殿，见魏国太子也不下拜，魏圉暗暗吃惊，抬高声音问道："你是何人？"

那老者微微一笑，躬身行了一礼："太子受惊了，老夫名叫石庚，特从楚国郢都来拜见太子。"

一听"石庚"二字，魏圉吃了一惊，忙起身拱手行礼："敢问阁下是墨家的巨子吗？"

墨家，是名动天下的正道显学。早年宋国人墨翟提出"兼相爱，交相利"的学说，由此创立墨家一派。为了平息战乱，使天下归于安定，墨翟从自己门下选出弟子一百八十人，率领众弟子巡游于列国之间，成义士以绝不义之战，怀仁心以奉仁侠之术，以"兼爱"之道备天下之急，从此创出墨家一门，墨家的首领称为巨子。这些墨家弟子平时隐于市井山林，名不见

经传，生活俭朴，与世无争，然而每有大事，只要巨子一声召唤，这些默默无闻的野人顷刻就变成赴汤蹈火的豪侠，视死如归的勇士，因而被天下人尊称为墨者，墨翟自己也成了墨家的第一位巨子。

墨翟逝去后，墨家巨子之位传于弟子禽滑厘，再传孟胜，三传于田让，势力越来越盛，至战国初年，七国之内皆有墨者，人数已至数千名，这些墨者皆奉巨子为圣人，只求正道，不避生死，追随巨子，屡克不义，名动天下，传到石庚这里已是第七代巨子了。

这样一位盖世英侠的人物忽然不声不响进了太子宫，魏围先是惊疑，急忙把自己近几年的所作所为都回想一遍，并无什么重大过失，心里坦然了些，这才想到，或者巨子此来，竟是为了帮助魏国？

"老前辈践履千里到大梁，不知有何指教？"

石庚慨然说道："墨家以天下为己任，除残去暴，抑强扶弱。这些年秦国凭虎狼之师，屡兴不义之战，亏得魏国独抗强秦，才使中原得以自安。现在秦人大举攻伐安邑，安邑一破，河东各郡皆破，韩、魏、赵都难自保，大战一起，中原必将血流成河，天下又要遭受一轮涂炭。墨家虽然衰微，但先辈有言：'兼相爱，交相利，圣人之法，天下之道，不可不务。'老夫还是要拼着这颗头颅再为天下奔走一次。"

听石庚之言，果然是要替魏国出头抵抗秦国，魏围大喜，也不管石庚是如何布置，自己先抢上前来一躬到地："巨子仁侠，扶危济困，我替魏国百姓君臣先行谢过！"

见魏围如此仁德有礼，石庚捻须而笑："太子不必客气。前辈祖师创立墨家，本是以兼爱之心平天下不义之战，可自秦国商君变法以来，各国都是法家邪术横行，对内苛政酷法以治百姓，对外攻伐杀戮以夺疆土，灭

国如烹羹脍，杀人如屠猪狗，天下人心都被这恶毒侵蚀了。墨家弟子或抛弃正道，出离门墙；或自行聚众，沦为盗贼，为人所不齿……如今世上已经谈不到什么'墨家'，这'巨子'二字，老夫也担不起了。前辈巨子多有功绩，可老夫这些年却一事无成，心也渐渐灰了。可老夫毕竟不敢忘先辈，不敢忘正义，也不敢忘天下。现在老夫想得到太子首肯，替魏国尽一点力。"

"先生打算怎么做？"

"齐国自威王、宣王以来，任贤举能，国力强盛，隐然为山东诸国约长，此番秦国攻魏，齐国却束手不救，此事不合道义。老夫打算去临淄拜见齐王，说以天下公道，希望齐国能挺身而出，会盟韩、赵，组成联军抗秦救魏。"

秦国攻安邑之后，魏国已派使臣赴齐求援，可齐王不肯发兵。但魏围也知道墨家巨子非同凡响，有他出面去劝谏齐王，或可收意外之效。急忙拱手再拜："若能得先生臂助，实是魏国之福！"

"太子不必客气，此事成与不成还难说，我辈尽力而为罢了。现在我已经知会在秦国的墨者，尽力阻止秦军西进，并将秦人动向即时报知。另从楚地集合墨者三十人赶赴新垣，协助魏军守城，抵御秦国，我自己这就亲往齐国去劝说齐王，希望齐国能罢除与秦国的盟约，出兵救魏。"又指着身边的年轻人说："这是我的女儿石玉，我动身之后，她就留在大梁城里，秦国、齐国方面有什么消息，都会送到梁城，由她知会太子。"石玉上前向魏围拱了拱手，却没说话。

到此时魏围才注意到，原来和巨子一起来的是个女子，不由得细细打量了石玉两眼。看她也就十七八岁年纪，在女人之中身量算是高的，穿着一身男装，衣衫破蔽，面目虽然清秀，却不施脂粉，不苟言笑，眼神里透着一股精悍之气，果然是个墨家豪杰。

"先生放心，我会照看女公子。只是先生一路辛苦，请让我为先生备下车马用度之费。"

石庚把手一摆淡淡地说："多谢太子，墨者以天下为己任，不衣锦绣，不乘安车，不食羔炙，自耕自食略有盈余，足供花费，无需额外之资。"

在这些墨家豪侠面前，那些过惯了好日子的王孙公子难免汗颜。魏圉也有些不好意思，又再三道谢，这才问道："先生拜会齐王，打算通过何人引荐？"

"老夫与孟尝君是至交，请他代为引荐即可。我来魏国之时，已先派墨者报知孟尝君，想来君上已备下酒馔在临淄相候了。"

凶杀

巨子石庚说得不错，此时孟尝君田文已经知道了巨子将到临淄的消息。只是并没有备下酒馔等候，而是摆了一桌酒，把大夫苏代请来密商大事。酒过三巡，孟尝君叹了口气："苏大夫认得墨家巨子吗？"

苏代这样的舌辩之士在各国混迹，怎么能不知道墨家的事？只是以他的人品作为，实在不敢去和墨者打交道，所以并不认识巨子。既然不识，苏代觉得不妨把糊涂装得更彻底些："下官只隐约听闻有'墨家'这一回事，却不知其详，或许是传闻吧？"

"不是传闻，墨家豪侠各国都有，巨子还是我的朋友，现在巨子派人传话，不日就到临淄，可我不知该怎么接待他。"

苏代笑道："这些江湖豪客喜欢的无非'金银酒肉'四个字，君上尽其所好就是了。"

装糊涂的人有时候也惹人讨厌。

苏代这个糊涂装得太明显，孟尝君有些不高兴，提高了声音："墨者！岂是俗物？若只是酒肉之徒，本君哪肯与他结交？"想到正有事要苏代帮忙，又把声音放缓了，"巨子此番到临淄来，是想劝大王发兵救魏，却让本君从中引荐，真不知如何是好。"

苏代把糊涂装过了头，惹得孟尝君不太高兴，这时也就不敢再装了。略想了想道："下官且不论别的话，只问一句，君上是赞成大王伐宋，还是不赞成？"

犹豫半晌，孟尝君叹了口气："苏大夫也知道，大王是不听劝的……"

孟尝君并不糊涂，深知伐宋对齐国不利。可孟尝君太喜欢手里这颗相印了，为了权力，他不敢冒险去劝谏齐王。

孟尝君是什么货色苏代清楚得很，早知此人会这样回答，于是把声音提高了些："这就对了！大王早已下了伐宋的决心，此事劝不得！可若不让秦国得到安邑，我齐国又怎能顺利攻宋？眼下齐国伐宋如箭在弦，朝堂上无人敢逆大王之意，偏偏君上刚接掌相印，却引荐这么一位多事的墨者来劝大王出兵救魏，这不是当着齐国文武两班的面驳了大王的面子吗？到时候大王一怒，只怕君上的相位又要被罢黜，弄不好，连薛邑的封地都难保。真要闹成这样，事情就糟了。"

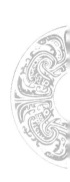

苏代说的孟尝君何尝不知？所以他并不想把巨子引荐给齐王，免得给自己招来麻烦。可巨子名声太大，平时又与孟尝君结交甚深，这次巨子不远千里专程来拜访，孟尝君若不把巨子引荐给齐王，岂不失信于人？那孟尝君几十年苦心经营才得来的礼贤下士、举忠正义的好名声不就毁了？所以对孟尝君来说，最好就是巨子不要来临淄拜会他。可巨子已经在来临淄的路上，想让他不来临淄只有一个办法，就是让这位惹事的巨子永远消失……

孟尝君找苏代来，就是让他办这件事的，正因为要用苏代，所以他偏要把心里的话反过来说："墨家巨子是名动天下的人物，又是我的故交好友，这位先生若到了临淄，我无论如何要把他引荐给大王才是。"

苏代当然知道孟尝君内里的心思。可正因为猜透了孟尝君的心事，他反而更要装作全然不知，笑着说："君上果然是仁厚君子，处处为朋友设想，可眼下齐国内忧外患，危机四伏，家国宗庙全赖君上一人维持，当大事者应顾大局，不可拘小节而违大义，苏代愿意替君上面见巨子，劝他早些回楚地去。"

见苏代一味偷奸耍滑，不敢接自己的话，孟尝君干脆也不接苏代的话头儿，只淡淡地说："你说的这些我懂，可巨子要来临淄，我总不能不让他来吧？"

眼看孟尝君毫无顾忌，直接把话挑明了，苏代心里不由暗暗吃惊。

像孟尝君这样秉执国政的权臣，其心思之阴险，手段之凶残，非平常人所能想象。苏代虽然精明，心里却没有这份狠毒，既不想杀害臣子，也不愿得罪墨家。可这些日子苏代一直拼命巴结孟尝君，主动跑到人家面前来做走狗，现在孟尝君真的把苏代当成心腹走狗来用，让他去杀人，苏代想推脱也推不掉了。

何况苏代也是个要办大事的人，他又怎么会为了保全巨子的一条命而去得罪孟尝君？这种时候，苏代必须顺着孟尝君的意思，像恶狗一样扑上去咬人。眼看孟尝君已经把意思挑明，话却不肯说透，苏代明白孟尝君这样的人，是不会亲口说出"杀人"这两个字的。这时候苏代必须主动迎上去，把这个杀人的差事揽过来。于是凑上前来伏在孟尝君耳边低声说："君上，我这里倒有个法子，能让巨子不来临淄。"

"什么法子？"

"巨子从大梁而来，必须要过阳关，我现在就动身到阳关去等他，对巨子说：'大王已经答应出兵救魏，只是安邑太远，齐军鞭长莫及，想请赵国出兵共同救魏，巨子既然为救魏而来，可以不必来临淄，改去邯郸劝说赵王，赵军先发，齐国大军随后就到。'"

孟尝君皱起眉头想了半晌，缓缓地说："墨家以诚信著称，你用这样的话骗他，日后事情揭穿了，可不大好看。"

苏代这一辈子经过无数风浪，跟各种各样的人打过交道，可孟尝君说话时的语气还是让他身上发冷，忍不住偷瞄了孟尝君一眼，见这个丑陋的矮子满脸都是恶狠狠的凶相。苏代不由得浑身一颤。可事到临头，不替孟尝君杀人也不行了。只得把牙一咬，笑着说："齐国攻宋是大事，怎能为了一个冥顽不灵的墨者坏了国策？这件事君上不必问了，交给苏代，我一定办得妥妥当当。"

孟尝君抬起头来直直地盯着苏代的眼睛："你知道该怎么办？"

"知道。"

孟尝君点点头，就此把这个话头儿扔在一边，不再提它了。

孟尝君把杀人的勾当交托出去了，可苏代心里却忐忑不安。他知道巨子是个非凡之人，墨家势力虽然大不如前，可墨者豪侠仍然遍布天下，杀害巨子的事一旦被人戳破，苏代只怕难以活命，必得给自己留条后路才好。

于是苏代脸上虽不动声色，肚里却动足了心机，又陪着孟尝君喝了半天酒，抓了个机会笑着说："阳关是齐国重镇，又是热闹地方，人多嘴杂，

容易惹来麻烦，我想最好能陪着巨子一路去赵国，走到齐、赵边界荒僻之处再下手，这样更稳妥些。可下官要去赵国，总得有个说辞才好，能不能请君上到大王面前讨一道诏令，派下官出使赵国，这样就走得名正言顺了。"

派苏代出使赵国，这对孟尝君来说是举手之劳："不必去讨诏命了，我写一个手敕给你，就说本君上次在邯郸受平原君款待，现在送他一份谢礼，待会儿我取两块璧、几匹绢给你，带到赵国去吧。"

孟尝君的狠毒苏代比不了，可苏代的鬼心眼儿孟尝君也猜不到。眼下苏代一心想要的正是这个东西。孟尝君的亲笔手敕，倒比齐王的诏命更好，心里暗暗高兴，却苦着一张脸对孟尝君说："这次去赵国路途也不近，邯郸那里又冷，倒是个苦差事……"

苏代这话里又透出要钱的意思。孟尝君也知道苏代是个贪婪小人，托此人办这么一件大事，当然也不能亏待他，冲冯谖使个眼色，冯谖忙捧出一匣金子来。孟尝君笑道："这里有十金，请苏大夫带上，路上花用。"

一见钱，苏代的一张脸马上就笑开了花，忙千恩万谢接了过来，又陪着孟尝君饮酒，不再说这件事了。

世道人心真的坏了

收了孟尝君的礼，苏代当天就离开临淄，直奔阳关而来。

与此同时，巨子石庚也带着三名墨者出魏国长垣进入齐国，渡过济水，经巨野，平陆，纲邑，进了阳关。

阳关，原是鲁国的一座要隘。春秋时期鲁国强盛，与齐国共居东方大国，分庭抗礼，这阳关是鲁国面对齐国的关防重镇。可到春秋末年，齐国极盛，鲁国已衰，一座阳关城也被齐人割占，称不上什么雄关险隘了。

落在齐国人手里的阳关，虽然不再是军事重镇，可经过百多年的经营，这齐鲁两国边境上最大的城邑却发展成了一处繁华的商埠。一条通衢大道从齐都临淄直通阳关，由此西入魏，南通鲁国都城曲阜，城中有百姓两万户，六国商贾车马驰骤，贩夫走卒如过江之鲫。

对富裕的大齐国来说，阳关的繁华才只是个开始。俗语说"出了阳关就是福地"，意思是说由阳关向东，越近临淄，百姓越富，享乐越美，而那些富商巨贾们椎牛渔色一掷千金的享乐，往往就从阳关城里开始。

当然，这些俗世繁华与墨者无关。

其实石庚也知道劝说齐王机会渺茫，只是在尽人事。可眼看安邑一旦陷落，秦军长驱直入，中原再无宁日，身为巨子，明明事不关己，却不能不忧心忡忡，只好每日天明即行，希望早一天到临淄拜会齐王，好歹为天下正道尽一点力吧。于是知会随行的墨者，不在阳关城里歇息，只买些干粮带上，穿城而过，急赴临淄。却想不到在这阳关城里，早有人恭候巨子的大驾了。

石庚的马车刚到阳关西城门前，已经有个头上插着金簪、穿着崭新黑袄裤的仆人飞跑过来迎住马车，张嘴就问："先生是从魏国来的墨者吗？"

"墨者"二字，一般市井中人未必知道，何况石庚这几个人穿着平常，车驾破蔽，也不至于被人认出来，可现在忽然跑出这么个人来，石庚不由得一愣。但人家问到面前，回避也没意思，干脆答道："正是。"

"我家主人知道几位先生要去临淄，特在此相候。"

"你家主人是谁？"

"家主是齐国中大夫苏代，奉大王之命正要出使赵国，又受孟尝君之托在此迎候魏国来的墨者，有几句话说。几位请随我来。"那仆人引着石庚等人转过两条街，来到一间阔绰的酒馆门前，立刻有店里的人飞跑上来照看马匹，仆人领着石庚进店，直上二楼，只见一个隔间里铺着精美的芦席，摆着棠木几案，一个衣着华贵的中年人起身相迎："是巨子前辈到了吗？苏代在此恭候多时了。"

苏代的名字石庚倒听说过，但与此人没打过交道，只还了一礼："苏大夫约老夫来此有何事？"

"巨子是要往临淄劝说大王救魏吗？"

"确有此意，不知苏大夫有何指教？"

苏代笑着说："如此先生就不必去了，我家大王已下诏命：派使臣往秦国，命秦军即从新垣、安邑两地撤兵。若秦王不肯，齐国即发兵十万入魏，助魏人与秦军作战。"

苏代这一句话说得石庚喜出望外："齐王愿助魏国？这是好消息！请问苏大夫这是要往秦国传诏吗？"

苏代摇摇头："去秦国的使臣早已出发，大王担心秦人虎狼之性，吞到嘴里的肥肉不肯吐出，单齐国一国发兵还不够，所以命我去赵国拜见赵王，如果齐国发兵救魏，也请赵国派兵马相助。"说到这儿才想起来，忙向石庚笑道："巨子远来劳顿，苏代已经备了酒食，我们坐下来谈吧。"

苏代说的自然全是谎话。

可这苏代是齐国的大夫，口口声声说自己奉王命出使，又是孟尝君托他来见巨子。此人所说的话，石庚实在不得不信。知道齐国已答应救魏，心里的一块石头落了地，浑身轻松，也就坐下与苏代对饮起来。席间自然问起齐王为何早先不肯救魏，现在忽然改了主意？苏代口舌灵巧，只说齐王原本是想救魏，可这些年燕王整顿兵马，颇有伐齐之意，齐国不能不防，所以齐王先加派一路人马到齐燕边境的狄邑一带布防，保证燕人不能南下，这才回过头来救魏国。

巨子虽是精明，毕竟只是一位行走江湖的豪侠，并不知道齐国内情，被苏代三言两语就骗过了。

两人又饮了一碗酒，苏代主动说道："对抗强秦，需要集各国之力，尤其赵国兵强马壮，若能出兵，实在是件好事。可赵王何是个懦弱的人，凭苏代一张嘴，未必劝得动他……"说着抬眼望着石庚，等他说话。

石庚当然明白苏代的意思，这件事他既然管了，也就要管到底："老夫与赵国平原君是旧识，素知平原君深谋远虑，是个干才，就和苏大夫一起去赵国拜会平原君，也算是尽墨者的一份力吧。"

苏代等的就是这句话，忙起身拜谢。两人客气了一番才又归座。苏代笑道："先生为了救魏，远自楚国而来，又在魏、齐、赵三国之间奔走，实在辛苦，孟尝君特命我带了些东西来，向先生致意。"转身取过一个小包袱打开，捧出一只黑漆木匣："这里有五金，是君上送与墨者的。"

孟尝君是个以仗义疏财闻名天下的人，可石庚却从不看重钱物，见孟尝君往他身上使钱，忙说："这是干什么？君上应该知道，此等钱财墨者是不受的！"

苏代也知道墨者不受外财的规矩，在这上头早想好了说辞："君上知道先生高义如山，清誉似水，这些黄白之物视如粪土，只是当今乱世攻伐日甚，还要墨者为天下百姓奔走呼号，可墨家的力量已经不比从前，越来越艰难，这区区几块金饼不敢奉与巨子，只是赠与墨者做行脚、车马、饮食之资，并没有别的意思，请先生代墨者收了吧。"

孟尝君为人就是这么个豪爽脾气，苏代说的话也中肯。既是故人的一番心意，石庚也就不再推辞，说声多谢，接了金子。

眼看事办妥了，苏代笑道："既然先生和我一起去邯郸，咱们一刻也不要耽搁，吃完饭就上路吧。另外请先生给孟尝君写一封回信，我派人送到临淄去。"

苏代说得在理，石庚即刻叫人取笔墨简札，苏代却早从怀里掏出一块白绢递上，石庚哪知道连这一块白绢也是个"计谋"？根本没有多想，顺手接过，就在绢上写道："知齐王救魏，甚善。想来劝谏齐王君上出力必多。今事已遂，鄙人亦当为之奔走，即赴赵见平原君，为公说项。赐金如许，果孟尝也，愧谢。墨者石庚"，苏代接过看了一眼，暗暗点头，把绢帛珍而重之地收了起来。

石庚这里想了想，又取过那份简札来，在竹片上写了一行奇形怪状的文字，其下并不署名，而是画了一个六角形的花押标记，另取一片竹板盖住，用绳扎起装入锦囊，叫过一个墨者："你持此速回大梁，把这个交给侯嬴，让他报知太子，齐国即将发兵救魏，我与苏大夫往邯郸去借赵兵，请太子星夜将这消息送往安邑，命城中魏军死守待援。"墨者接过简札飞奔出去。

见石庚遣墨者回大梁报信，苏代也站起身对石庚说道："我叫手下把前辈的信送到临淄去，邯郸事急，咱们吃点东西就好上路了。"于是便急慌慌地走掉了。

墨者们行走天下，靠的是为天下人请命的侠义正气，并不凭借什么阴谋诡计，此番石庚到临淄来拜见齐王，本也是光明正大之事，哪想到会有人暗下杀手？就在这不提防间，墨家巨子已经陷进苏代等人布下的罗网里了。

苏代奉孟尝君之命来暗害巨子。可这个精明的苏代知道墨家豪侠英勇仗义，巨子在各国又有名声，受他恩惠的人极多，谋害巨子之事若被揭露出来，实在后患无穷。这个精明的说客才不肯替孟尝君背黑锅，早就定下计来，要从巨子手里骗一样信物做自己的护身符。

现在苏代拿出孟尝君送给他的金子反送给巨子，从巨子手中哄出一封信来，信上写明孟尝君欺瞒巨子之事。将来万一遇上麻烦，只要把此物捧出，就能让人明白这事从头到尾都是孟尝君指使，从而把他苏代洗脱出来。

至于巨子派回魏国送信的墨者，此时却断不能让他回到大梁。所以苏代急忙起身出去，是要安排人手劫杀墨者，夺取那道向魏国太子报信的简札！一出酒馆立刻招呼手下，指着还未走远的墨者背影悄声说："盯住此人，一进魏国就下手，绝不能让他到大梁！"几个手下人齐声答应，一起尾随在墨者身后出城去了。

眼看事情已交代妥当，苏代掏出一个小包，取出一粒手指大小的黑色药丸吞进口中，一仰脖咽了下去，这才回到店里，接着耍弄花招，谋害巨子。

小人之阴狠，一至于此。碰到这样的货色，名动天下的墨家巨子也如鲲鹏折翼，鲛鱼入罟，不知不觉间被这些恶人算计了。

苏代回来的时候，后厨里的饭食也端了上来，烤得油润的整羊腿，炖得喷香的牛肉韭菜，羊汤芥菜煨的菜羹，清水煮的菘蔬，黏稠金黄的米粥，结结实实摆了两桌，又用大陶盉装了热酒放在案边。苏代和石庚对坐而食，剩下三个墨者自己坐了一桌。这些墨家豪客们平时纪律森严，粗衣疏食，好久没有这样大快朵颐的机会了，顿时割炙吞荤放量大嚼，据案而饮，高声谈笑，热闹非常。

饭吃到一多半时，苏代忽然眉头微皱，起身离席，好半天才回来，苦着脸小声对石庚说："先生，这店里的酒食只怕有些不干净……"

石庚和苏代对坐饮食，倒没什么不适的感觉，看身边那三个墨者也是吃喝如常，似乎无事。可苏代样子却越来越不对，不一时，又急慌慌地跑出去上了一趟茅厕，回来时神色愈发难看，石庚见此，也没心再坐下去了，一行人回到住处还没坐稳，苏代已经腹中绞疼，肠鸣如牛，顿时昏天黑地泻了起来。

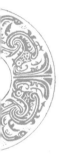

这一下好不厉害，从午后直到第二天上午，苏代泻了不知多少次，闹得众人都一夜未眠。到第二天，苏代已经被折腾得脸青唇白，脚都软了，连床也起不来，全靠几个仆人伺候，无奈，只得把石庚请了过来，有气无力地说："先生，这次真是作怪，也不知怎么弄成这样。在下如今去不了赵国了，只好派人回临淄报知大王，另遣使臣赴赵吧。"

眼看苏代半条命都送掉了，躺在床上像摊烂泥，石庚也没了主意，只能说："苏大夫不要急，安心养病就是了，老夫先去邯郸见平原君，把齐王的意思说给他听，待齐国使臣到了，赵国也可以先有准备。"

"有劳先生……"

"这没什么，苏大夫好生养病吧。" 石庚带着三名墨者离了阳关往赵国去了。

巨子石庚本是个精明干练的人，久在江湖，什么事都经历过，可这一次他做梦也想不到，旁人都无事，偏苏代一人弄成这个样子，其实正是苏代自己服了泻药。

苏代此番出来，就是奉了孟尝君之命要害巨子。可阳关是座大城，这些人不敢在这里公然对巨子下手，就一心把巨子骗到齐赵边界无人之处谋害。苏代自己是个手无缚鸡之力的文人，杀人害命的事他插不上手，也不愿意替孟尝君杀人，所以他本就不会和巨子一起去什么赵国，用鬼话骗住巨子之后，就急于脱身了。现在苏代给自己下了泻药，病得瘫在床上动不得，谁还会怀疑他呢？正好干净利落地脱身出来。

眼看石庚一行人出了阳关往北去了，孟尝君的家宰冯谖挎着短剑进了苏代的住处，见苏代成了这一副惨相，忍不住笑道：“苏大夫真有本事，几句话就骗过了巨子，现在装病又装得这么像，真是奇才呀。”

苏代已经没有力气和冯谖多话，有气无力地低声说：“我是真病了……”

冯谖在床边坐下，仔细看了看苏代的面色，又伸手在他腕上摸了一把，不得不相信苏代是真的病倒了。但冯谖也是个见多识广的人，当然猜出苏代这病不是凭空来的，冷笑着说了一句：“苏大夫病得真是时候。”

冯谖话里带着明显的讽刺之意，苏代也不客气，反唇相讥道：“在下是个废物，没本事去害巨子，冯先生是弹剑而歌的壮士，此事就托付先生吧。”

“弹剑而歌？那是多年前的事，如今不过是鸡鸣狗盗之辈罢了。墨家巨子传了七代，只有慷慨赴死，还没听说过被人暗害的……看来世道人心真的坏了。”冯谖一边摇头叹气，低着头走出去了。

这时候巨子石庚已经带着三名墨者沿汶水一路西行，经纲邑、大汶、寿邑，渡过大野泽，出鄄城进了卫国的濮阳，再向前就是赵国的刚平，离邯郸只有几百里路程了。

此时天已黄昏，凉风习习，暑气消退，寒鸦归巢，鸣声哑哑，官道上没有一个人，四野静悄悄的，马车转过一片树林，只见路中央歪倒着一辆散了轮子的单辕车，驾辕的马被卸在一旁，两个壮汉正喊着号子抬起车身，整条路被堵得严严实实。赶车的墨者叫道："你们怎么把路堵住了，让一让。"一条汉子回身说："不行啊，太重了，麻烦帮把手。"

墨者讲的是兼爱交利，一个个都是愚直的好人，现在眼见别人有了难处，哪能不帮忙？两名墨者忙上前帮着抬起车辕，好让这几个人拆换车轮，驭手却没下车，石庚也仍然坐在车上，远远看着墨者们在马车前忙碌。

正在谁也不注意的当口，忽然从身畔的树林里撞出一条汉子，一声不吭，挥起手中的铁斧就向车轮猛劈，顿时砍断了车轮上的辐条，车轮一散，整辆马车向右倾侧，哗啦一声倒在地上，驭手和坐在车厢里的石庚一起滚倒在地，不等爬起身，那莽汉抢上前来，一斧把驭手砍倒。

与此同时，几个假扮农夫的刺客也抽出短剑刺向帮忙抬车的墨者，一名墨者猝不及防，被捅翻在地，另一个也挨了一剑，捂着伤口踉跄后退几步，拔出腰间的短剑和几个刺客斗在一起。

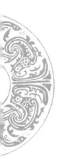

此时那个持斧的刺客已经向石庚扑来，挥斧猛砍，石庚忙就地一滚，利斧擦着肩膀掠过，"秃"的一声剁在车辕上，一时竟取不下来，那莽汉弃了斧头拔出短剑扑上来。

只这片刻工夫，石庚已经站起身来，左脚踏前一步，左掌扣住对方持刀的手臂，右拳重重打在他的面门，顺手夺下剑来，手腕一翻，直刺入莽汉的小腹，这人剧痛之下双手一把握住了剑锋，石庚收剑退步，垂死的刺客嘶声惨叫，从伤口喷出的鲜血溅了石庚一脸一身。

树林里传来一片叫嚣声，十几个蒙面大汉蜂拥而出，石庚抖起精神，侧身右闪，短剑闪电般挥出，硬生生砍下了迎面之人的一条右臂，接着旋身回扫，从背后扑来的敌人胸口中剑，栽倒在地，石庚连退数步，剑锋横掠，将面前几个敌人一起逼退，仅剩的一位墨者也捂着伤口跑了过来，两人背对背站在一起，挺剑迎战敌手。

墨者们个个武艺过人，石庚虽老，身手却丝毫不弱，在这两人面前，十几个刺客未必能讨到便宜。然而这些刺客却是有备而来，并不与墨者缠斗，一心要速战速决。只听树林中一声胡哨，弓弦响处，十几支利箭射了过来，那墨者身中数箭倒在地上，石庚胸前肋下也各中一箭，哼了一声，咬紧牙关强撑着身躯，挺起短剑面对着一群饿狼般的刺客。

到这时，石庚心里已知无幸，冷冷地说：“老夫是墨家巨子，自认守的是正道，与世人并未结怨，你们是何人，为什么要害我？”

站在巨子面前的正是孟尝君的家宰冯谖。虽然知道巨子已是必死，可冯谖仍然没有勇气说出自己的名字。

“你们是秦人？”石庚看着面前这几个阴森森的刺客，头脑中灵光一闪，“是孟尝君的手下？”

冯谖仍然不敢回话，可他脸上的神情已经给了巨子一个答案。

“原来如此。”巨子缓缓点头，脸上浮起一丝淡淡的冷笑，“也是老朋友了。想不到……人心坏了，人心坏了。”说了这几个字，再也支持不住，后退两步，依着翻覆的车厢缓缓坐倒，没有了声息。

如茵馆里的豪杰

眨眼工夫，巨子石庚的女儿石玉已经在魏王宫畔住了两月有余，却还没得到临淄方面的任何消息。

墨家兴于齐鲁之地，但这追求正道的学说在始兴之地却站不住脚。先是齐、魏各国纷纷称霸，穷兵黩武，厌恶墨家，逼得墨家势力西入秦国，继而秦人变法，成了比齐、魏更疯狂的军国，墨家在秦地又难立足，不得不转身入楚。

楚国地域广大，山岳丛杂，楚人虽然勇烈，却生性旷达活泼，对墨家还有善意。楚国君臣虽然昏庸无能，却也因为这份慵懒，法令不如秦国之暴，所以墨家在楚地勉强存留下来，在郢都郊外山水之间躬耕自食，过着最俭朴的生活，同时仍然一心为天下奔走。

可惜天下人心日趋败坏，墨者的奔波，大多徒劳无功。

石玉就是在楚地乡间被父亲当成男孩子一样带大，自幼操持劳作，习武练射，处处都和男子一样。十五岁跟随父亲行走江湖，前后也不过两年工夫，今年只有十七岁，却已经养成了墨者坚韧冷静、吃苦耐劳的秉性。

像这样一个人，却因为机缘巧合，忽然之间住进了魏国的太子宫，满眼都是高堂广厦，铜鼎金犀，锦衣玉食，让她觉得很不习惯，住进宫中的第一件事，就是把魏太子派来服侍她的几个宫人从屋里撵了出去，倒闹出一个不大不小的笑话。

石玉所居之处在太子宫的西南角，是一处安静的院落，有个名字叫"如茵馆"。三间殿阁半新不旧，内里陈设也不算豪华。庭院中有个挺大的花圃，却没人打理，已经撂荒了。向东百步之外有个十几丈宽的荷塘，塘边一条竹廊连着两座小亭，是个淡雅幽静的去处。

再沿石径向东是一片繁茂的竹林，过了竹林就是太子东宫的连天殿阁，整日里钟鸣鼎食，仆役如云，热闹得让人生厌。

石玉在如茵馆里住了几十天，进出府门都不方便，也得不到外面的音信，每日除了三餐，就是坐在屋里发闷。进宫时她只穿了一套男人的装束，因为到这富贵之地，也没想带衣服替换，想不到如茵馆里华服美饰不少，却尽是女装，没办法，石玉只好像贵妇人一样穿起深衣，系起罗带，初时觉得穿成这样连门也出不去，可这些日子下来，倒也惯了，对这些华丽的衣饰越看越喜欢，穿戴起来也习以为常了。

这天石玉用过午饭，闲来无事又在屋里闷坐，却听得院中隐隐传来琴声。石玉并不通音律，可偏偏这支曲子她却听得懂，因为这是一首《悲丝》。

当年墨家祖师墨翟行过街巷，见染坊的工人把丝投入染缸，心有所动，言曰："染于苍则苍，染于黄则黄，所入者变，其色亦变，五入而已，则为五色矣，故染不可不慎也。非独染丝然也，国亦有染。舜染于许由、伯阳；禹染于皋陶、伯益；汤染于伊尹、仲虺；武王染于太公、周公。此四王者，所染当，故王天下，立为天子。夏桀染于干辛、推哆；殷纣染于崇侯、恶来；厉王染于厉公长文、荣夷终；幽王染于傅公夷、蔡公谷。此四王者，所染不当，故国残身死，为天下戮。"列举舜、禹、汤、武四位圣王与贤臣共处，而成圣王之道；桀、纣、厉、幽四个昏君却宠信奸臣，落得身死国破，正如雪白之丝投入染缸，染于苍则苍，染于黄则黄，故交朋结友、任贤用能，不可不慎……

这是一千年都有用的大道理，对那些公子王侯，这道理更是比性命还要紧。

墨子去世后，就有人以此微言大义入了音律，做出一首《墨子悲丝》来纪念先贤，以儆后世。

一曲《悲丝》，引得石玉走出如茵馆来，沿小径东行几十步，只见荷塘边的小亭里坐着个年轻人。

此时正是初春，树上新添几点青绿，塘边刚有几丝细草，整座院子空荡荡静悄悄，只有这么个怪人独坐抚琴。这人看上去年纪不到二十岁，穿一件宽大的深红织云纹绨袍，头上无冠，只把头发梳了个髻子，用一根青玉簪别住，高挑身材，生得面白如玉，唇似丹珠，鼻梁高挺，轩眉朗目，模样俊秀得让人诧异，薄薄的嘴唇微微抿着，颀长的手指轻拢慢捻，把心思都放在琴上，并没发现有人站在身边。

石玉在这如茵馆里住了些日子，平时难得见到几个人，现在忽然来了这么个人，模样儿竟比女人还要漂亮些，举止仪态又儒雅得有些过分，石玉平时常和豪杰莽夫打交道，公卿贵人也见过不少，却真没见过这样的人物，觉得稀奇有趣，在旁边看了半天，忽然想起：听说有些王公贵人喜好"男风"，身边养着一些相貌出众的男子，叫做"面首"，难道眼前这个人就是魏国太子养的男宠吗？

这么一想，石玉不觉脸上有些发热，心里觉得无聊，却又暗暗好笑，看着这个俊美的男子，却越看越觉得像。

对面竹林后隐隐传来一片嘈杂的人声，似乎有一大群人正往这边过来，大呼小叫，吵个不停。弹琴的男子微微皱眉，停了手，抬起头来，看见石玉站在面前，一点也不惊讶，冷冷地打量了她一眼，一言不发，推开琴，起身走了。

想不到这个男宠倒比太子还要骄横，对自己不理不睬的，石玉心里有些恼怒，可再一想，和这样的人生气未免不值。听得前面人声喧闹，又有人高声喝彩，不知有什么热闹，于是寻声走了过来。

绕过一片树丛，面前是一大片空场，百步之外立着几个箭靶，一群粗壮的男人聚在一起高声谈笑，石玉看见太子魏围也在人群里，于是信步走了过来。

魏围一回头看到石玉，一愣，不由得上下打量起她来。

石玉这天穿的是一件深紫织锦缎云鹤冲霄纹络的曲裾深衣，脚上一双白绸素履，长发梳成一个简单的垂髻，为了配这套漂亮的礼服，用笔微微画了眉毛，唇上似乎点了些珠彩，却不会用粉，仍是一张素颜，倒显得妩媚俏丽，韵致天然，和刚进太子府时那个一身短褐、一双麻鞋、腰悬短剑，面容严肃的墨者判若两人，引得一群武士都偷眼看她，连魏围也愣了好半天，才认出她来。

石玉生来就是个墨者，从小在豪侠之中长大，可她到底是个女孩儿家，生性爱美，喜欢别人称赞，哪怕只是眼神中流露出的艳羡也足够让她觉得喜悦。现在被太子和这一群男人们注视，石玉心里又喜又羞，笑着说："我平时不穿这种衣服，也不知穿得对不对。"

魏围忙说："你穿这衣服很好看。"

石玉又低头看了看，摇摇头："好像太肥了。"

深衣是贵人们所穿的华服，穿着时讲究"短不露肤，长不被土。续衽钩边，要缝半下，袼之高下，可以运肘，袂之长短，反诎及肘，束带下不及髀，上不及肋"。所谓"曲裾"深衣，顾名思义，这种礼服的裙裾不是直的，而是一个宽大的三角形，穿着之时衣裾绕身盘旋一周，刚好叠于右侧腰际，再以宽带系住，形成一个雅致华丽的螺旋。

可石玉穿的这款深衣却似乎过于宽大，裙裾之角已经到了左侧腰际，不得不向内打了个折，这才勉强用带系住。这么一折，原本一掌宽皂色纱罗底金银红三色线刺绣的龙凤穿云纹衣缘也被掩去了一块，看上去有点别扭。

这件深衣看似不合身，其实并不是衣服宽大，而是石玉把这衣服在身上裹得太紧了。

楚国本是南蛮之地，几百年来与中原若即若离，衣食器使、文化教养虽与中原诸国并无大异，可在风俗习惯上却比中原之地更活泼，更开放。比如中原女子穿衣时不会收得过紧，在胸前腰际两处还要故意放松一些，让衣裾略略垂折下来，以此掩饰身材，尽量不惹人注目；楚地女子却习惯把衣服裹得紧紧的，宽大的衣带也尽量束紧，故意显出腰身的线条来，以此为美。现在石玉也依楚人的习惯把深衣裹得紧紧的，衬托得一副身材玲珑有致，酥胸高挺，腰肢一握，这样穿着大胆的女子，即使在魏国宫廷里也不多见。太子身边这群粗野的男人们一个个看得心里发痒，可在太子面前谁也不敢稍有无礼，只好把目光四处乱晃，却不敢向石玉身上瞄一眼。

女孩儿家敏感细致，已经感觉出来了，可石玉性情直率，根本也不在意这些。正和太子说着话，却见刚才那个俊秀的男人从另一条路上绕了过来。太子身边的武士忙一起上前躬身施礼，称他一声："公子。"太子魏围也上前和他见礼，指着石玉说："这一位是巨子的女儿，暂时住在我府里。"又指着那个漂亮青年对石玉笑道："这是我弟弟无忌。"

想不到这个俊秀的年轻人原来是魏国公子魏无忌。

魏无忌是魏王宠姬所生之子，太子魏围同父异母的弟弟。这些年魏王得了昏聩之症，不能理事，魏国就由太子围和公子无忌兄弟共执国政。魏无忌年纪不到二十，在列国之中却颇有名气，连石玉也听过他的名字。只是这个俊秀儒雅的年轻人为何有这样的名气，石玉却不知道了。

刚刚竟把魏国公子错当成了"面首"，石玉心里觉得好笑，又有些不好意思，上前和魏无忌见礼，想不到魏无忌倨傲依旧，只略微点了下头，就扭过脸去不理她了。

石玉哪里知道，魏无忌对她倨傲轻视，其实只因她不懂礼仪，穿着上有失体统，却被这位雅致高卓的魏国公子误当成轻薄放荡之人了。

魏无忌就是这么一副脾气，石玉也拿此人没办法，只好自己找个台阶下。见这些武士都在庭前邀射，就从身边一个武士手中接过弓来，笑着说："我也射几箭试试。"

见石玉也要射箭，魏围不觉有些担心，因为石玉接过的是一张两石的强弓。一石一百二十斤，两石之弓合二百四十斤，要开这样的弓，普通男子也未必做得到。

石玉早看出魏围的脸色，可她自幼被墨者教养长大，在男人堆里争强好胜惯了，越是这样的时候越不服输，右手握住弓背掂了掂，已觉出这张弓是杉木所制，劲道不小，却还难不住自己，左手平弓，右手拇指扣住弓弦，略一运力，霍地把手中弓张成满月一般，略停了停，才松开弓弦。试出弓力之后心中已经有数，从箭箙里抽出一支雕翎箭来，引弓搭箭一箭射去，正中红心，青铜箭镞深入木靶，箭尾振振，铮然有声，魏围站在一旁忍不住叫了声："好！"

石玉表面上稳重沉静，颇有豪侠气概，其实到底是个十来岁的女孩儿家，难免有几分任性，现在太子给她叫了一声好，石玉更是有心卖弄，从箭箙中连抽出三支箭，向箭靶处觑了一眼，引弓逐矢连珠齐射，一支接一支连发三箭，皆中靶心，这一下围观的人无不喝彩，连一旁冷眼旁观的魏无忌也叫了一声好。

石玉满心得意，回手把弓递给魏圉，半开玩笑地说了一句："这样的弓有什么用，你们魏国就没有强弓吗？"

在娇纵自己的男人面前，女孩子难免任性；可面对娇蛮的女孩儿，那些温厚的男人们又往往在不经意间更加娇纵她。现在石玉随口说了一句，魏圉连想也没想，马上回头吩咐手下："把我平时用的弓取来。"随从忙飞跑出去，不大工夫捧过一张弓来。

这张魏国太子所用的宝弓，弓臂是用精选的桑柘木层层叠制而成，打磨精细，黑褐色的弓身在阳光下闪出玉石一样的光泽，弓腹上贴着一副上好的水牛角，各长三尺，根白，中青，周正色润；弓背处以牛筋细细贴博，筋络条条细如发丝，圆滑柔韧，根根不断，牛筋牛角都以上等鳔胶粘合，弓弦用九股羊肠捻制而成。另有一个牛皮箭箙，里面插着三十支雕翎箭，箭杆都用杉木削成，又涂了大漆，青铜箭镞全都细细打磨过，亮晃晃的，锋利如刀。

石玉长这么大还没见过这么漂亮的弓，不由得捧在手里看个不停："这是韩国产的弓吧？"

魏圉笑道："这你都看得出？真不简单。此弓名叫'服慕'，乃韩国名师公叔厉所制，是几年前韩国使臣供上的方物。"

怪不得此弓精致华丽，原来是一件贵重的国礼。这一来石玉更有兴致了，抽箭在手，左手引弓，右手控弦，两膀较力，将这张三石强弓张得如满月一般，一箭射去，只听"嘭"的一声钝响，这一箭竟将靶心射透，又飞出几尺这才力衰，掉进竹林里去了。

　　想不到一个姑娘家竟有如此膂力，男子也比不过她，这次魏圉连"好"也叫不出了，半晌才说了句："真是想不到……"

　　"想不到什么？"

　　"墨者果然是非凡之人。"

　　石玉是巨子的女儿，从小就在豪杰堆里经受磨炼，沉稳冷静比男子犹过，魏圉若是夸奖她，她未必会这么得意，可听魏国太子称赞墨者，石玉忍不住笑了出来。这一笑真如杏花带露，娇俏妩媚，毫无做作，魏圉看在眼里，不觉胸中一热。石玉也有所感，脸上发烧，急着找些话来掩饰，就顺手把弓递给魏圉："太子也射几箭吧。"

　　魏圉接过弓来，连放三箭，两箭射中靶心，另一箭偏了些，也在靶上。对一位贵人来说，这样的箭术算是很不错了。

　　石玉又问魏无忌："公子不试试吗？"

　　魏无忌却不接弓，只淡淡地说了句："这些我都不懂。"一句话也不多说，抄着两手转身走开了。

　　见魏无忌始终是这么一副傲慢的嘴脸，石玉不觉有些扫兴，魏圉笑道："无忌就是这么个人，只喜欢诗赋音律，对刀枪弓箭之类毫无兴趣。"

　　有太子在旁奉承，石玉心情大好，也不去多想刚才的事了。

　　正在这时，一个随从拿着一片竹简走到魏圉面前："刚才有人送来的，说是给府里的墨者看。"

　　"府里的墨者"当然就是石玉，可太子府的人还是把竹简呈给了太子，魏圉接过竹简看了一眼，见上面写着几个字，却一个都不认得，不觉诧异。石玉忙说："这是给我的。"接过来看了，脸色微变，原来那竹简上用墨

家暗记写着"巨子有难，速至夷门"八个字。

"我有事要出府一趟。"

魏圉已经看出石玉大概是遇到什么事了。可墨家自有一套江湖规矩，人家不说他也不好问："那我叫人备车？"

"不必。"石玉冲太子拱了一下手，转身去了。

你们若死了，谁为巨子复仇

收到墨者送来的竹简，石玉急忙回到住处，又换回进宫时穿的那套布衣麻鞋，仍然做男装打扮，出了太子宫直奔大梁城的夷门，在街市间三兜两转，进了一条陋巷，来到一间破屋前，只见一个四十出头的壮士已经在此相候了。

等在这里的人名叫侯赢，是大梁城里的墨者首领。此人虽是墨者，却与众不同，熟读经史，擅于辩才，是个文武双全的贤士，巨子石庚初到大梁，就在他这里落脚。后来石庚远赴齐国，侯赢留在大梁，为巨子周转消息，刚才的竹简就是他送进太子宫的。

见石玉来了，侯赢忙把她迎进屋里，关上房门。石玉急着问："先生刚才竹简上写道'巨子有难'是什么意思？"

"刚得到边境上送来的消息：巨子身边的一名墨者被人杀死在魏国的垂都城外！"

垂都，是魏齐边境上魏国一方的要塞。

116

自石庚离开大梁已经两个多月，他这一路行去，到处都有墨者接引，时时有飞鸽传书送到大梁，所以石玉知道父亲一行已经到了齐国的阳关，离临淄不过数日路程，可从此往后就没有了消息。石玉也暗暗着急，现在忽然听说此事，大惊失色："你是说我父亲又从阳关折返回来，在魏、齐边界一带被人截杀？"

"巨子是何等人？做事岂肯半途而废。既然去拜见齐王，不论事情成与不成，必要见了方肯罢休！断无半途折返之理。"

侯赢这话更让石玉惊疑不安："先生的意思是……"

"巨子一定是中途遇险，不能脱身，才派墨者回魏国报信，想不到刺客沿路追杀，将墨者杀害在垂都城外。"

其实侯赢并没有把话说透。

巨子遇险，必是性命之忧，所谓"不能脱身"，只是给石玉宽心。可石玉又怎会听不出来？越想越怕，问道："大梁城里还能召集多少墨者？"

"有六七个人。"

"把他们都找来，即日去阳关，先把消息打听清楚再说。"

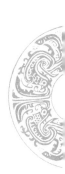

从侯赢家回来，石玉马上来见太子，并不说自己要去何处，只说有急事要办，立刻告辞。

自从见识了石玉的神箭，魏围对这个女子极有好感，本想多亲近她，想不到石玉忽然要走，留也留不得，不禁失望。忙叫内侍取了一箱金饼，要送给石玉做路上的花费。

石玉对金子毫无兴趣："多谢太子，只是墨者有墨者的规矩，这些黄白之物是不能收受的。"

石玉视金钱如粪土，更让魏围敬重。既然人家不爱金钱，他也不好再提，

回身取过那张"服麜"弓来:"墨者替魏国尽力,魏人却帮不上忙,我心里过意不去,别的不敢相送,就把这张弓送给姑娘做防身之用吧。"

在石玉眼里,礼物贵贱轻重在其次,魏围这番心意却不能不领,双手捧过弓来:"多谢太子。"正要离开,却见魏无忌走了进来:"姑娘稍等,听我说几句话。"

魏无忌先前甚是无礼,石玉对他的好感也有限,如今心中急切,脾气又比平时躁一些,虽然勉强站住脚,脸色却很是不耐烦:"公子要说什么?"

"刚听说有墨者被人暗害,姑娘急着要走,是为这事吗?"

"是。"

"我劝姑娘不要去齐国,留在魏国等等消息。"

听了这话,石玉不由得皱起眉头:"公子这话是何意?"

"巨子是个做大事的人,绝不会半途而返。况且巨子一行五人,垂都城外被害的墨者却只有一个,照情理推断,这位墨者或许是被巨子差遣回魏国报信的,而有人偏不让他报这个信。想来这凶手是巨子信得过的人,才会知道巨子派墨者回魏国,而他不在齐国截杀墨者,却非等墨者进了魏国才动手,目的就是想掩人耳目。"

"掩人耳目?掩谁的耳目……"

"齐王。此人不愿让齐王知道巨子入齐之事,想来他必是齐国的权臣。"

魏无忌说的这些石玉一点也没想过:"哪个权臣会害我父亲?"

"这很难说。巨子想劝齐国发兵救安邑,这既得罪了秦国,又得罪了齐国那些想与秦结盟的贵人。如今齐国重臣里只有太傅韩聂一心结好秦国,此人原是韩国臣子,后来被逐入秦,在秦国做了大夫,秦王对他十分器重,所以韩聂亲近秦国而怨恨韩魏,此人可能要害巨子。另一个可疑之人就是孟尝君田文,这是个面善心狠的人……"

118

"孟尝君？他和我父亲是故交。父亲曾对我说过，孟尝君先前被秦王请到咸阳，却得罪了秦相魏冉，几乎遇害，所以他对秦国应该是最敌视的。这次我父亲去临淄拜见齐王，就是想请孟尝君从中引荐。"

魏无忌点点头："这么说来，孟尝君的嫌疑最大。"

"这话怎么说？"

"孟尝君虽然痛恨秦人，可此人权欲熏心，为人不择手段。而齐王秉性刚愎自用，向来是顺者昌，逆者亡，现在齐王下决心攻宋，孟尝君为了讨好齐王以坐稳相位，或许会改变心意，转而主张联合秦国。这时候你父亲到临淄劝说齐王出兵救魏国，却请孟尝君在齐王面前引荐，孟尝君若不引荐，便失信于墨家，坏了他的名声；若引荐了，就等于逆了龙鳞，他在齐国的地位就不稳了。"

魏无忌一番话说得条条在理，石玉不禁恼恨起来："如果真是孟尝君害了我父亲，我一定亲手杀了他！"

若真是孟尝君害了巨子，墨者向他复仇是必然的。可孟尝君岂是易与之辈？几个墨者贸然入齐，只怕未到临淄，早已被孟尝君所算。魏无忌此来就是要劝石玉："墨者的豪侠之气我是深知的，可想杀孟尝君却没这么简单。且不说此事到底是不是他做的还说不准，就算真是孟尝君害了巨子，此人是齐国第一权臣，门下有三千舍人，又养士数万户，他的封地薛邑比大梁城还大些，势力堪比一国之君。如果真是他谋害巨子，你们一到齐国，只怕也会遇害。"

石玉冷冷地说："我等并不畏死。"

奋勇敢死的豪杰往往是些执拗的人，平常人难以劝服他们，可魏无忌却并不劝石玉，只冷冷地回了一句："你们若都死了，巨子之仇何人去报？"

只这一句话，问得石玉哑口无言。可到底还是说："父亲安危岂可不问？现在父亲下落不明，我怎么能留在魏国享福？一定要到齐国看看才能安心。"

石玉的话头儿虽硬，毕竟算是松了口，魏无忌立刻接过话来："姑娘信得过我吗？若信得过，就由我去齐国打听消息，不论情况如何，绝不瞒着姑娘。你看怎样？"

"你去打听消息？"

魏无忌点点头："我是这么想的：现在秦军已包围了安邑，又以精兵攻打魏国的新垣城，大王命我出使齐国，请齐王发兵，我就借这个因头去拜会孟尝君，探他的口风，此人若主张齐军救魏，则谋害巨子应该与他无关；若孟尝君也是主张齐、秦交好，不救魏国，那他身上的嫌疑就洗不掉了。"说到这里，想起石玉急躁的脾气，又有些不放心，补上一句："我也知道墨家豪杰有本事替巨子复仇，但君子报仇，十年未晚，只要知道仇人是谁，事情就好办，你说是不是？"

魏无忌的每一句话都说到要害，弄得石玉半句话也答不上来。心里也知眼前的事必须照魏无忌的主意办，可又挂念父亲安危，慌乱忧急，忽然鼻子一酸，忍不住落下泪来，忙一把抹去，对魏无忌拜了一拜："石玉无能，诸事有劳公子了。"

女人身上的刚强让人敬佩，而那份柔弱却又让人怜惜。现在石玉也说不上自己是刚强还是柔弱，可这份说不出的情形落在魏无忌眼里，却觉得说不出的感人。眼看巨子为魏国蒙难，魏人却帮不上墨者的忙，心里满是愧疚之意，扫了一眼房中，见案上放着一张琴，就对石玉说道："墨家高义，魏国无以为报，在下愿为墨者抚琴一曲，以解忧思。"

魏无忌一番心意，石玉难以拒绝，只得说道："就弹一曲《悲丝》吧——我只懂得这一首曲子。"

120

魏无忌点点头，在几案前与石玉相对而坐，凝神静息，弹奏起来。石玉收束心神静静听琴，果然觉得忧急之意稍解，心里好过了一些。

谁也没有注意，太子魏围已经拂袖而去了。

侯嬴已经召集了大梁城里的墨者，准备出发去齐国，不想石玉却改了主意，这倒让侯嬴觉得奇怪。石玉把魏无忌的意思说了，侯嬴不由得连连点头："不错，这样更妥当。"

"这个人真怪，有时看着像个软弱的废物，可忽然又变得很有主意……"

听石玉这么说，侯嬴笑了出来："废物是假的，有主意是真的，这个大梁城的人都知道。公子无忌是魏王宠姬所生，所谓'南宫庶出'，身份卑下，不能与太子相比，可此人自幼聪明过人，十三四岁已能谋划国政，才智早就闻名列国。听说魏王曾有意立他为太子，可公子觉得魏国外有强敌，内无贤臣，国势已衰，若再弟兄争位，情势只会更糟，所以坚辞不就。从那时起，公子无忌就把自己装扮成一个平庸无能的人。这些年魏王病重，不能理政，魏国的国事全由太子决断，公子无忌从不僭越干政，不结交魏国权臣，府里也不养门客，都是向太子表明他没有野心罢了。"

"所以他也不习武艺骑射之术……"

"一回事。孔仲尼说过：'邦有道，不废，邦无道，免于刑戮'。现在天下无道，魏国危亡，公子无忌为了家国社稷，宁可放弃一切，也不与兄长相争，这样的人很难得。此等人不该生在今时今日，他要是早生三百年，大可以去做孔夫子的门徒。"

听了侯嬴的话，石玉心里有些不是滋味："这叫什么世道？逼得聪明人都去装糊涂……"

"列国之中王孙公子多到无数，称得起'俊杰'的只有赵国平原君和魏国的魏无忌，这是两个能成大事的人。可惜魏国江河日下，已非人力可以挽回，魏无忌虽是贤才，毕竟难有作为了。"

齐国一败，秦国就成势了

确实，魏国势力已衰，江河日下，已非人力所能挽回了。魏无忌奉命出使齐国，想不到人还在半路上，秦军就已经攻下了魏国的新垣、曲阳二城。

按照事先的计划，秦国五大夫王龁率精兵五万围攻安邑，隔断安邑要塞与外界的联系。而秦国左更司马错率领十万精兵绕过安邑长驱直入，突袭新垣。新垣城里驻着一万魏军，面对十万秦军，实在显得不足。在秦军的猛烈攻势面前，这支魏军苦苦撑持了三个月，终于放弃城池全军向东面的曲阳城败退，司马错随即占据新垣，其子司马梗又率一万骑兵随后追杀魏军。想不到曲阳守军眼看新垣已失，军心大乱，不但没有接应败军，反而不等秦军杀到就放弃城池仓皇溃逃，司马梗的军马兵不血刃袭取了魏国的曲阳城。

新垣、曲阳先后失守，司马错命司马梗引军五万占据二城以敌魏军，自己率五万大军回师，与王龁汇兵一处死死困住了安邑。

直到此时，齐国始终不发一兵一卒来救，韩、赵两国也畏敌如虎，坐视秦军横行。魏国南邻楚，东临齐，北邻赵，西接韩，处处都要设防，手边能调集的精兵不足，在十五万秦军面前并不占太大的优势，又得知秦国大良造白起调兵十万东进，已抵函谷关，更担心大军出征救不得安邑，反而被秦军所破。

此时的魏国孤立无援，左右支绌，安邑孤城已无法防守，僵持下去，只能在秦军的合围之中全军覆没。无奈，太子魏圉听从了魏无忌的计策，命上大夫范痤往秦国求和，答应割让安邑给秦国，以交换被秦军占领的新垣、曲阳。

秦国想要得到的，也正是这座固若金汤的河东要塞——安邑城。

周赧王二十九年，也就是魏王遫在位的第十年初春，十万秦军放开了合围，在百姓们的一片痛哭声中，安邑城的守军放弃了魏国在黄河东岸最强固的要塞，抛弃了安邑城里的十多万魏国百姓，灰溜溜地向东退去。

与此同时，司马梗也退出新垣、曲阳，把两座城池还给魏国，自己带着军马返回安邑与司马错、王龁会师。

自魏、赵、韩三家分晋始，彪悍的魏国与凶猛的秦国就在黄河两岸反复拉锯争夺，血战百余年，互有胜负。然而随着秦国的日渐强大，魏国渐落下风。到今天安邑要塞失守，秦国的势力稳稳跨过黄河，在原来魏国的土地上建立起了一个大大的河东郡，标志着魏、秦两国的百年之战以魏国彻底失利告终。

也从这一天起，面对强大的秦国，魏国已经没有天险可守，只能凭借一座座城池和武卒的血肉，来应付秦军年复一年的残酷攻伐了。

伐魏之战秦军大获全胜，秦王嬴则乐不可支，立刻下令赏赐左更司马错食邑五百户，五大夫王龁得食邑三百户，率精兵五万驻守安邑，防备魏军反扑。

虽然在魏国打了一个了不起的胜仗，但嬴则并没有被胜利冲昏头脑。随即想到的是：齐国下一步会怎么办？

对齐国的动向穰侯魏冉早就胸有成竹："秦国伐魏，齐国攻宋，这是早就算计好的事。现在秦国已经拿下安邑，齐国没有伸一根手指来救魏国，这是齐王履了约，下一步就该秦国履约了。大王可以派一介使臣赴齐，向齐王献璧示好，等着看齐国攻宋的好戏吧。"

"依穰侯估计，齐国何时攻宋？"

"很快，比咱们想象的都快。齐王早就把精兵猛将都调动齐了，粮草也备妥了，以臣估计，齐国攻宋不在今年的年底，就是明年春天，不会比这更迟。"

嬴则的想法和魏冉的估计是一致的："齐王是急不可待了，可这块骨头并不好啃。宋国虽不是第一流的强国，但毕竟有地方七百里，精兵十五万，睢阳城高池深难以攻打，宋王偃虽然暴虐无道，却是个能征惯战的家伙，齐国这一仗恐怕不好打。"

魏冉隐约听出了嬴则的话头儿，笑着问："大王是希望齐国打赢，还是打输？"

"当然希望齐国打赢，这样齐王就会更加骄横，老子有云：'将欲弱之，必故强之，将欲取之，必故与之。'破齐之道正是如此。万一齐国在宋国战败，齐王就会集结大军，广纳粮草，这么一来齐国反而无法攻打了。所以说齐国还是打赢的好，可也别赢得太容易，他们在宋国的损失越大，寡人就越高兴。"

嬴则不愧是个雄才大略的君主，把天下大势都看透了，魏冉双手一拍哈哈大笑道："大王所见极是！所以齐国伐宋一定要胜，但又不能胜得太容易，损失越大越好。至于说打败仗，臣觉得倒不至于，毕竟众寡悬殊，以齐国百年积下的国力，灭一个宋国还是绰绰有余的。"

　　做臣子的，一定要懂得给君王捧场，偏是魏冉这个人太直率，前面才捧了半句，后头却有意无意地压了秦王一头，让嬴则觉得有些败兴。好在对舅舅的脾气早习惯了，也不在这些事上和他争执。

　　"天下雄强，唯齐而已。齐国一败，秦国就成势了。"

四 叛逃的祖国

欺君之罪

几乎就在秦国攻取安邑的同时，齐王田地调集大军三十万，以太傅韩聂为上将军，大举攻伐宋国。

当年周武王分封天下之时，封商纣王的庶兄微子启于宋，以奉商王宗祀。至战国时，宋国大臣戴剔成篡位，后又被其弟戴偃逐走，于是戴偃在宋国自立为王。

宋王偃是个强悍好战之人，自继位以来东伐齐国，夺占五城，南败楚国，割楚地三百余里，又击败魏国，称雄一时。偏偏他的强邻齐国的国君田地也是个争强好战的君主，凭借前辈威王、宣王创下的基业，兵强国富，野心勃勃，一心想要统一天下，又怎么能容一个小小的宋国在自己卧榻之旁鼾睡？为了兼并宋国，齐王田地不惜出卖了盟友魏国的利益，任凭秦国攻取了魏国的安邑。现在齐王举兵攻宋，秦王嬴则也装聋作哑，不发一兵。

在得到秦国默许之后，齐王即诏告天下，称宋王偃"以革囊盛鲜血，悬而射之，名曰'射天'，又好酒色，群臣来谏，宋王置弓于案，有劝谏

者即射杀之，诸侯皆称'桀宋'。此辈本商纣后裔，而复行纣所为，不可不诛"！

有了伐宋的借口之后，齐国三十万精兵铺天盖地杀进宋国，直逼都城睢阳。

然而出乎所有人意料，宋王偃虽然昏庸无道，却勇武过人，宋军的兵力虽远不能与齐国相比，却凶悍敢战，宋军与齐军在睢阳城下连番死战，伤亡无算。齐军好不容易才攻克睢阳，杀了宋王偃，既而一鼓作气占领了宋国全境。

俗话说"惨胜不如败"，齐国人这一仗就是惨胜。

可不管怎样，齐军好歹还是打了胜仗，灭了宋国，齐王随即下令升太傅韩聂为上卿，赐予封邑，奖赏士卒，大赦天下，又派使臣往各国告知。齐王自己则离开临淄，到胸邑的行宫巡狩，只留太子和相国田文监国。

胸邑原是春秋时齐国名相管仲的封邑，距临淄一百六十里，正当沂山北麓，东边三百里外就是大海。齐国山河雄壮，富足无比，东岳泰山名震天下，可对齐王来说，登泰山未免远了些。胸邑附近的沂山号称天下五镇之首，虽不比泰山雄壮，却也地域广大，湿润多雨，草木茂盛，山势峥嵘，素称东秀，西幽，北奇，南险，山中多产熊虎犀兕，尽多獐狍猪鹿，又有一种会飞的鼯鼠，以其肉入药是壮阳的灵物，所以齐威王在胸邑城外沂山脚下建起一座夏宫，划地数百里为猎苑，从那时起，齐王每年都会带着众臣到行宫围猎，逍遥快活。

其实所谓的行围射猎，并不是齐王和重臣们都换上短褐长靴，拎弓持矛牵狗架鹰到深山里去打猎，这些王公贵人也受不了那样的苦。所以每到齐王临幸时，就先用陷阱捉得大批獐鹿、野猪、狐狼之类养在笼里，待围猎之日选定一场平坦的猎场，四周用桩砦沟壑圈定，派军士守卫，再把事先捉来的猎物放进围场，任君王大臣们乘着车马或射或狩，过一过瘾。至于那些凶猛难斗动辄伤人性命的虎豹犀兕熊罴之属，在这围场之中是看不到的。

君王权贵本就是此等人，所说之话，所行之事，处处作假，每每骗人，无非图一个享乐快活，从不问什么劳民伤财。

乘车射猎，是周公所制六艺之一。这天的围场里猎物放了一两千头，狩猎的车驾却不过十余辆，当先一辆是齐王的车辇，四匹骏马奔驰如电，上卿韩聂亲自为齐王担任车右，手持长戈立于齐王之侧，防备有什么猛兽来袭，齐王田地换了一身华丽的胡服，头戴一顶金丝织成的纱笼帽，帽顶插着一束华丽的雉羽，身上一件白绸金绣龙纹短褕，更衬得身材魁伟，一副堂堂的王者气派，手持雕弓稳坐在车上，眼睛向路旁的树丛里张望。

忽然树丛中"豁啦"一声跳出一只母鹿，就在车前飞奔，齐王大喜，忙引弓搭箭射去，那鹿猛地一窜，这一箭却没射中，齐王哪肯罢休，催令驭手向前猛追，自己抽弓搭箭连珠攒射，一直射到第十箭，终于射中了母鹿的脖颈，一头栽倒。

眼看齐王射中了猎物，韩聂将手中长戈高高举起，高呼："大王万岁！"听了他的招呼，树林后山石边立着的数千军卒齐声欢呼，"万岁"之声震天动地。

眼看大王已取了猎物，随从的卿大夫们这才各驱战车跑动起来，惊得围场里的猎物四处乱窜，贵人们一个个举起弓弩四处乱射，不多时，射倒的野味已经堆成一座小山。

当晚，围场上搭起几十座牛皮大帐，臣僚们陪王伴驾已毕，各自回到帐篷里割烧野味，大吃大喝，好不快活。

就在这个当口，中大夫苏代抱着一壶好酒钻进了韩聂的帐篷。

苏代这个人在齐国的名声实在太好了，齐国的王孙将相个个都和他有一份交情。

韩聂本是韩国的重臣，极得相国公仲朋的信任。可公仲朋死后相国换了人，韩聂立刻失势，遭到排挤，不得不转而入秦。秦王嬴则对这个能文能武的韩国人很看重，拜韩聂为大夫，对他很是不错。韩聂事秦多年，又转而入齐，先做了齐国太傅，如今又拜为上卿。所以韩聂既是齐国重臣，又与秦王有很深的关系，在太傅任上就一向力主齐秦结好，瓜分三晋，共主天下。此番齐国为了伐宋背弃魏国，不少大臣都暗中反对，只有韩聂一力支持，攻宋之时又特别卖力，也因此得到齐王的信任。

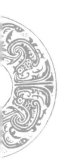韩聂这个人文能安国，武能治军，是个人才，又以耿直厚道出名，他这样的脾气就更容易把苏代这类人视为至交。两人推杯换盏喝到酣处，苏代漫不经心地说起："此番伐宋是我齐国十余年未有之大胜，齐军一鼓而下睢阳，拓地七百余里，兼并子民百余万，大人从此名动天下，扬威六国，有如此名将是我齐国之福。"说了一堆奉承话儿，趁着韩聂在兴头上，装出一副漫不经心的样子随口说道："那宋王偃十分勇武，宋国兵马精悍善战，可在大人面前也不过土鸡瓦狗一般。听说齐军伤亡不足五千？"

韩聂微微一愣："这话是谁说的？"

"中大夫闾丘俭……"

听说是闾丘俭，韩聂撇起嘴来冷笑一声："伤亡不足五千？单是闾丘俭一军就战死一万多人！"

苏代满脸惊讶："这么说闾丘俭吃了败仗？可闾丘大夫说各军皆获全胜……"

"有胜有负吧。"

"这么说来……"苏代皱着眉头沉吟半晌，"哎呀，我军伤亡也在七八万呢！"

"不止，不止。"韩聂一口喝干了碗里的酒，忍不住摇头叹气，"宋国这一仗不好打。好在杀了宋王，夺了睢阳，灭宋军十余万，算一算，也还值得吧。"

齐国伐宋打的是一场恶仗，齐军虽然取胜，却也伤亡惨重，这些苏代已经知道了，他现在想打听的是齐军伤亡的具体情况。听韩聂这一番话，齐军伐宋果然是惨胜，伤亡也在十万上下。苏代心里略一盘算，已经把齐国军马的实际情况估摸了个大概。

自齐威王桂陵一战击败魏国至今，已经七十余年，在威王、宣王治下，齐国一直是东方第一强国，当今齐王田地虽然没有威王、宣王的明决英武，可是靠着祖宗留下的基业照样称霸一方，国富兵强，精兵当在六十万上下。可这些年齐国四处攻伐，兵力时时损耗，加上伐宋的伤亡，当下齐军精锐仅有三十余万。

攻灭宋国之后，齐国的势力达于极顶，齐国君臣骄横不可一世，可在苏代看来，今天却正是齐国七十年来最衰弱的时候。七十年难遇的机会呀……

算清了眼前这笔账，苏代暗暗拿定了主意。敬了韩聂一爵酒，笑着说："兼并了宋国，齐国的国力已经超越了秦国，楚、魏更不在话下，该是筹划伐赵的时候了。依下官看来，齐国有大人在，五年灭赵应该不成问题。"

苏代的一张嘴比刀子还厉害，他说的话也正应了齐国君臣心里的想法，韩聂不觉快活起来："苏大夫说得对，是该考虑伐赵了。可赵国不同于宋国，这是个地方两千里、子民三百万的大国，能征惯战的甲兵不下三十万，尤其武灵王练出的精锐骑兵天下无双，这样一个强国仅用五年时间只怕难以击破，还要做长远打算。"

伐赵，这只是苏代用的一个话引子罢了。听韩聂说要做长远打算，立刻就势笑道："大人说得对，赵王何是个精明的人，平原君赵胜也很滑头，最会见风使舵，如果齐国伐赵，恐怕赵国会连秦抗齐……"

苏代这个人，所有本事都在一张嘴上，他说出的话就好像一张大网，一层一层不动声色地罩过来，叫人不知不觉就陷进去了。现在苏代这几句话说得韩聂连连点头："所以伐赵的事不能急，等秦国先大举攻伐魏国，抽不出兵马东进，才是齐国伐赵的机会。"

"依大人看，齐国要破赵，靠什么？"

韩聂是齐国重臣，齐国称雄图强的霸业都在他心里装着："赵王手下兵精将勇，赵人又素知兵法，强悍好斗，非同小可。但赵国有一样东西跟不上，那就是粮食！这个国家地僻民穷，粮食不能自足，一遇大战，必然捉襟见肘。若要伐赵，需等一场天灾，最好持续几年，待赵人无食果腹，国内动荡起来，那时起兵，事半功倍。"

韩聂分析得一点不错，缺粮，这是赵国的软肋。可苏代想听的并不是这些话："就怕赵国被逼急了，会向秦国借粮借兵。"

"是啊，万一齐国伐赵，逼得赵王投了秦国，那时秦军东进就打开了通道。一旦秦军经赵国东下，必然与齐国决战，所以没有十足把握，伐赵之事千万急不得。"

韩聂是个老实人，一门心思都放在国事上头。可苏代却是一只专门在话茬子里打洞的老鼠，眼看话头儿已经引到秦国身上，立刻说道："依大人之言，齐国的死敌还是秦国，齐秦虽能共分三晋，却不能共治天下，早晚还有一场决战！"喝了一口酒，含含糊糊地问道："大人知道孟尝君门下有个叫冯谖的门客吗？"

"不知道，怎么了？"

苏代连连摆手："也没什么。"偷眼看着韩聂的神情，见他似乎并未留意，就又加上一句，"去年春天下官出使秦国的时候，在咸阳碰到过这个冯谖，听说是孟尝君派他去秦国的。此人是孟尝君的家大夫，秦王很给孟尝君面子，和冯谖见了几面，后来……"说到这儿，取过铜匕割了一片鹿肉放进嘴里嚼了起来，故意不往下说了。

到这会儿韩聂已经不能不问了："后来怎样？"

"听说冯谖曾劝秦王请孟尝君赴秦担任相国，秦王还真就派了使臣来邀请，可大王是个明君，抢在秦国使节前头任用孟尝君为相。"说到这儿，苏代头也不抬，自己傻乎乎地笑了起来，"嘿嘿，秦国人也真有意思，刚到边境，听说孟尝君已在齐国拜相，连薛邑都没敢去，赶紧逃回秦国了。"喝了口酒，接着说，"要说孟尝君这座薛邑真是好地方，听说城里有六万多户，那是三十万百姓！临淄城里才七万户……在东方这几个国家里，说到大城，除了临淄就要数薛邑了。大梁、邯郸、蓟城，包括郢都，都不能和薛邑相比。可惜这么个好地方下官还没去过，大人去过薛邑吗？"

苏代在这里东拉西扯顺嘴胡说，可韩聂听到的却只有他刚刚那前半句话。

一年前秦国曾经派出使节请孟尝君入秦，要拜他为相，幸好被齐王抢先知道消息，亲笔写了一封道歉的信，用厚礼把孟尝君请回临淄担任相国，当时被派到薛邑去请孟尝君的正是韩聂！

齐王礼聘孟尝君为相的事齐国无人不知，都说齐王敬贤用能，孟尝君也识大体，不受秦王利诱，一心只报故主。可要依着苏代所说，孟尝君竟派自己的门客到咸阳去，先唬弄秦王请他去秦国做相国，回过头来又故意让齐王知道此事，逼着齐王聘他为相，这不是在欺骗齐王吗？

苏代那里还在絮絮叨叨说着闲话，韩聂却没心思听他说这些了："苏大夫果然在咸阳见过冯谖？"

此时苏代已经醉得满脸通红，人也有些糊里糊涂的，听韩聂问他，顺嘴答道："是啊，咸阳城虽然比不得临淄，可也有一样好处，妓馆里的美人儿最多，世人都说秦楼楚馆，名不虚传呀……"话未说完，已经被韩聂一把扯住："走，咱们去见大王！"

"见大王干什么？"

"你不要问，随我来！"

韩聂拉着苏代出了帐篷，直奔齐王的大帐。此时齐王喝了些酒，正要就寝，见韩聂扯着苏代横眉竖眼地走进来，忙问："卿有何事？"

"大王，臣刚刚听说一件不可思议之事，不得不连夜来禀报。"韩聂扭头对苏代说："苏大夫，把你刚才所说的话在大王面前说一遍吧。"

此时苏代的酒已经醒了一半，红着脸高声道："我说什么了？"

"苏大夫说在咸阳遇到孟尝君府里的家宰，竟要说动秦王聘孟尝君为秦相，之后孟尝君又借此事欺骗大王，反而做了齐国的相国，有这事吗？"

韩聂这个人出了名的心直口快，脾气暴躁，现在他当着齐王的面直问此事，苏代吓得酒全醒了，支支吾吾地说："大人这是什么话……"

"我只问你，有无此事？"

当着齐王的面被韩聂如此逼问，苏代想滑也滑不过去，结结巴巴地说："大王，臣是见过孟尝君的家宰，可并不知此人去咸阳所为何事。"

"胡说！苏大夫刚才对我是怎么说的？"

眼看混不过去，苏代急得冲着韩聂尖声道："苏代视阁下为挚友，饮酒之后几句戏言罢了，你如何在大王面前逼害于我！"正在吵闹，齐王断喝一声："都住口！"苏代吓得浑身一颤，忙住了嘴。

齐王阴沉着脸问："韩卿，你说孟尝君派人去咸阳说动秦王，要做秦国相邦，却又反过来欺骗寡人？"

"这是苏大夫亲眼所见的。"

齐王又转向苏代："苏大夫，有这事吗？"

此时的苏代已经吓得脸色发青，牙关震震，结结巴巴地答道："……有。"

"你既知情，为何不早报与寡人？"

"臣以为孟尝君本就是相国……再说他又没答应秦王……"

到此时事情已明，齐王不禁怒气勃发："岂有此理！传寡人诏令：相国之印暂由太子代掌，即刻召孟尝君到行宫来，寡人要让他当面谢罪！"瞪了苏代一眼，恶声恶气地说："知情不举，实是可恶！待寡人问罢孟尝君，再来治你的罪。"摆了摆手，苏代忙缩着脖子退了出去。

五国伐齐，孟尝君的黄粱梦

这天深夜，一辆辎车飞一样驰出朐邑，往临淄而来，车里坐的正是刚刚失宠的齐国大夫苏代。

这次孟尝君的事，前前后后都是苏代布下的暗局。现在孟尝君欺君事发，齐王大怒之下又一次夺了他的相印，孟尝君在齐国已难立足，而这，正是苏代千方百计要得到的结果。

到此时，齐国的大夫头衔在苏代眼里已经如同草芥，弃之如遗。当夜就潜出朐邑，坐了辎车飞驰回临淄，连自己家也没回，直接来到孟尝君府里。

此时已是半夜，孟尝君早睡下了。可苏代是个要紧的人物，深夜到访，孟尝君不能不见，只得披衣而起，睡眼惺忪地迎了出来。

未见孟尝君之前，苏代已经先在脸上做出了一副气急败坏的样子。见孟尝君出来了，苏代两步抢上前去："君上，出了大事！韩聂不知从何处得到消息，知道君上在秦王和大王之间用计，使秦王召君上去咸阳，逼迫大王下诏命迎君上去临淄做相国，就以此事中伤君上。现在大王震怒，已下诏命，让太子夺君上的相印，又命君上即刻往朐邑见驾，眼看大祸将至，君上早做准备！"

孟尝君用苏代之计蒙骗齐王，得了齐国的相位，自以为神不知鬼不觉，想不到此事竟泄露了，当时吓得面无人色："本君自任齐相以来，厚待诸臣，与韩聂也有深交，他为何与我作对？"

"古人云：'匹夫无罪，怀璧其罪。'君上任齐国相国，这就是'罪'！韩聂曾被秦王拜为大夫，颇得重用，后来此人虽到齐国，仍与秦王交情很深，依我看来，这次的事分明是秦王指使韩聂中伤大人，要借机赶走君上，夺齐国的相位。"

苏代的一条舌头实在非同小可，三言两语，把自己撇了个干净，倒把一切事都推到韩聂的头上去了。孟尝君哪里知道实情，又气又恨，咬着牙说："竖子竟敢害我，早晚取他的性命！"

"唉，君上先不要说这些了！明天一早大王的诏命就到，那时君上自身难保，还怎么去杀韩聂？我劝君上早做打算，稍有迟疑，性命危矣！"

到此时孟尝君不逃走也不行了："依苏大夫的意思，我该到哪里去安身？"

在这上头苏代早已设好了圈套。

前一年苏代入秦游说秦王，让秦军攻伐魏国，结果秦军果然攻魏，大获全胜，逼得魏国把故都安邑割给了秦国。而齐国为了攻宋，背弃盟约不救魏国，令魏国人恨齐国入骨，这魏国，正是苏代给孟尝君设计的落脚之地。

"齐国为了结好于秦，背弃盟约，叫魏国吃了大亏，这一年来魏王无时无刻不想报复齐国，君上是齐国重臣，有功无过，现在无故受辱于廷，此心正与魏王相同，何不干脆去投奔魏王？以君上的威名智计，此去魏国必得重用。"

苏代这句话其实只说了一半，孟尝君听了也觉得很不舒服。

齐国是东方第一强国，孟尝君又是齐国一人之下万人之上的显贵，在齐王手下得了一辈子的重用，现在让他到魏国去，又能得到什么样的"重用"？难道还能与他在齐国的赫赫威势相比吗？

从坐在孟尝君面前，苏代的两只眼睛就没离开过孟尝君的脸。现在孟尝君脸上微露失望，苏代立刻看了出来，不等孟尝君多想，抢着说道："君上在齐国的名声如日中天，却被韩聂这样的小人暗算，难道就此逃往他乡隐姓埋名吗？若是如此，君上就成了檐下燕雀，为天下人耻笑，苏某虽是无能之辈，也不能再与君上为伍！"

像苏代这些在各国间纵横游走的舌辩之士，每人都有一套说服人的办法，何处当提，何处当按，何时当硬，何时当软，他们心里全都有数。现在苏代说这些强硬的话，只为引起孟尝君的注意，那副嘴脸全是假的，话一说完，立刻把强硬的架势收拾起来，换上一脸谄媚的笑容："君上是人中之龙，名动天下，岂容小人陷害？此番离开临淄是不得已，他日还要回来的。齐国是东方的约长，魏、赵、韩三国都仰赖齐国以抗秦，可大王先是重用吕礼，现在又重用韩聂，联秦伐宋，魏、赵、韩三国早就心怀不满，君上到了魏国，就当说动魏王联合三晋，出兵伐齐，赶走韩聂以清君侧，再由君上摄齐国政事，仍然联合三晋以拒秦，三晋必然愿意追随君上。"

孟尝君也是个精明透顶的人，翻起眼睛略想了想，摇摇头："要赶走韩聂，以三晋兵力怕是不够……"

"不止三晋，还有秦、楚两国。秦王贪暴，楚王好利，这次齐国灭宋，已经触动了这两个虎狼之国的利益，君上何不趁机联络秦、楚共同伐齐？只要答应成功之后把宋国睢阳以南的土地割给楚国，原属宋国的陶邑之地割给秦国，秦、楚两国一定愿意出兵。"

苏代的话在孟尝君听来有些不可思议："楚国倒还罢了，可秦国费尽心思与齐国结好，怎么肯参与伐齐？况且秦人远在西方，与齐国不相邻，难道让秦军越过魏国来占据东边的陶邑？"

苏代早想到孟尝君有此一问，忙笑着说："对秦国来说，攻城略地是次要的，制约齐国才是主要的。以前齐在东，秦在西，国力相当，谁也打不垮谁，可现在秦国占了一座安邑，齐国却兼并了整个宋国，势力大增，已经压倒了秦国，他们怎能不惧？这次君上请五国发兵入齐，以清君侧，秦国当然愿意。不说君上答应给秦国一座城邑，就算一草一木也不给，秦军还是会来。"

说到这儿，苏代已经把后面的话都准备好了："至于说赶走韩聂之后，如何退去五国的兵马？这也不难。君上只要答应三晋，继续扶助他们抗秦，三晋必推举君上为齐国的相国，继续尊齐国为约长。楚国虽是大国，兵马却不强悍，单以一国之力，并不是齐国与三晋的对手，再说楚王熊横胸无大志，能得到宋国的土地也就满足了，不会有更多的要求。"

苏代虽然说得头头是道，可孟尝君仍然眯着眼睛不吭声。

苏代知道，孟尝君最忌惮的还是秦国，在这上头他早想好了一篇说辞："至于秦国，虽然兵精将勇，野心勃勃，毕竟离齐国太远，大军借道魏国而来，根本不可能在齐国立足，若秦军战后赖着不走，君上就与三晋结盟，合四国之力就地歼灭秦军！所以秦国人不敢赖在齐国不走。再说，秦王嬴则对君上倾慕有加，屡次请君上入秦为相，而秦国得到陶邑以后，也要依赖君上维持，君上任齐相一天，陶邑就归秦国一天，君上不是齐国的相国了，陶邑也就不归秦国了，这种情况下，秦国人又怎么敢得罪君上呢？"

苏代这个人真是舌灿莲花，口沫横飞，活脱脱地画出了一幅"五国伐齐，拥立孟尝君为齐相"的美景，把个孟尝君说得眼花缭乱，心里不由得动起念头来了。

就在不久前，孟尝君田文还是山东诸国中第一号权臣，以贤德之名、揽士之能被天下人称颂，可短短两年工夫，却莫名其妙地身败名裂，成了一条丧家之犬。眼看已是走投无路，忽然又来了这么一个苏代，一番巧舌如簧，天花乱坠，说得孟尝君心痒难搔。到这时，孟尝君田文彻底没了主见，只能任凭别人摆布了："就依先生吧。我这就去大梁拜会魏王，

先找个落脚的地方也好。"看了苏代一眼，又笑着问了一句："先生肯与我同去吗？"

孟尝君毕竟是个老于世故的权臣，一生都在阴谋堆里打滚儿，对身边的任何人都不能尽信。现在他突然问出这么一句话来，是在立逼着苏代表态。此时的孟尝君比任何时候都更加狐疑，也更凶狠，苏代稍有犹豫，马上就会引起孟尝君的猜疑。

可惜，这几年孟尝算计的是自己手中的权柄，而苏代却是一心一意在算计孟尝君，两只眼睛只盯着这么一个人，所有心思只用来算计这个人，早把孟尝君从里到外全部吃透，捏在自己的手心里了。眼下孟尝君忽然有此一问，苏代连眼睛都没眨，立刻拱起手来高声道："苏代本是个异国人，能在齐国落脚，全托赖于君上。齐国的官职对苏某如草芥，君上于苏某却如同父兄！如今齐王要逐君上，苏代还留在齐国做什么？自然是和君上一起到魏国去。此事不宜迟，今天我就住在君上府里，明天一早就与君上一同西行。"说完了这一番慷慨激昂的话，却又缩一缩头，把声音也放低了些，"只是这事到底仓促，我两手空空的，连个衣装车马都没有准备……"

苏代的精明就在于他本来就是个小人，却又最擅长扮作一个小人。在这要紧的时候，苏代忽然说这些话，简直等于伸着两手向孟尝君讨钱。

是啊，像苏代这样的辩士游走各国，苦苦钻营，为了什么？不过是一手捞钱，一手抓权。眼下他在齐国做大夫，有名有利，追随孟尝君去魏国，虽然以他的名声本事未必谋不到一官半职，可毕竟还是冒险。苏代虽然巴结孟尝君，可要说为了追随孟尝君，就此放弃在齐国的名利，于情于理倒说不过去了。现在苏代伸出手来讨钱，在孟尝君看来，这才真正合乎情理，算得上和自己意气相投。于是避席拱手，郑而重之地说道："田文富贵时，

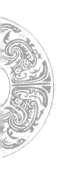

天下人都来投奔我，如今失意了，却只有先生一人追随，这才知道世态炎凉一至于斯。秦人的歌唱得好："岂曰无衣，与子同袍！"自今以后，有田文的，就有先生的，你我共患难，同富贵。"

到这时孟尝君对苏代再不相疑，对他的话更是言听计从了。

这天夜里孟尝君府里整整忙乱了一夜，田文亲自选出二十名最忠勇的舍人，备下十几辆马车，把找得到的黄金宝贝满满地装了几车，其他的都分赏给心腹随从们。

第二天一早，天色微明，孟尝君与苏代、冯谖共乘一车，在随从护卫下出了临淄城的西门，经昌国，历下，平阴，鄄城，渡过濮水，终于出了齐境，进入魏国的首垣，沿蒲阪、平丘南下，一行车马直奔大梁而来。

这一路上苏代对孟尝君不停地奉承巴结，一直到了黄邑，魏都大梁城只在百里之外了，苏代这才找了个机会慢慢地对孟尝君说："君上，这几天在下想了又想，觉得魏、赵、韩、秦、楚五国联军还是不妥当。三晋军马加起来虽有几十万，可三晋之中韩国太弱，韩军不可恃，只能引为臂助；魏军虽然精勇，可西面要防备秦国，用在齐国的兵马不会超过五万；赵国倒是兵精粮足，可赵王何为人懦弱，既畏齐，又惧魏，首鼠两端，难以尽力。虽然以君上的威名可以调请秦军，可秦国太远，与齐国无寸土相连，秦军攻齐要穿越魏国，派来的兵马太多，魏国人又不放心。这么算起来，秦国和三晋兵马加起来才二十多万……如此一来君上不得不多向楚国借兵。可楚国是南蛮之地，楚王又是出了名的不讲信义，发兵太多，倘若占住齐国的国土不走，君上难以驱逐；发兵太少，又不足以伐齐。"

这时的孟尝君满心都是统率联军伐齐，赶走韩聂，控制齐王，重执齐国权柄的热切念头，苏代这几句泄气的话像一瓢凉水迎面泼来，一下子把

孟尝君的美梦打破，不由得又气又恼。可苏代却不等孟尝君发作，紧接着问了一句："君上觉得当今世上最恨齐王的是谁？"

孟尝君想也没想，立刻答道："当然是燕王职。"

苏代笑道："是呀，咱们怎么把燕国忘了？既然五国伐齐没有把握，君上不如把燕国也拉进来，搞个六国伐齐！这样君上一人可身佩六国相印，比我兄长苏秦当年还要风光。"

燕国是周武王的弟弟召公的封国，自立国以来雄踞北方，是个威名赫赫的强国。

二十八年前，齐国趁着燕国内乱，发兵攻伐燕国，一举占领燕国全境，把燕国城邦烧杀一尽，当年周武王、周成王赏赐给召公的鼎簋礼器，燕王数百年积下的宝物珍玩，尽被齐国掠走，直到今天，燕国的礼器仍被当作玩物，陈设在齐国的王宫里，燕人视为奇耻大辱，日夜思谋向齐国复仇。

自从燕王姬职继位，二十多年来从未忘记这亡国之恨，一直视齐国为死敌，整军经武，招贤纳士，立志南征。可燕国偏居北地，寒冷贫瘠，国小民弱，边境又有匈奴、东胡为患，虽然苦苦经营了二十年，国力仍然不能与齐国相比，夺回礼器，复兴燕国，只是一句空话罢了。

不管怎么说，燕国是齐国的世仇死敌，燕王恨齐人入骨。孟尝君的目的是想夺齐国的权柄，并不是让齐国被别国彻底打垮，所以他对燕国是极为戒备的。

在这以前苏代总是口口声声劝孟尝君去魏国，联合秦、楚、三晋伐齐，却从来不提燕国。现在苏代忽然有此一问，孟尝君立刻听出他话里有话，不由得疑惑起来。

苏代也知道齐、燕是死敌，孟尝君心里对燕国戒备最深，所以他早先在孟尝君面前从不提起燕国。直到孟尝君已经被骗出了齐国，再也不能回头了，这才把自己真正要说的话说了出来。

这个奸诈的说客脑子比谁都快，不等孟尝君生出疑惑，已经笑着说："与秦、楚、魏相比，燕国不过是个千乘小国，倾国之兵也仅有二十万，还要留十万人防备匈奴，以五万人防备赵国，能派出来的兵马最多五万。这么算起来，秦军十万，楚军也算十万，三晋各出兵五万，燕国也是五万，就有四十万大军，凭这四十万军马想攻破齐国并不容易，可要打一两个胜仗，借这股力量赶走韩聂，让君上在齐国重新执政，倒是足够用了。"

苏代这话其实只说了一半，可另一半话，孟尝君倒也听懂了。

如果真像苏代说的，由孟尝君号召天下，集四十万大军伐齐，不但能赶走韩聂，甚至可以连齐王一起逐走，然后孟尝君就可以拥立一位王孙为齐王，由孟尝君摄政，把齐国的军政大权全部掌握在他一人手中。

或者干脆灭了齐王后嗣，自己取而代之……

好个苏代，真是把孟尝君的心思全猜透了。他知道孟尝君生性多疑，更知道此人权欲熏心，为了权柄可以不顾一切。

所以苏代直到最后关头才扯出一个"燕国"来，却又立刻以"驱逐齐王，摄齐国政"的权柄来诱惑孟尝君，这一下，孟尝君就像扑食的燕雀，顿时忘记了面前的危险，只觉得小小燕国确实不足为患。于是说道："赵国的平原君，魏国的太子圉、公子无忌、上卿芒卯，楚国的令尹子良、柱国庄辛都与我有交情，秦王面前我也说得上话，只是和燕国从没打过交道……"

好一句"和燕国从没打过交道"！

苏代这里一直眼巴巴等着的，就是这句话！赶紧接了过来："下官当年曾在燕王手下任职，和燕国的相国邹衍相识，如果君上信得过我，就赐

我千金，下官去为君上说动燕王参与伐齐。"

孔夫子说得好：君子怀刑，小人怀惠。孟尝君表面是君子，暗里却是小人，最擅长以恩惠收买人心。偏偏苏代看透了这一点，抱定了一个"做小人"的主意，在孟尝君面前只要有了机会，必定求恩索惠，伸手要钱。现在他答应去游说燕王，却又向孟尝君索要重金。

苏代越是这样，孟尝君就越信得过他，忙说："有劳苏先生了。"立刻吩咐冯谖把从齐国带来的所有财物分一半给苏代，把自己那辆比诸侯坐驾还要华丽的安车也送给苏代乘坐。

孟尝君送的东西苏代自然来者不拒，嘴里千恩万谢，毫不客气地坐上孟尝君的驷马高车，带着满车黄金直奔燕都蓟城而去。

燕人举国若狂

燕都蓟城是战国列强之中最靠近北地的都城，还是十月初，这座不足三万户百姓的小小王城已经北风朔朔，白雪纷纷，苏代裹着厚厚的皮裘缩在安车里，脚边又生了一个炭火盘，这才觉得暖和些了。

此时的苏代心里有一股说不出的急切，就像一个孩子做了件了不起的大事，要赶着回家告诉自己的父亲。这热切的感觉使他全身的血液都汇集到胸腔里，身上火热，额头微微有些出汗，手脚却是冻得生疼，浑身止不住瑟瑟颤抖。

这狐鼠般奸诈的苏代，骨子里其实是个忠臣，他忠于的就是燕王。

苏代和兄长苏秦都是农户子弟出身，苏秦有幸拜鬼谷子为师，学了一身的本事，苏代从兄长那里学来了一套精妙的辩术，可有本事的人未必就得重用，苏代和兄长照样半生颠沛流离，受尽了世人的欺凌。直到投效燕国，燕王把这兄弟二人奉为显客，视若股肱，才有了苏秦、苏代的显名立身之地。

知遇之恩，甚于再造，苏代和兄长苏秦一样，把燕王姬职视作恩主，誓死报效。如今兄弟二人十年苦苦经营，终于办成了大事，可以回报恩主，苏代只觉归心似箭，实在是一刻也等不得了。

眼看离蓟城只有二三十里了，忽然马车一晃，停了下来，风雪中只听得马嘶人喊，却听不清说的什么。苏代拉开车窗问："怎么了？"

"燕王听说大人自齐国而回，已经带领群臣到城门外迎接大人了。为防有失，又从蓟城派来一千禁军，专门护卫大人的车驾。"

"什么？大王来迎我？"苏代几乎不敢相信自己的耳朵，忙吩咐驭手，"你先停车，让我换换衣服。"可又一想，这样一来岂不是让燕王在风雪中久候？又改了主意，"快走，不必管我。"

在一千骑兵的护卫之下，苏代的马车又在风雪中飞奔起来。苏代在车厢里打开箱笼，找出一套最华丽的深衣，自己笨手笨脚脱去冠袍，一件件换上衣服。马车颠簸得十分厉害，苏代在车里东倒西歪，腰间的大带怎么也系不好，急得满头大汗，可越急手越笨，好容易弄了个大概，马车已经停下，风雪中只听得宦官尖细的声音叫道："燕国大王特来迎客，请贵客下车见礼。"苏代也顾不得衣冠不整，慌忙下了马车趋步而前，风雪中，只见燕王姬职穿着胡裘戴着风帽站在大路当中，身旁太子、相国左右陪伴，上将军乐毅、成安君公孙操、上大夫剧辛以及大将司马骑劫、栗腹等人一个个躬身肃立，身后又跟着无数臣僚百姓，都立在风雪之中，等着迎接这位从齐国回来的苏大夫。

远远看见燕王，苏代只觉得热血如沸，抬手拔去头顶的玉簪，把齐王赐给的大夫之冠扔在地上，披发扑地，膝行而前，匍匐到燕王脚下叩首而拜，高声叫道："大王安好！仆臣苏代启奏大王：齐王背弃盟邦，失尽天下人心，齐军伐宋丧师十万，孟尝君又背齐去魏，号召诸侯共伐齐国，天意民心俱要亡齐！臣请大王即发燕国熊虎之师，伐灭齐国，重兴大燕！"一语说罢，再也控制不住自己的情绪，抱住燕王的双脚号啕大哭起来。

"灭齐兴燕，灭齐兴燕……"燕王姬职下意识地撩去头上的风帽，露出一张灰白清瘦的脸，这是一位在苦痛中挣扎了三十年的君王苍老的脸庞，皱纹深陷，白发如雪，眼泡浮肿，昏黄的双眼中满是愁苦和伤感，看起来实在不像一位大国君王，倒像个受了一辈子苦的奴隶。

自继位为王到今天，燕王无时无刻不在想着灭齐兴燕，他把一辈子的精神意志全都扑在这一件事上，也被这苦涩的幻梦折磨了一辈子。现在眼看那不可能实现的幻想就要成真，燕王却又疑惑起来。

这是真的，还是在做梦？这些年来已经做过无数次这样的梦了，难道今天又在梦中吗？

可这不是梦，是真的，苏代正在自己面前哭泣，相国、上将军正在左右相伴，身后还有成群的臣僚士卒，数不清的燕国百姓，每一张脸都流露出热切的狂喜，看着他们，燕王终于明白，自己并不是在做梦。

已经衰颓如鬼的燕王姬职，一双眼里闪出了狼一样的光彩，俯下身来，伸出枯柴一样的双手搀扶苏代："先生请起，是先生和先兄苏秦以性命成全了燕国，若要言谢，该是寡人谢先生才对。"说着冲着苏代深深一揖，苏代忙又要拜，却被燕王紧紧拉住，回过头来一字一句地下了命令："上将军，你行本王号令：燕国十五岁以上男子全部征招入伍，调往长城防御胡人，驻守长城一线以及渔阳、上谷、右北平、辽东、辽西各处兵马即日南下，在广阳郡会齐，司马骑劫率前锋三万精骑直抵督、亢之地，栗腹赴方城建仓，囤集粮秣，准备以倾国之兵征伐齐国。"又吩咐左右文臣："有劳相国立刻带国礼去赵、魏、秦，剧辛大夫去楚、韩两国，说动各国共同起兵。"群臣齐声领命。

上将军乐毅回身冲着军卒们高声叫道："大王英明，燕军威武，伐灭齐师，兴我大燕！"顿时燕国军民百姓齐声呼喊："伐齐兴燕！伐齐兴燕！"十余万人的吼声震动天地，整个燕国陷入了一片复仇的狂热之中。

魏国下了伐齐的决心

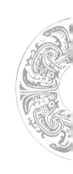

就在燕人举国备战的同时，孟尝君田文带着几个随从赶着一辆轻车到了魏国都城大梁，以五双玉璧为礼，求见魏王。

孟尝君是名动六国之人，非同小可，魏王魏遬立刻下诏，请孟尝君入宫，在正观殿会晤。

正观殿是魏王处置国事的大殿，在魏国全盛之时由魏惠王花万金筑成。整座大殿的百多根廊柱用的都是整棵的楠木，檩椽之属皆是粗大的檀木钩心斗角叠架而成，地面的方砖皆取鸿沟之泥，经过推、浆、磨、筛，千锤百打而成坯，先用糠草熏制，再以松柴烧四十日，入清水以细沙磨平，再放入桐油中浸泡，前后一年方可成砖。殿内铸铜墀，陈金簋，青玉百花熏里香烟缭绕，千盏虎眼牛油烛照如白昼，映出四壁间的丹穹银雘，彩绘金描，极尽富丽豪华之事。

魏国，曾经的天下霸主，诸侯之长，自文侯图治，吴起练兵，魏武卒百战百胜，破秦克楚，击韩伐赵，雄视河西，力压群雄。可如今，屡经败战的魏国已经千疮百孔，成了秦国利爪之下的一块肥肉，这个国家可以称得上风光的，只剩下一座正观殿了。

什么样的王国，就有什么样的君主。强暴之秦，其君性如虎狼；黩武之齐，其君性比蛮牛；韬晦之赵，其君滑似狐狸；衰败之魏，其君如木雕泥塑。

魏国的大王魏遫年纪不到五十，却已经被"酒色"二字毁了身子，虽然勉强坐在王座上，却是脸色青白，双眼无神，摇摇欲倒，全靠两个宦官左右搀扶，太子魏围也坐在一旁相陪。见了魏王，孟尝君忙上前行礼参拜，魏王却只是耸了耸身子，喉咙里咕哝了一句什么。坐在旁边的魏围替父亲说道："孟尝君千里而来，于我魏国实是大幸，不知君上此来所为何事？"

太子魏围不过二十岁出头，身形微胖，相貌清秀，眉眼温和，话语平稳，不急不躁，颇有一派仁爱之相，在列国之中也都知道这位太子是个心思细腻厚道多礼的人，名声一向很好，与孟尝君私交又深，说起话来十分客气。

如今的孟尝君已经失了往日的赫赫威势，成了一条丧家之犬，弯腰曲背，谦恭地低着头，却又时时翻起两只眼睛偷看魏王的神气，这副嘴脸比平日更显得猥琐。听魏太子问他，孟尝君忙拱了拱手："臣远道而来，专一向魏王求告：齐国不祥，自齐王地登极以来，十数年间与列国鏖战大小百余场，兵祸连年，民不聊生。如今齐王又受吕礼、韩聂之辈蛊惑，结交虎狼，背弃盟约，不救魏国，使魏国失去安邑重镇，受秦人威逼，继而又不奉天子之谕而伐灭宋国，绝商王之祀，所作所为实是不堪，以致生民涂

炭，举国怨怼，天昏地惨，屡示以警。故臣弃齐国相位，远赴魏国仁义之邦，请大王约长诸侯，共伐奸贼韩聂，清君侧，劝齐王反正，若能如此，则齐国幸甚，百万生民皆感魏王之德。"

孟尝君说了一大堆话，魏王却一句也没有作答。偷眼看去，只见魏王双眼呆滞，身子微晃，脸上没有丝毫表情，也不知听懂了没有。坐在魏王身边的太子魏圉替魏王答道："阁下远道而来，辛苦了。阁下所言之事魏国也有耳闻，若果如此，则是齐王之过。至于伐齐之事，非仓促可定，阁下先到传馆歇息，明日再议如何？"

到这时候孟尝君已经看出来了，魏王病入膏肓，已是个昏聩丧智的废人，魏国的国政全由太子魏圉和公子魏无忌决断。这兄弟二人比魏王精明得多，看来想说服他们与秦、赵、燕一同伐齐，还要多费一番口舌。

这个时候，与其坐在殿上和一个糊涂的国君周旋，倒不如先去拜会一下公子无忌，看这个颇有谋略的魏国王孙有什么打算。于是拜谢而去，魏圉起身，把孟尝君送了出去，这才回到殿上。

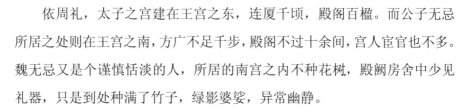

依周礼，太子之宫建在王宫之东，连厦千顷，殿阁百楹。而公子无忌所居之处则在王宫之南，方广不足千步，殿阁不过十余间，宫人宦官也不多。魏无忌又是个谨慎恬淡的人，所居的南宫之内不种花树，殿阙房舍中少见礼器，只是到处种满了竹子，绿影婆娑，异常幽静。

听说孟尝君来拜，公子无忌亲身迎出，把孟尝君引进一间静室，煮茶相奉。此时的魏无忌早已知道孟尝君为何而来，可越是知道情由，他反而越不肯谈论国事，只说些诗赋文章，谈论齐魏两国的风土人情，东拉西扯，不着边际。孟尝君客随主便，人家说到哪里，他就跟到哪里，说了半天话，没有一句点到正题，这才想到魏无忌为免"争位"之嫌，平时言行从不逾矩，没有太子在面前，他是不会说出什么有用的话来的。

想明白这一节，孟尝君也就不再急着说正事了，又说了几句闲话，告辞出来，先回到传馆，等候魏国太子。

果然，当天下午，太子魏圉亲自来访了。

太子来拜，非同小可，孟尝君急忙亲自趋步躬身把魏圉迎进内室。两人行礼归座，寒暄几句，孟尝君偷窥魏圉的神色，隐隐觉得对方虽然谈笑如常，神色间却时时闪出些凌厉之气，心里暗暗警觉。

果然，两人说了些闲话，魏圉对孟尝君笑道："君上交游遍天下，此时恰有一位故人之女在我处，想拜见君上，不知可否？"话音刚落，石玉已经走了进来。

今天的石玉又换上了一身短衣麻鞋的男装打扮，腰带上插了一口短剑，神色凝重，进屋后对魏圉和孟尝君各施一礼，一双眼睛直盯着孟尝君。孟尝君精明过人，一晃眼工夫已隐约猜到对方是谁，可不等他多想，魏圉已经笑着说："这位是墨家巨子的女儿，秦国攻我安邑之时，巨子前辈曾到大梁，愿为我国劝说齐王出兵救安邑，临行时把女公子留在了魏国，想不到巨子一去再无音信……"

不等太子把话说完，石玉已经在孟尝君身侧跪坐下来，相距不过三尺，左手扶住腰间的柳叶剑，冷冷地问道："我父亲到齐国是去拜会君上的，君上知道我父亲的下落吗？"

此时此际，饶是孟尝君这样阴鸷的人，心里也有些发慌。可这个一生都泡在阴谋堆里的权臣城府极深，心里如何慌乱，脸上却丝毫不露，反而故作惊讶："巨子确曾知会本君，说要到临淄来拜会，可始终没来。"

来此之前，石玉心里已有六成认定孟尝君是个仇人，此时听他推得一干二净，心里着恼，把眉毛一挑，提高了声音："我父亲是个言出如山的人，

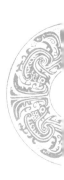

既然拜访君上，岂肯践约？"

石玉这句话问得有些无礼，孟尝君拿捏情绪，做出一个适度的恼怒样子，故意扬起脸不理石玉，嘴里淡淡地说："巨子为何不来，本君如何知道？"

石玉虽然勇气过人，毕竟年轻，脾气又急，一连几句话都问不到要害处。魏围在旁替她问道："齐王一向是合纵抗秦的约长，可近几年却弃了盟约，与秦国交好，出卖魏国安邑，以求伐宋之利，君上身为齐相，为何不劝谏齐王？难道阁下对魏国有何不满？"

魏围这话说得十分犀利，表面责备孟尝君不替魏国尽心，内里却是绕着弯子在问巨子的事。可在这些事上孟尝君早想好了说辞："合纵三晋以抗强秦，本是齐国的国策，只是大王急于称霸，被吕礼、韩聂之辈所骗，一心结好于秦，反欲攻伐三晋，实在失策！本君一向都是反对齐秦两国联盟的，屡屡苦劝大王不可背魏而向秦，因此才被秦国设计骗到咸阳，险遭暗算，又被齐王两次夺去相印，这些太子都知道。第一次代我为相的是吕礼，而今代我为相的是韩聂，这两人都是秦王的亲信，用他们为相，可知齐王心意已定。我虽一心要行合纵之策，视秦国如寇仇，可惜大王被奸臣蒙蔽，不纳忠言，伐灭宋国之事更是不能容人，竟要杀我！所以我才到魏国来避难。"

孟尝君说的有一半是谎话，可他被齐王罢了相位，只身逃到魏国，又请求魏国会盟诸侯共同伐齐，在这种情势之下，倒显得他说的全是真话。现在孟尝君这几句话说得义正词严，滴水不漏，若非有十足把柄，谁又能听出此人竟在说谎？石玉不由得把孟尝君的话信了九成，语气也软了下来："这么说我父亲并未到临淄，那他到何处去了？"

墨家虽然衰微，毕竟在七国之内树大根深，弟子众多，所以巨子石庚是个名震天下的人物，孟尝君既然敢谋害他，当然早就编好了一套谎话。眼看石玉的口气软了，孟尝君放下心来，却又故意叹了口气，皱起眉头："如今令尊既未到齐，又不回魏，会不会……被人害了？"

大凡作恶之人心是虚的，没胆量提起自己的恶事来。可孟尝君却是阴谋堆里钻出来的蛆虫，老谋深算，偏就有胆问这一句。听了这话，石玉更觉得孟尝君是个好人，犹豫半晌，缓缓说道："我父亲是墨家巨子，主持的是天下公道，光明磊落，就算一国诸侯也要以礼相待，谁敢害他？"

"依我想来，大约是秦人暗下毒手。"

"秦人怎会知道我父亲的行踪？"

眼看这个鲁莽的墨者已落入圈套，孟尝君更放了心，抬手在半秃的头顶上挠了挠，缓缓地说："听说天下墨者早已一分为二，半在楚，半在秦，两家之间既有联系又互不统属，在秦国的墨者或许知道令尊的行踪，又或者令尊曾传信秦国，让那里的墨者想办法阻止秦国伐魏，这么一来就让秦人察觉了你父亲的行踪，抢在他进临淄之前下了毒手。"

巧得很，石庚确曾令秦国的墨者阻止秦国伐魏，这件事他也对魏围讲过，这时孟尝君说起，魏围忙应道："巨子确曾对我说过，他已命秦国墨者设法拦截秦军，只是秦国的墨者未必肯奉他的令。"

其实早在暗害石庚之前，苏代就从石庚嘴里套出了这些话来，又告诉了孟尝君，现在孟尝君把这话说出来，又有魏围在旁引证，三下里都对上了，石玉再也无法生疑，想到父亲八成已经被秦人暗害，眼里不由落下泪来。

见石玉伤心落泪，魏围心里不忍，忙劝道："你先别急，巨子有通天彻地的本事，未必轻易遇害，我会多派人手去找，估计很快就有消息。"

男女之间的情意是避不过旁人眼睛的，魏围对石玉的这一番呵护，都被孟尝君看在眼里，心里暗暗点头。想到自己今后要栖身魏国，对魏国太子不能不巴结，而要想巴结魏国，最好的办法就是多哄哄这个被太子看重的女人。

大凡权贵，都有一套笼络豪侠的本事，孟尝君笼络人的手段就是使钱。虽然墨者不爱金银，可孟尝君却有办法把金子变成情谊，让墨家豪杰感激。眼看当下就是机会，立刻对冯谖使个眼色，冯谖会意，进内室捧出一只木匣来，孟尝君接过木匣打开，里面是满满一盒"郢爰"金饼，每方金饼都是十六印，市重一斤，这一盒共有十饼，也就是整整十斤黄金。

好大一笔钱！

孟尝君突然拿出这么多金子，把石玉吓了一跳，忙摆手道："我并不用这些钱。"

孟尝君微笑着说："这不是给你的。墨家为了公道正义替天下人奔走，可天下人对墨家有过什么回报？现在令尊下落不明，要打听消息难免动用人手，时势艰难，墨家弟子又穷，这些钱或许用得着。"

这世上最邪恶的骗子，就是伪装出来的忠厚长者。要说到收买人心，天下有谁比得过孟尝君田文呢？眼看父亲的这位故交如此宽厚仁爱，石玉又是伤心又是感慨："多谢君上，只是这些金子无论如何不能领受，若我父亲在，也必不受，还望君上见谅。"俯身对孟尝君拜了两拜，忽然悲从中来，忍不住哭了出来。

和孟尝君深谈了一次，魏圉相信了此人伐齐的诚意，但魏国是否应该举兵伐齐，还是拿不定主意。回到太子宫，立刻招集上卿芒卯、将军晋鄙、大夫范痤、须贾议事。今天所议之事大家都清楚，上卿芒卯第一个冲魏圉拱手问道："不知太子对伐齐之事怎么看？"

对这件大事魏围已经深思了一番，却还举棋未定，皱着眉头说道："齐王负义背盟，倾陷魏国，实在可恨。但依我想来，孟尝君是齐国贵戚，掌相权十三年，忽然奔魏，号召伐齐，内中必有图谋。"看了众人一眼，见范痤低头默坐，似是不置可否，芒卯、晋鄙、须贾却都在暗暗点头，显然是同意自己的看法，这才接着说："当今天下齐、秦两强并立，互相牵制，赵国在东，受制于齐国，魏国在西，受制于秦国。如果齐国破了，赵人从此没有了后顾之忧，可以东取齐地，南击楚、魏，扩地纳众。可没有齐国，我们魏国却要独挡强秦，再没有人扶助了。齐国伐宋，只是为了扩大疆域，增强实力，一旦灭了宋国，仍然会与秦国对抗，那时我魏国还是要与齐结盟以抗秦，这才是大计，伐齐之事似不可行。"

魏围这个人胆子不大，思路一向保守求稳。在魏国，和他一样想法的臣子倒有很多。魏围话音刚落，中大夫须贾已经赞道："太子说得极是！齐国是魏国抗秦的后盾，我们不能盲目出兵劳师远征，反而让秦、赵等辈得了便宜。"也不等别人说话，又抢着说："孟尝君背主叛国，其罪难赦，魏国不能收留此人，应该把他送回齐国，交齐王发落。"

须贾为人十分机灵，很会办事，在魏国颇得重用，可他这套逢迎主子的功夫太厉害，一张嘴实在是太会说话了，弄得很多人都不怎么喜欢他，就连太子魏围也不爱听他奉承话。何况依当前情势，就算魏国不肯伐齐，也断不能把孟尝君送回齐国，须贾之言显得十分唐突，魏围没接这个话头儿，转头问上大夫范痤："此事你如何看？"

范氏一向是魏国的显贵重臣，追随文侯、武侯屡有建树，范痤也是魏王身边的亲信臣子，以多谋著称，生得矮小圆胖，一张赤红的圆脸，隆额塌鼻，细眼厚唇，长着两只粗短的小手，若不是蓄了一部漂亮的胡须，看上去真没有贵人气派，倒像个市井屠夫。听太子问他，范痤并没急着回答，低头略想了想才缓缓说道："伐齐事大，太子何不把公子无忌、公子齐都请来，也听听他们的意见？"

范痤的话倒让魏圉一愣，在一旁的上卿芒卯替他答道："两位公子年轻，一向并不参与国政……"

"公子无忌已二十二岁，公子齐也十九岁了，该让他们与闻朝政。"范痤转向魏圉笑道，"臣以为国家大事于君而言，既是国事，也是家事，当以君为首，太子为颈，诸公子为羽翼，众臣为手足，不知太子以为如何？"

范痤的话里其实隐含着别的意思，可他这话却是向着太子说的，魏圉听得心中暗喜，余人也都不敢有异议。魏圉略想了想，吩咐宦官："请两位公子来议事。"

片刻工夫，公子无忌、公子齐到了，魏圉命在自己左右各设一席，两位公子分坐，又把今天所议之事大概说了一遍。

太子说话时，魏无忌在一旁没有插嘴，可脸色早已阴沉下来。魏圉看出来，立刻问道："依你之见，此事该如何办？"

听太子动问，魏无忌又把在座之人的脸色逐次看了一遍，见一班重臣个个摆出一脸献谀讨好的神气，眼神中却尽是慌乱之色，心中更觉不快，一拢袍袖，侧身面对太子淡淡说道："常言说'水到渠成'，伐齐之事并无可议，魏国出兵就是了。"

魏无忌一向是个恬淡寡言的人，平时不过问国事，也不参与廷议，更不肯与太子争执，今天却说出如此强硬的话来，着实让人吃了一惊，魏圉忍不住提高了声音："出兵伐齐岂是儿戏！败则损兵折将，胜则无利可图……"

既然把话说出来了，魏无忌也就言无不尽。于是推开面前的桌案，挺起身来直盯着魏圉的眼睛："齐国从来不是魏国的盟友，更不可能做魏国的靠山。以前齐王联合三晋，无非是为了与秦争雄，现在为了攻宋，齐王与秦结好，把魏国的国土城池当成礼物送给秦国，纵容秦兵攻下了魏国的故都安邑，彻底割占了魏国与河东的联系，千里之地，几十座城池，几十万百姓，永远不属魏国所有了，可见奉承齐国，实是养虎驱狼之策！到这时魏国还不警醒吗？"

回答魏无忌的，是一片沉默。

其实齐国背弃魏国，太子和重臣未必不知，可他们却假装不知道，宁可沉醉在幻梦中，也不敢正视魏国将要独挡强秦的现实。只有魏无忌有此胆量，一句话道破天机："一个国家的强盛要靠自己，不能等着别国施舍。自惠王以后，魏国势力渐弱，这些年来处处依靠齐国。而齐王的先王哪一个曾经善待魏国？当今齐王更是妄自尊大，仗着国力强盛，早就起了吞并三晋之心。灭宋之后，齐国实力大增，必然趁势攻伐三晋，与秦国合谋瓜分中原。那时我魏国东拒齐，西拒秦，两面作战，如何应付？"

回答魏无忌的，仍是一片沉默。

面对没有主意的太子和心慌胆怯的臣僚，魏无忌实在忍无可忍，挺身而起，几步走到殿前，手指东方提高了嗓门："齐人不仁！从齐王出卖魏国那天起，他就成了魏国的敌人。既是魏国之敌，何不趁早伐之！《吴子》有云：'兵战之所，立尸之地，必死则生，幸生则死！'当此不仁之君，不义之国，与其坐以待毙，不如先发制人！趁着齐国大战之后实力耗损，国本衰弱，魏国应该主动出面联合天下诸侯共伐齐国，以百死之心决一个胜负，先把这个东面的劲敌消灭掉！破齐之后，赵国就能腾出手来，秦人犯境之时，魏国至少还有赵、韩两国可以做帮手，集三晋之兵，有六七十万军马可依靠，这是魏国当下唯一的选择，并无别的出路，太子何故猜疑不决！"

凤凰不鸣，一鸣惊人，魏无忌这几句话把所有道理都说透了。芒卯、须贾都没吭声，魏圉也低头不语，倒是上将军晋鄙说了一句："公子言之有理！晋鄙也是这样想的。反正这次伐齐燕国才是主力，让他们去打头阵吧，我们魏国大军跟在后面，打了胜仗，魏国照样分一份好处，万一打败了，咱们也不吃亏。"

公子魏齐也高声道："上将军说得对，魏国不惧齐王，不义之君，当伐则伐！"

到这时，殿上所有人都看着太子，等着他拿主意了。

魏圉是个诚实稳妥的人，虽然他的胆量不大，头脑也没有弟弟聪明，不过魏圉这人至少有一个优点，就是他肯承认自己并不十分聪明。

能知错而改，就是魏圉的聪明："公子说得对，齐国已是魏国的仇敌，既然如此，就由魏国挑头联合天下伐齐！"魏圉抬头看看众人，见大家都无异议，又想了想道："老子有云：'不敢为天下先'，伐齐之事不应由魏国发动，眼下孟尝君正在大梁，我看魏国不如就拜孟尝君为相国，让他出头，替魏国号召天下。"

魏无忌笑道："这个主意好，孟尝君是一块好招牌，正好把他挂出来。"

"既然如此，我即禀报大王，请拜孟尝君为相。"魏圉起身往后殿去了。魏国重臣都在大殿上等着，其实他们都知道，久病多年的魏王早就听不见、说不出了，太子这样做，不过是个礼数，魏国的国策其实已经定了。

片刻工夫，魏圉回到殿上："大王已准了我等所议。无忌，你去和孟尝君商量此事；须贾即刻出使秦、赵两国，说明魏国伐齐之意，请两国共同起兵伐齐；晋鄙调集精兵到大梁听命；另派大夫新垣衍领兵一万北上到汲邑驻防，别让赵国人钻了空子。"

议罢国事，魏无忌总算松了口气，回到南宫刚刚坐定，下人来报：上大夫范痤求见。魏无忌忙亲自迎接。两人对坐寒暄，说了些闲话，范痤坐直身子正色道："我有一事不明，想请教公子：方今乱世，各国公子勋戚都蓄养门客，公子贵居南宫，为何不养舍人？"

魏无忌不蓄门客，是效春秋名臣南宫适之典，魏国大夫们当然明白，范痤这话是明知故问。魏无忌淡淡地回了一句："好静而已。"

"天欲静而风雷不竭，地欲静而江海不息，人欲静而国事纷纷，魏国面秦背齐，胁楚临赵，四战之地，这十年来战则屡败，民穷国弱，公子聪明果决，乃不世出之才，岂能不顾家国而独善其身？"

"凡事有太子……"

魏无忌一句话还没说完，范痤已经打断了他："公子'好静'我也知道，若在早先，我辈不敢来劳烦公子，可如今巨变将临，成则魏国称雄，败则破国无日！公子若再闭门不出，只怕几年之后开门一看，魏国的千里江山已经易主了。"

范痤这话魏无忌听得十分刺耳，摆了摆手，转身就走。

见他这样，范痤也不好说什么了。

聪明过了头就是糊涂

魏国中大夫须贾到赵国的时候，燕国的相国邹衍也带着车驾百乘、玉璧十双来到邯郸，对赵王提议共伐齐国，此事并不在赵国君臣意料之外。

会见须贾、邹衍之后，赵王立刻召集平原君赵胜、亚卿廉颇、左师触龙、上大夫乐乘、楼昌、赵梁，中大夫贾偃、韩徐、贾偃到彰德殿议事。听说齐相孟尝君出走魏国，号召诸侯兴师伐齐，赵国臣子们一个个乐得合不上嘴，武将们更是摩拳擦掌，跃跃欲试。

自三家分晋、赵侯立国以来，齐国，一直像一座沉甸甸的大山压在赵国头上，有这个强国在，赵国就无法兴旺，扳倒齐国这座"泰山"，是赵国君臣几代人的梦想。现在梦想终于成真，所有臣僚只有高兴的份儿，并无一人提出异议。

臣子们喜悦非常，赵王何却全然不动声色。

身为人君，赵王的思路和将帅臣僚截然不同，大战之前，他所想的并不是怎么打赢这一仗，而是在出战之前先找个因头，敲打手下那些桀骜不驯的武将。于是刬目低眉，脸色凝重，不发一语，直待大殿里静了下来，这才缓缓问了一句："这个燕国上将军乐毅是什么人？以前怎么从没听过他的名字。"

其实以赵王的精明，怎么会不知道燕国上将军乐毅的出身来历？他这样问实在是话里有话。平原君赵胜脑子最快，听出了赵王这个话头儿，忙抬眼偷瞄着殿上群臣，凡被他目光扫过的臣子一个个都低头不语。偏是亚卿廉颇性子急，指着坐在自己下位的上大夫乐乘说："大王怎么忘了？乐毅就是乐大夫的亲哥哥，以前也曾是赵军中的大将，后来不知为何出走魏国，又投了燕王。这几年在燕国整军经武，为燕王职卖了不少力气，极得宠信，这不，又拜为上将军了。"

廉颇这几句话把乐乘说得面红耳赤，忙翻身拜倒："大王，乐毅确是家兄。当年'沙丘之乱'公子章起兵谋反，家兄正好在公子章帐下，一时糊涂，竟追随叛贼作乱，后来公子章兵败被杀，家兄只得出走魏国，自此就断了

消息。这些年家兄从未回过赵国，臣下也不知兄长怎么又到燕国做了将军。只是家兄当年助逆谋反，实在有罪，还请大王宽恕。"说完拜伏在赵王脚下，连头也不敢抬。

其实赵何早知道乐乘与乐毅的关系，特意问这句话，一来因为乐乘执掌武城要塞的兵马，拱卫邯郸，是个重要将领，平时偏又与平原君过从甚密，所以拿"沙丘之乱"的话点一点乐乘，让他识时务些；二来，赵国此战要用廉颇，而打压乐乘，就是抬举廉颇，只是这个"抬举"却做得毫无痕迹。

廉颇是赵国亚卿，战功彪炳；乐乘是上大夫，手里掌握着邯郸周边的五万精兵，这两位同是赵军的中流砥柱，偏这二人一个只认赵王何，另一个却亲近平原君，如此一来，这两员大将平素就有了隔阂，这事在赵国尽人皆知。现在赵王一句话把乐乘整治得灰头土脸，廉颇在旁看着，心里暗暗好笑。

眼看乐乘吓得拜伏请罪，赵王的目的已经达到，当然不会再去怪他，淡淡一笑："'沙丘之乱'过去十多年了，那时寡人年轻，想来乐毅当年也只是个普通的部将吧？军旅生涯，奉命行事，并不为过。只可惜如此人才不能为赵国所用。"煞有介事地叹了口气，对乐乘说："乐大夫这些年为赵国东征西讨，功勋彪炳，过去的事且不必提，归座吧。"

乐乘已经吓出了一身冷汗，忙再三叩谢，回归座位，忍不住狠狠瞪了廉颇一眼。廉颇端起爵来喝了一口热酒，昂昂不睬。

赵王又问："如今魏国用孟尝君为相，会盟诸侯共讨齐国，秦国、燕国已经响应，燕王派相国邹衍来问赵国的意思，诸位怎么看？"

其实这件事并没什么可讨论的。诸侯伐齐，赵国当然响应。所以赵何话音刚落，廉颇已经抢着说："齐国本就是个强国，这些年齐王在重丘破楚国大军，在观津破赵魏联军，如今又灭了宋国，扩地千里，势头越来越凶，下一步恐怕就要攻伐赵国了，与其困守待敌，不如先发制人！请大王给臣十万精兵，与燕军一起和齐国决一死战，彻底灭掉齐国，以绝赵国的后顾之忧。"

见廉颇要占头功，乐乘也急忙叫道："大王，臣也愿领兵伐齐！"看了廉颇一眼，又故意加上一句："若臣伐齐，只需五万兵马即可！"

眼看两员大将各自争功，赵何肚里暗暗好笑，先不理这两条莽汉，扭头问平原君："燕国能发多少兵马？"

赵胜略一沉吟："大王，为了破齐，燕国人准备了二十年，国内已有精兵二十余万，此番必是倾巢而出。秦国出兵不少于十万，魏国因齐王陷害失了安邑，深恨齐国，此次出兵也当在十万上下，韩国夹在秦、魏两国之间，一向仰人鼻息，这次秦、魏都出兵了，韩国必然响应，也算他五万。这算起来也有四十多万兵马了，其中燕、秦、魏皆是精锐之师。齐国倾国之兵不过五六十万，在宋国一场恶战损失不小，又要占据宋国各处城邑，至少动用十万人，能调集起来的不会超过三十万。而且齐王骄横跋扈，与臣下离心离德，齐军连年征战，兵士困乏，粮草不济，这些年齐国与魏结盟，在齐魏边界上又一向疏于防范，恐怕不是联军的对手，所以赵国不需要出兵太多，五万精兵足矣。"

在座的几个人里平原君赵胜年纪最轻，可说到胸襟见识，反倒以赵胜最高。现在赵胜这一番话说出来，又借着乐乘的话头儿主张赵国发兵五万，明里是把大局分析得极为透彻，暗中却透出"以乐乘为帅"的意思。一时间大殿里所有人都住了口，等着赵王独断。

若说聪明才智，赵王不如平原君，可要论城府心机，他却丝毫不输于

自己的亲弟弟。在伐齐这件大事上他早拿定了主意，双眼微闭深思良久，这才缓缓说道："燕国、秦国、魏国，都是第一流的大国，我们赵国只是个小国，不必与大国争先，就出兵五万，以亚卿廉颇为上将军，上大夫楼昌、中大夫韩徐为副将，随燕军东进伐齐。"

赵王决定出兵五万，表面上接受了平原君的主张，暗中却否了平原君之策。此战既用了廉颇，当然不会再用乐乘，乐乘心里不是滋味，可刚在朝堂上丢了颜面，此时也不敢多发一语。廉颇不由得意起来，斜眼瞟着乐乘捻须微笑。

大事已决，平原君也不好多说，在一旁问道："将军打算如何作战？"

廉颇纵声笑道："大王已经吩咐了，秦、魏、燕是大国，赵国是小国，破齐之时让他们这些大国打先锋，咱们跟在后面捡便宜就是了。此战赵国只要收复观津，巩固武城、平邑，再夺取茌平、长清、平阴，把国土向东扩展二百里也就差不多了。至于伐齐一战如何收场，且看燕人的作为吧。"

廉颇勇谋兼备，沉稳老辣，在赵国名将之中是第一人，眼前他这番计划不急不躁，略保守些，却很合赵王的意，点头赞道："如此胜则有功，败亦无损，甚好。"说完这些话，顿了顿，忽然转头对平原君说："寡人有个想法，说出来诸位议议？"

赵王说话时只看着平原君，话里却说与诸臣共议，倒让人有些摸不着头脑。平原君忙说："大王请讲。"

赵王故意扭过头去不看平原君，半晌才缓缓地说："此番伐齐，主力是燕国。为表示赵国助燕伐齐的诚意，寡人想拜乐毅为赵国的国相，你们觉得呢？"

赵何的这句话说得非常突兀，在座众人都暗吃一惊，平原君更是变了脸色，半天说不出话来。

自从权臣李兑死后，赵国的相印一直掌握在平原君赵胜手里。这些年赵胜治民领军井井有条，毫无过失，赵国上至臣子下至百姓都对平原君十分佩服，所以平原君的相位坐得稳稳当当，可现在赵王一句话，竟要把相印交给燕国上将军乐毅！当然，乐毅是燕国的大将，赵王让乐毅佩赵国相印只是表明赵国追随燕国的诚意，并未把军政大权交出去，可这么一来，毕竟这颗相国之印已经不在平原君手里，也就等于夺了平原君的相权。

平原君是个耿耿忠心的谋国之臣，赵王又是他的兄长，却忽然夺了他的相印，而且是当着众臣的面公然说出这样的话来。这分明是要打击平原君的权势，做个样子给众臣看。刚才赵王面责乐乘，平原君未能进一言，已经折损体面，现在赵王竟公然解了他的相印，这让平原君在朝堂上颜面何存？

大战将临之际，必先从内部整治起来，而后破敌，这是王者的权术，平原君未必不懂。只是没有想到，赵王竟会"整治"到自己的身上。

也就转眼之间，平原君赵胜已经压住了心中的沮丧恼火，硬挤出满脸笑容，高声道："大王英明！让乐毅佩赵国相印，不但表明赵国伐齐的诚心，且显示了大王对乐毅的招纳之意。乐毅本是赵国人，如今赵国用他为国相，乐毅一定心存感激，将来有了机会，或许他会回赵国来为大王所用，赵国有了乐毅这样的贤臣辅佐，他日必兼并六国，一统中原！臣这就回府请出相印，交给邹衍送到燕国去吧。"起身向赵王行了一礼，也不再理旁人，大步走下殿去了。

从王宫回到府里，平原君赵胜的王孙脾气再也压不住了，就在府里发作起来，把厅堂里的器物摆设全都摔在地上，冲着身边的门客仆人没头没脑地乱骂，吓得众人躲闪不迭，家宰李同慌忙跑进后堂把魏夫人请了出来。

见夫人来了，平原君好歹收拾脾气，不再闹了。

魏夫人本是魏国的公主，当今魏国掌权的太子魏圉、公子魏无忌都是她的亲弟弟，比夫君赵胜也年长几岁。几年前秦、齐两国一东一西各自称霸，秦伐魏，齐伐赵，逼得赵魏两国不得不结盟以抗强敌，于是魏夫人就被当成联姻的工具嫁到了赵国。

这倒也不奇怪，战国乱世之中，下自臣民百姓，上到王公贵族，人人都要为国献身。各国的公子、公主们也是一样，在婚姻大事上自己完全做不了主，全看政局需要，随君主安排罢了。

魏夫人运气倒不错，嫁给了平原君赵胜，这个男人有学识，有雄心，脾气又好，相貌年龄也相当，尤其魏夫人刚嫁过来的时候，赵国正是李兑专权，赵胜只是个闲居在家的公子，手里没有权柄，日子就更好过些。那些年魏夫人和平原君琴瑟和谐，日子过得倒也安稳。可自从权臣李兑死后，赵胜封了平原君，掌了赵国的相印，日渐操劳，对夫人的情分似乎也淡了，在府里纳了不少姬妾，魏夫人知道这些王孙公子本性如此，也没办法。好在赵胜虽然风流，他身边那些姬妾都是庸脂俗粉，毫无见识，不能和魏夫人相比，所以赵胜对夫人倒还十分尊重。

魏夫人太了解平原君了，看他的样子就猜出是受了赵王的气，挥手屏退随从，等屋里只剩他们两人，这才问："听说燕国要举兵伐齐，魏国、秦国都会响应，这么一来你们赵国得了大便宜了，你怎么倒不高兴？"

赵胜这里发作了一顿，气也消了，见夫人来哄他，心里倒有了几分颓唐的意思，叹了口气："赵国得不得便宜与我无关。"

"你是赵国的大贵人，赵国得了便宜就是你的便宜，怎么与你无关了？"

"我已不是赵国的相国，这些日子就要回平原封邑去了……"

赵胜这话倒让魏夫人一惊："大王命你回封邑去？出什么事了。"

"大王倒没这么说，只是解了我的相印，送给燕国的上将军乐毅了。"说到这儿，赵胜不由得又动了肝火，"我掌赵国相印以来，不敢说有什么功劳，可也没有过失，如今赵国内和外息，国力日强，我不居什么功，可这里实实在在有赵胜一份功劳吧？如今大王一句话就夺了我的相印，拿去送给燕国人了，他如此亏待于我，难道就因为我是他的亲弟弟？可我赵胜一颗心天日可表，又没想过夺他的权，篡他的位，大王何苦如此！"

见平原君像个孩子一样大发脾气，牢骚满腹，说得全是些糊涂话，魏夫人不由得笑了出来，也觉得趁这机会劝他几句倒好："你这个人呀，让我说你聪明，还是说你傻？你自己也说大王有心防着你，只因为你是他的亲弟弟，这话说得对，当年发动'沙丘之乱'的公子章还是大王的亲哥哥呢！又怎么样？还不是一样起兵来夺大王的王位，结果酿成一场巨祸，不但公子章兵败身死，就连先王那样的盖世英雄也被李兑逼死。后来李兑为了掌权，又逼害先王驾下的臣子，弄得多少名臣大将或逃亡国外，或死于刀俎，赵国的实力也由此衰弱。如今大王掌了权柄，封你为平原君，食邑万户，又让你做了国相，赵国的军政大权都握在你一个人手里，偏你这个人心胸太大，才智太高，门客又多，结交又广，动不动又喜欢跑去跟大王说什么'破齐楚，弱韩魏，败秦而并天下'的大话，叫大王怎能不防你？"

夫人的一番话，把赵胜的怒气打消了一多半，好歹又坐了下来，可心里到底愤愤不平，黑着一张脸不出声。

魏夫人在丈夫身边坐下，低声劝道："君上身为王孙，又得大王器重，正是《易经》中的一个坤卦，元亨安贞，所谓'黄裳元吉'，终身安享富贵，这是你的福分，一定要惜福尊荣，适可而止，千万别弄到'龙战于野，其血玄黄'的地步。"

"什么'龙战于野'，我可没动过这个心思！"

魏夫人咂着嘴连连点头："你是没动过这个心思，可你却总喜欢说那些惹人嫌的大话。我看你在大王面前一向不很恭敬……你先别强辩，听我说完：如今大王收取了你的相印，就是想警告你一下，让你知道进退。可大王也没把你怎样，毕竟你还是食邑万户的平原君，大王对你照样言听计从，他哪里亏待你了？你要是在'亏待'两个字上动脑筋，以后必遭大祸，你信不信？"

魏夫人这几句话，一字一句都说到赵胜的心里去了，想起刚才自己发狠说的那些牢骚话，不由得出了一身冷汗。

见丈夫肯听人劝，魏夫人才放下心来，笑着说："所以说呀，大王夺你的相印，不是大王的错，倒是你的错，若你真是聪明人，早该自己辞去相国之位，可你却把这颗烫手的大印握了五年之久，到现在还不愿意交出去。老人说'聪明过了头就是糊涂'，这话真是一点也没错。你以前聪明过了头，变成一个糊涂人了，现在高高兴兴地把相印交出去，才是真正的聪明人。"

夫人的话句句说在点子上，赵胜不得不服。到这时，也就把失去相权的事看开了，心情好了起来，再想起自己马上要出使魏国，这一去不知要走多久，看着夫人娇美的容颜，不觉心中一热，抬手揽住夫人的腰肢。在她耳边低声道："今夜你可得好好陪我……"

魏夫人脸上一红，轻轻推了丈夫一把："你这个人哪，正事办不来，只有这些事上勤快！你不是说府里的门客没有出色的人吗？我帮你访到一位贤人：邯郸城西堵山脚下有一位高士名叫公孙龙，听说此人长于坚白之辩，善诡谈，其辩才不在苏秦、张仪之下。"

"诡辩之辈，我用他何益？"

魏夫人半开玩笑地说了一句："你这人心术不正，诡辩之徒对你最合适。"见赵胜略有不高兴的意思，也就收起笑容，"我也知道苏秦、张仪之辈皆乱世枭雄，诡诈百出，久之于国无益，非要像秦国魏冉、燕国邹衍那样的治世能臣才好。可赵国是小国，一时之间哪里去找这样的人才？现在赵国武将云集，兵强马壮，却无治世能臣，能访到公孙龙也不错，所谓'无麒麟用犬马，无犬马用狐鼠'，将就一下吧。"

听夫人说得有趣，赵胜也笑了："好，明天我就去访访这只'狐鼠'。"

魏夫人白了丈夫一眼："你呀！为人要厚重，不可多戏言，不然养成习惯，遇上大人大事也难收口，孔夫子说'君子不重则不威'，要记得！"

平原君赵胜枉称聪明，却被夫人像教训孩子一样训斥了一顿，一句话也答不上来，只得嘿嘿笑了两声，也就作罢了。

赵奢杀了平原君的门客

这天一早，邯郸西市像往常一样早早开市，几百家店铺纷纷开门，无数商贩在长街两侧支起摊位，摆卖货物。西市的田部吏赵奢也像往前一样带了几个差人在市场巡视，在无数帐篷、门市间转来转去，也没有什么事做。

就这么转到快中午了，远远看见一个摊子有人正在买货，只见这人把手里一只陶罐递给商贩，贩子接过后用身子遮住，不知往罐里放了些什么，又递还给他，接着从脚下的竹筐里提出一个青黑色的东西递过来，那人把货色提在手里，正好往赵奢这边走过来，离得近了看出来，那人手里提的是两尾晒干了的咸鱼。

见他这个样子，赵奢心里一动，抄着手儿往这边走过来。

人堆里挤着两个闲汉，也不买东西，只是站在一边闲聊，看见赵奢带着几个役卒过来，这两人使个眼色，一起走上前来并肩站成一排，正好遮住赵奢等人的视线，不远处那个摊子上的人忙把一只大竹筐挪到旁边，用席盖了起来。

这一切早被赵奢看在眼里，顿时已经猜到这几个贩子在捣鬼，脸上不动声色，慢慢地往这边走过来，到摊位前站住，见这里是个卖咸鱼的摊子，一个贩子面前一溜摆着四只大竹筐，筐里堆着晒好的咸鱼，赵奢弯腰拿起一只鲞鱼看了看，只是普通的货色，随口问那人："从哪来的？"

"咱是齐国人。"

"这些货都是你的？"

"是。"

赵奢任田部吏也有几年了，看这人的神气已经猜出几分来，指着放在角落里的两只筐问："那也是你的？"

见赵奢问到那两只筐，贩子不觉有点紧张，可不答也不行："是小人的。"

赵奢点点头，走到刚被挪过来的那只筐跟前，伸手要掀盖在上头的竹席，贩子忙起身拦道："大人，这都是一样的货色。"赵奢并不理他，掀起竹席一看，筐里果然也是满满的一筐鲞鱼，那贩子又上来分说，赵奢抬手把他拦住，右手伸进筐里把盖在上面的两层鲞子挪开，只见筐底装的全是白花花的盐。

周朝立国之时定下九赋：邦中之赋；四郊之赋；邦甸之赋；家削之赋；邦县之赋；邦都之赋；关市之赋；山泽之赋；币余之赋。其中"山泽之赋"

就包括盐税。春秋年间齐相管仲向齐桓公献计，将盐收归国家专卖，能使"民不加赋而财足用"，于是齐国率先征收盐税，一年收得税钱数千万，国库充盈。从那时起，诸侯各国都效法齐国，把盐设为国家专卖之物，不准在市井间私贩，到今天已成了通例。

赵国是个荒寒之地的穷国，物产匮乏，盐也不够吃，而相邻的齐国却依山傍海，鱼盐之利最富，这么一来就有商人从齐国运进私盐在市场上贩卖。贩私盐的办法很多，最常见的就是把盐和咸鱼之类混在一起，表面看这些盐只是渍鱼之用，其实那些买货的人买鱼是次要，夹带着买一罐盐才是真的。只不过齐国商人富裕，也就懒惰，像这样在街头摆售私盐既吃苦受累又要担惊害怕，他们是不肯做这事的，眼前这几个贩私盐的未必真是齐国商人。

依当时的律法，这些私盐贩子不但货物全部没收，人也要坐大牢，再狠狠吃一顿鞭子。

既然已经查获了私盐，赵奢回头吩咐役卒："把这几筐货都搬走，把这人绑了，带回去交给邯郸令发落。"

话音未落，先前那两个在旁放哨的人一起凑了上来，其中一个赔着笑脸说道："这位大人何必如此？我们只是做小生意，现在知道错，下次再也不敢了，这些货大人只管拿去，我们刚赚回来的几个小钱也不敢要了，都献给大人吧。"从怀里掏出两捆钱来，贴近身就要往赵奢的怀里塞。

赵奢哪肯要这些钱，身子向后一撤，抬手抓住那贩子的手腕，顺手把两捆钱都缴了过来，转头递给役卒："这些赃钱也收了。"又指着那行贿的家伙说："记住这个人，回头多抽他二十鞭子！"

眼见这个小吏黑脸一张，软硬不吃，几个贩子哪肯就此被抓去挨打？先前那人把腰弓得更低了些，脸上的笑容又加了几分："大人，小的们都

是平原君府上的门客，奉家宰之命来卖这点儿盐，赚几个钱，无非弄些酒肉给舍人们吃，如今大人把货也夺了，钱也收去了，再把我等送官，这就过了。还请大人看在君上的面子，抬抬手放了我们吧。"说着从怀里取出一块黑漆填金的木牌子递过来，赵奢接过一看，果然是平原君府里的腰牌。

这几个贩私盐的真是平原君府里的门客。

春秋战国天下大乱，士人豪侠周游天下，得一名士而兴邦称霸，失一豪杰而破军亡国，在所多有。所以各国君侯卿上、名臣大将无不尽力养士以为己用。平原君是赵国第一贵人，平时倾尽家财豢养门客，手下养士三千人，闻名诸侯。这三千食客中贤愚杂处，清浊难辨，眼前跑到街上来贩私盐的小子就是几个不成体统的货色。可他们毕竟是平原君的门客，借着这么一股势力，所谓打狗看主人，真要把这几个人捉到官府去，平原君面上无光。这时不必平原君说话，就是他手下的家宰随便吩咐一声，赵奢这个小小田部吏就要倒霉了。

可赵奢这人生就一副赵国人的脾气，倔强如牛，根本不知道什么叫害怕。人又一根筋，只管秉公办事，从不畏惧权贵。尤其在赵国提起旁人都罢了，偏偏是"平原君"三个字，赵奢一听之下，不由得勃然而怒。

两年前齐国孟尝君路过邯郸，他手下的门客当街杀死赵国百姓几十人。赵奢领着百姓把这些杀人凶手堵在传馆，本来已经走不掉的，却是平原君跑来说了一套瞎话骗过赵奢，又调军马护住齐国人，结果这些杀人凶手一个也没治罪，全都不声不响地离了赵国，扬长而去，邯郸城里几十条人命就这么白白冤死了。为这事，赵国百姓多有埋怨平原君软弱无用的，赵奢身历其事，更是从心里厌恶这个懦弱无用的君上。可赵胜是赵国第一权臣，一人之下万人之上，赵奢只是个小小的田部吏，就算在平原君府门前多站一会儿也会遭人呵斥，厌恶人家也没有用，只是每天出入市场，把自己的差事办好罢了。

现在这几个不成器的门客人赃俱在，偏又拿出"平原君"的名号来唬他，赵奢把脸一沉，厉声道："平原君又怎样！庶民犯法只在一人，君侯犯法乃是乱政，其罪更重！你等既是平原君门客，奉家宰之命来贩盐，也好，仆臣有罪，自然要向主人问罪！"回身吩咐手下："把这几人捆了，押到平原君府上去，咱今天要当面问君上一句：纵容仆臣，该当何罪！"

几个贩私盐的门客往平原君身上攀扯，已经是办了蠢事，赵奢这一闹，更是火上浇油。到此时，这几个门客已经知道，他们别说在平原君手下混事，就连赵国也待不得了。若再不拼命脱身，给这小吏拿住送到平原君面前，立刻就是个死！

这些门客原本是游走各国的武士，个个都是凶徒，眼看事急无奈，互相递个眼色，顿时起了杀人的心！两个家伙在赵奢面前连声哀告，另一个不动声色转到赵奢身侧，忽然一弯腰，从靴筒里拔出一柄匕首向赵奢拦腰猛刺。

赵奢自幼习武，又久在军中，打过硬仗，身手异常灵便，身子一侧，右手拿住那人持刀的手腕，左手前探，扣住那人右肘关节向上一托，顿时将匕首夺了下来，顺势右肩往前一顶，脚下一绊，把那人直摔出去，四仰八叉倒在地上。

见同伴动了手，赵奢面前的两人同时拔出短剑扑了过来。赵奢来不及拔剑，侧身避开当先一人，接着向前猛踏一步，直撞进另一个门客怀中，匕首直捅进那人胸膛，顺手夺下他手里的剑，回手一剑把当先的门客砍翻在地。

173

这时先前被打倒的门客已被赵奢的手下拿住。眼看杀了平原君的门客，这些差人都吓得两腿发软，不知如何是好。一个差人凑过来带着哭腔说："大人闯祸了，趁着没人发觉，咱们赶紧逃吧。"

"逃什么！人是我杀的，与你们何干？"赵奢黑着一张脸吩咐手下，"把尸体抬上，到平原君府去，放下尸首你们就走，我自己和君上说理！"

赵奢捆着一个门客、抬着两具尸首到平原君府上来"说理"的时候，平原君刚刚回府，而且此时的赵胜正好心气不顺。

赵胜是个谋国之臣，爱才如命，先前魏夫人告诉他堵山下有个叫公孙龙的名士，赵胜就留了意，第二天就带了两名随从，驾了一乘轻车出邯郸西城，到堵山脚下去访贤才。好不容易寻到公孙龙的住处，却是门户紧闭，人去屋空。向邻居打听，才知道公孙龙已于一年前去齐国，入了稷下学宫。

稷下学宫是战国霸主齐威王创建，其地在齐都临淄的稷门之外。自稷下学宫建成之后，历代齐王礼贤下士，尊称稷下学士为"大夫"，以师礼迎奉，引得天下名家纷纷汇集于斯，儒、道、法、墨诸家俱至，辩道论理，互相切磋，名家辈出，彭蒙、田骈、慎到、孟轲、淳于髡、申不害诸贤俱出于稷下，名动一时的燕相邹衍也是稷下学宫出身的名士。而齐国的威王、宣王也从这些学士身上获益匪浅，以至威、宣两代齐国如日中天，称霸一时。眼下齐国的国力达于极顶，稷下学宫又有名家鲁仲连、荀况轮流担任祭酒，主持学会，盛名之下，士人学子趋之若鹜，就连赵国的名士公孙龙也投入稷下学宫去了。

访不到贤士，平原君心里不痛快，这贤士投别国也罢了，却偏偏投了齐国，更让他不痛快。别别扭扭地回到府里，刚坐定，家宰李同走了进来：

"君上，今天在邯郸西市上，田部吏赵奢杀了咱们府上两名门客，拿住一人，押到府上来了……"

"怎么回事！"

"听说是几个门客在市上贩卖私盐，就被这个田部吏杀了。"

想不到小小田部吏，竟敢杀害平原君的门客！赵胜拍案而起，瞪起眼来吼道："我府里的人哪个敢动！赵国人不认得平原君了吗！去把赵奢拿来见我！"

"赵奢自己来了，因为君上不在，他已经在府里等了一个下午。"

"叫他来！"赵胜猛拍桌案厉声吼叫，"预备刀斧，我今天就在堂上宰割了他！"

平原君的怒吼赵奢当然听不见，就算听见他也不怕。见君府的家宰出来传他，赵奢毫无惧色，气昂昂地走进来，只见平原君一个人在屋里坐着，面色温和，似乎并没有发脾气。

刚听说有人杀了自己的门客，赵胜怒气勃发，立时要把这人抓来亲手宰了。可就在李同去传赵奢的这会儿工夫，他心里的怒气又平了一大半。

因为平原君已经想起了赵奢是谁。

头年春天孟尝君田文路过邯郸，他手下门客当街杀人，就是这个赵奢领着一帮市井百姓，硬是把几百个齐国门客追杀得满街乱跑，又围了传馆，闹出好大一件事来。当时赵胜就觉得这个勇武粗莽的田部吏很有意思，曾想招他来见，可后来事忙，忘记了。现在这个不要命的莽家伙杀了自己府里的门客，平原君倒又把他想了起来。

门客售卖私盐，是给平原君脸上抹黑，若是被赵胜知道了，也绝不会轻饶他们。赵奢这个人不畏权贵，倒也难得。平原君是个有心成大事的人，为三个不成器的门客而与这样的壮士为难，这又何苦？

想到这儿，赵胜的火气已经消了大半，面色也好看多了，只问赵奢："你一个小吏，怎敢杀我府中门客？"

"王子犯法与民同罪，君上的仆臣也是一样……"

"我不问这些，只问你怎敢当街杀人！不知律法如山，杀人者死吗？"

"赵奢并不想杀人，是君上的门客拔出凶器来刺我，不得已而杀之，我手下差人和市场中的人都可以做证。"

其实平原君早猜到必是门客动了刀子，否则赵奢不会出手杀人，可嘴里还是故意说："你说别人持刀杀你？可现在死了两人，你倒无事。"

"杀人者未必就能得逞，"赵奢斜眼看着平原君，冷冷地说，"除非杀人者有君上庇护，能逃出赵国去。"

其实平原君刚才已经把话说得松了，本意是想让赵奢说几句道歉的话，自己也有个台阶下，这样就能大事化小。想不到赵奢不识抬举，竟然讥刺于他，平原君气得一拍几案厉声喝道："放屁！本君庇护过什么人！"

"曾在邯郸城里杀人的那些齐国人，若非君上庇护，怎么走得掉？"

到这时平原君才明白，原来赵奢脸色凶恶，言语无理，是在怪自己不为赵国百姓出头，反而悄悄放走孟尝君门客的事。

那时赵胜忍气吞声讨好孟尝君，就是考虑到后面算计齐国的事，而这些事自然不能对一个小小的田部吏讲明。可现在五国伐齐大势已成，赵胜又很喜欢这个耿直刚烈的赵奢，一心想把他收到自己门下。既然如此，不妨就把实话告诉赵奢吧。

想到这儿，赵胜换上了一张笑脸："你以为我当年放走孟尝君是为了讨好齐国人吗？这里自有缘故。你先坐下，听我慢慢说。"看着赵奢坐下，这才说道："自赵国立国以来，西有强魏，东有强齐，压得咱们赵国喘不过气来。为了生存下去，几代先王不得不左右奉承，魏强则附魏，齐强则亲齐，给强国做走狗，这日子不好过。好容易熬到今天，西面的魏国被秦国连年攻伐，国力大损，东面的齐国君昏臣奸，国力日衰，渐渐露出破绽来了，可要想推倒强大的齐国，我赵国使不上力，只能等着齐国自己的国政发生变数。上一次孟尝君入秦，几乎被秦人所杀，而齐王也趁机夺了孟尝君的相国之权，所以孟尝君一回齐国，必然引发一场内讧。这时候我们若在邯郸城里对付孟尝君，岂不是因小而失大？"

说到这儿，赵胜瞄了赵奢一眼，见他的神色略有缓和，可仍然黑着一张脸，也知道自己这些话还不能彻底说服这条莽汉，就笑着叹了口气："话说回来，孟尝君是齐国的贵戚，势力太大，咱们赵国也真是得罪不起他。当今乱世，要想不被人欺负，只有富国强兵才行。赵国地僻民穷，积贫积弱，又没有能臣上将，拿什么和齐国人较量？"

赵胜这些话是故意说给赵奢听的。

果然，听了平原君的话，赵奢的一张黑脸顿时涨得通红："君上这话赵奢不爱听！我是粗人，不懂得军国大事，可赵国虽是小国，却也有地方三千里，带甲三十万，赵奢不怕齐国人！"

听了这话，赵胜忍不住笑了出来："赵国地方三千里，带甲三十万；可齐国地方五千里，带甲六十余万，你说不怕齐国，容易！你一个人大可以冲锋陷阵战死沙场，充一回英雄好汉。可本君佩赵国相印，要为赵国的三百万子民打算，一言既出，关系多少百姓的身家性命，所以我不能随便说'不怕齐国人'的话，这你懂吗？"

平原君说的这些话，是自古以来权贵之辈用来哄骗愚鲁百姓的套子话，越是那些坦率刚直的莽汉子，越肯信这些话。

　　眼看赵奢低头无语，赵胜觉得可以把要紧话说出来了："强国就是强国，谁都畏惧它的势力，要想不怕强国，唯一的办法就是把它打垮！到如今我不怕告诉你：齐国兼并宋国以后损兵折将，国力大减，孟尝君又和齐王闹翻，出走魏国，策动魏王举兵伐齐。如今燕国已经响应魏国，准备发精兵二十万攻齐，赵国也已答应会盟，楚国态度尚不明朗，但秦国与齐国互相嫉恨，是一定肯发兵的。眼前伐齐虽未商定，然而大势已成，如果一战破齐，赵国东边就不再有威胁，可以高枕无忧了，那时候我想跟你一样拍着胸脯说一声'老子不怕齐国'也就说得出口了。"

　　平原君一番话说得赵奢目瞪口呆："伐齐？什么时候？"

　　"只要秦国参与会盟，估计明年春天各国就可出兵。"

　　自立国以来，赵国一直是个弱小的国家，在强国环伺之下苦苦求存，虽然在赵武灵王的时候曾经尽力图强，却又很快衰落下来。现在忽然听平原君说五国即将伐齐，齐国一破，赵国必将兴旺起来，这时候赵奢已经顾不得再生平原君的气了："君上，赵国若要伐齐，在下愿效死力。"

　　此时赵胜已经认定这赵奢是个将才，若在几天前，他已经毫不犹豫地把赵奢举荐上去了。可自从无故被赵王夺去相印之后，赵胜心里悄悄地打上了一个死结，很多事，他不能不多为自己设想一番。像赵奢这样的人才，如果用得好，既是统兵打仗的良将，又是不避刀剑的死忠，把他举荐给赵王，倒不如留为自己所用。

　　想到这儿，赵胜不接赵奢的话，却悄悄换了个话题："听说你以前在军中效命，后来因为'沙丘之乱'避祸去了燕国，还在燕王手下做过官？"

　　"是，在燕国做过上谷郡的郡守。"

　　郡守，这是个中大夫的差事。赵奢这句话大出平原君意料，忙问："你

178

既做了燕国大夫，怎么又回赵国来做这么个小吏？"

"我去燕国，是因为赵国奸臣当道，不容我落脚。可咱是个赵人，生于斯，死于斯，不能离开故土。听说奸臣李兑死了，我就辞官回赵国来了。至于官职，不在大小，能为赵人办事就行。"

到这时，平原君不由得把赵奢从头到脚细细打量了几遍，赞了一句："邯郸城里有这样的人，我竟不知，枉自养士三千……田部吏这个差事实在委屈了你，若不嫌弃，到我府里来做个家司马如何？"

平原君是赵国第一权臣，他府里的家宰顶得上朝堂上的一个大夫。要换成别人自然愿意，可赵奢这个人又憨又倔，想也不想张嘴就说："君上让赵奢做家司马，这是抬举赵奢了。可赵奢知道，有了赵国才有我等身家性命，所以赵奢只知为国效命，君上若能举荐赵奢随军征战，下官感激不尽，若不能举荐，赵奢宁可做个田部吏。"

想不到赵奢说出这样的话来，平原君又是觉得好笑，心里又有点说不清的惭愧。

是啊，有了赵国，才有他平原君，赵国不能强大，平原君三字又有什么分量？自己存了这份私心，想拉赵奢来做家臣，偏偏赵奢却没有私心，这倒真是大丈夫气概。既然如此，还是让赵奢为国效命去吧。

"也好，明天我就奏明大王，为你谋个大夫的职位。"

五

济

水

之

战

搬石头砸自己的脚

正所谓一人盛气，百人睨之，一虎跳踉，百兽惕之，强盛而霸道的齐国已成天下诸侯的眼中钉、肉中刺，燕、魏、赵订盟之后，燕臣邹衍、魏臣芒卯、赵臣楼昌先后赶到咸阳来说劝秦王，而秦国君臣立刻迫不及待地挤了进来，答应出精兵勇将穿越魏国，东伐强齐。至于韩国，这个夹在秦魏之间的小国并不等魏国使臣赶到，自己先派了使臣到咸阳，答应追随秦、魏出兵伐齐。

进兵之前，五国使臣首先凑在一起，悄悄把齐国的疆土分割妥当：魏国和韩国各自割占刚刚被齐国兼并的宋国土地；秦国独得富庶膏腴之地陶邑；赵国收回被齐人夺去的昔阳、河间、观津之地，另取黄河东岸的平阴、茌平、阳晋、灵丘、高唐、麦丘诸城邑，兼并土地七百余里；其余土地任由燕国攻取。

至此，五国伐齐之势已成，所要看的就是各国发兵的人数了。

在五国之中，燕国伐齐之心最盛，已经集结倾国之兵二十万，骑兵三万，战车千余乘；魏国出兵八万，战车三百乘；赵国还是一味地耍滑头，韬光养晦，向天下示弱，仅答应出兵五万，其中却有精骑两万，战车多达五百乘；韩国答应出兵五万，战车一百五十乘。天下各国都等着看强秦出多少兵马了。

对此，秦王嬴则的意思倒也清楚。在嬴则看来，秦国是西方霸主，力在诸侯之上，五国伐齐又是秦国暗中撺掇，费了不少心力才促成此事，现在强齐将破，秦国当然要趁机在东方各国面前显示实力，所以伐齐一战，秦国必当处处争先，虽不为约长，却要摆出一个盟主的架势来给三晋看看。

拿定主意后，嬴则关起门来对着几十幅地图熬了十来个通宵，把秦国伐齐的大事前前后后想了个通透明白，滴水不漏，这才把穰侯魏冉找来商量："齐国是大国，有精兵五十余万，城关险固，百姓殷实，钱粮多得数不清，要攻破这样的大国，兵马必须足用，寡人觉得秦军出锐卒十万，较为稳妥。"

听说要出兵十万，穰侯魏冉皱起眉头："大王，臣以为发兵十万太多了些。齐国与秦国并不相邻，对秦国来说，或破其国，或败其军，咱们得到的好处都一样多，既然得到的是同样多的利益，何必要花两倍的工夫？破国也好败军也好，让燕国人去做就行了，秦国只需在旁观望。既然是观望，何必十万强兵？五万足矣。"

为君王者必得胸有成竹，这样说出话来才压得住场面。今天的嬴则便是有备而来，不等魏冉把话说完，已经把手一摆，嗓门儿提得高高的："寡人却不这么看！此番五国伐齐，众心不一，燕、魏有灭齐之心，赵、韩却未必有此意，且燕军勇而无谋，魏军屡败于秦，锐气已失；赵国自武灵王死后一蹶不振，赵王何满腹奸诈，在齐、魏之间寻隙伺机，是个骑墙之辈；韩国更不必提！若此战秦国只是观望，一旦燕国攻势不利，诸国不肯向前，就会错失良机。此番攻齐不力，以后再召集诸侯伐齐，怕没有机会了。所以寡人以为燕人能破齐最好；若燕兵不能胜，则秦军当代替燕军为五国之先，战而胜之。"

嬴则说的似也在理，可魏冉却不以为然，微微一笑："大王说魏军锐气已失，保守迟缓，一点不差！可要说燕人有勇无谋，赵人首鼠两端，这未免把燕、赵两国都看轻了。燕王职在位三十年，把全部心思都花在'练兵'二字上了，如今燕国以倾国之力而来，燕将乐毅非等闲之辈，燕军之强，远胜齐军；而赵军之强，也丝毫不让燕军。赵王何与平原君都是诡诈之辈，擅长示人以弱，然而赵国自武灵王至今数十载，国力日张，早不甘屈居齐国之下，此番赵国看似发兵不多，其实精锐尽出，战车、骑兵都多过魏国，赵将廉颇英勇善战，是三晋之中第一流的将才，可见赵国伐齐之心最盛……"

魏冉的话还没说完，嬴则已经插了进来："穰侯，伐齐是大事，儿戏不得！"

"可十万大军千里远征，光粮石就要数百万……"

"齐国人有的是粮食，就地夺取就是了。"嬴则清了清喉咙，"秦军精锐无匹，此番寡人打算让秦军率先入齐，先打几个胜仗给诸侯们看看，所以十万大军实则分为两路，征上郡、河西之兵五万先发，在咸阳周边蕞城、丽邑、高陵、芷阳、杜县、武成集兵五万次发，穰侯觉得谁任先锋大将合适？"

嬴则说这些话，无异于堵住了魏冉的嘴。

嬴则做了二十多年秦王，舅舅魏冉就掌了二十多年的军政大权，虽然把秦国治理得蒸蒸日上，可魏冉做事太有主意，偏嬴则又是个能力极强的人，朝政都有自己的主见，每遇大事总和穰侯争论，而且常处下风，实在让他有些厌烦。

现在嬴则不理魏冉的意见，三言两语定了秦国大政。魏冉也感觉出今

天秦王脾气很大，心里有些戒惧，也就不再争执，略想了想："臣觉得左更司马错沉稳干练，能当大任，可以为上将。至于先锋人选，上卿蒙骜之子蒙武勇谋兼备，又是从齐国来的客卿，熟悉当地山川地势，可以命蒙武统五万兵马为全军先锋。"

司马错、蒙武，平素都与穰侯交情很深，穰侯每用兵时，也总是任用自己信得过的将领。可这两个人用于此战，又确实适合，秦王也说不出什么来。

再说，秦国这些第一流的名将，哪一个不与穰侯有深交呢？在这上头赢则也没的选择："就用此二人吧。"

定下了伐齐的大计，赢则算是松了口气，可回头一想，却又想起一件事来："此次伐齐，十万大军多从咸阳以东调集，如此一来，河东的兵马是不是空虚了些？"

"大王是说安邑方面？"

赢则点点头："寡人虽然得了安邑，可安邑是河东郡的门户，魏国不会轻易放弃，只怕还会与秦国反复争夺。秦国要伐齐，克楚，处处用兵，可魏国所有兵马却只针对我秦国，这么算起来，寡人有些放心不下。"

听赢则说出这么句话来，魏冉几乎冲口而出，要质问他"既怕河东空虚，为何不听人劝，一定要发兵十万攻齐"……好在几十年练就的养气工夫，一瞬间警醒过来，把这句说不得的硬话咽了回去。

赢则是大王，是手握生杀之权的主子，魏冉是臣下，只是一条会说话的走狗，与其说那些无谓的傻话，倒不如出谋划策，为秦国多做点有用的事情吧。

其实在安邑这件事上魏冉已经有了长远的想法，只是伐齐事大，经营安邑的事就暂时丢开了。现在既然秦王动问，干脆把这想法说出来吧："臣有一计，可以让安邑固若金汤，永远成为秦国的要塞。"

"穰侯请讲。"

"大王可以把安邑城里的魏国人全部逐出城去，将他们家中的金银宝物尽数充入秦国的国库，只在安邑城里留下他们的房舍、田地、粮食和日用器物，然后再下一道令，在秦国实行大赦，赦免几万秦国囚徒，把他们全都迁往安邑城里居住，把魏国人留下的房屋、田地赐给他们，粮食也分给他们。这些秦国囚徒不但得了赦免，而且一到安邑就有吃有住，有田地给他们耕种，当然死心塌地在安邑定居下来，永远不走了。这么一来安邑城就变成了一座秦人的城池，城里没有一个魏国人，也就绝了魏国夺回安邑的念头。就算有了战事，除了布防的精兵之外，城中的秦国百姓也可以立刻充作军士协助守城。如此不但永保安邑不失，还能封住河东郡进入魏国的通道，彻底切断河东郡各城邑和魏国的联系，大王以为如何？"

迁囚徒去填满夺占回来的城邑，这样的办法，也只有秦国人才想得出来。因为要填满一座大城，需要数以万计的囚徒，天下各国，只有秦国才有这么多囚徒。

秦国的法制太凶狠了，在这个国家，除了秦王和一批勋戚重臣之外，上自官吏军将，下到士卒百姓，人人有罪，个个该囚。在这个国家，当官的只要用手一指，随时可以让此人变成罪徒，被抓去给官府服苦役，做奴仆，只看官府想不想收拾他，或者需要不需要收拾他。

别说百姓士卒，就是勋戚重臣，秦王要治谁的罪，也只是一抬手罢了。

商君变法以前，秦国举国都是农奴；商君变法以后，秦国举国都是罪犯。

现在魏冉想出一个绝世的好点子：赦免秦国囚徒，赐予房屋土地，让他们心甘情愿地到边界去为秦国守城，秦国几乎不费什么力气，就把魏国的故都安邑变成了秦国人在东部边疆的要塞。嬴则不由得连连点头："穰侯说的对，这果然是个好办法。"

见嬴则接纳了自己的计策，魏冉来了兴致，嗓门也提得更高了些："大王，臣还有个想法：河东郡所辖之地都是从魏、韩两国手中兼并回来的，当地黔首有三四十万，这些人原本都是魏、韩两国的子民，与我秦国离心离德。现在大王掌握了安邑城，河东郡就稳固了，大王不如趁此良机以安邑为中心开发一片新地，从秦国招纳百姓到这里来耕种，对愿意到河东郡定居的秦国百姓每人赐爵一级，再免这些人三年赋税，这些新迁到河东郡的秦国百姓和当地人同耕同食，大家都守秦法，用秦钱，渐渐就可以同化当地人。这样过不了几年，河东百姓就真心归附秦国了，那时大王也可以让他们和秦人一样纳粮，一样当兵，立功的一样赐予爵位，真就把这些百姓当成秦国人看待，臣估计只需要十年工夫，河东郡百姓就彻底归附秦国了，日后秦国攻打三晋之时，可以就近从河东郡征粮草，抽人丁，大有好处。"

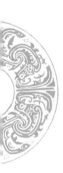

穰侯魏冉所说的办法极为妥当，不但可以用在河东郡，甚至可以把此法用于所有新被秦人兼并的地区。嬴则听得连连点头，忍不住叹了口气："寡人有穰侯辅佐，吞并六国，一统天下，又有何难？"

听嬴则如何称赞，魏冉乐得心花怒放，赶紧伏在地上叩首拜谢。

嬴则笑道："穰侯在寡人面前不必多礼，快请起来。"　笑眯眯地看着穰侯，嘴里说："穰侯为寡人献了如此好计，寡人该怎么赏赐穰侯呢？"皱着眉头想了半天，忽然双手一拍，高声说："有了！穰侯的封地在穰城，那是从韩国兼并回来的城邑，与楚地相邻，土地贫瘠，地方又小，物产不足，

实在亏待了穰侯。此次伐齐，我秦国已经与燕、魏、赵、韩讲定，割取齐国的陶邑，那是一座富庶的大邑，地盘比穰城大一倍还不止，又地处中原，人口众多，物产丰富，待破齐之后，寡人就把陶邑封给穰侯吧。"

一听这话，穰侯的脸色一下变得灰白了。

穰侯魏冉的封地穰城原本是韩国的城邑，嬴则继位为秦王的第六个年头，秦军从韩国手里夺取穰城，把这座城池并入了秦国的汉中郡。也在这一年，镇守蜀地的秦国公子嬴辉谋反，魏冉当机立断，命亲信大将司马错统兵伐蜀，杀了嬴辉和一干参与谋反的大臣，彻底压服了反对嬴则的王族势力，嬴则感激魏冉的忠诚，就把这座拥有万户人口的大城封给了自己的舅舅。

穰城正当秦、韩、楚三国交会的要冲，地势重要，城池险固，城里驻有七千精兵。自从袭封之后，魏冉在穰地苦心经营了十三年，养士两万余户——即使每户抽一丁，也有两万精壮，这两万人是穰侯魏冉的"私兵"。所以穰城这块封地是魏冉的命根子。

可秦王嘴里说的陶邑却远在齐地，与咸阳相距两千里，和秦国本土之间隔着韩、魏两国！且不说秦军还没有伐齐，能不能占领陶邑尚不肯定，就算以后真的占据了陶邑，从长久看来，这块与秦地毫不相连的封邑也实在是朝不保夕。这么一块看不见摸不着的封邑，土地再肥，人口再多，物产再富，魏冉又能从中得到什么好处？

见魏冉惊讶得说不出话来，嬴则笑道："穰侯所献的计策实在高明，寡人也想到了，穰城地处秦、楚、韩三国交界，百姓杂处，民心不稳，干脆也照着安邑的成例，把穰地百姓全部迁往汉中郡安置，然后从国内赦免一批囚徒到穰地去，让他们在那里耕种自食，这么一来，不但穰城，就是整个汉中郡也从此稳固无忧了。"说完斜着眼看着魏冉，故意问了一句："穰侯以为如何？"

让嬴则这么一搞，魏冉苦心经营多年的封地穰城，从此与他彻底无关了，所养的士人也都被遣散了。

天下事，最怕的就是搬着石头砸自己的脚。魏冉一心替秦王献计，想不到最终却落了这么个下场，有苦都无处诉。只好给嬴则叩了一个头，闷闷地说了声："多谢大王。"灰溜溜地退下去了。

白起的奇谋妙计

从咸阳宫回来，魏冉一连十几天称病不出，也不理政事。秦王听说穰侯病了，就派宦者令康芮来慰问了一次，也不再理他了。于是魏冉闭门谢客，一个人在府里喝了十几天的闷酒，直到大良造白起过府拜见。

白起与魏冉的情谊非比寻常，他来拜见是不须通报的，直接被穰侯家臣引进内室。魏冉正倚在案上喝酒，见白起来了，也不起身，只是点点头。白起在魏冉对面坐下，也不寒暄，立刻说："大王命我巡视河东郡，刚回来就听说穰侯病了，不碍吧？"

"病倒不碍，只是身上发冷。"魏冉喝了口酒，懒懒地说，"老了，不像你们年轻人火气壮，寒气来了，这身老骨头就受不了，浑身冰冰的，心里也冷得不行。"

魏冉的心事白起全都知道，忍不住说了句："大王做的事，可没意思！"

在这间屋里，白起说话直率得吓人，魏冉却也丝毫不避讳，鼻子里重重地哼了一声："这是嫌我咧……"

魏冉和白起虽然同殿为臣，其实亲如父子，两人之间无话不谈。

白起是咸阳西边郿县人，和所有秦国男丁一样，一出生就被编入了行武，年纪轻轻就在战场上拼命，积功升任屯长，百将，五百主，二五百主，因为在秦国没有靠山，继续升迁几乎无望。后来分拨到魏冉麾下，这才得了器重，追随魏冉保秦王继位，平定公子壮叛乱时出了大力，更加得到魏冉的信任，由此升了五大夫，又凭战功升任左庶长。秦王继位的第十四年，魏韩两国联手攻秦，魏冉一力坚持用白起为将，为此不惜逐走了秦国名将向寿，而白起也确实争气，伊阙一战大破魏韩联军，斩首二十四万，升任秦军左更，声名鹊起，从此与司马错、胡阳共为穰侯的臂膀，被称为"三足鼎"。大良造白起的一身功名全是魏冉所赐，没有魏冉的提携，天下人绝不会知道"白起"二字。

在魏冉手下的"三足鼎"之中，白起的年纪最轻，本事却是最强，攻韩破魏，战无不胜，在魏冉的扶持下很快升了中更，又升任大良造，这已经是秦军中最高级的爵位了，而此时的白起才只有三十来岁。

这一身功名富贵大半是穰侯所赐，白起虽然嘴里不说，心里却把魏冉视同"恩父"。这次从河东郡回来，听说魏冉的封地被秦王夺换，白起心里自然替恩父鸣不平。但秦王的旨意臣下无法与抗，只能亡羊补牢，看看有什么办法帮一帮魏冉。

于是白起回家关起门来想了一夜，倒给他想出个一石三鸟的绝妙主意来："我这次从河东郡回来，就听说齐国的孟尝君到魏国掌了相印，会盟天下举兵伐齐，燕国、赵国、韩国都已经同意发兵，燕国又派相国邹衍来游说秦国，在这件事上大王是什么主意？"

"齐国是秦国的心腹大患，这些年大王做梦都想伐齐，这次魏国出来挑头，燕国人打先锋，韩、赵都出兵，真是做梦都梦不见的好事，大王没理由不出兵。"

"发兵多少，以谁为将，商定了吗？"

"大王的意思是发兵十万，战车三百乘，我觉得太多，可也未曾多说。将军的人选倒是定了，用左更司马错。"

白起是个聪明透顶的人，早算到统兵的必是司马错。这位左更大人也是穰侯最亲信的老部下，有这么一位"自己人"统兵，事就好办了。当下点头笑道："穰侯一门心思只想为秦国节省兵力钱粮。可我觉得这次伐齐实在要紧，秦国出兵不能少于十万，而且都要精选的锐卒，战车至少五百乘，骑兵不能少于一万人。"

白起说要以十万精兵伐齐，倒让魏冉一愣，随即会意，知道白起的意思是要多多攻占齐国的土地，把这些地盘都归并到陶邑去，好给提拔自己的"恩父"多争一块封地。可魏冉既为秦国的相邦，就要为国家利益着想。秦、齐两国无寸土相连，中间隔着韩、魏两国，就算从齐国夺到再多的土地，毕竟于秦国无益。再说，秦王本就忌惮魏冉权势过重，正在想方设法压制他。现在魏冉掌秦国相印，却利用秦国的精兵为他自己谋夺封地，岂不是授人以口实？

想到这儿，魏冉忙对白起说："大良造的意思我明白，可国家大事不能拿来斗气，此次伐齐只是要把齐国打垮，这样的恶仗就让燕国去打吧。我秦国真正的对手还是魏国和楚国，从齐国夺取的地盘其实没什么用处……"

不等魏冉说完，白起已经嘿嘿地笑了起来："穰侯说得好！秦国真正的对手是魏、楚，所以咱们发兵十万攻齐，明着是伐齐，暗中却是为了偷袭魏国的都城大梁！而且我已算定，攻克大梁城，当有七成胜算。"

白起这句话真把魏冉吓了一跳："偷袭大梁！这如何办得到……"

"这次五国攻齐，一定能大获全胜，至于伐齐的主力，自然是让燕国人出这个风头。反正秦国与齐国一东一西，国土互不相邻，咱们就依当初讲定的，只割取一个陶邑，大军就撤回秦国。如此一来，我军兵马几乎没有损折，还从齐国得到了无数粮草辎重，秦军回撤的时候一定会借道魏国，那时咱们手里既有精兵，又有粮草，不顺便攻取大梁，岂不可惜？"

"可魏国人不会让秦军靠近大梁……"

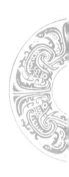

"这我想过了，"白起离席起身，凑到魏冉身边，伸出手指从魏冉的爵里蘸了些酒，在几案上画起图来，"我军从陶邑回军之时，魏国人肯定会安排秦军走桂陵、桃人、虚邑、酸枣，由安城沿黄河西进直到武遂，远远绕开大梁。我军就依着魏国人的安排一路绕道，等大军走到安城的时候，就突袭安城。"

"安城？这是黄河边的险塞……"

白起霍地跳起身来，尖着嗓子叫道："险塞！这要看敌军从哪一面攻打！安城是防范韩国的要塞，所有雄关险隘都修在西边，可秦军这次却是从东边开过来，挡在面前的不过一道城垣而已。安城守军不足一万人，防御又松懈，我军当可一鼓而下！从安城到大梁一马平川，再没有其他关隘可恃，司马错引军南下，转眼就到大梁城下！"把手指头在锦袍上胡乱抹了抹，又咚咚地敲着几案，"伐齐之战，快也要打半年。突袭安城之前，咱有的是时间，可以多派细作扮作商人潜入大梁，到时里应外合拿下大梁城，擒住魏王，魏国就被打垮了一半，那时大王再派两员上将分率重兵，一路出河东郡，一路出函谷关，全力攻伐魏国，定能大获全胜。"

193

白起的这个主意十分惊人，魏冉初听来觉得有些不可思议。但再细细一想，却觉得白起所说也不无道理。

这次五国伐齐胜券在握，而伐齐是魏国发起的，魏军精锐自然悉数调到齐国去了。在五国之中，又只有秦国与齐国山高水远。攻破齐国之后，魏、燕、韩、赵四国一定分兵攻入齐国割占土地，掳劫财物，只有秦军，除了得到事先讲好的一座陶邑外，再没什么便宜可占，也就是说，秦军肯定是第一个从齐国班师的，而秦军回国，必须借道魏国……

秦军回撤之时，魏国大军应该还留在齐国，国内空虚，而且魏国的精力都放在东面的齐国，对秦军一定疏于防范，若真能攻其不备，以十万精兵突袭大梁城，确有可能一鼓破城。虽然攻克大梁未必就能灭亡魏国，可这毕竟是一场大胜，大梁一破，魏国就彻底乱了，此时秦国大军再出函谷关，东西对进夹攻魏国，就能占到大便宜了。

若这一仗真能打胜，秦国得到的岂止一个魏国？

魏国是三晋之首，实力仅次于齐、楚，如果攻破魏国，不但隔断了赵国和韩国之间的联系，且又打通了秦国进入齐国的道路。没有魏国，韩、赵两国就失去了主心骨，这么一来，秦国近可以从东、北、西三个方向包围韩国，远可以一路杀进赵国。击败韩、赵两国之后，再就势扫荡魏国的残山剩水，继而攻打已经残破的齐国……

若真能成功的话，三晋，还有齐国，顷刻间就全都被秦国攻破了！

魏冉毕竟是一位沉稳的老臣，只高兴了片刻工夫，随即想到，以奇兵攻大梁十分冒险。

大梁在魏国腹地，远离秦国本土，四野开阔，交通便利。而大梁城城高池深，坚固异常，城里约有二十万人口，兵马则不会少于五万。一旦秦

军突袭大梁，魏国招集各处兵马也有十几万，赵国与魏国唇齿相依，听说大梁被围，定会出兵来救，还有韩国、燕国，大概都不会坐视不管……

此次白起来向魏冉献计，当然早就把事情的前后都想透彻了，见魏冉神色间有些犹豫，围着魏冉转了一个圈子，一屁股在他身边坐下："穰侯是怕大梁急切难克，赵、燕、韩发兵来援吗？我觉得几个月之内，应该不会有人来救大梁。"

魏冉眉头一皱："这话怎么说？"

"穰侯想一想，魏国眼下能有多少精兵？依我算来，总共也不过三十万，其中十五万部署在西面，防御安邑、河东方向的秦军，这支兵马离得太远，而且轻易不敢调动。伐齐这一战魏国是策动者，出动的大军必是精锐，这支军马远在齐国征战，大梁城里当然指望不上，其他的全加起来不到十万，又要把一半兵马部署在黄河北岸的朝歌、汲邑等处防御赵国，大梁城里的守军不过两三万人。而且大梁被围之后与外界音讯断绝，没有魏王的兵符，散在各地的军马根本无人可以调动，所以我军围攻大梁的时候，魏国怕是无兵可用。"见魏冉似乎还在犹豫，白起又跳起身来指手画脚，"穰侯怕什么！楚国？此番五国伐齐，只有楚国人到现在还不肯出兵响应，现在他们又怎么会发兵来救魏国？燕国？离魏国太远，中间隔着赵国。而且燕军所有兵马都在齐国作战，一个人也派不出来。韩国和魏国唇齿相依，按说是想救魏的。可韩国弱小，兵马本就不多，再派出一支精兵参与伐齐，国内还能剩下多少兵马？这几年韩军与秦军交战，先败于伊阙，后败于夏山，前后被秦军斩首三十余万，精锐丧失殆尽，对我军早已闻风丧胆，围攻大梁的时候，秦国只要随便派一员大将率五万人马出武遂，威逼韩国，他们必然无暇救魏。赵国也要依托魏国来防御秦国，绝不会坐视大梁被秦军攻破，所以赵国是最可能发兵来救大梁的。可赵国的邯郸城离大梁有六七百里，中间又有黄河天险，我军在攻克安城之后，正好占据黄河渡口，切断了赵国与魏国的联系，赵国人不可能知道秦军围了大梁。何况赵国的精兵勇将也都攻伐齐国去了，能调动的精兵有限，再加上赵王优柔寡断，平原君奸诈好利，未必能迅速下定决心来救魏国。"

说到这儿，白起又想把手指伸到魏冉的酒爵里去蘸酒，却忽然想起这样不妥，龇牙一笑，在自己嘴里沾了些唾沫，又在几案上画了起来："退一步讲，赵国即便知道秦军围了大梁，也发了救兵，可赵国大军必须先开进魏国，走邺城、荡阴、朝歌、汲邑一线，南渡黄河，而我军攻克安城之后，已经控制了黄河渡口，只要在安城一带安排一支精兵，足可以把长途奔袭的赵军再拖上几个月，此时秦军应该已经攻破大梁了。"

白起是秦国的大良造，诸将之首，智勇双全，谋略过人，眼下他提出的这个方案看似冒险，实则奇中有正，甚是稳妥，而此战若胜，秦国将向东扩地千里，疆域直逼赵境，甚至可能打开一条通道直取齐国，收益之大，远胜于伐齐之利。

沉思良久，魏冉缓缓地说了句："大良造的主意，可行。"

东方强国崩溃了

至此，五国伐齐大势已定。燕、韩、赵、秦四国使臣齐聚大梁，由魏太子主持定下盟约。此战燕国出精兵二十万，以上卿乐毅为将军，担任伐齐的主力；秦国派左更司马错率军十万随征；魏国派亚卿晋鄙率军八万随征；赵国派亚卿廉颇率军出兵五万随征；韩国派上大夫暴鸢出兵五万随征。各国军马共计四十八万，以燕军最强，所以诸侯公推乐毅为上将军，所有军马皆归上将军节制，共同伐齐。

伐齐之盟已定，五国个个如闻了血腥的恶狼，再也按捺不住。

周赧王三十年，也就是秦王嬴则在位的第二十二年冬天，秦国第一个调齐五万精兵，以五大夫蒙武为先锋开进魏国，沿黄河东下，出垂都、成阳，直攻入齐国境内。到这时齐王田地还没有反应过来，齐国军队尚未集结，突然遭到秦军攻打，齐国人几乎没有做出有效的抵抗就被秦军连克九城。

第二年开春，燕国上将军乐毅率精兵二十万出广阳郡，沿着黄河南下，经安平、巨鹿，斜斜插入齐国，在济水西岸与秦军会合。在燕军背后，五万赵军精锐尾随而至。与此同时，魏将晋鄙、韩将暴鸢各率本国精锐穿城跨邑奔袭而来，纷纷进入齐境，秦国的后续兵马也已赶到，几十万大军一起向齐国展开攻势！一直攻到大野泽畔的巨野城才停下脚步。

到此时齐王才警醒起来，急忙命相国韩聂为上将军，调集精兵三十万连夜西进，赶在五国联军之前抢渡济水，在济水之西背水扎营，准备迎战强敌。

与此同时，五国精兵四十余万也会集济水之西，共拜乐毅为五军统帅，摆开阵势，准备投入决死的厮杀。

乐毅，一个寂寂无名之辈，忽然之间变成了天下最有权势的人。

乐毅这个人前半生时运不济，在赵军中为将，追随赵武灵王转战各地，仗打了不少，却立不到什么功劳。赵武灵王的儿子安阳君赵章发动"沙丘之乱"时，他偏又在安阳君帐下，稀里糊涂被主子拉上战场，莫名其妙打了一场败仗，落了个叛臣贼子的名声，不得不弃了身家逃出赵国。

　　可人的时运也真难测，时运不济，捧在手上的金子也会滚到水里去，时运来了，却又能起死回生，困窘不避。乐毅从赵国出走之时，正赶上燕王姬职为报国仇家恨在燕都蓟城建起黄金台，招贤纳士，乐毅这个既没名气又没出身的将领投身燕国，与燕王见了一面，立时获了重用，先任大夫，又拜上卿，后来居上，官职名位都盖过了燕国名将栗腹和司马骑劫，燕王专令乐毅整训军马，把全国二十万精兵都交给他一人执掌。这一晃十年过去了，十年来乐毅没有替燕王打过一仗，只是潜下心来替燕国整顿兵马，十年苦功，终于给他打磨出一支天下无双的精骑劲旅，有这支军马在手，乐毅就有了击败强齐的信心。

　　战国之时，各国对骑兵的用法大相径庭。

　　秦国人把骑兵当成能快速行动的步兵来使用。所以秦国骑兵一百零八骑为一队，每队又配战车六乘，有百将一员；每五队配一员五百主，十队配一员二五百主，与步卒的军制几乎毫无差别，只是多了一匹战马。这些秦国骑兵其实是骑在马上的步兵，主要依靠战马的速度做快速机动，到临敌接战之时则下马列队而战，所以秦军骑兵的配备与步兵相似。军士身披重甲，手持长兵，腰佩短剑，身背手擘弩，但行军时多不披甲，其重甲、粮食，以及比手擘弩威力更大的蹶张弩都放在战车上，临战之时取用。

　　赵军骑兵的战术与秦人完全不同。

　　自赵武灵王胡服骑射，赵国骑士脱去长袄，换上短衣，披起护胸轻甲，身背两石强弓，个个都练成一手骑射本领，可于快马驰骤之际向敌人放箭，来去如飞，难以捉摸。当冲阵之时，赵军骑士会把身子紧贴在马背上，仗着战马的力量和速度横冲直撞，遇敌时则左手抱住马颈，右手持宽刃短剑自上向下劈砍。所以赵国骑兵铠甲短小，臂甲不及腕，胸甲不及脐，不用长兵，只配一张强弓，百支羽矢，一柄沉甸甸的铁剑。

如此一来，秦赵两国骑兵各有优劣之势。秦国骑兵战法保守，稳扎稳打，虽有骑乘，却没什么特色；赵国骑兵快捷险狠，进退如飞，可他们手中的弓到底比不上步卒的弩机，冲阵时的力量也并不是很强，与胡人作战绰绰有余，在中原与那些动辄兴师数万、装备精良、训练有素的铁甲步卒对垒，却没有多少便宜可占。

乐毅本是赵国的骑将，后来弃赵去燕，替燕王训练军马，以赵国骑兵的优势为基础，发展出一套燕人自己的骑兵战术。

燕国骑兵的装备总体与赵军相当，他们头戴圆盔，去掉一切不必要的甲叶遮护，身穿皮甲，虽然不及铁甲坚实，却轻便得多，除了强弓短剑之外，有些燕军骑士还配备了长矛大戟，专门用于冲阵突刺。

这些配长兵刃的骑士个个都是不要命的死士，堪称燕军的精华所在。为了能在马上坐得稳当，这些燕国骑士出战之前，先用皮绳把自己紧紧捆在战马上，这样才能放开双手，使用长兵。但这样一来，这些骑士在马上就显得很不灵活，面对敌人的弓矢长枪难以规避，加之被固定在马身上，人一旦落马，就可能被战马活活拖死。但为了能达到最强的突击之力，这些燕国人还是不顾自己的生死，只管和敌人拼命，因而在燕军中被称为"死兵"。

如今乐毅的大军中就有两万名凶悍的"死兵"，这也是燕国人攻破齐国铁阵的法宝。

乐毅领着众将登上一处山岗，打量着对面齐军的大阵。

齐军前军有二十万精兵，排成了四十个严整的方阵，漫山盈野，剑锋似雪，长矛如林，杀气腾腾。每个五千人的方阵又各自分为前、后、左、右、

中五军,阵法如鱼鳞错落,每千人阵中又分步卒、弩手、车兵三阵,车兵在前,以车为垒,弩手居中,执弩静立,步卒挺盾提矛,蓄势待发。中军大阵之后是令六国闻名丧胆的齐国车阵,铜毂铁轮的重型战车足有千乘之多,车上的武士身上都披着三重铠甲,全身上下只露出一张脸两只手,其他部位都被厚实的铠甲紧紧裹住,剑戈难伤。车毂两侧各装一支五尺多长狼牙般的锋利铁榫,当战车奔跑起来的时候,这些铁榫飞快旋转起来,碰到它的血肉之躯立刻会被绞成肉酱。

在军阵两翼各有一万骑兵压阵。齐军的骑兵用法与秦军相似,也都是些骑在马上的步卒。身披重甲,手中各持一杆九尺长的青铜圆茎铍,因为铠甲太重,冲击的时间一长,战马不堪重负,所以开战之前这些骑兵都没有上马,只是牵着马排成队列,远看与步卒相差无几。

和各国军中那些穿着自家缝制的棉布袍、挺着竹矛木戈的军士不同,齐国士卒们个个戴着铁盔,披着青铜扎叶甲,脚上是牛皮长靴,每个人都挽着一面青铜包覆的盾牌,执着一支犀利的长兵,腰间又佩一柄铁剑,除了弩兵之外,普通士卒手里也大半配有一张精良的弓弩,这样的装备,除了齐国,任何一个国家都配备不起。

在军阵背后,远远可以看见济水之滨囤扎着齐军的营垒,三十万大军的营垒连绵几十里,营门前排列着刀车拒马,大营中楼车、吕公车、抛石车参差罗列,轻骑之士往来奔驰,鼓角之声不绝于耳。

这是齐军一贯所用的军阵,也是乐毅在燕国练兵时苦苦琢磨了整整十年的阵法。

齐国太富庶了,他们的士卒器械精良,训练有素,自齐威王击破魏军称霸东方以后,在七十多年的战斗中,这支大军曾经败楚克秦,攻赵破宋,所向无敌。

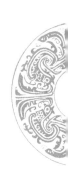

齐军的特点是稳固，尤其大战之时，齐国人总喜欢后发制人。很少有几支军队能突破齐军铁打铜铸的军阵，而一旦突击受阻，面对齐军重型战车和铁甲骑兵的反扑，他们将更加难以抵挡。所以燕军必须在第一轮冲击之时就突破齐军的大阵。而要想突击得胜，就必须依靠燕军的骑兵。

当今天下，只有偏居北地、三面被胡人包围的燕国军队才有足够强悍的骑兵，也只有曾在赵武灵王帐下效命、深通骑战之术的乐毅，才知道该怎样成功使用一支精锐的轻骑。

大战将临，风云变色，只有乐毅神色淡定，扬起马鞭指着远处隐约可见的济水对身边部将们说道："你们可知天下有'五岳四渎'之说？这四渎说的是江，河，淮，济。所谓'渎'者，就是江河只独出一源，却能东流入海。这四渎之中，黄河、长江、淮水都是千丈洪流，浊浪滔天，自源头而出，直流入海，并不稀奇，唯独这济水发于王屋山，水不深，流不急，却能行千里而不枯，穿黄河而不浑，不纳百川之水，单凭一己之力千折百回，直入东海，这正应我燕国上下同心，三十年处心积虑，终有破齐兴燕之日，今日燕军与齐军会战于此，最吉利不过了。"

乐毅这番话说得身边将领个个欢欣鼓舞。乐毅问左右："诸侯联军现在何处？"

站在身旁的大将栗腹忙说："各国兵马都到了。秦国大军十万在我军右翼，相距约二十里，魏将晋鄙统兵八万、韩将暴鸢统兵五万在我军左翼，相距约十五里，赵将廉颇统兵五万在我军侧后，相距约三十里。"

乐毅淡淡一笑："都在等着燕国先动手呢，既然如此，我们也别让这些人等着了。"扭头吩咐司马骑劫："你率轻骑一万攻上去，不要冲阵，先掠齐军左翼，只以弩箭攒射，挑动齐军出战，如齐军出击，你们只管退却，待齐军回阵之后，你们就转掠齐军右翼，这一次却务必长驱直入，哪怕人都死光了也不能回头！只管向济水西岸的齐军大营冲杀，纵火烧他的营盘！"又吩咐栗腹："你率精骑三万，战车五百乘，看山顶立起红旗，就尽力向齐军的中路突击！不要顾虑死伤，一直冲杀到济水边，把齐国的军阵切成两半。我自领中军随后而进。"又吩咐左右："知会各国联军：待燕军出战之后，请各军一起进兵，攻打齐军两翼，务必一战破齐军于济水之西！"众将一起领命而去。

乐毅立在山顶，看着滚滚烟尘中迅速向阵前集结的虎贲之师，口中低声吟道：

> 萧萧马鸣，悠悠旆旌。
>
> 徒御不惊，大庖不盈。
>
> 之子于征，有闻无声。
>
> 允矣君子，展也大成。

咏罢，抬起右手向前一指，燕军阵中鼓声如雷，铁蹄动地，一万轻骑越阵而出，直向齐军冲杀过去。

此时济水西岸的齐军大阵中，齐国相国韩聂也正在观望燕军的阵势。

韩聂本是韩国的贵戚，二十年来一直统率韩军与秦国对阵，身经百战，威名赫赫，却遭人排挤，不得不离开韩国，但韩聂是个有本事的人，不管在韩国还是齐国，都一样受到器重。自入齐拜为上卿以来，他一心一意为齐王效命，指挥大军一手伐灭了宋国。就是这样一员名将，面对五国四十余万联军，心里也有点发虚。

齐国虽然号称地方五千里，带甲六十万，可这些年来一直东征西讨，没过过一天安宁日子，尤其此番伐灭宋国打的都是恶仗，折损兵马不下十万，眼下凑集的三十万精锐已经是齐国的血本，实在输不起了。

也正因为输不起，所以韩聂才狠下心来，率军在济水西岸沿河列阵，摆出一副死拼到底的架势，而齐国毕竟是东方霸主，威势犹存，部卒的士气还算高昂，面对的又是曾被齐国打败过的燕军，韩聂心里还算踏实些，又深知今日一战关系齐国的国运，还是决定一心求稳。眼看燕军一支骑兵直扑齐军左翼，韩聂忙命齐军稳住阵势，多备弩箭，准备迎击。

远远只见燕军骑兵飞驰而来，吼叫震天，蹄声如雷，列的是一个鹤翼形的阵势，直冲到齐军阵前三百步外，听得阵中一声号令，轻装骑兵纷纷抽弓搭箭向齐军攒射过来。这些燕军骑士训练有素，趁着齐军没反应过来的空当，一连放了四五轮箭，顿时把齐军射倒了一大片。镇守左翼的齐军大将触子见状大怒，催动兵车冲阵而出，哪知随着对面阵中一声号角，这些燕国人又飞一样退去了。

战国时的骑兵多是精选出来的锐卒，可他们却并不是野战折冲的主力，只是骑在马上的弓箭手。在战场上他们往往借着行动迅捷的优势，以弓箭远射杀伤敌手。眼见燕军的轻兵倏进倏退，似乎意在诱敌，韩聂忙命中军鸣金，已经冲出大阵的齐军听到命令，都退了回来，仍然严守阵势。

那支挑战的燕军轻兵已经飞一般逃出五六百步之外，见齐国人没有追赶，又一齐驳转马头，就在两军中间的空地上旁若无人地重新列起军阵。

眼看燕人去而复还，似乎还要挑战，触子驾车飞赶到中军："相国，燕人往来掠阵，如此嚣张，让我领一支军马出战吧。"

韩聂却是个老谋深算的人，略想了想："燕军虽然只有二十万，可五国联军加起来，兵力却在我之上，所以我军不可轻易出战，你先守住防线，且看燕国人下一步要怎样。"

这时燕军轻兵已经重新列好了阵势，随着一声号令，这些骑士们调转马头，一起纵马往齐军大阵的右翼冲杀过来。这一次齐军已经得了将令，前列兵士挺起盾牌，后队士卒张弓搭箭，准备与燕国人对射。眼看燕军骑兵越冲越近，转眼工夫已经进至三百步内，忽然军中号角连催，一万燕军齐声咆哮，挺起戈矛，狂催战马，不顾一切地向齐军阵中猛冲过来！

这些冲杀过来的，正是燕军中的"死兵"。

燕军骑兵由掠阵扰敌一变而为孤军直入，这一虚一实的变化虽然简单，却着实厉害，这一轮冲击大出齐军意料。眨眼工夫，敌军骑兵已冲到面前，齐军阵前的盾牌挡不住战马的冲撞踢踏，后队的军卒手中都拿着弓箭，无法持矛列阵，慌乱中只得连连放箭，虽然也把燕国人射倒了无数，可燕军骑士冲得飞一般快，齐国人只放了两轮箭，对手的铁蹄已到了面前！

轰然一声，燕军骑兵直撞进齐军右翼阵中，战马冲闯，刀剑劈刺，齐军顿时一片大乱。这些燕军士卒都是精选的死士，因为坐骑没有马镫，为了能在冲阵时不至于颠簸落马，他们在冲阵之前已经用牛毛绳把自己的身子紧紧绑在了马背上，就算中箭而死，也不会从马上掉下来，只要背上还有骑士，这些战马就只顾向前狂奔，即使被弓箭射倒也要在地上翻滚出几丈远，把齐军士卒压倒一大片。眼看这些不要命的死士冒着箭雨发疯一样只管向敌军的军阵深处猛冲，顿时在齐军右翼撕开了一个大口子，斜斜地往中军后路冲杀过去。

与此同时，燕军阵前的小山顶上竖起一面红旗。

　　大阵之中数百面牛皮战鼓一齐擂响，燕军大将栗腹登上战车，举起手中的铜殳指向东方。顿时，两千匹骏马一起催动，五百乘战车隆隆作响，直向齐军阵前猛扑过来。其后是燕国中军的三万精锐骑兵排成楔型阵势，如同一道滚地的黑烟呼啸而来。

　　此时齐军前阵十余万人已经被燕军的轻骑冲乱了阵势，忽见燕军战车铁骑倾巢而出，迎面扑来，都慌了神。急切之间韩聂也是无法可想，赶紧纠集中军两万兵马、百十辆战车向前迎战。

　　然而韩聂的布置和打法却远远跟不上乐毅，此时才仓促集结兵力迎击，已经来不及了。眼看燕军数万骑兵和几百辆战车结成紧密的队形，像一支离弦的利箭飞驰而来，根本不与对手恋战，瞬时就从齐军阵中穿了过去，不顾一切地向齐军本阵冲杀，在大队骑兵背后，又有数万步卒摇旗呐喊，漫山遍野冲杀过来，军阵中一面"乐"字红旗高高举起，却是燕国上将军乐毅亲自率领中军冲了上来，转眼间已将冲出来迎战的两万齐军团团围困，其余的燕军如同洪水一般向齐军大阵冲击。

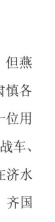

　　燕国，是战国七雄之中最靠北地的国家，土地不大，人口不多，但燕人却是出了名的凶猛敢死。再加上常年累月与东胡、秽发、高夷、肃慎各部作战，最擅长平原旷野、骑兵车阵、蛮冲硬撞的战法。乐毅又是一位用兵的奇才，入燕这些年来，根据燕国人的性格和战法，总结出了一套以战车、骑兵为主，步战伍卒为辅，冲刺穿凿、急攻速胜的新战术。这一次在济水之西，二十万狂野的燕国精兵把他们训练了多年的新战法拿了出来，齐国人对这套战术见所未见，闻所未闻，转眼之间，三十万齐军已被燕军冲得大乱。

　　也就片刻工夫，燕军的战车和铁甲骑士已经撞入齐军阵中，和先前突入的死兵合在一起，直向齐军阵后冲击。齐国人哪想到燕军来势如此之快，混乱之中，燕军骑士已经透过大阵冲进了齐军设在济水岸边的营盘，四处放火，齐军营中的帐篷、粮草纷纷起火，济水西岸顿时杀声四起，火光冲天。

虽然五国伐齐，所派出的尽是精兵勇将，人人都志在必得，可齐国三十万大军仅一战就被燕军击溃，还是出乎所有人意料。

"该动手了。"

燕军左翼二十里外的秦军营垒中，秦国左更司马错登上战车，吩咐儿子司马梗："齐军右翼已破，你率战车百乘为先锋，击破齐军左翼，我领中军随后跟进，咱们在济水岸边会合。"司马梗领命，领着部下向齐军侧翼冲了上去。

与此同时，韩将暴鸢、魏将晋鄙各提兵马，向齐军仍然完好的左翼发起了猛攻。却听得背后马蹄声如雷鸣一般，回头看去，只见赵军大将韩徐率领两万铁骑飞一般赶了上来，转眼工夫已经越过韩、魏两军，当先冲进齐军阵内，亚卿廉颇也率战车步卒蜂拥而来。韩、魏、赵三晋十几万大军齐声呐喊，你争我抢，一齐冲进齐军阵中。

黄昏时分，在联军的勇猛突击之下，齐军全线崩溃，相国韩聂死在乱军之中，残兵败将四散而逃。五国联军横冲直撞，到处赶杀败兵。

曾经强大不可一世的齐国雄师，也就一天时间，土崩瓦解了。

天黑之后，五路联军在济水西岸会师，各军都忙着清点战果，大将们聚在各自营地商量着侵夺齐国边境城池，乐毅也把剧辛、栗腹、司马骑劫招到帐内："今日一战大破齐军，然而齐国是大国，百姓数百万，军马数十万，如果不乘胜追击，让齐国人站稳脚跟，只怕用不了几年就恢复了元气。

我想率军连夜渡过济水，深入齐境直取临淄，几位怎么看？"

剧辛忙说："上将军，今天一战大获全胜，虽然是我燕军首先破敌，可一半也是靠秦、魏各军之力，现在看来，秦国想取齐之陶邑，赵国想取齐之平阴，韩、魏觊觎原属宋国的睢阳、方与，哪一国都不想深入齐境去冒险，只想在边界上捞些油水，单我燕军一路攻入齐国，齐国立国已七百余年，土地广大，人口众多，大城有七十余座，我军只有二十万，进入齐地之后时时交战，处处分兵，兵员粮草都嫌不足，恐怕支持不住。万一有失，后果不堪设想。我看就此逼齐王割地议和比较稳妥。"

"稳妥有什么用？齐军主力已被击溃，剩下的只是残兵败卒，我军虽只有二十万，却都是百练之兵，器械精良，今日一战折损不多，又挟全胜的锐气，正好长驱直入攻克临淄，一鼓荡平齐国。"

"那粮草怎么筹措？"

栗腹在一旁插了上来："粮草的事不必担心，齐国是天下最富庶的国家，我军的粮草都放在齐国的城邑之中，攻破城池之后，只要把粮食从仓库里搬出来就是了。"

听栗腹这么说，乐毅又扭头看着司马骑劫，司马骑劫也忙说："上将军说得对，打了这么大的胜仗，不趁此时灭了齐国，将来齐国缓过手来一定起兵伐燕，我们反而被动。与其被人攻伐，不如先发制人。"

眼看司马骑劫也支持自己，乐毅心里更有底了："出师之前大王曾对我说起，齐国当年攻伐燕国，夺走太庙中的礼器，侮辱先王陵墓，今天这一仗如果打胜，我军务必攻克临淄，把当年被齐人抢走的礼器夺回来。现在我军刚到济水，离临淄还有数百里，就此罢兵，实在无法对大王交代。"

乐毅说出这样的话来，剧辛也不好再说什么了："一切听上将军安排吧。"

"好，今夜众位早寝，明早收拾大军，渡过济水直取临淄！"乐毅对剧辛说，"有劳大夫回蓟城，向大王报捷。"

第二天一早，燕国二十万大军渡过济水，一路攻城略地，直扑齐国都城临淄。

胜利，燕王失去了理智

在乐毅统率下，燕国精兵渡过济水向东突进，一路狂冲猛打直逼齐都临淄。齐王忙亲自出战，尽一切力量在最短时间里拼凑了七万兵马进至齐长城下，在泰山、沂山之间依山凭城，布下防线。

然而这支临时拼凑起来的齐军远远不能和济水之滨的几十万大军相比，齐王带兵的本事也不及战死的名将韩聂，可他们面对的却是天下无双的名将和精勇剽悍的铁骑。为了振作士气，齐王田地命令将士与燕军死战，临阵退缩者不但要斩其首，还要掘坟弃尸，族人连坐！想不到这严苛的王命不但未能激发齐军将士的效死之心，反而犯了众怒，燕军还没赶到，齐国人自己倒先乱了起来，成群的士卒抛弃了这位寡恩的君王，弃了衣甲四散而逃。

虽有长城之险，山河之固，可齐国人已经没有了战心。结果长城一战齐军大败，燕军铁骑顷刻踏破了长城，齐王手里再也无兵可用，临淄已经难保，只好带着几个亲信贵人逃进了一直向齐国称臣的鲁国。

齐王逃走了，乐毅率军越过齐长城继续东进，一路势如破竹，仅用了一个多月时间就攻克了齐都临淄。

　　至此，强盛了七百余年的东方霸主齐国，被彻底攻破了。

　　听说临淄已经被攻占，燕王姬职再也坐不住了，留太子与相国邹衍监国，自己率领燕国文臣武将星夜赶赴临淄。燕国上将军乐毅和大将栗腹、司马骑劫一起迎出百里之外，千军万马，车盖如云，拥护燕王进了临淄。

　　临淄是天下第一富强之国立国七百年的都城，也是举世第一大城，巍峨高拱的城墙全用整方的大条石垒砌，坚不可摧，城头的望楼高有五层，飞檐起脊画栋描金，离着十几里就能望见，官道宽至数丈，三乘并驱，直通城下，官道两旁尽是燕军健卒，披坚执锐，面容肃然。在他们脚下匍匐着二十万临淄城里的百姓，黑鸦鸦地挤成一片，从城外十里之地一直排到齐王宫前。这些百姓在燕军进城时没来得及逃走，于是都做了燕人的俘虏，只能跪拜在燕王马前，在刀枪威吓之下战战兢兢，等着燕王赐予他们生杀予夺的恩典。整座临淄城里听不到一点人声，只有秋风飒飒，车声辚辚。

　　临淄，这座有富民七万户，人口数十万的战国第一大城邦，这座集七国四海商贾于一市的富丽都府，这座从未被任何一支军马撼动过的铁铸城池，竟被小小的燕国攻取了，被乐毅和他的骠骑兵踏破了！这是旷世罕有的战功，天下无双的荣耀。而这一切功劳和荣耀，都只归于燕王一人。

　　这一行车马来到金碧辉煌的齐王宫前，燕王姬职被两名宦臣搀扶着走下王辇，缓缓登上王宫前四十八级青石台阶，在高台之上转过身来，顿时，立在台下的臣僚部将和广场上聚集的三万燕军士卒一起高呼"万岁"，声震云霄。转向脚下这片欢腾的人海，面对朝阳缓缓抬起双臂，领受上天赐予燕国的无上荣耀。

　　三十年前燕国被齐人攻破，正在韩国做人质的姬职被迎回燕国，登上
这个破落邦国的王位。自从做了燕王，姬职无一日不是卧薪尝胆，苦苦图强，
多年的费心劳神让他过早衰老，已经有些举步维艰。可这些年的苦心经营
终于换得一场大胜，击败了燕国的宿世仇敌，这近乎疯狂的喜悦又让燕王
变成了一个年轻人，那张像腐烂羊皮一样苍白皱缩的脸颊泛起了晚霞一样
的灿烂光彩，肿胀昏花的老眼也变得像猛兽的双睛一样灼灼闪亮，昂起头
颅，挺直腰杆，在万众拥护之下显得魁魁巍巍，如山如岳。

　　受过军卒臣僚的朝贺，燕王在重臣陪伴下走进了齐国的王宫。只见金
砖铺地的大殿上空无一人，齐王的宝座还孤零零地摆在殿首。燕王走上前
去坐了一会儿，觉得并不比他在蓟城的宝座舒服多少，又起身往后宫走去，
却见廊道两旁立着无数年轻女子，个个容貌姣好，体态轻盈，衣衫华美，
大多低着头不敢出声，有些胆大的却在偷看走过来的这些燕国人。
　　这些女子都是齐王身边的美人宠姬，齐王逃离临淄时把她们扔在了深
宫里，现在这些女人和临淄城里的一切，都已经归燕王一人所有了。
　　美色当前，燕王却没有心思多看，转身问乐毅："燕国重宝在何处？"
　　"已经请回，供奉于享殿之内，臣为大王引路。"乐毅引着燕王穿
过层层宫室，走到一座森严的大殿旁，只见殿门前站着几百名武士，地
上到处散落着灵位和享祭之器，燕王走过去扫了一眼，原来是历代齐国
君王的灵位和祭器，都被燕国人从享殿里扔出来了，心里说不出的痛快，
冷冷一笑，脚踩着齐国先君的灵牌稳步走进大殿。
　　享殿之中点起千支粗大的蜡烛，照得如同白昼一般，正面是栗木雕刻
黄金装饰的巨大神龛，历代齐王的灵位、画像都被清理干净，周王封给齐
侯的鼎簋礼器也被搬开了，神龛正中一人多厚大漆雕龙的檀木底座上摆着

一组硕大的青铜礼器，上有七鼎，下为六簋，每只鼎都有千斤之重，纹饰精良，气派非凡。

这一套礼器正是当年周武王分封天下时，亲自下令铸成，赐给燕国开国之君燕召公姬奭的传国宝器！这七鼎六簋在燕国传了七百余年，直到三十年前齐人攻破蓟城，掠走重宝，把它们陈列在齐王宫门前的广场上任风吹雨淋，向六国使臣展示齐国的军威。三十年后，这几件受尽屈辱的宝器和燕国二十万将士一起占据了齐国的宗庙享殿，把昔日的仇敌踩在脚下，耀耀煌煌，不可一世。

见了鼎簋，燕王姬职仿佛见了祖先的英灵，翻身拜倒，以头顿地，泣血号啕，这沙哑的哭声，听起来倒像是一头嗜血猛兽发出的低沉怒吼。在他身后，燕国臣子们也一齐跪倒，哭声响彻殿宇。

痛哭良久，燕王终于止住了眼泪，想起国仇家恨，胸中怒气不可遏止，回身冲群臣厉声喝道："祖宗护佑，召公神灵助我大燕灭了齐国，寡人一定要让齐国人尝尝燕人的手段！上将军，你即刻传寡人之命：把临淄城里的齐国人尽数屠灭，用他们的首级祭奠先王！烧毁齐国宫室宗庙，挖出历代齐王尸骸挫骨扬灰！"

此时的燕王已经失去了理性，两眼血红，浑身颤抖，所传的诏命如疯如狂，看着他的神情，乐毅愣在一旁，既不敢奉命，又不敢进言劝说。还是苏代机灵，忙抢上前对燕王笑道："大王何不先封赏功臣？"

一句话提醒了燕王："要赏，要赏！"指着乐毅高声道，"上将军是燕国第一功臣，寡人要封你做一国之君！"略想了想，"好，寡人就把昌国封给你，让你做个昌国君！"

昌国，本是周天子分封的一个诸侯小邦，其地在临淄东南，齐国强盛

之后灭了昌国，将其土地人口并入了齐国。昌国虽然不大，却是周天子分封的诸侯之一，燕王把这样一个诸侯国封给乐毅，真是让他做了一国之君了。乐毅忙上前谢恩。

这时候燕王似乎也恢复了理智，没有再提屠城的话，却仍然叮嘱乐毅："上将军，你即刻把齐国的传国重宝和宫中财物以及俘获的王孙、宗室、臣僚、宫人解回燕国，王孙留为人质，余者发卖给胡人为奴！即刻焚烧齐王宗庙陵寝，命大军继续攻打齐国城邑，寡人要在一年之内彻底伐灭齐国！"

伐灭齐国，绝非简单之事，这不但要考验燕国的国力，更涉及燕国与楚、魏、赵、秦诸国之间的利害关系。燕国兵精而不多，将勇而无谋，国小而民弱，想并吞天下第一大国，谈何容易？如此大事，燕王早已和相国邹衍、上将军乐毅定下了完善的策略。可他现在暴怒如狂，早把先前定下的国策抛在脑后，一时要屠城，一时要纵火，又说要"一年灭齐"，所作所为实在不可理喻。

但眼前正是燕人破城扬威、迎回重宝的荣耀时刻，燕王所颁之令乐毅不好驳回。加之乐毅追随燕王多年，知道燕王是个聪明睿智的君主，一时情绪激动，说的话未必就能当真，只需缓得一两天，等燕王心定了，当可再劝，于是顺着燕王的意思躬身道："臣领命。"

到这时燕王才深深地舒了一口气。大仇报了，大事定了，人也有些累了。

苏代看出燕王气色不佳，忙上前说道："天色不早，大王该用膳了。"搀扶着燕王到前殿去了。

这一晚，燕王在齐国的大殿上设宴，将齐王的宠姬拉到殿前为燕人歌舞侍酒，文臣武将一个个放量痛饮，纵性狂欢，燕王自己也喝了不少酒。

宴席直到深夜才散，宦官们把燕王送进寝宫，明亮的烛光下，却见十几个美貌女子穿着簇新的宫装立在一旁，一个个垂眉低首，一脸的惶惶不安。

燕王心里当然知道这是什么意思，可嘴里还是忍不住问了一句："这是干什么？"

宦官笑道："大王，这些都是齐王宫里的美人，如今她们都是大王的人了，老奴斗胆挑了几个，请大王享用。"

击败齐国大军，夺取齐国王城，掠走齐国重宝，现在又享用齐王的宠姬，对燕王来说，这些都是顺理成章的事了，挥挥手让宦官们退下，关了大门。

这时苏代领着几个武士走了过来。宦官忙上前相迎，苏代问："大王就寝了吗？"

"已然就寝。"宦官说完这话，脸上不禁露出诡秘的笑容。苏代看了出来，略一沉吟已经明白，厉声道："胡闹！大王千里驰骋而来，又处理了这么多大事，已经累了，你们还弄这些无聊的东西……"

话音刚落，寝殿里忽然传出一声女人的尖叫，苏代大吃一惊，忙和守在门外的宦官武士一起撞开门飞奔进去，只见燕王倒在卧榻之旁，胸前是一大片刺眼的鲜血，那几个侍寝的美人吓得四处乱窜，苏代忙喝道："都拿住！"自己抢步赶到燕王面前，把姬职从地上扶起来检视一番，却并没受伤，正在纳闷，燕王忽然把脖子一挺，口中又喷出一股鲜血来！这下把苏代吓得半死，正不知该怎么办，却听燕王低声说道："……并非行刺，不要惊动旁人……"

苏代忙回身吩咐："把这些贱婢都锁起来，你们这些人听着：若走漏一个字，就要你们的命！"宦官武士忙退了出去。苏代扶着燕王坐起身来，为他轻轻抚摩胸口，好半天燕王才缓过一口气来："苏大夫，寡人怕是要死了。"

苏代忙说："大王身体健壮，并没有事，臣这就请郎中来调理。"

燕王轻轻摇头："寡人这些日子太快活了，太快活，喜气攻心，坏了身子……齐国待不得了，寡人要回燕国。可寡人还有心事未了。"

"大王有何事请吩咐下来，臣去办。"

"寡人要你立刻焚毁齐国宫室陵寝，挖掘历代齐王尸骸挫骨扬灰，寡人要看着齐国亡国灭族！"

想不到燕王的身子已经到了这般光景，所下的却仍是这样一道令。

原来人心里的仇恨，比一切情感都更执着。为了报仇，一个明君可以失去理智，即使损害国家利益也在所不惜。

可燕王病成这副样子，苏代哪还敢抗命不遵？就连劝阻几句也办不到："大王不要急，臣这就去找上将军，马上就办。"

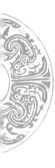

当下苏代命人悄悄请郎中来为燕王调理，自己跑去见乐毅，把事情说了，乐毅大吃一惊："此番攻破齐国乃是侥天之幸，正该施以仁政，收服齐国人心，以图长远之计，焚烧宫室、毁坏王陵，是要与齐人结下死仇，做了这样的事，再想兼并齐国就难了！"

"可大王已经下了诏命，我等总要依命而行。"

乐毅低着头在屋里转了两圈，又问苏代："大王的病势真的如此沉重？"

苏代摇摇头："太医说是急怒攻心，情况很不好，实在劝不得……可大王并没有说屠城的事，只让我们烧毁宫室、陵寝，上将军这里或许可以折中一下。"

燕王姬职是个贤明君主，能听臣下劝谏。若在平时，乐毅、苏代这些人都能进言相劝，可现在燕王病重，臣子们想劝也劝不得了。乐毅又想了好久，到底无可奈何："既然大王要烧，那就烧吧，只是不要杀人。"

这天夜里，几万燕军士卒一起冲进齐王宫，把所有瑰宝珍奇、金银美器全数搜掠一空，装满了停在宫门外广场上的几千驾马车，当年周天子赐给齐侯的鼎簋重器也都被燕人夺去，装上了车。燕王的仆从们也忙碌了半宿，服侍燕王服药、更衣。

天色微明之时，随着一声凄厉的号角，一千燕军手执火把进了王宫，四处放火，顿时把这座天下最富庶华美的宫阙烧成一片火海。

燕王姬职已经行走不得了，被宦臣搀扶着站在广场上，看着火光升腾照亮天际，感觉灼人的热浪扑面袭来，满心里有一股说不出的滋味。就这么足足看了半个时辰，才上了王辇，在众臣簇拥下出了临淄城，远远望去，只见城东面黑烟滚滚，直卷到半天空中。这是燕军在焚烧历代齐王的陵寝了。

在这一片浓烟烈火和齐国百姓的惨叫哀号声中，五千精骑护卫燕王姬职的车马一路向北，回燕国去了。

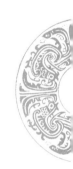

赵国得到了和氏璧

伐破齐国，这是五国所愿意看到的结果，可齐国竟败得如此迅速，如此彻底，数月之内几乎被燕军全部占领，却出乎所有人意料。面对燕军惊人的凶悍和齐国恼人的无能，赵王第一个感到了紧张："想不到堂堂齐国如此不成气候，竟至亡国！要是燕国真的并吞了齐国，岂不成了赵国的劲敌？"

　　赵王是个深谋之君，做起事来难免有些畏首畏尾，平原君却根本不把燕人放在眼里，淡淡一笑："大王只管放心，这世上只有大鱼吃小鱼，没有小鱼吃大鱼的道理。燕国是条小鱼，齐国却是条大鱼，现在燕国虽然咬住了齐国，却一定吞不下。何况燕国僻居北地边疆，国人皆是胡人品性，暴烈无文，好酒嗜杀，军纪败坏，又与齐人有世仇，在齐国杀人掠物无所不为，齐国人视燕军为寇仇，早晚必与燕国死战。再说，此番五国伐齐，却有一国没来参战，如果臣估计不错的话，他们快要来了。"

　　"你说的是楚国？"

　　赵胜点了点头："楚国是南方的霸主，可这些年楚王过惯了太平日子，兵多而不精，将骄而不勇，这次各国联手伐齐，楚国人看不准形势，没敢出手。可现在形势已经明朗了，该是楚国出手的时候了。依臣算来，楚国大概会出兵救齐。"

　　说到这里，平原君有些得意起来，故意停住话头儿，等着赵王来问他。可赵王哪里肯屈尊来问？好在身边还有一群文臣武将，自有人出来为赵王解围。果然不等别人说话，大夫贾偃已经拱手问道："君上，何以楚人会救齐国？"

　　"对楚人来说，与衰弱的齐国做邻居，比添一个燕国这样的强邻要稳妥得多，所以楚国一定会出兵救齐，这么做有三个好处：一来可以挟制齐王，控制齐国，让齐国今后都听楚国的摆布；二来可以从齐国割取城池土地，向齐国人要粮要钱，捞取好处；三来又在列国面前博一个解难救急的好名声。有这么多便宜，楚王一定出手。而燕国本身兵力不足，现在占了齐国这么多城邑，已经把手中兵马分得越来越薄，齐国虽然残破，东南一带还有几座大城，数万兵马，百姓们也不会甘心臣服于燕。现在齐王逃到鲁国，早晚还要回来，那时齐国自会复国。"平原君饮了一爵酒，扬起脸来笑着说，

"其实只要齐国残破，这就够了。燕国要是妄想灭齐，就会成为众矢之的。到时不妨再由魏国出面搞一个'五国伐燕'，自有一场好戏看。"

平原君说得神采飞扬，赵王却听得毫不起劲，半天才淡淡地问了一句："依平原君所见，寡人下一步该如何？"

"齐国衰落之后，就该是秦、楚两霸的决战了。秦楚交锋，楚国必败。"

平原君已经有了看法，赵王也就无话可说了。于是平原君接着自说自话："秦国自孝公变法以来，至今已历四世，对内励精图治，对外步步为营，已经成了气候。可楚国自恃地大人多，物产丰富，君臣坐享其成，不思进取，一旦打起仗来，绝不是秦国的对手。但楚国地方七千里，带甲百余万，就算吃几个败仗，也还支持得住。"

这时赵胜已经连饮了几爵酒，满脸通红，箕踞在席上，斜身倚着几案高声说道："我赵国在北地，而秦楚两国一个在西，一个在南，他们的决战和赵国扯不上关系。大王还是按先前制定的国策，整军经武，聚草囤粮，养精蓄锐，静观其变。等齐、楚一破，秦国就会攻魏，魏国衰弱已久，无力支撑，只有向赵国求援。到那时，齐、楚、魏、韩都唯赵国马首是瞻，我赵国不妨也派一介之使会盟诸侯，搞一个'合纵'，结诸国之力对付秦国，如此，赵国称霸天下的日子也不远了！"

平原君这个人到底年轻气盛，得意之下难免有些忘形。现在庆功的酒席前众人全都缄口无语，只有赵胜一个人高谈阔论，指手画脚，这副趾高气扬的架势让赵王看在眼里说不出的别扭，沉着脸不作声。平原君到底是个聪明人，一眼看到兄长的脸色，这才想到自己刚才说的话实在有些过分，简直不把赵王放在眼里了，可话已出口又收不回来，一时间满脸通红，再不敢多言，只好低头喝酒，遮掩窘态。赵王也阴沉着脸不开口，坐在一旁的宗亲贵戚、名臣大将赵豹、赵郝、乐乘、触龙等人一个个面面相觑，都

知道此时需要有人站出来圆场，可谁也不愿站出来顶这个风头，于是殿上众人一个个都不说话了。

赵王身边的宦者令缪贤悄悄走了进来，附在赵王身边低声说了两句，赵王一愣，随即转向群臣："刚刚得报：燕王薨了。临死前下令烧了齐国的陵寝宫阙，毁坏了历代齐王的尸骨。"说到这儿，不由得抬眼扫了平原君一眼，却见平原君满脸喜色。

又被平原君猜中了，暴烈的燕人，果然在齐国犯下了大错。

燕王姬职破齐之后喜悦过度，病倒在临淄，强撑着赶回燕国，回到蓟城不足十日就薨毙了。一代贤君，半生苦苦经营，却只享受了短短几个月的快乐，最终，竟是被自己的胜利和喜悦击倒了。而燕王临死之前下的最后一道诏令，烧了齐王的陵寝宫阙，使燕国和齐国结下了永不可解的深仇，也为燕国的败落埋下了难以排遣的祸根。

一世聪明，不及一时愚蠢，三十年苦心经营，尽毁于一念之差，这就是做君主的悲哀吧。

一时间大殿上无人说话，每个人都在发愣，也不知想着什么。还是宦者令缪贤识趣，凑上来笑着说："大王，廉颇将军在齐国意外得到了一件宝物，特地派人呈送大王。"说着把一个扁扁的朱漆盒子捧到赵王面前。

赵王打开盒子，却见盒中放着一块玉璧，大如铜盘，白似羊脂，玉璧两面遍饰谷纹，烛光映照之下闪出淡淡的光泽，玉质似透非透，触手温润滑腻如处子肌肤，果然是一件非比寻常的宝物。赵王将玉璧在手中把玩良久，才问："此物有什么名堂吗？"

缪贤忙道："听廉颇说，这就是当年楚国人卞和献给楚王的那块'和氏璧'。"

听了这话，赵王和平原君都微微一愣，平原君忙问："真是和氏璧吗？"

缪贤笑道："这个下臣也说不清，可看起来确实是一件宝贝。"

所谓和氏璧，已是三百年前的古物了。相传春秋时楚国有个玉工卞和意外得到一块上好的璞玉，想献给楚厉王，不想厉王手下之人不识此玉，反以欺君之罪砍去卞和的左脚。楚厉王死后楚武王继位，卞和又来献玉，却仍无人识得此宝，结果卞和又被砍去了右脚。直到楚文王继位之后，卞和第三次来献此玉，才被楚文王赏识，从此这块宝玉成了楚国的传国之宝，号称"和璞"，俗称为和氏璧。只是此宝失传已数百年，连楚国人也不知玉璧的下落，以至于出了三种说法：一说被某位楚王埋入地下做了殉葬品；二说被宫中人偷出，流入了民间；三说楚国根本没有出过"玉工卞和"其人，更没出过什么"和氏璧"，实乃荒诞不经之传言。现在廉颇从齐国得到一块美玉，却说是"和氏璧"，赵王和平原君都是半信半疑。

但不管怎么说，这块玉璧果然是个珍宝，又是从齐国夺取过来的，兆头吉利，再顶着一个"和氏璧"的名头，倒也能让赵国君臣皆大欢喜。

这时候臣子们当然都来为赵王凑趣，都挤上前来观赏宝贝，一个个争着向赵王祝酒，高声颂扬赵王英明贤德，福泽深厚，此宝现身，正是赵国繁荣，君王长寿的预兆。又谈论起这次伐齐的胜仗来，君王臣子们互称互赞，这一顿酒宴喝得痛快淋漓，到深夜才散。

六 大梁破围

大梁陷入重围

转眼工夫，济水之战已经过去了半年，临淄被燕军攻克也已有几个月了。

夺取临淄之后，乐毅兵分两路，左路以栗腹为将，西向攻打阳谷，范县，聊城，渡过徒骇河直逼黄河东岸；右路以司马骑劫为将，东向攻打淳于，高密，夷维，即墨，夜邑，栖霞，莱芜，阳关，新泰，直取莒城。两路大军攻城夺地，势如破竹，乐毅留在临淄总率全军。

就在燕军攻略齐国腹地之时，魏韩两国已将原属宋国的疆土瓜分完毕；赵国收复观津之地，取了平阴、茌平诸邑；秦国夺了陶邑，留下五千兵马驻守，左更司马错领着十万大军班师还朝。

秦军攻齐之时，从魏国借道而来，回国时自然还要途经魏国。对此魏国已经做了算计，让秦军途经葭密，煮枣，延津，安城，渡过黄河从野王入韩国，再转道回到秦国。

对于魏国的要求司马错满口答应，秦军在魏军的监视下一路向西，白天行军，晚上住在野外，不入城池，不扰百姓，就这么踏踏实实一直走到安城的黄河渡口，十万军马集结于此，等待船只分批渡过黄河。魏国当然要调集船只供秦军使用，而秦人东进之时也带来了几十条大船，这时全都用上了。十天之内，已有六万人马渡过黄河，先过河的秦军随即向西开拔。

伐齐之战胜了，秦军也开走了，太子魏圉和公子无忌也都松了口气。

齐国败亡之后，魏国去了东方强邻，可秦国的威胁却越发严重，魏圉和魏无忌坐在一起，开始琢磨怎样联合三晋之兵共抗强秦，一时间却也没有头绪。

这些日子石玉还住在如茵馆里，眼看太子宫中所有人都忙碌不堪，只有她一个人清闲无事，寂寞难耐。这天晚上早早睡下了，三更将尽，忽听门上有人轻轻剥啄，石玉吓了一跳，坐起身来问道："是谁？"

"侯赢。"

听说是侯赢，石玉马上感觉出了大事，急忙披衣起身开了房门，侯赢三脚两步闯了进来："速去报知太子：秦军袭了安城，大队人马正连夜奔袭大梁！"

秦国人的计谋发作了。

早在出兵之前，穰侯魏冉早已定下偷袭大梁之计。现在司马错领军进入魏境，先假装渡河而去，直待六七万人都渡过黄河，魏军最不提防之时，忽然动手，用手边尚未渡河的秦军连夜袭破了安城。

攻克安城之后，假装渡河而去的秦军立刻回师，再次南渡黄河到安城集结，而司马错片刻也不耽搁，立刻命自己的儿子公大夫司马梗领五千骑兵连夜南下，直扑大梁，司马错亲领两万大军随后进发。

秦军的突袭异常凌厉，瞒过了所有人，却没瞒过墨者的眼睛。秦军骑兵急如星火，却快不过墨者驯养的信鸽。大梁城里的墨者侯嬴第一个得到消息，心知通知别人都来不及，只好不顾一切潜进太子府里来找石玉。

这种时候石玉哪敢有片刻耽搁，赶紧换了衣服，在这间如茵馆里却找不到兵器，只好把太子送的那张弓上了弦背在身上，飞快地往太子宫而来。守在殿外的武士倒认识她，可是见石玉穿着男装，背着一张弓，样子古怪，神情急切，却也不能不拦阻。石玉急得直叫："你们拦什么，秦军到了大梁城外了！"那人根本听不懂她说什么，仍然拦着不放。石玉是个直脾气的人，也不懂得解释什么，右脚踏上一步直插到那武士双腿之间，横过右肩向前猛撞，那站殿武士扑通一声摔了出去。石玉飞身抢进宫门，绕过帷幔，只见魏圉和魏无忌正对坐饮酒，石玉上前两步尖声叫道："还在这里喝酒，秦军来了！"

"什么？"

"秦军伐齐回师途中袭取安城，十万大军正往大梁而来！"

一听这话，魏圉和魏无忌都吓了一跳，魏圉忙问："真的吗？"

不等石玉答话，魏无忌已经跳起身来："此时莫问真假，假的也当真的处置！太子赶快进宫去取兵符，调动各路军马守城！"又一连声高叫："来人，快来人！"几个太子府的舍人宦官飞跑进来。

"秦军袭了安城，大军正在南下，有此一着，必是蓄谋已久！事先必在大梁城里安插了细作，只怕今夜就要抢城！招集太子府上所有护从、舍人，凡拿得动刀枪的都集合起来，到城北夷门去，遇到有人逼近城门，一律格杀！"

魏无忌一番号令，太子府里的人们顿时动了起来。魏无忌也从几案前的兵器架上抽出一柄剑提在手里，一回头，却见太子还端着酒爵呆坐在几案后面，魏无忌也顾不得礼数，上前一把夺了酒爵，把魏圉从地上拖了起来："太子速进宫取兵符，调军守城，快去！"拉着太子一起出府。

府门外只有两乘马车，是魏无忌和舍人过府时乘坐来的。魏无忌连掀带推，把魏圉弄上了安车，看着这辆马车驰去，自己上了舍人乘坐的立车，石玉从后面赶来，想也没想，也登上这辆马车，站在魏无忌身边。

这时太子府里也聚集了几百人，都拿着长短兵器乱哄哄地拥了出来，魏无忌的马车跑在最前面，一群人直向大梁城北的夷门而来。刚转出街口，远远已经看到夷门城下人影乱晃，两扇城门已经被打开了！

秦军偷袭大梁果然蓄谋已久，早在伐齐之前就已安排了大批死士，扮作商人混进大梁城里。现在大军袭了安城，星夜南下，城里的秦军细作立刻得了消息。眼看三更将近，约定时间已到，这些人纷纷携带短刃从住处潜了出来，一起摸到夷门外的街巷中隐蔽起来，听得城里敲了三鼓，百余名死士一起潜出，直向夷门而来。

夷门是大梁城北面门户，平时有一千魏卒驻守，可城中无事，这些人早已睡下了，只在城上城下布了几个岗哨，可就连这几个人也在偷懒打盹儿。秦军悄悄杀了岗哨，直摸到城门边，一个秦人取出特制的大铁斧向城门上的锁头猛劈，一连十几下劈断了锁扣，几个人抬起厚重的门闩，悄无声息地打开了夷门。

到这时，守城的军士还没有发现。可驱车而来的魏无忌却看得清楚，大叫起来："秦人夺了城门！"身后几百名武卒齐声呐喊，不顾性命地冲杀上去。

　　眼看形迹败露，秦兵倒也毫无惧色，挺起兵刃回身迎战，这些秦军细作个个都是精选的死士，武艺精强，人数虽然不多，却死守城门，血战不退，至死方休，魏卒虽多，一时却也奈何他们不得。隐隐听得黑暗中蹄声如雷，不知多少秦军骑兵正向夷门袭来，若给这些骑兵抢进城来，只怕大梁城就被秦军破了！

　　大军将至，城门边的秦人更是不顾一切地死拼，一个秦兵抓起插在城墙边照明的火把飞奔出城门，冲着远处的黑暗之中拼命摇动，引导秦军轻骑冲击夷门。

　　眼见大梁城危在旦夕，城下的魏军不禁有些胆寒，连在后面指挥的魏无忌也急得直冒冷汗。却听得石玉吩咐驭手："上前去！"

　　马车向前进了二十丈，在杀成一团的兵卒背后停了下来。石玉取下斜背在背后的"服麋"弓，张弓搭箭，瞄准火把影中一个高大凶悍的秦军，弓弦响处，那名秦军应声而倒。

　　"箭来！"

　　魏无忌愣了一下才明白石玉的意思，忙从挂在车旁的箭箙里取出一支箭递到石玉手里。石玉头也不回，双眼在人群里选择目标，又是一箭，将一名勇悍的秦兵射倒在地。

　　这一次魏无忌不用人说，急忙抽箭递上前去。

　　石玉举弓搭箭连环射去，一连七箭，射倒了七个秦军死士。眼看秦人气为之夺，魏军也鼓起勇气一齐呐喊着往上猛扑，将将冲到城门边了，石玉接过第八支箭，略略平定气息，稳稳瞄向城外挥动火把的秦人，一箭射去，秦兵应手而倒，那支火把掉在地上，滚了两滚，熄了。

　　石玉的神箭着实鼓舞了魏人的勇气，齐声呐喊，拼命向前猛攻。守城的魏卒也已发觉，光着身子提着兵刃冲了出来，挺起矛戈向前乱戳，秦军死士纷纷倒地。魏卒一拥而上，几十人一起用力推动门扇，终于重新关闭了城门。

秦军骑兵的前锋离夷门仅有几十丈，却终究慢了一步，眼看着城门缓缓关闭。同时，大梁城头亮起一片火把，无数魏卒冲到垛口旁乱箭齐发，已经冲到城下的秦兵纷纷中箭，后面的急忙驳转马头向黑暗中退去。

眼看守住了夷门，魏无忌冲面前的人叫道："有马的随我来！"

这次阻击秦军十分仓促，太子府的舍人里只有五六个人骑了光背的马出来，一起聚到车前。魏无忌也不问人数多寡，吩咐眼前的人："留一骑去禀报太子，就说秦军顷刻就会围住大梁，此时不能犹豫，我即刻出城去河北调兵，请太子坚守城池，万勿有失！"对驭手吩咐："出南门，往黄邑去，绕过秦军南下的大道，北上黄河！"马车急忙转了个身向南门疾驰而去，身后只有四五个舍人策马相随。守南门的魏卒在火把光下看清来的是公子无忌，忙开了城门，魏无忌带着几个人驰出大梁，消失在黑暗之中。

不到一个时辰，大梁城外人声鼎沸，铁甲铿锵，无数火把照得半天通明，成千累万的秦军自北向南源源而来，把一座大梁城团团围住。

舍己救人的墨者

大梁被围之时，魏无忌带着几个太子府的门客冲了出来，急着要渡过黄河向赵国求援，可他们却无法顺利北上。

此时秦国大军正从安城南下，大路上到处都是秦兵，步卒车马日夜不断，几个魏国人根本无法上路。无奈之下魏无忌想出个险招，叫门客趁夜劫杀了几名秦军骑兵，夺了他们的衣甲马匹，几个人扮作秦人模样，昼伏夜行，硬着头皮和秦军大队擦肩而过，一路北上到了安城。

然而安城又是一道过不去的难关。

秦军袭取安城之后，已把所有渡船都夺去运送兵马，船夫们也都被秦人掳去了，黄河岸边找不到一条大船，也找不到一个摆渡之人。没法可想，魏无忌叫人到村里去找小船，凭自己的力量渡过黄河。

魏无忌的主意果然行得通。

几个舍人在河边的小村里转了一圈，使了些钱，真就寻出两条小船来。两个舍人上了一条小船，魏无忌、石玉和另一名舍人上了较大的一条船，大着胆子下了黄河，拼命划起桨来向对岸驶去。

此时已经是隆冬季节，天寒地冻，河水冰冷刺骨，却也正是枯水之时，黄河的宽度缩小了一半，水流不像平时那么急，但依然浊流滚滚，涛声如雷，两条小船各自都只有一副桨，走得极慢。黄河的水面又宽阔，暗夜里根本看不见对岸在何处，只能拼了命往前划动。正在累得汗流浃背的时候，石玉忽然轻轻碰了魏无忌一下，手指向河上游方向，只见远处隐隐闪出两团火光，迅速向这边驶了过来。

"秦兵。"

黑暗中隐约现出两条大船来。

秦人东进伐齐之时，曾有数十艘战舰随军沿黄河驶来，当时说是运送军粮之用，魏国人也没有多想，却没想到秦人心细如发，置办这些战船却是为了夺取安城之后封锁河道，切断黄河南北两岸魏军的联系。现在秦人

夺了安城，就以这些战船在黄河里日夜巡逻，不准任何船只在河面来往。

魏无忌他们碰上的是一种冲锋陷阵的快船，船身修长，船头上有一个青铜铸的冲角，可以撞穿敌船的侧舷。每艘战船上有百将一名，水手三十名，配桨十五副，披重甲持长兵的秦卒四十名，配备蹶张弩的公士二十名。这种战船划动起来轻快异常，威力强大的蹶张弩可射七百步，寻常战船在这些战舰面前也显得不堪一击，何况两条小小渔船，战又不能战，逃又无处逃。

转眼工夫，两条战船已经驶到近处，火光里，秦军发现了河面上的小船，立刻喊叫起来。河面上风大，听不清秦人在叫什么，想来是让他们停船。他们哪里肯停，只是拼命划桨。却听得弓弦响处，大船上十几支弩箭一起射来，走在后面的一条小船上两个舍人同时被射倒，小船失了桨，顿时在水面上团团打转，被急流卷着往下游冲去，一直漂出老远，忽然打了个旋儿，倾覆在浊流之中，顿时看不见了。

几乎就在同时，魏无忌船上划桨的舍人背上中箭，身子一歪栽进河水中去了。总算魏无忌十分机灵，抢上前来一把抓过桨，这才勉强稳住船身。

可魏无忌是个王孙公子，平时又不练武功，手无缚鸡之力，情急之下手忙脚乱，两只桨根本划不起来。眼看这条小船越划越慢，后面秦军的两条大船越追越近，魏无忌心里慌乱起来，压低声音问："怎么办，这么下去就走不脱了。"

"把桨卸下来。"

"什么？"

眼看魏无忌已经慌了手脚，石玉也不再和他商量，拔出腰间的短剑砍断麻绳，两只船桨都落进了水里。这条小船没了桨，一下子横了过来，飞快地打了几个旋儿，顺着河水往下游漂去，等后面的追兵看出情形不对，小船已经漂出老远了。

石玉用的是个冒险的法子，小船没了桨已经不能划向对岸，只是在急流里乱转，无法控制，随时可能翻覆。可这又是个出奇的好办法，因为水流的速度比人划桨快得多，小船顺流而下，快如离弦之箭，只要撑住一时不致倾覆，那两条大船想追也追不上了。

黑暗中只听得弓弦铮然一响，却是秦兵操起弩机向小船上放箭。不等魏无忌反应过来，石玉已经抓住他的袍襟往下一扯，魏无忌扑通一声摔在船舱里，只听得耳边一阵乱响，几支弩箭射在船板上，箭镞深深扎进木板里。

一只手掌紧紧按住他的肩膀，只听石玉沉声说："公子不要动！"

这时的魏无忌早没了主意，双手抱头趴在船舱里动也不敢动。

黯淡的月影中，只见石玉半跪起身子，面容像石头一样冷静，挽弓搭箭向对面船上射去，随即听得有人惨叫一声，似乎中了箭。这时石玉猛地伏下身，用自己的身子护住魏无忌，与此同时，又是一排弩箭嗖嗖地从他们头顶掠过，石玉再次起身放箭，又把一名秦兵射倒在船上。

只这片刻工夫，无人拨桨的小船连连打转，被急流浊水裹挟着像箭一样冲向下游，两条追赶的大船转眼就看不到踪影了。

追兵是躲过去了，可魏无忌伏在伸手不见五指的黑暗中，只听得耳边水声如雷，小船在浪谷间上下颠簸，激起的水花把他全身淋得透湿，冰冷刺骨，小船一上一下剧烈抖动着，船身上每一片木板都快被水流打断冲散了，魏无忌觉得比刚才还要恐惧，带着哭腔小声说："怎么办，船只怕要沉了……"

"这世上最可怕的是敌人，河水并不是咱们的敌人。"石玉的声音就在耳边，听起来似乎比平时更加平静安详了，"公子会游水吗？"

"不会……"

黑暗中，石玉轻轻地笑了一声。

面对这样的险境，只有最自信的人才笑得出来。有这样的人在身边——虽然只是个女孩子，也让魏无忌觉得自己有了依靠。

"公子信得过我吗？"

"信得过。"

"好。"

石玉扶着魏无忌坐起身来，麻利地解去了他腰间的大带，剥去那件厚重的长衣丢在一边，冷风挟着冰凉的河水迎面泼溅过来，魏无忌只觉得呼吸都被滞住了，只能拼命缩紧身子，像个笨头笨脑的孩子任别人摆布。

一个热乎乎的女人身体忽然从背后拥了过来，把魏无忌紧紧抱住，隔着单薄的衣衫可以清晰地感觉到柔软的胸乳沉甸甸的分量，石玉把脸颊贴在魏无忌的脖颈处，喘息着低声说："闭上眼睛，身子放松些……"

这时的魏无忌已经变成了一个傻子，什么也想不起，什么也说不出，只觉得身体像一块火炭烧得滚烫，不知这个掌握着他命运的女人正在做什么事。等他突然想到，原来石玉正在用那条大带把两个人紧紧系在一起的时候，小船忽然向左一侧，整个儿翻了过来，魏无忌一头栽进了冰冷的河水里，顿时吓得魂飞魄散，不由得手脚乱拨在急流中挣扎起来，石玉一只手尽力划水，另一只手紧紧揽在魏无忌胸前，在他耳边大叫："公子不要怕，很快就会靠岸，你不要动，越动就游得越慢了！"

其实魏无忌心里非常明白，他必须信任这个保护着他的墨者，慌乱害怕都没有用，干脆闭上眼睛，尽量放松身体，把自己的性命交给这个强壮

勇敢的女人去安排吧。

　　河水巨大的冲力卷着两个人翻翻滚滚，载浮载沉。一开始魏无忌还知道浮出水面时吸一口气，沉在水下时尽力闭气，可在乱流之中翻卷，呼吸哪能自主，连连呛水。好在魏无忌到底是个果决的人，知道越慌乱越坏事，咬紧牙关强迫自己放松身子，万事不想，只当自己已经死了。

　　如此一来果然好了些，黑暗中，魏无忌清晰地感觉到石玉的手脚一下下划着水，自己的身子也跟着一下下往前拱着，虽然慢得几乎感觉不到，可是魏无忌却强迫自己往好处设想：现在他正在靠着一个女人的力量，游过小半个黄河。

　　不知游了多久，魏无忌已经冻得全身都麻木了，丝毫感觉不到身体的热度，黑暗中根本看不见河岸，只是每次头露出水面的时候，都会听到石玉在他耳边像牛一样呼呼地喘息着。这是黄河，河面足有几里宽，天气又这么冷，就算一个强壮的男人想要横渡过去也几乎不可能，何况石玉只是一个女人，又要拖着这个像石头一样沉甸甸的男人一起挣命。她已经耗尽了全部体力，也许换作旁人，早就沉没在波涛之中了，可这个女人，这个墨家的女弟子，却不知被一股什么力量支持着，还在挥动手臂一下一下尽力划水。

　　人的体力是有限的，可精神上的执着却又能激发出超常的体力。石玉能把自己的坚毅发挥到近乎疯狂的地步，只因为这挣扎不是为了她自己，而是为了救助别人。

　　墨者，愚蠢的墨者，他们是这个疯狂的乱世中最后一群愿意舍己救人的傻子。

　　忽然，他们的身子撞在了一个硬邦邦的东西上，同时魏无忌也隐约看到自己头顶上方有黑影在晃动，出于本能，他不顾一切伸手扯住那团黑影，却想不到那黑影软塌塌地倒了下来，魏无忌一下沉进了水里，连着呛了几口水，却仍然死死攥住抓到手的东西不放，等他从水里冒出头来的时候，才发现已经被水流冲到了岸边，手里抓着的是一大丛干枯的芦苇。魏无忌拼命扯住这团芦苇，手爬脚蹬费尽了力气，总算一寸一寸地挣扎到了岸上。

就在登上河岸的一瞬间，石玉身子一软跪倒在泥滩上，再也没有力气站起来了。魏无忌忙扶住她的身子，半拖半抱，好不容易把两个人都弄到岸边的土台子上，一起仰面朝天躺倒在地，动弹不得了。

寒气彻骨，冷风像刀子一样割在身上，魏无忌只觉牙关咯咯直响，浑身止不住地颤抖成一团，石玉却脸朝天躺着，身子一动也不动，惨淡的月光下，只见她脸色蜡黄，嘴唇乌青，双眼紧闭，身体僵直，似乎没有了鼻息，伸手轻触脸颊，触手如冰，已经没有一丝热气。

在这十一月天气泅过黄河，石玉累坏了，也冻坏了，此时的她已经失去了知觉，看上去就像死了一样。

眼看墨者的性命只在顷刻之间，魏无忌彷徨无策，情急之下，干脆解开衣襟，俯身把石玉的身体紧紧拥在怀里，用自己还有一丝热度的身体为她取暖。

人，倒是一种奇妙的东西，孤阴不生，独阳不长，而阴阳相合之时，便似有气息流转起来，于是相互交融，终于起死回生。

不知过了多久，魏无忌的身体已经有了些暖意，不再控制不住地颤抖，同时，他也隐隐觉得怀中那具已经冷透了的身体似乎有了一点点热度，在他耳边，石玉低低地叹了一声，微弱的气息从他耳畔撩过，让魏无忌知道，她的魂魄已经回到了身体里。

　　可魏无忌却知道这股生气是如此脆弱，随时可能再次离体而去，于是他继续紧紧抱着石玉的身子，一点也不敢放开。

　　在他怀里的这具身体越来越温热柔软，鼻息也逐渐均匀连贯了，到这时魏无忌才真的确信，这个救了他性命的墨者已经活过来了，总算放下心来，低头看去，却又惊讶地发现，不知在什么时候，这个不可思议的墨者已经卸去面具，变成了一个女人。

　　这是一个完全失去了强悍力量，甚而看起来有些娇怯的楚地女子，一头又粗又密的长发散开了，湿淋淋地半遮住面颊，苍白的月光照得她的脸颊像一块羊脂美玉，失去了血色的肌肤隐隐透明，闭着眼睛，长长的睫毛在眼睑下方留下一道神秘的阴影，鼻梁并不挺拔，而是弯成一道柔美的弧线，鼻尖略略翘起，显得俏皮可爱，双唇微微张开，静夜中能听到她的喘息声正由急促转变得平缓，随着呼吸，胸乳在月影里轻柔地一起一伏，让魏无忌想起它们刚才紧紧贴着自己时那种无法言传的奇妙感觉。平时在男人的衣装和爽直的气质衬托下看起来健壮矫捷的身体，现在却只是躲在仅存的一层薄薄的麻衣下面，乳峰挺拔，腰肢轻盈，修秾合度，略显丰腴。

　　男人的体力恢复起来总是比女人快些，魏无忌已经觉得自己又有了力气，身体也慢慢热了起来，看着面前这具美丽的胴体，忍不住想要伸手抚摸，可他的手却不敢碰触石玉的脸颊，更不敢去碰她的身体，犹豫半天，只抓起石玉的一只手掌，轻轻合在自己的双掌之中。这只手比普通女子的手掌要厚实些，但仍然是女子的手，软绵绵的，柔若无骨。

　　这时，石玉慵懒地睁开眼睛，先是冲着天顶发了一会儿呆，终于转过头来，双眼定定地望着魏无忌，嘴角翘起，很好看地微微一笑，又闭上了眼睛，只是那只手掌仍然任由这个男人紧紧握着。

　　为了救这个笨头笨脑的男人，她的体力已经全耗尽了，至少现在还没

有恢复力量，一点也动弹不得。

男人的胆量因为被女人放纵而变得大了起来。魏无忌俯下身，伸出一只右手轻轻触碰女人的脖颈，石玉的身体微微悸动了一下，却又软软地放松下来，连眼睛也没有睁开。

黑暗笼罩着一切，似乎把人的意识也都淹没掉了。

在黑暗中，魏无忌的手指开始在石玉的身体上肆无忌惮地摸索起来，而石玉只是静静地躺着，一动也不动，任由魏无忌紧紧拥着她的身体，渐渐地，这冰冷的湿淋淋的身体有了几丝暖意，石玉口中发出低低的呻吟，随后她似乎想起了什么，突然抬手把魏无忌推到一边，坐起身来。

魏无忌躺在苇丛中动也不敢动，甚至不敢抬眼去看石玉，只觉得羞愧难言，就像自己不小心污损了一块纯净无瑕的玉璧。

然而石玉并没有责备他，她什么也没说，只是愣愣地坐在夜风中动也不动。两个人就这么静静地不知发了多久的呆，石玉悄悄侧身整理了下衣服，把散乱的头发重新挽起来，又像平时那样梳成一个男人样式的发髻，平静地看着魏无忌，再开口时，连声音也恢复了往日的平静语调。

"过了黄河就没有秦兵了，可赶到邯郸还有十几天路程……你还走得动吗？"

不知为什么，从石玉的话里魏无忌隐约听出一种东西，似乎是某种暗示，可又似乎不是。透过朦胧的夜色，他甚至觉得自己从石玉脸上看到了一个羞怯的笑容。这奇怪的笑意使魏无忌产生了错觉，也许他说走不动了，这个女人就会重新在他身边坐下，那时他甚至可以放大胆子再一次抱住她，而这一次，她不会再推开他了。

可此时的魏无忌，却再也不敢触碰她了。

赵奢突破安城

过了黄河，前面已经没有秦军了。魏无忌和石玉星夜兼程北上，三天之后进了汲邑。

汲邑是魏国面对赵国设置的要塞，统管周边荡阴、朝歌诸城邑，统军的上大夫新垣衍是一员名将，听说公子无忌忽然孤身一人从大梁而来，急忙出城把魏无忌迎进府里。

此时魏无忌没时间耽搁："新垣大夫，秦军从齐国退兵路上攻克安城，偷袭大梁，现在重兵围困梁城，你马上调集各路军马到汲邑，准备渡河迎战秦军！"

听说秦军围了大梁，新垣衍大惊失色："臣这就招集兵马，渡河迎战秦军！"

"汲邑有多少兵马？"

"汲邑有军士一万，武卒五千人，可以立刻渡河参战，另外宁邑、共邑、朝歌、荡阴几处兵马加起来约有三万，其中武卒有一万人，最快的三日内可以赶到，慢的十日内可到。"

魏无忌略想了想："你手里兵少，不要急着渡河，先将本部兵马在汲邑聚齐，同时传令，从宁邑、共邑、朝歌、荡阴各调一半兵马到汲邑来，尤其各城邑所辖武卒要全部出动，各军七日内必须到齐，这样加起来就有三万兵马，其中武卒不少于一万。在汲邑多备粮草，等我从赵国借来精兵，再一起渡河迎战秦军。"

"赵国不肯借兵怎么办？"

魏无忌是个温和斯文的人，可在部将面前不得不抖起威风来，把袍袖一拂，沉着脸提高了声音："这是什么话！赵魏两国是兄弟之邦，赵国一定会借兵救大梁！赵军赶到之前，你的兵马不能出汲邑城，更不准渡河迎战，违令者斩！"

魏无忌下了严令，新垣衍也不敢多说，只好依令而行。魏无忌立刻换了车马离开汲邑继续北上，直奔邯郸。这一路上石玉一直和魏无忌共乘一辆安车，见魏无忌脸色沉重，知道他担心大梁安危，有心说几句闲话缓解一下，就笑着问："我看那个新垣衍倒是勇猛之人，可你为什么吓唬他，不准他的兵马出汲邑？"

魏无忌摇摇头："新垣衍说汲邑有一万五千兵马，其实并非如此。魏国的大敌是秦、楚，所以魏军主力集中在西边、南边，北面兵少。汲邑属下各处城关的兵马多不过数千，少的只有几百，全部调集起来才有一万五千之数。可调集兵马需要时间，新垣衍这个人性子又急，如果我不下令约束，怕他会命令各城兵马自行渡河去攻打秦军，如此一来各军兵力不足，又缺少大将，只怕都是有去无回。现在我严令各军到汲邑来集结，等赵军来救大梁时，让他们随赵军一起行动，任赵将统一调遣，这样才能打出力道，损失也会小得多。"

"可现在秦军正猛攻大梁，魏军渡河而战，不是能牵制秦军吗？如果一支军马都没有，秦国人攻城的时候就能倾尽全力，你就不怕大梁被秦军攻下来？"

"大梁城池坚固，没那么容易攻克。可我要是不下严令，黄河北岸的兵马就会一支接一支跑到大梁城下去送死，这些军士都是魏国百姓，多死一个人，也是我的罪过。"

在诸侯争霸的战国时代，这些高高在上的王公显贵们，能把百姓当人看的，不多。

虽然知道魏无忌是个聪明能干的人，可石玉毕竟看多了他弹琴饮酒、不文不武的纨绔嘴脸，先入为主，对这个人有了一个不好的印象，现在魏无忌忽然变出一副沉着干练的样子来，好像凭空长大了二十岁，说出话来又是难得的厚道。石玉觉得有些不可思议，不由得笑了出来。

见石玉笑得古怪，魏无忌忙问："怎么了？"

"你这人真怪，怎么生出两副脸孔来，一时像个没用的废物，一时又精明得让人害怕，到底哪张脸才是真的？"

石玉这话倒让魏无忌难以回答，想了想，笑道："都是假的。其实我不想让谁怕我，也不愿意做个废物。"

"那你想要什么？"

"离开大梁，到无人之处砌一座小院子，一块田，一丛竹，一盏酒，一张琴，一个知己，左邻右里的农夫个个都是我的朋友，却没人知道我是什么'魏国公子'，朝耕晚宿，偶尔喝两杯酒，弹一弹琴，就这么平平淡淡终老田舍，足够了。"

说实话，石玉做梦也想不到王孙之中还有这样的怪人，不由直盯着魏无忌看。魏无忌觉得有些不好意思，避开石玉的目光，手指着远处隐约可见的一处城垣："那是伯阳城，咱们离赵国只有五十里了。"

魏无忌的车马从伯阳穿城而过，第二天进了赵长城，两日后到了邯郸，魏无忌片刻未歇，立刻去见平原君。听说秦军偷袭大梁，平原君大吃一惊，急忙进宫来见赵王："刚才魏国公子无忌到了臣的府上，说攻齐的十万秦军回撤途中袭破安城，南下围攻大梁，至今已有半月，情势异常危急，如今齐国已经被燕军攻破，齐王出逃，这种时候万一被秦国攻下大梁，破了

魏国，则秦军必将长驱东进，韩、魏两国危矣，韩魏一失，赵国难保，请大王火速发兵去救大梁！"

听了平原君的话，赵王也很惊讶："怎么会出这样的事？现在赵军精兵上将都在齐国，要救魏国，让寡人到哪里去调集军马？"

确实，赵国有精兵三十万，其中五万已开进齐国，五万人在齐赵边界驻扎待命，这些人都使用不上。另有十万精兵驻在代郡、云中郡防备匈奴，也无法回调，其他兵马散在各处，要想召集一支足与秦军匹敌的大军，一时确难凑齐。

在这上头平原君早已想好了主意："大王，邯郸城里现有精兵三万，城外百里之内西有武安，东有列人，两城各屯精兵一万，臣想从邯郸调精锐骑兵三千人，武安、列人两城各调骑兵两千人，这些兵马不必来邯郸，只在长城边的武城会合，武城是个重镇，可以再调骑兵三千，这就有一万兵马。依公子无忌所说，魏国大将新垣衍已经招集兵马，估计也有三万之众，可以请公子传令，命魏军先开到黄河岸边，与赵国骑兵会齐之后一起渡河。至于军粮，让出征将士们多带肉脯，但在赵国境内不得食用，军马所经城池都由斥候传令，为大军准备饭食，各军白天不下马，晚上不进城，饭在路上吃，水在河里饮，以最快速度赶到黄河岸边与魏军会合。至于统兵大将，上大夫乐乘驻守武城，让他统军即可，另外臣也随军南进，以壮声势。"

"除了这些兵马，臣还想请大王火速下诏，十日内从邯郸左近再征五万步卒听候调遣，廉颇所率精兵也从齐国回撤，在黄河北岸集结，再从石城、封龙、元氏、房子、巨鹿各地调兵，最少要征集十五万人。如果秦军真的攻克大梁，我赵国必须趁其立足未稳，发倾国之兵攻入魏国，希望能从秦军手里夺回大梁。"

平原君果然是个人才，急而不慌，忙而不乱，把几路军马调动得井井

有条，细节安排得面面俱到，赵何不由得暗暗点头。可再一想，却又有了异议："邯郸周边军马本就不多，如今被抽调了一半，再把乐乘也调走，只怕邯郸的防御就太薄弱了些。"

其实赵何忽然有此一说，并不是顾虑邯郸城防薄弱，他是另有心机。

在赵国的名将之中，乐乘的威名仅次于廉颇。可乐乘与廉颇却一直不睦，所以此番伐齐廉颇为帅，就把乐乘留在武城，名义上是防备秦国，其实就是不让他去齐国立功。偏偏乐乘又是平原君的心腹爱将，两人平时过从甚密，现在平原君大量抽调邯郸周边的军马，尤其大量调取骑兵，又要亲自随军去救大梁，再举荐乐乘统领这支军马，也不知怎的，赵王心里忽然有点说不出的别扭。

赵王不让乐乘领军，这让平原君多少有些意外。可平原君聪明得很，低头一想，已经明白了其中缘故。

平原君做事只为赵国利益，自忖并无私心，却被自己的亲哥哥设防再三，不由得有点灰心丧气。可现在军情如火，不是想这些的时候。既然不能调动乐乘，就必须用另一员大将替代。赵胜强打精神略想了想，忽然想起一个人来："大王说的有理，就让乐乘留在大王身边吧。至于救大梁的将领人选，臣以为新近提拔的大夫赵奢曾是先王帐下的将领，是个能打仗的硬手，既然乐乘要留下守卫邯郸，就命赵奢与臣去救大梁吧。"

赵奢这个名字，赵王只是隐约有点儿印象，却想不起他立过什么军功。可既然平原君保荐此人，想来也有过人之处，点点头："就命赵奢统军吧。"说到这儿才又想起，平原君不顾安危亲身涉险，自己是兄长，怎么也要抚慰几句："这一仗敌强我弱，甚是凶险，平原君就不必去了……"

虽然听出兄长的话里并没有多少真正的关怀之意，赵胜还是觉得宽慰了些，笑着说："正因为敌强我弱，臣若不去，仗更难打。"从赵王手里领了调兵的兵符，回到府中。

这时魏无忌已经换了衣服，由姐姐魏夫人陪着坐在厅里说话。听说平原君回来，魏无忌坐不住了，飞跑出来，在仪门前截住平原君，扯着他的手问："大王肯发兵吗？"

"大王已经调集精兵，只需准备一天，明天就可向大梁进发。"

听说赵国已经发兵，魏无忌的心放下了一半。赵胜抬眼见夫人也走了过来，又笑着加上一句："大梁城高池深，固若金汤，秦军就算连打几个月也攻不下来，何况赵军十五日内必到大梁，后续兵马也会源源而至，这次倒要让秦军匹马难回咸阳。"

赵胜这一句话其实是安慰夫人的。

魏无忌却知道秦国十万精兵围困大梁一座孤城，局面没有姐夫说的那么乐观："我明天就去齐国找晋鄙，让他率魏军主力回援。"

魏无忌是魏国的公子，现在从赵国借来救兵，下一步当然要去齐国调魏军回援。可在这件事上赵胜却有自己的打算："晋鄙本是魏将，如今魏国有事，公子写一道手敕就可以调他回来，不必亲身去找他。"

"那我该做什么？"

"此次秦军十万精兵围大梁，赵国虽然出兵，可兵力略嫌不足，魏军远在齐国，很难及时赶回。眼下最好的办法就是请公子到临淄城去见燕国的上将军乐毅，请他亲率一支燕军劲旅来救大梁。"

"乐毅？他正率军拼命夺取齐国的城池土地，肯来吗？"

其实请乐毅来救大梁，这个主意赵胜也是在回来的路上才临时想到："燕国攻齐，就像蛇吞下一只鹿，本来就费力得很，如果秦军袭破大梁，从西边杀过来，燕国就更吞不下齐国这只肥鹿了。只有击退秦军，救了大梁，燕国才有机会尽可能多地获取齐国的城池土地、财富粮食，所以大梁的安危与燕国利益休戚相关，乐毅是个大智大勇的人，他一定会率精兵赶来。有了乐毅的燕军精锐，大梁城下的破围战就更有把握了。"

听了这话，魏无忌不由得悄悄打量起赵胜来。

要说聪明，魏无忌的头脑丝毫不输于赵胜，只片刻工夫，已经把此事的来龙去脉都琢磨透了。平原君称赞乐毅大智大勇，话说得好听，其实赵国对燕国十分提防，而乐毅这样的将才更让赵国畏惧，现在平原君让魏无忌去请乐毅，恐怕是想把乐毅引到大梁，然后或以利诱，或施暗算，总之没安什么好心。

可也就是这一转眼工夫，魏无忌又想到，秦军十万兵困大梁，在这危急关头，救魏的军马自然越多越好，要是真能说动乐毅率军来援，对魏国只有好处没有坏处。至于平原君想暗算乐毅，这却由不得他。等大梁解围之后，魏国大军云集，赵军远来是客，平原君再厉害，总不敢在魏国人的眼皮底下公然杀害乐毅吧？至于利诱，魏无忌却不信姐夫有这么大的本事，单凭一张嘴，就能说动乐毅归赵……

想到这儿，魏无忌脸上露出了笑容："君上想得极是，我今天就动身去齐国。"

就在魏无忌赶赴临淄的同时，刚被平原君举荐做了大夫的赵奢带着三千骑兵护着平原君出了邯郸，在武城与早先赶到的七千精骑会合，一万骑兵如飞般南下，直奔黄河渡口。两天工夫就到了汲邑。此时魏将新垣衍已经招集起三万军马，眼巴巴等着赵军赶来。赵奢也知道战事紧急，只在汲邑城外休息了一夜，第二天就往黄河而来。

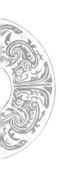

　　五日后，大军到了黄河岸边。面对滔滔黄水，从未上过战场的平原君有点不知所措了："秦军有十万之众，咱们才四万，这一仗该怎么打？"

　　"君上不用担心，秦军虽多，却是孤军犯险，难以持久，一个败仗就会动摇军心。咱们先夺安城，让秦军吃个败仗再说。"赵奢转向新垣衍："现在秦军围攻大梁刚刚一个月，我军能在这么短的时间赶到，这是秦国人做梦也想不到的，眼下秦军攻克安城，控制了黄河南岸，但他们不知我军已经赶到，更不知道我们的兵力虚实，我们就布下疑阵，打他一个措手不及。"

　　"将军准备怎么打？"

　　"咱们先花几天工夫，让赵国骑兵和两万魏卒从下游分批渡过黄河，在安城外的丘陵之间隐蔽起来，明天中午，新垣将军率领余下的魏军就在秦军眼皮底下渡河，不必去攻安城，而是绕城而过，一路南进。秦军见我兵少，就会以为只是一支孤军拼死去救大梁，必全军出城追击，咱们先以一万魏军接敌，把秦军引至设伏处，伏兵齐起，当可一举击破秦军。"

　　赵奢是一员能征惯战的宿将，赵胜却是个没上过战场的人，自然一切听人家安排，赵奢说什么，他都点头称是。魏将新垣衍又要听赵胜调遣，也只有遵令而行。赵奢又说："安城只是秦军偏师，大军还在大梁城下。击败安城的秦军之后，我军星夜急进赶到大梁，若秦军得到消息前来迎战，就在半路击之。"

　　当天夜里，赵魏两军从安城下游三十里的地方悄无声息地抢渡黄河，整整忙碌了四个晚上，三万人马全部渡河，在安城侧后的丘陵间隐蔽待命。

　　赵奢全军渡河之后，新垣衍才率剩下的魏军开始渡河，又足足花了一整天时间，全军才渡过黄河，当夜就在岸边扎营，第二天一早，一万魏军大张旗鼓向南进发。

　　此时驻守安城的秦军已经知道了魏军渡河的消息，眼看魏军绕过安城南进，分明是不顾一切去救大梁，安城守将也没多想，立刻集合军马随后掩杀过来。

　　自魏惠王至今，数十年来魏军在战场上一向不是秦人的对手，这次也不例外，接战不多时就仓皇败退，秦军在后一路追杀，忽然听得一声号角，赵国骑兵率先冲杀出来！秦军猝不及防，顿时被骑兵破阵而入，大杀大砍，两万魏军也分从左右两翼掩杀过来，只一战，就将安城守军歼灭大半。

　　赵魏联军痛歼安城秦军之时，正在大梁城下的司马错已经得到了消息。

　　战国是年轻人的时代，秦国名将如白起、胡阳等人都不过三四十岁，正当盛年。司马错却是一员老将，已经年过六旬，须发如雪。早在秦惠文王时他就已经是秦国名将，平巴蜀，灭苴国，威名远震，秦惠文王死后，秦武王继位仅四年就薨了，司马错与穰侯魏冉一起率兵拥立秦王嬴则继位，又亲自平定蜀中叛乱，杀公子辉，诛杀郎中令等二十余人，保着嬴则坐稳了秦国的江山，再替秦国东伐魏国，连战连捷，先后夺取了半个河东郡，再破韩国，夺邓地，又破楚国，割楚上庸之地，一生征战，无一败迹，在秦军中唯大良造白起可与司马错比肩。因为屡立战功，被秦王拜为左更，在秦国诸将之中爵位仅次于白起，而名望尤在白起之上。

　　但司马错只是一员上将，并不是神仙。

　　此番攻取大梁，秦军一路不顺，先是偷袭之时被魏国人警觉，未能得手，而大梁城池坚固，守军器械精良，秦军虽然日夜攻打，却尚未挫动魏军分毫，本以为好歹能有三个月时间放心攻城，想不到赵国援兵来得如此快，魏国河北之兵也急速回援，竟一战击破安城守军，从背后向大梁扑来。若给赵、魏两军杀到城下，城中魏军必然出城反扑，两下夹攻，秦军难免一场大败。

此时只有两个主意，一是放弃攻城连夜撤回函谷关，运气好的话，或可全师而退；二是弃大梁于不顾，集中优势兵力回军，先破赵、魏联军，回头再攻大梁。

全师而退固然是好，可在秦王面前无法交代。先破赵、魏两军，再攻大梁，秦军一来一往，耗损兵力，挫折士气，大梁城将更难攻打。但好歹有了击破赵军的战果，就算最终攻坚失利，无功而返，在秦王面前总算有个交代。

想到这里，司马错已经下了决心，立刻把自己的儿子公大夫司马梗叫来："赵军已袭取安城，来抄我军的后路，我即刻引大军北上迎战。"

"万一敌军兵力众多……"

司马错把手一摆："赵军来得如此之快，必然只是一支轻骑，魏国在黄河北岸兵力有限，仓促之间调不出多少兵马，算起来这支援兵不会超过五万。还是没有我的兵多。既然他们来了，就先击破这支援军，回过头来再攻大梁。"对司马梗吩咐："我领八万精兵北上，你率一万人围住大梁。"

"只留一万人？万一城里魏军倾巢而出，如何抵挡？"

司马错是个老辣沉稳的人，敢出此险招，自然早已算过了："这些年魏军与秦军交战每每失利，早吓破了胆，太子围又是个怯弱无用的人，你只要将营盘扎住不动，命军士多砍树木，就在城下绑扎云梯、楼车，摆出准备器械即将攻城的架势，再命一些战车拖着树枝在营后来往奔跑，扬起尘土，每到午时、酉时就在营后放火烧烟，让魏军误以为大军在营中用饭，我料魏军十日内必不敢出战。等我破了赵军，立刻回师。就算攻不下大梁，破了赵军，也是大功。"

"父亲放心，我必尽力撑过十日。"

司马错点点头，又嘱咐一句："若大军接战不利，我会命人来报信，

246

你等见信即弃营而走，直奔函谷关，不可丝毫拖延恋战。"把一切交代清楚，又叫过将军斯离："你带战车一百乘、步卒一万人北上，直到济水岸边列阵，大军赶到之前，不要让赵国骑兵渡过济水。"斯离领命而去。

司马错随即登上战车，率领秦军主力，趁着黎明前的黑雾悄无声息地向北开拔。

秦军精锐溃散了

司马错用的战术是急战速胜，巧得很，赵奢想到的也是同一套战法。

攻取安城之后，赵国骑兵连城也没进，只在城外就地休整了一个时辰，立刻上马兼程南下。魏军武卒随后跟进。

两日后，赵军骑兵已经到了济水岸边。

济水虽列四渎之一，水源却远不像其他河流那么壮盛，现在又是十一月枯水期，河水青黑，流速甚缓，裸露出光秃秃的河岸足有两三丈高，河水冰冷刺骨，附近又没有桥梁可用。赵奢正犹豫着怎么渡河，却见对岸扬起一带烟尘，接着轮声辘辘，旗甲铿锵，却是秦军战车向济水岸边飞驰而来。

这个时候不能有一丝犹豫，赵奢第一个越众而出，纵马跳进河里，冰冷刺骨的河水正好没过马腹，浸湿了赵奢的双腿。有他在前面做样子，赵国骑士蜂拥而上，纷纷涉水过河，几里宽的河道里人喊马嘶，乱成一团。此时赵奢和前面的骑兵已经到了对岸，秦军也越冲越近，可以看出秦人的战车有数百乘之多，却没有配备步卒，显然是战车急驰，把步卒扔在后面了。

这倒是个机会。

赵奢把手一挥，当先的骑兵迎向战车，纷纷引弓而射。秦军的战车倒也骁勇，不顾一切直冲上来，车左射手连连放箭，车右壮士用戈戟劈砍，也击倒了不少赵军骑士，可战车庞大笨重，转动不灵，赵军弓马娴熟，纵马疾驰，如飞蝗般从战车左右掠过，乱箭齐射，车上的秦军甲士驭手个个身披三层重甲，被射中一箭未必致命，可拉车的服马骖马却没有这样的防护，一旦中箭倒地，战车立刻倾覆。

不大工夫，秦人已经损失了几十乘战车，眼看没有步卒配合，战车无法与骑兵较量，秦军先锋斯离射出一支鸣镝响箭，听得号令，秦军车兵一起驳倒马头向北退却。

只这片刻工夫，赵军已经全部渡过济水，远远看到身后烟尘四起，魏军也赶了上来，在魏卒前面却又闪出大队骑兵，骑士们一个个头顶圆盔，身披短甲，盔顶上插着一束白鹤羽，竟是一队燕军。眼看几匹骏马飞驰而来，当先一匹马上正是上将军乐毅。

自济水一战大败齐军，乐毅统率燕军连战连捷，夺取临淄之后，燕军已经把大半个齐国收入囊中，然而自奉燕王之命焚烧齐国宫室陵寝之后，乐毅心里多了一层顾虑，在齐国的行动越来越谨慎。攻取博邑之后就退回临淄休整。

恰在此时，魏国的公子无忌赶到齐国向燕军求援，乐毅听说秦军偷袭大梁，一天也没耽搁，立刻调集一万骑兵昼夜兼程赶来，从东面开进魏国，一路未与秦兵接战，直至济水岸边，恰好与新垣衍所率的魏军相遇，立刻合兵一处，赶了上来。

有燕国精锐相助，赵、魏两军士气大振。上将军乐毅是五国伐齐的统帅，这位昌国君一到，赵将赵奢、魏国新垣衍自然都听从他的号令。

看着济水边几十乘被赵军摧毁的战车和横七竖八的秦军尸体，乐毅对赵奢笑道："赵大夫果然厉害，两日内连打两个胜仗，秦军虽然悍狠，却不是赵人的对手。"

乐毅这样夸赞赵军，其实说穿了，不过是因为他自己也是个赵国人。

听上将军夸奖赵军英勇，赵奢乐得不知如何是好，平原君赵胜却暗暗留了心，觉得乐毅虽在燕国为将，心里却没忘了赵国，正好趁这机会与他结交，就上前问道："依上将军看，下面的仗怎么打？"

"此次统兵的是秦国左更司马错，此人老辣多谋，用兵奇险，很难对付。依我估计，秦军离此不会太远，咱们先上前去看看秦国人的阵势再说。"

此时秦将斯离已经领兵退回本阵，告知司马错：赵军前锋已渡过济水。

偷袭魏国这一仗本就难打，赵军出现之后情况更加复杂。

赵国精骑果然非同小可，行动如飞，处处争先，使秦军落了下风。就连司马错这样身经百战的名将也不得不暗自惊疑："这些赵国人来得好快……"

斯离忙说："赵人也没什么了不起！让末将带一支兵马上前迎战。"

深入魏境，面对强敌，司马错是不愿意冒险出击的。可在话头儿上又不能稍有示弱，免得部下失了锐气。

"赵国人来得如此之快，人马一定不多。"司马错跳下战车，右脚咚咚地踏着地面，"就在此地列阵，让赵国人来送死！"

一声令下，八万秦军停下脚步，就在旷野中排开阵势。五万人为中军，战车三百乘随后压阵，两翼各有步卒一万，配备战车一百五十乘。甲士趋前，持盾牌遮护本队，其后是弩手分为三列，前列持弩待发，第二列进弩而立，第三列就地而坐，摆开蹶张弩，准备"上弯"布矢。弩兵之后是身披铠甲的持戟健勇，列成一个个整齐的方阵，随时准备破阵杀敌。

秦军精勇冠于六国，司马错率领的又是百战精兵，转眼之间大阵已成，却还未见赵、魏兵马开到。司马错又想了想，叫过斯离，指着五里开外的一带土岗："你带五千骑兵到山岗背后待命。"

"我军只有这五千骑兵，若调离本阵，就没有骑兵可用了。"

"魏武卒不足惧，赵国骑兵却精锐无比，当年赵武灵王首开胡服骑射，训练出这支精兵，北击林胡，破楼烦，兼并中山，威不可挡，我秦军骑兵不足与之抗衡。但赵国骑兵想凭着弓马之力撞破秦军的铁阵，也不容易。此战若能胜，目前的兵力足矣，若不能胜，多出五千骑兵也无用，不如把这支兵马埋伏在山林中，若我军战胜，则骑兵乘其背而击之，若接战不利，全军退却之时，可用骑兵横掠敌阵，为我军断后。"

就在司马错指挥秦军布阵的时候，乐毅、赵奢、新垣衍已经带着几百人骑悄悄上来，站在一处高坡上远远观望秦军大阵。乐毅看了半晌，微微点头："秦军的阵法无懈可击，尤其秦人的强弓硬弩十分厉害，硬冲必然伤亡惨重，胜负也难说……"

新垣衍忙问："上将军有什么破敌良策？"

多年以来，魏军与秦军接战每每失利，对秦军有些畏惧。现在新垣衍急急一问，话头儿里露出了一丝怯意。眼看新垣衍胆气不足，赵奢忙在一旁说道："秦军虽勇，却没有骑兵，阵法虽严，却过于紧密，失之灵活。我军兵力虽少，骑兵却多，新垣将军手下又有一万精勇的武卒，要在这上头多动脑子。"

乐毅点头道："赵大夫说的对。司马错百战骁将，非同小可，攻大梁的军马也必是秦军的精华，而且秦军兵力又多过我军，我们的优势只有三条：一是我军有两万精锐骑兵；二是秦人只知赵、魏两军来攻，不知燕军已到；三是魏武卒勇猛，可以一当十，有此三条，当占七成胜算。依我看，此战要以快打慢，以动打静，以奇制正。"随即吩咐："新垣衍率魏卒三万居中路，以劲甲武卒为前锋，赵军骑兵在魏军左翼。交战之时，赵军骑兵脱离大阵向东面进发，摆出要包抄秦军侧翼的架势，如此一来，秦军侧翼也必然随赵军而转动，以期正面迎敌，他们的军阵就散乱了。此时魏军武卒自中路推进，其余兵士继进，魏武卒训练有素，盾甲精良，当能抵得秦军的弓弩，一旦迫近秦阵，依秦人的本性，他们必然倾力反击，魏军不妨与秦军死战一场，撼动他们的中军。此时秦人左翼、中路皆已挫动，我即率燕军骑兵从阵后而出，直击秦军右翼，赵军也同时猛扑秦军左路，依我估计，此时秦军右翼先破，左翼继破，中军也难保，如此，一战可胜。"

约定战法之后，赵、魏两军四万人马开上战场，与秦军对面排开阵势。

司马错立在战车上观阵，只见对面是两支军马，一路是黑盔黑甲的魏军，当先的是闻名六国的魏武卒，头戴铁盔，身披重甲，左手挽盾右手持戈，摆出冲击的阵列。另一路是穿着短褶长裤，身披胸甲，背着硬弓手持短剑的赵国骑兵。眼看敌军大阵缓缓推进，在秦军阵前三百步外扎住，阵脚刚稳，只听军阵中牛角号响，赵国骑兵排成五列横队，驳转马头向秦军大阵的东侧横行而去。

赵人的这个举动倒把司马错弄糊涂了。

秦人有一支天下无敌的队伍，就是弩兵。这些弩兵公士们全部配备强劲的手擘弩和蹶张弩，一箭可射五百余步，而且精准无比。在战场上，只要有足够的弩兵，无论对方的步骑兵如何凶猛，也很难突破秦军的铁阵。可今天的赵国骑兵却很古怪，他们不与秦军接战，只管一味向东横行，始终处在秦军弩机的射程之外。秦人的弩兵都布在阵前，侧后空虚，真要被赵国人绕到侧翼空当处忽然冲杀起来，秦军就被动了。无奈之下，秦军左翼的弩手们不由自主地跟着赵军向左翼转动起来，这一转，原本井然有序的队形一下变得拥挤了，弩兵和步卒互相推挤，原本严密整齐的方阵变成了一个左圆右方、左密右疏的奇怪阵势。

　　到此时司马错已经隐隐觉得情况不对。不待他反应过来，对面魏军阵中忽然传来号声，接着战鼓擂响，一万魏武卒齐声吼叫，挺起矛戈，头顶盾牌，向秦军正面发起了攻击。

　　魏武卒，是当年魏国大将吴起亲自训练出来的军中精华，也是六国中出名的强兵，这些军卒都是百里挑一精选出来的壮士，身材高大，体格强壮，身披三层重甲，持戈佩弩，带矢百簇，能携三日之粮急行百里，立刻投入战斗。这些精锐武卒是整个魏国军队的核心，阵法严密，训练有素，冲锋时千人万众如同一人，在组建之初纵横天下，从无敌手。但魏武卒的缺点是他们身上盔甲太重，行动难免迟缓些，阵法也单调。而秦军早年与魏国在黄河两岸争雄，与魏国武卒大小百战，早摸透了这些健卒的虚实长短。秦军中虽没有这样的重甲健卒，公士们却普遍配备了强劲的手擘弩和蹶张弩，在这些强弩面前，魏武卒的血肉之躯就显得单薄了。

　　魏武卒虽然精勇，但选士不易，养活一个这样的锐卒花费也不小，所以魏国的武卒数量从不超过五万，今天凑集的一万武卒，是魏军布置在河北的所有精锐。然而这些精锐健卒面对秦军的弩兵，仍然讨不到什么便宜。只听对面一声令下，中路秦军万弩齐发，遮天盖地的箭雨射将过来，当先的武卒顿时被射倒一片，其余的却仍顶着盾牌向前突进。

战国时代，人命本就不值钱。何况魏军是来救大梁的，他们不能战败，所以比平时更不惜命。

魏武卒的步步推进顿时激起了秦人的野性。弩手身后的步卒跺地捶胸，一起像狼一样嗥叫起来，不少人脱下铠甲，挺着长兵准备向前冲杀。

秦国的酷法把百姓变成了一种奇怪的动物。所谓"勇于公战，怯于私斗"，也就是说在国内，秦人被严刑酷法和互相监视的"连坐"制度捆绑了手脚，像猪羊一般怯懦，任官家虐害，从不敢反抗；可在战场上，久受酷法压抑的秦人又在瞬间丧失人性，变成了虎狼，为了立功受赏不顾一切，见了人血就会发疯。

秦人守"法"并非自觉自愿，而是被官家监视，被暴力逼害，被打断了脊梁骨。秦人勇猛也不是爱"国"，而是嗜血逐功，兽性发作，这样压抑良知、扭曲人性的疯狂是不能持久的，世界上也没有比秦人更不肯"爱国"的人了。秦国统一天下之后，始皇帝驾崩，消息一出，百万秦军自行瓦解，弃国于不顾，大秦帝国顷刻灭亡，后世谈起，无不寒心。

这个因君王之私欲而戕害人性的疯狂军国，在中国历史上不过烟云而已。

眼看秦军士卒已经发起疯来，司马错觉得也该出击了。

赵军骑兵还在向秦军左翼横掠，可面对秦军铁阵，他们似乎无隙可乘。只有一支魏军孤军前出，向五万秦军挑战，形势对秦军十分有利，司马错也不再犹豫，抬手向前一挥，在他身后，无数秦军锐卒狂吼怪叫跃阵而出，和魏武卒绞杀在一处，战场上顿时惨叫四起，血肉横飞。

司马错并没有关注面前的战场，而是把目光紧紧盯住东面的赵军骑兵。

以他的估计，此时赵国人该有动作了。

果然，眼看秦军中军已经出战，赵军中响起号角，骑兵们一齐驳转马头向阵后奔驰，跑出两三里远，忽然转过身来，迅速列成两路楔形阵势，向秦军的侧翼猛扑过来。

赵军骑兵精锐，名不虚传，这一万人的军阵顷刻变换，严整划一，快如闪电，疾似飞鸟，让司马错暗吃一惊。

几乎与此同时，山坡后响起隆隆的雷声，又一支上万人的骑兵蜂拥而出，飞一样杀向秦军右翼，冲在最前面的是几千名手持长矛大戟的"死兵"。

"燕国人！"

在七国之中，燕国骑士的战法是最凶狠的，他们冲阵之时用牛皮绳把自己绑在马背上，这样就能腾出手来用长兵刃冲阵突刺。破齐之时燕人就用这样不要命的战法打破了齐军的铁阵，现在他们又把这一招用在秦军身上，却也同样有效。

转眼工夫，燕军死士已突入秦军右翼，同时赵军骑兵也撞入了秦军左翼，两支骑兵遥相呼应，四处砍杀，把秦人的大阵冲得摇摇欲坠，正在中路苦战的魏武卒眼看骑兵得手，士气大振，也一起向前狂冲猛打。

眼看局面已无法控制，司马错急令中路的弩手抢到两翼阻击骑兵，尚未动用的一万中军向前接替已被冲乱了的士卒，自己则领着被打垮了的兵马向后仓皇退却。

秦军的反应之快，变阵之精，倒也出乎乐毅和赵奢意料，两翼的骑兵同时遭到秦军阻击，伤亡不小，一时竟无法突破，眼瞅着几万秦军从面前退却。大军之后又有几百乘战车殿后，反过头来向骑兵冲击，进一步迟滞了燕赵骑兵的攻势。等他们把秦军的战车冲散、捣毁，司马错领着大军已退出几里之外，大队秦军落荒向南溃退，乐毅、赵奢各率军马向前突进，

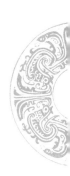

新垣衍也领着魏军紧追不舍。正在乱战之际，忽然前面的树林里出现一哨秦军骑兵，横冲直撞地杀了过来。

司马错不愧是秦国名将，未思胜，先思败，已经在背后安排下一支伏兵，正在关键时刻杀了出来。为了阻击燕赵骑兵，这些秦国骑士都扔了长兵器，左臂挽着马颈，右手提着短剑利斧，排成三列纵队，如同一道黑烟直插进秦军与燕赵骑兵的空当中，战马冲闯，刀斧劈砍，与燕、赵两军缠斗在一起。秦军骑兵身后又有百十乘战车杀了过来，在骑兵群里横冲直撞，弓箭手频频开弓放箭，车右武士挥起长戈大戟拼命劈砍，顿时冲乱了燕赵骑兵的队列。

有这五千骑兵遮住阵脚，追兵之势稍缓，可秦军骑兵在马背上格斗的本事却不及燕赵精锐，人数又少，只能挡得一时。眼看秦军败势已成，斯离高叫："左更速退，末将为全军断后！"

眼看局势千钧一发，不能丝毫犹豫，司马错冲斯离一拱手，吩咐身边一名百将："领一行（八辆）车去大梁，通知围城军马退往华阳与大军会合！"自己率领大军率先向西退去。

这一边，随着斯离一声令下，上万名已经溃乱的秦兵在屯长、百将、五百主的呵斥下竟然迅速稳住了阵势，持长兵的士卒在外，背弩机的公士在内，互相依托，列成一个紧密的圆阵，挡住了步卒骑兵冲击的通道，弩机箭矢雨点般射来，随后赶杀过来的魏武卒正撞在这座圆阵上，顿时被射倒了一大片，新垣衍见武卒受挫，催动战车赶到前面，一鼓劲地驱兵向前猛冲，可秦军弩手依托圆阵万箭齐发，魏卒一时间哪里冲得上去。

此时骑兵们已经杀散了秦军的伏兵，却也被这道圆阵拦住去向。赵奢向乐毅叫道："上将军，此等圆阵破绽在背后！我军向左，你军向右，绕到阵后回头杀出，可破此阵！"带着一万骑兵向秦军阵后飞驰而去，燕军也从另一侧冲杀过来，转眼间已经绕到秦军背后。

秦军的圆阵十分紧密，弩手都在前边排列，阵后空虚，燕赵骑兵如风似电，不等秦人反应过来，两万骑士已经转到秦人弩机的空当位上，齐声呐喊，列成楔形阵势不顾性命地向秦军圆阵冲来，顿时从背后破阵而入。

眼看秦军大乱，当正面的魏武卒也鼓勇而进，五万大军将不足一万秦军分割成几块团团围定。此时的秦军已经无力再战，只剩一条死路。然而秦军却是与众不同，国内立有严刑酷法，战死之人，家属可得抚恤，若临阵败降，则家人连坐！就是这样的酷法，把秦军逼成了一群不知惜命的虎狼，明知接战必死，仍然力战不退。一场血战从午后直杀到第二天天亮，近万秦军终于全军覆没，无一生还。

眼看打了一场大胜仗，乐毅扬起马鞭对平原君高声道："君上，赵大夫，秦军大败之后一定收拾兵马从华阳进韩国，再转道函谷关退回咸阳，若以骑兵追击，还赶得上，两位想不想再杀他一阵？"

若说战场上的豪气，赵奢丝毫不输于乐毅，亮起嗓门叫道："上将军有此兴致，末将自然奉陪。"话说完了才想起来，赵军的统帅是平原君赵胜，忙转头去问平原君："君上以为如何？"

赵奢是战将，平原君却是个谋主，肚里的心机与赵奢全然不同，低头略想了想，对乐毅笑道："上将军，我等此来是解大梁之围，只顾追杀秦军，怕是舍本逐末了。可秦军就在眼前，不逐不快！这样吧，上将军和新垣将军率马步精兵去追秦军，我和赵大夫带赵国骑兵去大梁，与守军内外合击，先解了大梁之围再说。"

在几员上将眼中，平原君这个没上过战场的贵人的安排有些不合情理，可平原君身份高贵，非将领可比，在他面前乐毅也不好多说什么，笑道：
"君上的布置倒也妥当，就这么办。"领军向西追下去了，平原君也上了车，
率领军马往南方驰去。

　　到这时赵奢还没弄明白眼前的状况，骑着战马跟在平原君车旁，嘴里
嘀咕着："秦军最狡诈，这里打了败仗，大梁的军马一定得了消息，早就退了，
咱们到了大梁城下也没仗打。"

　　人生的机缘很是难讲，多少人为了出人头地必须费尽心思巴结权贵，
还未必巴结得上，可赵奢运气好，误打误撞的倒成了平原君的心腹。虽然
赵奢又鲁又倔，全无心计，但赵胜偏就打心眼儿里喜欢他。眼看燕军已经
走出老远了，这才对赵奢笑道："赵大夫怎么糊涂了？咱们千里而来是要
解大梁之围，功劳自然在大梁城里，哪国军马先进梁城，就是魏王的恩人，
你我不取梁城破围之功，难道还要跟着乐毅去追杀秦军？那可是吃力不讨
好的事。"

　　赵胜这一说，赵奢才明白过来，可对平原君的心机却颇不以为然，闷
头闷脑地说了句："这些弯弯绕的事咱不懂。"

　　直爽人有时候也颇有趣。现在赵奢在这里发牢骚，说些倔强的糊涂
话，赵胜反被这粗鲁人的一句浑话逗得笑了出来。赵奢嘴上虽倔，心里
却也暗暗佩服起平原君的智谋，嘿嘿地笑了两声，跟在平原君车后往大
梁去了。

臣子的顶撞招来秦王的报复

五国伐齐，秦国打了胜仗，夺下齐国九座城池，又顺利收取了陶邑。可突袭大梁之时，却被燕、赵、魏三国军马合击，铩羽而归，将军斯离战死，左更司马错率残兵败将仓皇退却，又被乐毅手下的燕军骑兵一路追杀，好不容易从华阳进入韩国，这才摆脱了燕军的追击，从函谷关退回秦国，清点兵马，十万精锐已经折损两万有余。

秦国的严刑酷法天下无双，军士斩首数量不抵己方士卒战死数量，伍长带罪；敌军不能破，敌城不能拔，大夫带罪；何况此战攻城不克，接战不利，损兵折将，一无所获，左更司马错已经获罪不浅。秦王嬴则立刻招集重臣到咸阳宫议事，这几个掌握秦国军政大权的人是：相邦魏冉，华阳君芈戎，大良造白起，左更司马错，左庶长胡阳。在这五位重臣之下还有一个年轻人，就是刚被嬴则提拔起来的五大夫王龁。

在这些名臣大将面前，王龁既是最不起眼的，可又是最显眼的。每个人都知道这个年轻的五大夫今天为什么会来，王龁自己也猜到了八九分。

越是这种时候，王龁越要尽量低调些。为了不让自己太显眼，王龁缩着头坐在下位，在穰侯、华阳君面前，自始至终不敢说一句话。

其实今天在座的几个人心里都有疑惧，谁也不敢轻易开口，每个人都在等着秦王开口。

眼看众马齐喑，秦王独大，嬴则扬起脸来，本就浑厚响亮的嗓音比平时提得更高些："左更此番率军伐齐，连破齐国九城，攻取陶邑，又破安城，

围困大梁，天下震动！让六国知我秦军百战百胜，天下无敌，打得好！"

嬴则这一句话虽然是高声讲出来的，可那冷淡的语气在座的人都听出来了。司马错忙上前跪谢，穰侯魏冉、华阳君芈戎都低头不语，只有白起大着胆子说了一句："左更这一次也算尽力了……"

听了这话，嬴则忽地转过头来："听说突袭梁城本是大良造的主意？"

今天的大殿上，臣子们不能开口，说的话越多，惹的祸越大。

在五大臣之中白起年纪最轻，脾气最急，一上来就想为司马错推脱责任，把事情办得太冒失，立刻引祸上身。白起打仗的时候最精明，在朝堂上却是个没心机的人，还不知自己惹了多大的麻烦，想也没想，张嘴就要回答秦王的问话。魏冉的脑子却比白起快得多，知道这时候白起不能再说话了，有什么事必须自己出头，忙抢在白起前头："大王，突袭大梁是臣一个人的主意，是臣请大良造为此战做了计划。此战不利，都怪臣贪功心切，用兵太险，实在愧对大王。"

眼看魏冉替白起遮掩，嬴则却不肯就此放过白起，淡淡地说了一句："穰侯有什么错？"又转过身问白起："大良造觉得梁城一战问题出在哪里？"

到此时，白起再鲁直，也已经听出秦王话里有话，一时不敢回答。魏冉忙又要替白起遮掩，还没等他说话，司马错忽然挺身而起，趋步到了殿前冲秦王一揖："大王，梁城之战败北，都是因为臣用兵不当，过于轻敌，在安城一线布置的兵马不够，对燕、赵两军进兵的速度和兵力估计不足，先被赵军所乘，破了安城，臣又贪功不肯撤围，以致大败，此战关系秦国东进大业，而臣指挥不力，损兵折将，更延误了大秦东下伐魏破齐的时机，实在罪不容赦，请大王依秦律从重处罚。"说完拜伏于地，等着秦王发话。

司马错是相邦魏冉手中"三足鼎"的一足，可与白起、胡阳二人不同的是，司马错是一位替秦国效命三世的老将军，又在拥立秦王继位时追随

魏冉诛杀秦国贵戚重臣，立过头功，其后灭巴蜀、平反叛，为秦王嬴则坐稳王位出力最多，功勋素著，德高望重，人品又好，在臣僚之中口碑载道，就连嬴则也很敬重他，这样的人，嬴则其实奈何他不得。现在司马错仗着自己年高德劭、功大名重，不管不顾，当面和秦王硬顶，把败仗的一切责任都承担起来，嬴则再想责备白起也找不到借口了，顿觉扫兴。

老年人，脾气暴躁些也不足为奇。但司马错这么做，无疑是把秦王的怒火引到自己身上来了。司马错当然知道秦王是什么秉性，也知道自己如此顶撞秦王会是什么下场，可事已至此，干脆豁出去吧！反正已经获罪，要罚就趁早，这样还爽快。

司马错的想法倒和秦王不谋而合，沉吟半晌，秦王缓缓地说："看来左更大人老了……"

虽然早知道结果是这样，可是听了秦王这冷冰冰的一句话，老将军司马错还是不由得脸色灰白。随即在脸上硬挤出一个笑容来："大王说的是，臣快七十岁了，眼花耳聋，体力不济，不能再替秦国征战了。"

"你是先王驾下的老臣子，为秦国征战四十年，有功！"嬴则手指着司马错高声赞叹，随即把大袖一拢，从左到右扫了一眼，见魏冉、芈戎、白起、胡阳、王龁五名臣子都把头埋在胸前，没一个人来应和他，自己也觉得有点无趣，又补了一句，"秦国有今天的兴旺，靠的就是你们这些老臣子，咱们同舟共济，一切都是为了秦国利益着想。"

这时候别人可以不捧秦王的场，王龁却不敢再不吱声了，硬着头皮陪起笑脸说了声："大王说的极是……"话音未落，对面的芈戎、身旁的胡阳都扭过头来看他，王龁赶紧缩起脖子不言语了。

有王龁一句话，好歹算是个台阶，嬴则马上抓住机会对司马错说："老将军为秦国征战一生，寡人也承你的情。就赏你黄金五百斤，食邑一千户，回蜀地养老去吧。传诏：左庶长胡阳晋爵为左更，司马错之子司马梗晋爵为五大夫。"随即笑着问魏冉："穰侯觉得左庶长之职应由谁来接任？"

左庶长一职由谁接任，其实是明摆着的。听秦王这一问，白起、胡阳都偷眼看着王龁，王龁自己也紧张地出了一身热汗。魏冉正犹豫着是不是该给秦王捧这个场，坐在身边的华阳君芈戎忽然从几案后走了出来，躬身奏道："大王，臣以为五大夫蒙武勇猛善战，功绩卓著，应该晋为左庶长。"

华阳君芈戎是穰侯魏冉同母异父的弟弟，宣太后的亲弟弟，秦王嬴则的亲舅舅。与兄长魏冉不同的是，芈戎这个人脾气大，性子急，不谙权谋。在秦王身边掌权的贵人中，芈戎的本事不及他人，可也正因为此，芈戎这个人更加无所顾忌，什么话都敢讲。今天他在秦王面前举荐蒙武为左庶长，等于当着众人驳了嬴则的面子。

鲁莽的人常常惹祸，可有时候局面成了一潭死水，真就需要有个莽撞人出来搅一搅。

任命王龁为左庶长，这是魏冉不愿意看到的，可他又不能阻止，正在犯难，不想芈戎却在最吃劲的时候说了硬话，魏冉心里暗暗高兴。既然芈戎接了话题，他也就乐得先不开腔，低头坐在一边装起糊涂来了。

今天秦王召集众臣，目的就是要罢去司马错，提拔自己的亲信将领王龁出任左庶长。本来此事水到渠成，毫无阻碍，想不到芈戎竟当面顶撞，嬴则不禁恼火起来："蒙武？他有何功劳？"

"蒙武随其父蒙骜入秦十年，一直在大良造部下任职，屡立战功，五国伐齐之前，蒙武率先锋军攻齐，取城池九座，立了大功，臣以为任命蒙武为左庶长较为妥当。"

华阳君一番话，说得秦王嬴则低头不语，殿上众臣面面相觑。

沉默半晌，嬴则深深地点了点头，把袍袖一拂，仰起脸来看着殿顶黑乎乎的梁柱，拉长声音缓缓说了句："华阳君说得有理，好，好！"又自顾自地击了几下掌，微笑着转向魏冉："穰侯，你怎么看？"

嬴则是秦王，就算大权在握的重臣，对他到底还是畏惧的。此时的魏冉有些进退两难，既不敢像芈戎那样顶撞秦王，又不能完全顺着秦王，驳了芈戎的面子，急出一头汗来，左思右想，实在没办法，只能拱手奏道："臣以为此等大事，应由大王独断。"

听魏冉说这话，嬴则脸上的笑意更浓了，语气也更加柔缓了："卿等与寡人共治秦国，这'独断'二字，从何说起呀？"

嬴则这话说得客气，其实隐含的意思却十分吓人。侍奉秦王二十多年了，魏冉还没像现在这样害怕过，低着头不敢答话。

眼看局面越搞越僵，魏冉、芈戎都是秦国勋戚重臣，再争闹下去就要伤和气了，到底还是嬴则说了一句："左庶长一事，再议吧。"

听了这话，群臣一个个如临大赦，慌里慌张地起身告退。不想嬴则又缓缓地开了腔："穰侯慢走，寡人还有话说。" 魏冉浑身一颤，只觉得一股寒气从脊背直升到脖梗上，内衣都被冷汗浸透了。

转眼间众臣都退下去了，大殿上只剩了秦王和穰侯两人。秦王回身吩咐宦者令康芮："取酒来，寡人与穰侯对饮几杯，谈谈心事。"

不一时，酒馔摆了上来，嬴则举爵向魏冉致意，两人各自饮了一爵，秦王却不急着说政事，只管说些闲话。魏冉也有些心不在焉，随口应答。东拉西扯说了半天，嬴则把酒爵置于案上，重重地叹了口气："秦国自孝公以来，变法图强，威压六国，已成滔滔大势，寡人继位这些年虽然打了些胜仗，却始终无力东进，此番攻魏又败，折损的都是精兵强将，难道秦国的大势难成了吗？"

魏冉忙说："魏国一战只是小挫，秦国大势丝毫未改，大王不必忧急。"

"唉，寡人怎能不忧急？秦国本来僻居西北，国力疲弱，全靠推行法制才成了强国。寡人继位以来事事谨慎，不敢有违法令，前些时寡人病了，有百姓到神社杀牛献酒替寡人祈福，就有臣下对寡人说：依秦法，百姓不得官府明令，不得杀牛，百姓杀牛替君王祈福是违了法，寡人就下令杀牛的百姓入狱，参加祭祀者罚他们每人献上一副甲胄，为了此事，上下颇有微词，穰侯觉得寡人这样做，是不是不尽人情？"

嬴则这些话是说给魏冉听的，魏冉心里也明白，可又不能不附和，只得叩首赞道："大王虽是一国之君，然秉公守法，实为万民楷模。"

嬴则苦笑着摆摆手："谈不到这些。此番伐魏之败，本应重责司马错，可寡人爱惜老将军，实在是下不了这个手。只是秦国这样的法制之国，制民制军都在一个'法'字，这次在司马错身上破了例，以后再治别人的罪，就不好开口了。"

嬴则的语气柔软，好像是在对舅舅诉苦，其实话里全是软刀子。魏冉早知道秦王的意思，可听了这些狠毒的话，还是不由得暗暗冷笑。

秦国奉行的是举国皆战，全民皆兵，倾一国之力掠六国之财，掳粮米以养虎狼之兵，掠奴隶以充秦人之役，这样一个凶残成性的军国，奉行的是王纲霸道，独断独裁，大王的话就是杀人的"王法"。上至公侯大臣，下到黔首百姓，人人都被秦王压制，每个人的身家性命都攥在秦王一人手中。现在魏冉、芈戎得罪了秦王，这个独断独行的孤家寡人立刻搬出什么"秦法"来，其实是要拿他魏冉开刀了。

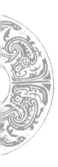

　　自秦王嬴则加冕以来，魏冉始终是秦国第一权臣，可他这个相位却怎么也坐不稳，手里的一颗印信夺了又赐，赐了又夺。这次魏冉等人公然顶撞，触怒了秦王，又要夺魏冉的权柄。现在秦王死死咬定一个"法"字不放，用话把魏冉逼来逼去，就是在等魏冉自己交出那颗相印。

　　秦国，是秦王一人的秦国，魏冉不过是秦王脚下的犬马奴才，现在秦王要摆布他，魏冉不说服也得服。既然如此，不妨把话说得动听一些，让秦王满意，自己的面子也就过得去，至于是否就此被秦王夺了权柄，就要看魏冉这个执国政二十年的权臣有多大道行了。

　　想到这里，魏冉把头略低了低，再抬起头来，已经摆出一脸忧戚之色："大王，秦国之志在于兼并六国，一统天下，本来可以趁着破齐的机会大举东进，可惜臣思虑不周，操之过急，致有此败，真是痛心疾首！臣也知道大王爱护臣下，可秦国是法制之邦，臣又是外戚，若不能守法，大王又怎么去治旁人？所以臣请大王收回相邦之印，稍示薄惩，以儆众人。"

　　说到这里，魏冉忽然觉得鼻子发酸，眼圈发热，连声音都有些哽咽了，自己也弄不清眼下这是真情还是假意，忙一头拜伏在地。

　　半响，嬴则重重地叹了口气："唉，这一仗本就奇险，胜负难料，怨不得穰侯！"略沉了沉，这才说："穰侯是贵戚，可这贵戚最难做，秦国的百姓臣子都盯着，咱们自家人不守法，怎么服众？这次的事，实在委屈穰侯了。"

　　对此时的魏冉来说，一言不发，胜过千言万语，于是魏冉真就一言不发。果然，嬴则自己开了腔："穰侯为秦国出了大力，寡人不能亏待你，上次寡人用陶邑换了穰城，现在寡人想了想，干脆把穰城和陶邑两处都封给穰侯吧。"

穰城虽然重新归了魏冉，可城内外原有居民已尽数迁离，换上了从秦地新迁来的罪人，这里早不再是魏冉的封邑，魏冉也不可能重新控制穰城了。多了一处封邑，无非多了一处钱粮收益罢了，魏冉倒不在乎这笔钱粮，可秦王好歹给了他一份体面，忙又再三称谢，又陪着秦王喝了一顿酒，这才散了。

宣太后病了

穰侯魏冉被罢相，这事在秦国引起了不小的轰动，众臣议论纷纷，却没一个人敢在秦王面前进一言。魏冉自己也把此事看作理所当然，毫不在意，照常办理公务，他手下的"三足鼎"去了一足，剩下的白起、胡阳二人也都不动声色。

唯一有点意外的，是老将军司马错被罢黜之后，走到咸阳南边的樗里就住了下来，并没有回蜀地的封邑。但此时的他已经是个无人看重的废人，住在樗里还是别处都没分别，自然也没人理他。

就这么风平浪静地过了两个月，后宫忽然传出消息：宣太后病了。

听说母亲病了，嬴则急忙扔下手里的事匆匆赶到太后寝宫来探视。听说大王来了，宣太后这里也早早做好了准备。

宣太后这个人有三副面孔，平时的她在千百宫人的簇拥下盛装打扮，涂脂抹粉，穿上红绫绿缎、金带玄舄，佩上珠玉珍宝，举止娇慵，音容妩媚，看上去像个四十出头、风韵犹存的美人；有时候又能在一瞬间化为一个将死的老妇，风烛残年，衰弱不堪。什么时候摆出什么样貌，这要看当时的情况需要她怎么装扮。至于这位贵人到底生就一副什么样的嘴脸？除了几个最贴身的宫女以外，只有一个侍寝的小子魏丑夫知道。就连嬴则这个当儿子的，也早就不记得母亲到底长成什么样子了。

今天的宣太后既是病了，模样自然衰颓异常。头上那鸦翅一般黑亮、山峰一样高耸的假髻已经取掉，只剩一头稀落枯干的白发乱蓬蓬地垂落下来，勉强在颈后挽了个髻子，额头上皱纹的沟壑就像被雨水冲刷烂了的老黄土，脖子上松垮的皮肉如同糟烂的鱼鳞层层堆叠，脸颊松垂无肉，眼珠混浊得像咸阳道旁一滩刚被人踩踏过的泥汤子，嘴角耷拉着，乌青的嘴唇皱缩干瘪，像两枚放烂了的枣子，一口焦黑残缺的黄牙，说话时老远就闻到一股腐坏的臭气。歪在榻上，喉咙里被浓痰堵着，呼噜呼噜地上不来气，时不时地咳嗽几声。这时身旁的宫人们就像一群叮在烂肉上的苍蝇忽地围过来，托肩抬首，端茶捧漱，乱糟糟地挤成一团。见嬴则进来了，这些宫人都松了一口气，赶紧跪爬着躲到暗影里去了。

嬴则在这世上活了四十多年，掌权也有二十余载，算是个见多识广的人了，可看见母亲这副样子，到底还是吓了一跳，抢到榻前翻身跪倒："儿子来迟了！"

宣太后勉强睁开眼睛，也不知看没看跪在面前的儿子，喉咙里呼呼作响，不知说了什么，还是只在喘息。嬴则抬手摸了摸太后的额头，只觉得额头冰冷，心里又惊又痛："听说太后只是染了风寒，怎么病成这副样子！"

"活不成了……"

宣太后从喉咙深处挤出这四个字来，又立刻引出一阵山呼海啸般的咳嗽，好不容易缓过一口气来，一字一句地说："大王国事忙，别管我这个老婆子了……"

眼见母亲这样，铁石心肠的秦王也不由得落下泪来："母亲病成这样，儿子还问什么国事？"回头厉声呵斥宫人："太后病至如此，你等怎么不及时报与寡人知道！若太后有什么三长两短，寡人让你们这些东西都替太后殉葬！"

"不必责备他们，秦国已成滔滔大势，你这个秦王要以兼并六国为己任，别的事不必挂在心里。"宣太后喘息了一阵子，又低声问，"听说齐国快要亡了？"

"太后不必操心国事了，好生养病吧。"

宣太后的喉咙深处又响起呼呼的痰音："大王就快成天下之主了，用不着我这个老婆子多嘴了，怪不得……我也该死了。"

自嬴则继位以后，宣太后一直在后宫执国政，秦国的大事她能决断一半，嬴则一心想着让太后省心，养病，可宣太后却把秦国的国政看得比什么都要紧。现在太后说了这样的话，嬴则平时虽有虎狼之性，但在母亲面前毕竟还是个孝子，听了这些话，不由得落下泪来，只得俯在太后耳边说："近日得到消息：燕军已经攻破临淄，烧了齐王的宫室，掠去齐国礼器，齐王出逃，生死不知，齐国已经亡在燕国手里了。"

"没了齐国，就该是秦国大展拳脚的时候了，大王下一步伐魏还是攻楚？"

"先伐楚，次伐魏，后伐赵。"

"楚、魏都是大国，赵国也凶悍得很，兼并这三国，大概还得十年光景，不知要打多少恶仗，大王万万不能懈怠。"

"儿子不敢懈怠。太后不要问这些事了，好好养病吧。"

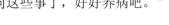

"病成这样，养也养不好了。我是楚人，自嫁到秦国侍奉先王，五十年没回楚地了，要不是病得要死，真想回郢都看看。" 宣太后双眼无神，呆愣愣地不知盯着哪里，半晌又低声说，"你们秦国的后宫里有皇后、夫人、美人、良人，然后才是什么八子、七子、长使、少使……我并不是什么贵人，嫁到秦国的时候也不得宠，只册封了一个'八子'，先王身边有的是美人，哪里看得上我？好容易在章台被临幸了一次，也是你这个老娘争气，就怀上了你。可咱们在宫里没什么势力，还是一样受气，谁拿咱们娘俩当人看？大王才十岁，就被送到燕国去做人质，一去多年，我一个人在后宫里苦熬岁月，本以为这辈子再也见不到你了……大王还记得小时候的事吗？大概早就忘了吧。"

"好在先王过世后，太子继位仅四年就薨了，那帮王孙一哄而上，都来争夺王位，其中公子壮势力最大，任大庶长，掌握兵权，眼看就要夺取王位，是你舅舅带兵去燕国把你接回来，亲自拥立你做了大王，又杀了公子壮和一帮造反的大臣，保着你坐稳了王位。大王即位的第六年，公子辉又占据蜀地发动叛乱，还是你舅舅命司马错率大军平叛，杀了公子辉，诛杀助逆的郎中令等二十七人，保着大王坐稳了王位。"

话说到这儿，宣太后的气息似乎越来越壮了，声音也亮堂了，喉咙里的痰也消了，眼睛也有神采了，嬴则也终于明白太后把自己找来到底想说什么了。

见嬴则忽然低下头来不吭声了，也不接自己的话了，宣太后又叹了口气，哑着嗓子说："你也大了，以前的事都忘光了，再唠叨这些旧话有什么用？只是惹大王厌烦。自孝公变法以来，秦国日日图强，到今天大势已成，即将荡平六合，一统天下，大王之功堪比商汤、文、武，壮哉，伟哉！

只是要成就这番功业，总还得有一番算计才好。"

"这是国事，太后身子不好，就不必管了。"

嬴则的语气忽然变得十分冷淡，宣太后心里很不痛快，恶声恶气地说："我还没死就已是这样，将来真不知会是什么下场了。"

面前这个心机深沉、专横跋扈的老妇人，既是大权在握的太后，又是嬴则的亲生母亲，嬴则对她既畏惧又关切，因而他对太后实在无可奈何。只好在脸上硬挤出一个笑容来："儿子不孝，惹太后生气了。太后临朝称制多年，熟知天下大事，将来兼并六国之战，儿子还要多听太后的主意。"

见嬴则好歹向自己屈服了，宣太后的脸色才好看了些："大王要一统六国，必得伐楚、克魏、攻赵，要伐楚，必先巩固汉中郡，要巩固汉中，必先破楚之黔中。司马错早年平蜀屡立奇功，又久镇陇西、汉中，熟悉地形，将士归心，伐楚之时不用司马错，大王用谁呢？"

司马错刚被秦王罢去，说是回蜀中封地养老，却根本没有远离咸阳，现在太后当着嬴则的面提起他来，嬴则一时无言答对。

宣太后也不立逼着秦王答复，只管自说自话："楚国地大兵多，山野丛杂，潮湿多雨，道路难通，要破楚师，夺郢都，非得一员勇将敢于孤军犯险，深入楚地，秦国诸将之中，唯白起有这样的胆色。胡阳这个人刚毅沉勇，能打恶仗，最善攻坚，将来伐魏破赵，用得着他。"

白起、胡阳、司马错，正是穰侯魏冉手里那只"三足鼎"。

到这时，太后顺理成章提起魏冉的名字来了："白起这个人有意思，以前也是个默默无闻的人，也不知穰侯看中他什么，提拔他为左庶长，伊阙一战，大破魏韩联军，斩首二十四万，俘魏将公孙喜，魏国从此不敢正视秦国。其后白起统率秦军攻无不克，战无不胜，到今天，咱们秦国简直离不开他了。自秦国设大良造之职，白起算是最称职的一位。"看了嬴则一眼，故意问："大王觉得呢？"

此时的嬴则进退无路，无奈，只能低下头来："太后说得对，秦国不能没有白起……离了他不行。"

宣太后口口声声说的是"白起"，嬴则回答的也是"白起"，可这话里话外，却分明是在说穰侯。

到这时，宣太后脸上总算露出一丝笑意："看我这唠唠叨叨的，真不知在说些什么。大王国事繁杂，不必守在这里了，去忙你的事吧。"

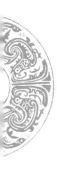

从太后宫告辞出来，嬴则坐在榻上，面对着几案上堆积如山的文书竹简，却一个字也看不进去，一个人呆呆地发起愣来。

秦国不能没有白起，不能没有司马错，不能没有胡阳，不能没有……

——不能没有魏冉。

没有这些人，秦国就没了相邦，没了大将，没了军队，没了朝廷，身为秦王的嬴则甚至连母亲都会失去。

做了二十多年大王，每日称孤道寡，自以为尊，可到今天嬴则才明白，自己真就是一个孤家寡人！

嬴则只觉得脑子里昏沉沉的，一时间什么也想不起来了。正在似睡非睡似醒非醒的工夫，忽然身边"当啷"一声脆响，把他吓了一跳，睁眼看去，原来是个宦官正捧着铜盘送上一爵热酒来，却不知怎么失手把酒爵掉在了地上。

嬴则心里正有一股说不出的沮丧，现在给这声响一吓，沮丧之情顿时变成了无法克制的恼怒，厉声喝道："你这狗东西活腻了！"

见大王发怒，那宦官急忙伏在地上叩头不止。

看着脚下卑微的奴仆，嬴则只觉得怒气勃发不可抑制，抓起案上的文简冲那宦官劈头盖脸猛砸过去！殿外的武士听得声响忙飞奔进来，嬴则气得脸色青紫，指着跪在脚下的宦官嘶吼着："把这奴才拖出去乱棍打死！"

几个武士齐声遵命，一拥而上，把已经吓瘫了的宦官直拖出去。宦者令康芮也赶了过来，见秦王大发脾气，吓得缩在一边不敢来劝。

不多时，殿外隐约传来惨叫哀号之声，良久始绝。

打死一个宦官，嬴则总算发泄了胸中的闷气，又坐在几案前发了好一会儿愣，问康芮："司马错还在咸阳吗？"

"听说住在樗里……"

"召他进宫，寡人要见他。"

第二天，司马错从樗里回到咸阳，秦王嬴则当即收回成命，把司马错安抚了几句，重新任命老将军为客卿。

几天后，嬴则下了一道诏命，仍然任命穰侯魏冉为秦国的相邦。

七 齐国的危局

墨家也该寿终正寝了

在燕赵大军的救护之下，大梁城躲过了一场大劫。魏人对平原君和燕国上将军乐毅感激涕零，魏圉替魏王对平原君和乐毅再三拜谢，捧出黄金千斤相赠，拿出肥牛美酒犒赏士卒，魏王宫中连日盛宴款待贵客。

眼下的赵国亲于魏，盟于燕，和于楚，结好于韩，朋友满天下，无仗可打，无事可做，平原君也就只管安享太平，乐得待在大梁城里享福，不急着退兵回邯郸。

奇怪的是乐毅也不急着回齐国去，带着他的一万精兵待在大梁不走，似乎并不把齐国的战事放在心上。

乐毅为何不走，平原君心里大半有数。

前有伐齐之役，后有破秦之功，平原君把乐毅这个人着实看重起来，一心想和他交往。现在平原君和乐毅都在大梁城里，倒是个结交的机会，于是带了几个随从，捧着美酒过府拜望。两人寒暄几句，赵胜问乐毅："齐国大军半数被歼，只剩些残兵败将，以上将军的本事，灭齐当在反掌之间，可上将军却似乎并不急于灭齐，是何缘故？"

平原君这等权贵嘴里没有多余的话，若说出废话来，必有深意。现在平原君说的全是废话，乐毅也知道这位赵国的能臣是在用言语试探他。

赵国和燕国都是北方强国，两国又都觊觎齐国的土地，燕国若想兼并齐国，赵国第一个不答应。所以平原君这些话是代表赵王问的，乐毅也必须替燕王实言相告才能打消赵国的疑虑："燕国本是小国，此番出兵伐齐，只因齐国曾攻克蓟城，夺燕国重宝，毁燕王陵寝，羞辱了燕王，这才一心复仇。现在齐国已破，燕人大仇已报，也就够了。齐国与燕国同为武王所封，立国七百余年，难道燕国忍心一举灭齐吗？所以我奉大王之命，不急于对齐国用兵，这也是燕王宅心仁厚，不忍破国害民。"

乐毅这话十分有趣，从头到尾没有一个字是真的，可话里透出的意思倒是真的。平原君也听懂了乐毅的意思，知道燕国顾虑周边强国，无意独自灭齐。

赵国是伏在燕国身后的狼，若燕人一心灭齐，赵国必趁隙伐燕。可现在乐毅把话说得明白，燕国破齐，却不欲灭齐，赵国插手其间就没什么便宜可占了。平原君只得笑道："燕王确是仁厚之君，上将军也是明义之士，有此能臣是燕国之幸。"话锋一转，"听说上将军以前是赵人，不知何时去了燕国？"

赵胜今天来拜会乐毅有两个意思，一是从乐毅嘴里打听燕国是否灭齐；二是想找个空子和乐毅拉拉关系，若有机会，就劝说乐毅归赵。

可乐毅是个厚道人，既受燕国先王的厚恩，就一心只想着燕国，对燕王忠诚不二，根本不做这种打算。但乐毅到底是个赵人，平原君这位赵国贵戚在他心里分量很重，所以不想谈论此事，以免说到僵处，驳了平原君的面子。也不等平原君再把话题往下引，已经笑着说道："君上求贤若渴，

真是赵国之福。我以前在魏国住过些时日，认得一位贤士，名叫侯嬴，就住在大梁城夷门内的陋巷里，是个文武兼备的豪杰。君上若能访得此人，大有好处。"

乐毅说这些话，是在堵平原君的话头儿，不让他说出招纳乐毅的话来。平原君也明白乐毅的心思，知道这样的大事断不能一蹴而就，话说过了头反而无益，只好拱手说声："多谢。"也就不再说别的了。

第二天一早，平原君依乐毅所指到夷门来访侯嬴，好不容易找到住处，侯嬴却不在家。等了大半天也不见回来，只好悻悻而归。

平原君哪里知道，这侯嬴其实是大梁城里墨者的首领，现在他正带着一位天下闻名的人物去见巨子的女儿。

自从救了大梁，石玉成了魏国的恩人，太子魏圉对她感激莫名，真想拿出倾国之宝来报答她。可墨者秉性清高，金银珠玉、华服美食皆非所求，魏圉实在不知如何取悦石玉。想来想去，倒是有了个主意。这天一大早就命人运来大批砖瓦木料之类堆在院里，又架大锅熬制糯米汤，把芦草捣碎拌在黄土里，用糯米汤和成泥，动手在如茵馆前砌了一道院墙。等石玉听到院里吵闹出来看时，这堵墙已经垒起几丈长了。石玉忙问："太子这是干什么？"

"我看这间如茵馆还算整洁，地方也幽静，想在这里砌一堵墙，和内宫隔开，就把这里分赠给姑娘居住。"魏圉知道墨者的脾气，怕石玉不肯接受，早想好了说辞，"我知道墨者自给自足，不要旁人服侍，也不敢遣来仆佣之辈，只有一户看院子的人，是一对夫妇，还有个十四岁的女儿，无非帮姑娘看守门户，洒扫庭院，你若不喜欢，尽可遣去。这院里有一片花圃，可以用来种蔬自食，用长墙与内宫隔断，另开一个当街的门户，方便姑娘出入。保证日夜清静，无人来扰。"

　　魏圉或许不是一个安邦定国的明君，可他秉性温厚，心思也细，什么都想得很周到，安排得妥妥当当，见石玉还在犹豫，又笑着说："墨者对魏国有恩有义，我们魏人却帮不到墨者分毫，也不敢随便说个'谢'字，只有这一点心意，姑娘无论如何住上几日，若不合意，我也不敢再说什么了。"

　　女孩儿家都有一份天生的聪明。眼看太子为自己如此安排，石玉心里隐隐也有所感。眼下她又真是无处可去，只好说："多谢太子了。"

　　见石玉领了自己的情，魏圉十分高兴，亲自在这里看着人砌墙修门，整整待了一天，眼看院墙和临街的大门都修砌好了，这才拱手而别，一个人乐呵呵地从新修的大门里走了出去。

　　送走太子，石玉进了如茵馆，看着满屋绮罗玉佩，漆案铜尊，觉得真有些不可思议。一个人在房里呆坐到黄昏，看门的老头儿来报："有位侯赢先生到访。"

　　听说侯赢来了，石玉忙迎出来，却见侯赢身边还有一位穿着素布麻衣的老者，头戴一顶小小的竹冠，用一根荆条别住，年纪在五十开外，头发已经花白，一部长须倒还是乌黑的，面色红润，轩眉朗目，气势飞扬，好一派风骨。侯赢介绍道："这位先生是齐国稷下学宫的鲁连子。"

　　鲁连子本名叫鲁仲连，是一位名动天下的高士，智计无双，辩才过人，曾在齐国稷下学宫任祭酒，掌管学府多年。可惜齐王昏庸跋扈，不能识人，鲁仲连遂弃官而走。各国诸侯仰其大名，以千金之礼、君侯之爵相请，鲁仲连却不把这些功名利禄看在眼里，这些年云游天下，行踪缥缈，人所难测。

　　鲁仲连早年与巨子石庚有过交往，那时石玉还小，已经不记得了。现

在听说这位前辈到了，大喜之下忙把两人迎进如茵馆。鲁仲连把庭院看了一遍，笑道："这个地方真好，老夫这些年欲觅一处这样的居所而不得。"也不客气，吩咐看门人："有好酒取几壶来，我们这两个老家伙无肉不欢，有烤羊腿最好。"下人忙去准备。

石玉问鲁仲连："先生怎么到大梁来了？"

"避祸。齐国垮了，无处存身，只有到处逃亡了。"

鲁仲连说的一半是实话，一半是笑话。可石玉一见这位前辈，心里就有了个打算，听鲁仲连说"无处存身"，立刻避席正容，对鲁仲连说道："我这里有一事，正想与先生这样的人商议。"

"请说。"

"我父亲虽无才德，却有幸被墨者推举为巨子，可他一年前去齐国，却从此再无消息。这一年来墨者无人统领，一件正事也没做，实在愧对祖师，小女斗胆想求先生代掌巨子之令，号令天下墨者。"

石玉这话倒让鲁仲连一愣，随即笑着摆手："老夫并非墨者……"

"这并不要紧！"

面对这个急脾气、热心肠的侄女儿，鲁仲连还真有点不知所措。想了一想，对耿直的人，不妨说耿直的话："老夫觉得令尊之后，天下不必再有一位巨子了。"

鲁仲连的话倒让石玉吃惊："先生这是什么意思？"

"自墨翟创下墨家一派，墨家弟子游历天下，秉持正道，赴汤蹈火，死不旋踵，可这么多年过去了，墨家弟子们又做成过什么事呢？自周天子分封诸侯以来，世间就是兵强者称霸，杀人者为王，先有齐桓、晋文之辈五霸诸侯，如今又是七国称雄，独夫国贼掌握军马，视百姓为猪羊，用公

卿如犬马，称孤道寡，荼毒天下，而猪羊之辈垂首闭目，唯待宰割，犬马之徒饮酒食色，乐此不疲，到今天世道汹汹，都要杀人称霸，正气早已湮灭，人心已经败坏，非是人力可以挽回了，墨家也该寿终正寝了。"

听了鲁仲连的话，石玉低头不语。好半天又低声说："先生说得或许有理，可我父亲也对我说过：'人心不灭，天下有光。'当年孔仲尼周游列国，也说：'道之不行，已知之矣'，可仍然尽力不止。孔子周游天下，只靠一张嘴巴，一个'克己复礼'的口号罢了，可我墨家在七国之内还有几百名弟子，总比当年孔仲尼做得事大得多吧？先生难道不愿意用这些弟子为天下做一番事业吗？"

"这些弟子在何处？"

"名册都在我手中，只要先生……"

见石玉误会了自己的意思，鲁仲连笑着摆手："老夫是问：墨家这些弟子，你能调动几人？据我所知，墨家早已一分为二，大半在秦；少半在楚。你父亲能调动的只是楚国这一支，算来不过百余人吧？有你父亲在，楚国这些墨家弟子倒还称得上'志士'，可秦国的墨家弟子们却早已不成器了。这次你父亲想阻止秦国伐魏，自楚国来大梁，追随者仅三十余人，这是墨家最后的志士了，可他们却大半死在了魏国的新垣城里，你父亲也不知所踪，楚国这一支墨家早已人心涣散，连你也调动不了他们了吧？"

听鲁仲连说到失踪的父亲，石玉心里一阵酸楚，忍不住落下泪来。

见她这样，鲁仲连心里不忍，强笑道："你父亲这个人我知道，本事大得很，未必有事。"

默然半晌，石玉低声说："一年了，我父亲始终没有消息，一定是遇害了。"咬咬牙，先把自己的心事放在一旁，"先生说得对，墨家已经越来越衰微，可先生足智多谋，一定有办法。眼下齐国被燕国所败，大乱之中，志士豪杰无处投奔，先生正好趁机在齐国招揽弟子，重振墨家。楚国的弟子虽然不多，可也还有几十人，只要先生答应接了巨子之位，我们都愿追随先生左右，赴汤蹈火在所不惜。"

眼见一个女孩子家，却有这样的刚强勇气，比世间那些须眉男子不知强了多少倍，鲁仲连心里也暗暗赞叹。可鲁仲连却分明知道墨家气数已尽，再也不能成事了。自己若不把这一层点破，好好劝上几句，只怕这个浑身豪侠之气的侄女儿会就此误了一生，甚至送了自己的性命。

想到这儿，鲁仲连叹了口气："墨家所谓'兼相爱，交相利'，听起来似乎是大道，其实不过是海市蜃楼，有其影，无其实。墨子初创墨家之时，天下人心淳朴，墨者尚能精诚以共事，节用而爱人。可墨家弟子只知为下而敬上，一旦这个组织为世俗污染，从上面败坏起来，舍'节用'而图贪淫之欲，舍'兼爱'而专一己之私，墨家弟子顷刻间就变成山中之匪，市井之贼！这是人心趋利，如水归川，非你我之力可以挽回。"

石玉从小就在墨家弟子之中成长，浑身都是豪侠之气，把"兼爱"看作理所当然之事。现在鲁仲连说的这些话，她是听不进去的。可石玉毕竟是个女孩儿，脾气不像男人那样暴烈，到底没有发作，只是脸色已经不怎么好看。

石玉的脸色鲁仲连当然看出来了，可既然劝人，就难免得罪人，只好硬着头皮对石玉笑道："墨家本起于齐鲁之地，后来的巨子却离开中原到秦、楚去发展，就是因为中原各国争利渔货，人心险邪，而秦、楚两地民性淳朴，更适合墨家发展；可自从商鞅变法以来，秦国严刑苛法以制百姓，军功爵位以诱民心，人性败坏如同虎狼，在秦国的墨家已经消亡，楚地墨家也难维持，中原更是早已没有了墨家的踪迹。你知道墨家为什么不成气候吗？兼爱、非攻、节用、尚贤，虽然有理，却逆天道而悖人性……"

不等鲁仲连说下去，石玉已经冷冷地问道："以先生之言，怎么做才能不逆天道，不悖人性？小女子年轻识浅，性子又鲁直，还请先生直言相告，不必绕这些弯子。"

眼看石玉已经有几分动气了，可鲁仲连要说的话却必须说完，否则他心里觉得对不起老哥哥石庚。

"人性是自私的，这你承认吗？"

"我知道，父亲也说过这样的话。所以墨家讲'兼爱'，就是要用公道之心克制人心里的私欲。"

鲁仲连微微点头："你先不要急，听我说完。人性中夹杂着太多的私欲，这个天下人都知道。可要想把这私欲引向天理正道，却没有几个法子：道家以为百姓的私心是可以容忍的，要紧的是先破除君王的私心，如果克制了君王的私心，则百姓之私只是小小的人欲，不足以败坏天下，反而百姓可以被圣人、君主所感化，也弃小私而求大公。所以老子说：'我无为，而民自化；我好静，而民自正；我无事，而民自富；我无欲，而民自朴。'这里说的'我'就是君王。道家的意思说穿了，就是要让天下一切王法律条先制住君王，治妥了君王，才回过头来治理百姓！当今天下，要做到这样的境界，太难了！也许一千年都做不到。"

"道家之外是儒家。孔丘提出'克己复礼，天下归仁'，谁'克己'？是君王，谁'复礼'？也是君王。为何一心盯住君王？因为君王是天下私欲最盛之人，是邪恶之根，制住君王，才能'天下归仁'。其实孔丘的道理本就出于老子，只是更简单些，更实际些，可即使如此，也一样做不到。"

　　"墨家所说的'兼爱、尚贤'，其实与道家、儒家出于一体，只是墨家抛开一切说教，亲力亲为地做了起来。可墨家奔走诸侯之间，助弱抑强，费了多少力气，却没有一点结果，反而墨者日稀，门规日废，为什么？只因为墨家助的是君王，抑的也是君王，却忘了即使最弱小的君王，也还是个君王，而君王本身就是万私之根，万恶之源！结果墨家助弱，也就成了'助恶'，助来助去，只是与虎谋皮而已。"

　　"若说道、儒、墨三家，全都算得上正道。唯独法家，却是天下第一邪魔恶道！法家的根基与道、儒、墨不同，不是要克制君王私欲，以利天下百姓，反而是以君王之欲望为'法'，以君王之私利为'令'，专门要用暴力恶法压服天下百姓！法家之术是称霸之术，数百年来，已将世人引上邪路，积重难返，道、儒、墨三家都衰落了，这是天理不能制暴，正气不能压邪，大势败坏，绝非人力所能控制的。"

　　鲁仲连这一番话，石玉听懂了一大半，也信了一小半："道家消亡，儒家败落，只有法家横行，舌辩纵横之辈祸乱天下，无所不为，这我都知道。墨家已经衰弱，这是我亲见的。可我父亲说过：'人生在世，不与命争，便是蝼蚁；争命以至于死，才算壮士。'墨家虽然技穷力竭，可好歹还算壮士吧？"

　　听一个女孩子说出这样的话，鲁仲连忍不住赞道："说得好！你父亲就是壮士，你一个女孩儿家出生入死，救了大梁城里几十万百姓，也称得起'壮士'二字。可墨家'抑强扶弱'之道还是行不通呀！你父亲帮助魏国抗秦，就算真能击退秦国，又如何？难道魏国得胜之后，不会发兵去攻打韩国、赵国？那时墨者们再去助韩抗魏？岂不成了笑话。"

　　鲁仲连这一句话，把什么都说破了。

君王皆是万私之源，万恶之根，墨家的"抑强扶弱"抑的是君王，扶的又是君王，来来回回只是在原地兜圈子，确实行不通。石玉虽然倔强，却不是不懂道理的人。现在她已经无话可回了。

墨者或许愚鲁，可他们身上却有一腔正气，现在鲁仲连几句话点出墨者的愚钝，却也摧垮了世人心中最后的豪侠正气。不但石玉觉得伤感，鲁仲连心里也不是滋味，叹了口气，缓缓说道："墨家已经到了消亡的时候，巨子之位传至你父亲，也该断绝了。"

忽然间，屋里的几个人都没有话说了。

正在这时，看门的老汉双手捧着一个用黑锻子盖着的大家伙走了进来："主人，这是公子无忌刚送来的。"把这东西放在几案上，揭起黑锻，却是一张没上弦的弓。

这弓看起来和早前太子所赠的那张"服麋"弓是一样的形制。只是弓臂上用耀眼的金漆勾绘着一幅图案，石玉把弓捧起来细看，画的却是楚国漆器上常绘的"商人射鹿"图样，一群麋鹿在前面奔跑，几个穿短裤、梳丫髻的奴仆提着刀枪牵着猎狗在后面追逐，一个穿着直裾长衣的贵人引弓而射，鹿群后面一只大角雄鹿背上中了箭，前蹄腾起跳跃挣扎。整幅彩绘粗犷活泼，颇有楚风。

太子魏围赠给石玉一张宝弓，后来石玉曾用此弓射杀夺大梁城门的秦军，可惜这张弓失落在黄河里了。现在魏无忌送了这么一张弓来，看着和早先的"服麋"弓似出于同一匠人之手，弓臂上的彩绘也是找高手画上去的。只是魏无忌这个不识骑射的公子哥儿，却不知道这些彩绘毫无用处，石玉如果真的使用此弓，这些华而不实的彩绘很快就会磨掉了。

虽然做的是傻事，可这份讨巧的心思倒是明摆着的。看着这张被画得不伦不类的怪弓，想起那个精明干练谋略深沉却又淡泊柔弱一无用处的怪人，石玉不觉对着弓微笑起来。

石玉的神情却逃不过鲁仲连的眼睛。

其实鲁仲连今天来，也想说说这事，觉得眼前是个机会，就指着侯赢冲石玉微微一笑："听我这老弟说，你在魏国颇有'奇遇'。有些话他们这些人不好说，老夫年纪大，脸皮也厚，倚老卖老才说出来：楚国君昏臣庸，国势已败，数年之内怕要有一场大乱，你回去也无益。魏国有太子圉、公子无忌在，虽不能称强，倒还算个不错的落脚之地，不妨先住下，以后的事，以后再说。"

鲁仲连话里的意思石玉倒听出来了，脸上微微一红，低下头来："我在这里住得并不踏实……"

鲁仲连和侯赢相视而笑，侯赢笑着说："果然是'齐人有女，二人求见'，今方知'偏袒'之难也。"

听长辈引"东食西宿"的典故拿自己取笑，石玉大窘，偏偏性情直爽，不会做那娇羞嗔怪的小女儿姿态，满脸通红，不知如何是好。鲁仲连指着侯赢笑道："这家伙灌饱了黄汤，在这里说胡话呢，不要理他！你有恩于魏国，只凭这一条，住在大梁就踏实得很。至于其他的事嘛，不必急，老话说得好：水落石出，缘分自见。"

鲁仲连一番好心，说的都是道理，石玉也把这些道理记在心里了，可女孩儿家脸皮薄，再也不敢说这些话："先生这次要在大梁久住吗？"

"也不会久住。齐国毕竟是我的故国，无事时用不着我，国破家亡之际，老夫必须尽一份心力才是。"

"可齐国已是兵败如山倒……"

"齐国是大国，有潜力，只要齐王有了立足之地，振臂一呼，当有可为。"

"先生知道齐王在何处吗？"

"听说避到鲁国去了。但依老夫估计，大王在鲁国待不久，或将迁往他处安身。等知道了确实消息，我便去君前效命。"

听鲁仲连说要回齐国，侯赢忙说："扶弱锄强是墨者的本分，墨家虽然衰微，在魏国也还有几个弟子，就跟先生到齐国走一遭吧。"说到这儿，忍不住重重地叹了口气。

墨家的生命即将完结了，这次赴齐救难，或许是墨家弟子们为天下人做的最后一件事了。自此以后，天下有豪侠，却再也没有墨者了。

刚愎自用的主子

临淄被燕军攻克之时，齐王田地带着一群仆臣婢女和几个亲信大夫逃进了鲁国。

鲁国本是周武王的弟弟周公旦的封国，西周时也是东方的强国。可春秋战国礼崩乐坏，诸侯争霸，战乱不止，鲁国与齐、楚为邻，在强国压制下日趋衰落，到今天已沦为齐国的属国，鲁公姬雠对齐王假意奉承，靠着齐国的庇护苟延岁月。想不到一夜之间天翻地覆，强大的齐国化为齑粉，齐王如丧家之犬逃进鲁国都城曲阜。鲁公慑于齐王的余威，急忙率领群臣将齐王迎进宫里，在正殿设下酒宴款待。鲁公把齐王敬在上位，自己在一旁相陪。

见鲁公不向自己行跪拜之礼，齐王心里很不痛快，抬手推开几案，一言不发往后殿去了。鲁国君臣面面相觑，不知齐王是什么意思。齐国大夫王孙贾忙追了出来。

在自己人面前，齐王越加怒气勃发，冲王孙贾叫道："鲁公竟不知礼！寡人居天子之尊，巡狩至此，诸侯辟宫，朝夕亲视膳于堂下，天子食毕，诸侯退而听朝。鲁公雒不过一个君侯，竟与寡人同坐而食，这是何意！"

确实，以前齐国称霸东方，鲁公到临淄朝拜齐王的时候，每每跪拜叩首，自称臣属，以天子之礼奉承齐王。可现在的齐王已沦落到如此地步，逃到曲阜来避难，竟然还在鲁公面前以天子自居，这也太不识进退了！王孙贾急忙劝道："大王，眼下要考虑的是如何复国，其他事就不要计较了。"

"寡人之言不遂，威不立，何言复国！"齐王把手直戳到王孙贾的鼻子上，"你去对鲁公说，让他学一学人臣之礼！"

齐王毕竟是君主，王孙贾不得不奉命，硬着头皮走出来，把齐王的话对鲁公说了一遍。话还未说完，鲁国的臣子们已经叫骂起来，鲁公姬雒好歹没有骂人，却也气得脸色铁青，拂袖而去。

鲁公走后，再没有一个人进殿来见齐王，只剩下从齐国逃出来的君臣们凑在一起发呆。眼看天也黑了，无法可想，只得服侍齐王休息，其他人无处可去，都在殿外坐着打盹儿。就这么熬到后半夜，黑暗中忽然传出一声怪叫，紧接着，一群蒙着面的壮汉手提利剑冲进殿来，见人就砍，见东西就抢，把齐国人吓得到处乱钻乱跑，两个大夫王孙贾、貂勃急忙上前扶起齐王，四条胳膊紧紧遮护，硬是从人堆里钻了出去，黑暗中也不知道路，一阵乱跑，听得吵嚷之声远了，这才胡乱钻进一间破屋里，用杂物紧紧塞了房门。隐隐只听得门外喧哗嚷扰，良久不绝。

齐王和两位大夫，就这么担惊受怕地躲了一夜。天亮之后盗贼们散去了，齐王才从藏身之地出来。

一夜工夫，齐王从临淄带出来的几车黄金珠宝全被抢劫一空，手下的随从也被杀死十余人，其余的都逃散了，地上尸首横陈，血迹未干，齐王田地总算逃出一条命来，看着眼前这番惨相，气得暴跳如雷："鲁国竟是个贼窝，连王宫里都出了强盗！王孙贾，你去给我责问鲁公，命他即刻捕拿盗贼，交给寡人发落！"

宫苑之中哪来的盗贼？分明是鲁国大夫们恨齐王无礼，派家臣来袭击这些齐国人。这时候齐王还想命鲁公"捕盗"？哪里去捕！

可齐王就是这么个刚愎暴烈的脾气，在他面前，大夫们真是毫无办法。王孙贾只好硬着头皮去见鲁公，哪里敢责问？只把昨夜的事略说了说，请鲁公派人协助捕盗，寻找失落的财物和逃散的宫人。鲁公已经厌倦了这些齐国人，只随口答应一声，就把王孙贾打发出来了。

这天仍然和昨天一样，没有一个鲁国人进殿来慰问齐王，眼看过了中午，鲁人也没有送来饭食。齐王肚里没食，也没力气再发脾气了。君臣三人又发了半天愣，貂勃劝道："大王，鲁国待不得了。鲁公这些年表面顺从齐国，其实心存怨恨，这次闯进宫里来行劫的恐怕是鲁国的贵戚大夫之辈。昨天大王幸免于难，可今夜未必过得去。"

是啊，齐国是个称霸的强国，鲁国是任人欺凌的小国，鲁人对齐人本就心怀怨恨。现在齐国已破，齐王成了丧家之犬，竟还在鲁公面前摆架子，抖威风，鲁公对齐王哪还有什么敬意。夜里鲁人公然来劫夺齐王的财宝，任意杀人，现在又连一碗菜羹都不奉予齐王吃，这意思已经很明白了，就是让齐王自己滚蛋。若再不识进退，仍然待在鲁国不走，只怕真会丧命于此。

"可五国伐齐，临淄已失，大军被击溃，鲁国又不能安身，让寡人到何处去？"

貂勃已经想出了办法："大王可以去莒城。莒城是防备楚人的要塞，一向驻扎精兵三万，守将齐明忠信可靠，大王到了莒城，得这三万人马，还可再图振作。"见齐王还在犹豫，貂勃急得大叫起来："鲁国王宫是个狼窝，今夜盗贼再来，大王就难活命了！趁着城门未关，可以速行！"

这个时候齐王也真是走投无路，只得依着貂勃的主意，换了一身平民的衣服，坐了一辆车，王孙贾当驭手，貂勃带一柄剑在旁守护，趁着天色尚早，一气出了曲阜，沿泗水、平邑、费邑一路向南，出了鲁国又折而向东，奔莒城而去。这一路上齐王君臣担心鲁人拦截，丝毫不敢停留，整整走了两日两夜，总算出了鲁国，进入齐境。

这一夜，齐王就宿在荒野之中。盼到天亮，大夫王孙贾骑了一匹驾辕的马在附近找到一个小村子，用身上的玉玦换了点小米，貂勃在野地里蹲了半天，扯回来几把鼠曲草和荠菜，就在车边用枯枝败草生了堆火，拿一只破陶釜熬了点粥，两个大夫一口也不敢吃，先把菜粥献给齐王。这是齐王几天来第一次看见粮食，也顾不得礼数体统，捧着陶釜喝了半罐粥，剩下的给了貂勃和王孙贾，两人立刻把这点菜粥喝得干干净净。

肚里有了食，齐王多少恢复了几分精神。想起在鲁国的一番遭遇，心中愤恨："待寡人复国之后，必发兵攻鲁，取鲁公雠的首级，方解寡人心头之恨！"回头问两位大夫："依卿等看来，寡人当如何复国？"

貂勃和王孙贾都低头不语，因为齐王问得实在是个无法回答的问题。

天下共伐，国破家亡，手中无一兵一卒，连一碗野菜粥都吃不饱，却还在空谈复国之后要怎样取仇人的首级来"雪恨"，这未免太可笑了……

见两个大夫都不回话，齐王刚高涨起来的气焰顿时挫了，回心一想，才明白自己眼下的处境。

齐王田地把手里的陶碗撂在地上，望着天，忍不住落下泪来："寡人堂堂一国之君，怎么会落到如此地步？"

眼看君王哀伤，臣子们心里到底不安。王孙贾低声劝道："大王不必如此，明日就到莒城了，有了兵马城池，一切还有指望。只是请大王自此以后体恤百姓，与民休息，多听臣下劝谏，凡事不可一意孤行……"本想再多劝两句，想不到齐王正在烦躁，哪里听得了这些话，一拍大腿，厉声道："寡人还轮不到你等教训！"

一句话，彻底堵住了臣子们的嘴。

几个勉强填饱了肚子的人就这么呆坐在野地里，累得浑身散了架似的，走不动路，也没力气再争吵。一直呆坐到日过中天，貂勃到底提起精神："咱们上路吧。"

两位大夫套好了马车，把齐王扶上车，王孙贾赶着车向东行去。刚走出几里路，忽见一队骑兵从南面飞驰而来。旷野之中避无可避，王孙贾只好硬着头皮假作不知，继续赶着车往前缓缓而行。

片刻工夫，那队骑兵已经赶了上来，马上骑士头戴皮板帽，身披鱼鳞甲，佩着柳叶剑，原来是一队楚国人，并没理这辆马车，一鼓劲向前驰去。

在这队骑兵身后，大路上扬起一片尘烟，数以万计的骑兵和战车滚滚而来，顿时塞满了整条大道。王孙贾暗暗心惊，忙把车赶到路边停住，眼看大队楚军源源不断向东开来，似乎正是要去莒城方向。

见路边停着一辆马车，几个齐国人冲着大路发呆，一群楚兵走了过来，领头的拦在车前喝道："你们是什么人！"

王孙贾忙赔笑道："我等只是齐国百姓……"话音未落，楚兵立刻提

着刀枪逼到面前："都下车！在路边跪着！等将军来问你们话。" 不由分说把齐王和貂勃从车上直扯下来。齐王田地是一国之君，哪肯跪在这几个士卒面前？貂勃也疾言厉色地喝道："你等休得无礼！"

楚人以秉性凶蛮著称，被貂勃喝斥了一句，立刻大怒，提着剑过来就要砍杀。眼看再硬撑下去就要出事，王孙贾上前伸臂拦在齐王面前，冲当兵的大叫："我是齐国大夫王孙贾，齐王在此，叫你们的将军上前回话！"

王孙贾这一声喊倒把几个楚兵吓了一跳，低声商量了一下，觉得这种事还是宁可信其有，于是几个人围住齐王，那头领骑上快马往中军报信去了。

不大工夫，一辆战车飞驰而来，车上立着一员身披重甲的楚国大将，貂勃忙凑到齐王耳边说："大王，此是楚国上柱国淖齿。"

此时淖齿的车驾已经到了面前，远远看清了齐王的面貌，淖齿急忙跳下马车，抢步上前翻身拜倒："淖齿拜见齐王。"

眼看淖齿十分客气，齐王不由得又端起了架子："不必多礼，楚国军马这是要到何处去？"

"楚王知道齐王有厄，特命仆臣领精兵五万来迎大王，愿为大王前驱，击退燕军，收复齐国。"

想不到楚王如此仗义，在自己危难之时雪里送炭，发兵来救，齐王田地感动得直掉眼泪，心知楚国兵马还在其次，有了楚王的支持，齐国就不至被燕国伐灭，以楚国为靠山，凭齐国的实力，几年之内当可振作，齐王心里又燃起了希望："淖齿，寡人拜你为齐国相国，卿为寡人尽力，寡人必不负卿！"

眼下这个齐国的相国之位在别人看来或许不怎么值钱，可淖齿远道而来，就是来谋这个差事，大喜之下急忙叩拜。

齐王又问："依相国之见，寡人应到何处安身？"

"莒城西临鲁国，东靠大海，背后有焦原山可恃，又与楚国邻近，实是易守难攻的险塞。臣听说莒城现有齐军三万，合仆臣之兵有近十万众，足可抵御燕军，大王可以到莒城驻跸，号令齐国，重整兵马。"

听说楚人也要去莒城，貂勃和王孙贾对望一眼，都觉得情况不太对路。可现在三人都在楚人的刀剑威逼之下，什么话也不敢说。倒是齐王兴致勃勃，被淖齿扶着登上战车，王孙贾和貂勃仍然赶着他们那辆破马车在后跟随，五万大军直奔莒城而来。

淖齿杀了齐王

莒城是齐国东南的重镇，背靠焦原山，地势险峻，城池坚固，城里有一万多户百姓，周边城邑囤驻精兵共计三万人。莒城守将齐明在此地坐镇十余年，专心防范楚国，使楚人不能越过国境一步，威名赫赫。

现在齐国被联军伐破，临淄陷落，精兵锐卒尽失，齐王和太子不知下落，齐明正急得不知如何是好，忽然一路楚军护着齐王到了莒城，惊喜之下也不多问，忙开了城门把齐王迎进城里，把自己的官署给齐王做了行宫，五万楚军就在莒城周围驻扎。

到这时齐王总算松了口气，天色也晚了，吃了一顿酒肉，正要歇息，大夫貂勃前来求见。齐王虽然满心懒怠见他，可貂勃毕竟是有功之臣，好歹强打精神把貂勃召进宫来，懒洋洋地问："卿有何事？"

貂勃看左右无人，这才奏道："臣想问一声，大王对淖齿如何看？"

"相国怎么了？"

"大王和臣等离开临淄之后，避入鲁国，又离鲁而赴莒城，楚人怎么会知道大王的行踪？淖齿率五万大军而来，真的是来迎接大王吗？"

自从半路上被淖齿所救，到现在齐王仍然觉得兴奋莫名，听貂勃问起，随口答道："此是天意佑护寡人……"

"天意？若上天有灵，何不佑护齐国在济西之战大获全胜？"

貂勃这话齐王就不爱听了："卿此言何意？"

"以臣看来，淖齿率领大军北上，分明是要趁齐国虚弱之际攻陷莒城！只是半路碰巧遇到大王，就假意说要助大王复国，实则想借大王之力，不动刀枪，侵夺齐国之地！"

不等貂勃说完，齐王已经连连摆手："不会不会……"

齐王这个人只知道自以为是，做臣子的平时在他面前头也抬不起，话也说不出。到今天国破家亡，齐王的脾气却丝毫不改，貂勃忍不住胸中火气，厉声说道："大王！楚人出了名的残暴无义，眼下齐国遭了大难，楚王忽然施以援手，若是有诈，楚军五万顷刻就能屠了莒城，大王性命难保，咱们不可不防！"

"你这是什么话？楚王发重兵将寡人送到莒城，又言明要助寡人复国，寡人反生疑惧，岂不被人耻笑？"

"楚王真要助齐国复国，当然是好事，可防人之心不可无，眼前不做些防备，他日楚人以刀俎相加，我等全无抗拒之力！大王还是谨慎些好！"

貂勃所言句句在理，又据案与齐王力争，声色俱厉，神情凶猛。齐王虽是个刚愎自用之辈，可到了今天这般光景，他到底不敢像平时那样跋扈，只得把语气缓了下来："依大夫之言，寡人当如何办？"

"如今淖齿在莒城，楚国大军都扎在城外，大王可以命齐明调大军到莒城来，然后关闭城门，召淖齿入宫，请他将楚军调往鼓里安置。若淖齿肯依诏而行，大王就将齐明手下的三万军马调到莒城周围布防，而留淖齿在城里行宫伴驾，这样就能把淖齿和楚军分开，谅他不会有什么动作。"

"若淖齿不肯调动楚军呢？"

"这就说明楚人有诈，大王立刻扣留淖齿作为人质，命楚军退兵。若楚军终不肯退，大王就趁淖齿不在军中的机会，以齐明之军攻打楚军，再发莒城兵马策应，内外夹攻，击破楚军。"

无论如何，这一次齐王到底听从了貂勃的主意，第二天就召见淖齿，以"扰民不便"为由，命淖齿将楚军调往距莒城百里之外的鼓里驻扎。想不到淖齿为人十分干脆，一句多余的话也没说，立刻遵命而为，当天就命楚军开拔前往鼓里囤驻，自己仍然住在莒城，身边只留下几百名亲兵。

到这时，连貂勃也说不出什么来了。

于是齐王在莒城安心住下，一面发出羽檄联络还未失守的各处城池兵马，意图复兴齐国，重振军威。

自到了莒城，齐王有了安身之地，天天召集臣子谋划复国之策。听说齐王在莒城，琅邪、胶东各处都有人马相继来投奔，被燕军打散了的败兵和逃难的大夫们也纷纷向这里汇拢，一个月工夫已经凑集了五万多兵马，大夫十余人。

此时又有人传言，说太子田法章已经逃出临淄，到了莒城一带，隐在民间。齐王闻报大喜，忙派人到四处乡野打听太子的消息，同时发动民夫在城内外筑垒修壕，准备抗击燕军。

眼看齐王在莒城的势力越来越稳，新任的相国淖齿也跑前跑后，出人出力，帮着办了不少事，与貂勃、王孙贾等人也渐渐亲近起来，齐王对淖齿更是深信不疑。

这天黄昏时分，淖齿奉承完齐王从行宫回来，刚进府门，随从来报："柱国，从郢都来了一位使者，有诏令。"淖齿忙飞步进了内室，见了信使张嘴就问："大王有何诏令？"

使臣解下衣带，翻过袍襟，在衣缘处拆开丝线，取出一方白绢，淖齿接过来看，绢上只写着一句话："即杀齐王，夺莒城，割琅邪、胶东之地于楚。"

楚国发兵救齐，为的就是这个；淖齿卑躬屈膝侍奉齐王，为的也是这个。

对于齐国这个曾经的东方霸主，楚国和赵国的想法如出一辙，那就是：巴不得齐国永远消失。

可楚国是南方大国，与中原各国素有隔阂，且楚军曾败于齐，对齐国有畏惧之心，所以五国联军伐齐之时，楚国没有参与，一心作壁上观，要看清形势才落本钱。却想不到貌似强大的齐国竟然外强中干，不堪一击，顷刻就被燕军攻破。

听说燕军占据了临淄，楚王坐不住了，立刻命柱国淖齿率军入齐，名是助齐抗燕，实则欲割齐国南方之地，在这场瓜分盛宴上大大地分一杯羹。

自从做了齐国的"相国"之后，淖齿日夜盼着的就是这道诏命，也早就做好了准备。现在有了楚王诏命，淖齿马上写了一道手敕，用了齐国的相国之印交给手下："去鼓里调动大军进入莒城，就说燕军逼近，大王命楚军入城助战。大军务必在明早开进莒城，入城之后就夺取四门，杀进齐军营中，将齐军击破。我现在就进宫夺取齐王的玺宝兵符，有了玉玺兵符，只要下一道令，不费一兵一卒就可以夺下齐国的半壁江山。"

一切安排妥当，淖齿带着三百名武士进了行宫，齐王正在宫中饮酒看舞，见淖齿进来，忙问："相国有何事？"

淖齿并不上前参拜，而是佩剑直行，走到齐王面前："大王，臣听说这几年在齐国出了几件怪事：前年在千乘和博昌之间，方圆数百里之内下了一场血雨，路人衣衫尽染，腥秽难闻，如此天象，大王知道吗？"

千乘，博昌，都在临淄以北，尤其博昌离临淄不过百十里。可这一带天降血雨，齐王却是闻所未闻："寡人并未听说。"

"去年博邑、嬴邑之间大地震裂，泉水喷涌十余丈高，大王知道吗？"

博邑和嬴邑都在临淄之西，泰山脚下，相距临淄五六百里，此处地震泉涌，临淄当有所感，可齐王却不知此事，只能答道："寡人不知。"

"燕军伐齐之前，临淄王宫门外每夜闻哭泣之声，武士察看却又无人，离去又哭，夜夜如此，大王知道吗？"

若说千乘、博昌发生怪事，仍在数百里外，可王宫门外夜夜鬼哭，这真是胡言乱语了。到这时齐王也有些警觉起来："这些事寡人都未听过，不知相国说这话是什么意思？"

到这时，刀已经架在脖子上，连生死二字都由不得齐王了，别的还说什么？

淖齿冷笑道："天降血雨，是上天示警，地裂为泉，是大地示警，宫门夜哭，是鬼神示警！大王在齐国秉政，所作所为祸国殃民，天地震怒，神鬼共愤，枉为人君！今天我就为天下除此祸害！"厉声吩咐左右："把这昏君拿下！"两旁武士蜂拥而上，捉住齐王。宫中卫士忙上前来救，可楚人有备而来，人多势众，不大工夫已将殿前卫士全部砍杀在地，宦官宫人吓得四处乱跑，也都被楚人逐一杀死。

淖齿提着染了血的宝剑走到齐王面前厉声道："齐国天祚已终，今日

该亡！你这昏君立刻交出玺符，我可以留你一个全尸，不听话，老子今天抽你的筋，剥你的皮！"

齐王田地，曾经的东方霸主，统治着天下第一强国，哪想到仅仅几个月工夫便破国倾家，如今更是陷于死地。好在身为人王还略有几分骨气，咬着牙狠狠地说："玺符之宝是天所授，寡人岂可交与你这乱臣贼子！难道你还敢弑君吗！"话音刚落，淖齿挺起剑来狠狠戳在齐王的腿上，一剑捅了个对穿，齐王顿时痛得嚎叫起来。

淖齿冷冷地笑道："不知死活的东西！还想试试老子的剑吗？"说着话提剑又要再捅，齐王忙尖叫道："不要动手，我把玺符交给你就是了……"

颐指气使的天潢贵胄，独裁专断的孤家寡人，现出原形之后，也不过如此。

见齐王服了软，淖齿这才收起宝剑，一群人揪着齐王进后殿去夺玺印兵符，冷不防从几案下钻出一个瘦小的孩子，飞一样向殿外逃去。

这孩子是齐王驾下一个侍从，今年才十五岁，生得瘦小，人又机灵，淖齿领人进来时，他正在帷幕后站着，见淖齿神色不对，已经留了意。待见楚人捉了齐王，动手杀人，这孩子一头钻进了几案底下，却没被楚人发现。这时眼看一群凶手都往后殿去了，面前没人，这孩子忽然钻了出来，没命地往外奔逃。

眼看逃出一个人去，淖齿急忙叫道："快追回来！"几个武士挺剑直追过去，想不到这孩子腿脚倒快，又熟悉行宫里的道路，在房舍廊道间东躲西绕，不大工夫竟已逃到宫门前。这里早有楚人把守，可忽然从花丛里钻出个人来，这些把门的楚兵竟也未提防。眼看后有追杀，前有阻截，逃不出去就是个死，这孩子什么也不顾，低着头飞跑过来，竟把一个粗壮的武士推了个跟头，从人缝里钻了出去，连滚带爬逃出了宫门。

淖齿来捉齐王是绝密之事，想不到竟逃出一个活口去，楚人大惊，几十个人提着剑在后面紧追，这孩子倒也机灵，眼看已经上了大街，立刻扯开嗓子尖叫起来："楚国人杀了大王！楚国人杀了大王！"街上的齐国人都给弄糊涂了，一时无人援手。楚兵心里发慌，急着要灭口，偏偏一时捉不住那孩子。

正忙乱，迎面来了一乘轺车，车上坐着两人，正是大夫王孙贾和郡守齐明，身后跟着几十个齐军。那孩子认得王孙贾，忙飞跑过来，冲着王孙贾大叫："大夫救命，楚人杀了大王！"

王孙贾也认出这孩子是齐王的侍从，见他被楚兵追杀，又听说"杀了大王"，立刻明白是怎么回事！忙对齐明说："咱们先救下此人再说！"齐明抽出剑来，跳下车领着亲兵迎上前去，顿时和楚人砍杀起来。王孙贾迎上来一把拉住那孩子："出了什么事！"

"淖齿入宫杀了大王，夺了玺符！"

听说楚人杀了齐王，王孙贾吓得魂飞魄散！此时齐明已把楚兵杀散，王孙贾顾不得说别的："淖齿进宫来害大王，我等速去护驾！"一群人飞一般向王宫奔来。

等齐明带着一群人冲进王宫，淖齿等人早已无影无踪，只见满地都是尸首，大殿的横梁上吊着一个人，正是齐王田地。急忙把齐王救了下来，却见齐王的喉咙被人割断，浑身是血，已经死了。

自五国伐齐以来，几个月间齐国山河俱毁，黎民涂炭，国破家亡，只剩下一个齐王，这个人身上维系着五百万齐人最后一点复的希望，想不到连这最后的火种也被楚人灭了！

一时间所有齐人都红了双眼，提着兵刃追出宫门。王孙贾冲着街上的人群嘶声喊叫："楚人弑了大王！凡是齐国人就跟我去杀这些恶贼，为齐王报仇，替齐国雪耻！"

到这时齐国人才知道出了什么事，一时间整座莒城都乱了起来，数不清的齐人聚成一团，有的提着棍棒，有的赤手空拳，一起顺着大街追赶过来。远远看见前面一群人往城门口急奔，其中一个正是淖齿。

原本手到擒来的事却弄成这样，淖齿也慌了神，眼看大军还未开到，待在城里必死无疑，好在已经劫了王玺，凭这些东西足可以诈取齐国的城池，干脆一不做二不休，杀了齐王，带着手下从侧门出了行宫，准备出城与大军会合。

可惜，到底没能逃出城去，在城门前被齐国人撵上了。

此时的齐人已经发了狂！成千上万的百姓蜂拥而上，棍棒齐下，砖石乱打，楚兵已经没有还手之力，只好四处乱钻乱跑，大街上鲜血飞溅，惨叫四起。

不到一个时辰，几百楚兵都被齐国人杀得干干净净，亲手害死齐王的淖齿也被疯狂的齐人剁成了肉泥。

上将军是要攻杀齐王吗

第二天清晨，楚国的五万大军赶到莒城，然而他们却晚到了一步，莒城附近驻扎的齐军已经全部入城，四门紧闭，城头上悬挂着淖齿的首级。

面对如此变故，楚军混乱了一阵，到底稳住阵脚，立刻撒开人马，从四面把莒城团团围住。

转眼工夫，楚军围困莒城已经一个月，这些日子，楚军没有攻城，齐军也未出战，两支大军在莒城下陷入了奇怪的僵持。

齐军大将齐明站在城头，看着脚下一眼望不到边的人海，大夫貂勃走过来问："楚人为什么还不攻城？"

"他们在等楚王的命令。"

"那我军何不趁着楚军失去大将的机会击破楚军？"

齐明微微摇头："楚军失了淖齿，却阵势不乱，可知仍有大将。齐国只剩下这么点兵马，如果和楚军打一场硬仗，人就死光了……"

"那咱们怎么办？"

"等燕国人来吧。齐国已经到这般地步，前有虎，后有狼，硬斗是斗不过的，只有以虎驱狼，静观其变。燕军如果和楚军交战，齐国就能从中取利；如果楚军不战而退，燕军围困莒城，情况也不会比现在更糟。"

"前有虎，后有狼，"貂勃喃喃道，"齐国已亡，我等战死方休吧。"

在已经灭亡了的齐国南隅，最后一支还能打仗的齐军就这么与楚军默默地僵持着。不觉又过了十日，到第十一天早晨，城下的楚军忽然有了动静，先是城北的军马收拾营寨，列队向南缓缓退去，接着城东、城西的楚军也开始收拾东西向南退却，最终，五万楚军在城南列成一个巨大的雁行阵，步卒先行，继而是骑兵、车兵，一支接一支向南退去，直到黄昏时分，最后一支楚军轻骑消失在齐人的视野之外。

与此同时，北面天际响起了滚滚雷声，守城的齐军将士一起跑上北城墙，只见北面旷野上烟尘蔽空，虽然还看不到军马，可齐国人都知道，这是燕军铁骑开上来了。

"来了，来了。"大将齐明下意识地解开绦带，摘下铁盔，好让自己觉得轻松些，"这是齐国人打的最后一仗了，临死之前，多杀几个燕人吧……"

北方的烟尘越来越盛。铁蹄踏地的隆隆声逐渐迫近。

然而第一个出现在天际的却不是头插鹤羽黑盔黑甲的燕军骑士，而是一辆落荒而逃的马车，驭手不断挥动鞭子抽打着两匹已经累垮了的服马，不顾一切地向城下狂奔。

转眼工夫，马车已经到了城下，驭手跳下车，从车厢里扶出一男一女，这两个人已经被颠散了架，相互搀扶着踉跄地往城下奔来。齐明从城头俯看下去，黯淡的天光里，看不清城下人的脸，却听那驭手扯着嗓子叫道："快开城门，太子到了！太子到了！"

"太子？"

城墙上的齐国人都清清楚楚地听到了这一声喊叫，无数人一起探头往城下看去，紧接着，大夫貂勃在人群里第一个叫了起来："真是太子！太子到了！快开城门，迎太子殿下入城！"

在燕军杀到莒城之前，齐国太子田法章从百死之中逃出了一条性命，比燕军抢先一步到了莒城。正在绝望中的齐国人好像暗夜之中忽然见了太阳，急忙打开城门把太子迎进城来，就在城墙边一起跪拜山呼，拥戴太子继位为王。

到这时太子法章才知道，父王已经薨了。

一天之内，齐人又有了自己的大王，垂死的齐国忽然又有了一丝生气，莒城的百姓又有了主心骨，消息传开，全城十几万军民百姓都忍不住欢呼起来。

这山呼海啸般的"万岁"之声惊动了刚开上来的燕军，在离城数里之外扎下营盘，没有立刻攻城。燕军大将司马骑劫察明莒城的变故之后，急忙派出两路信使，一路直奔燕都蓟城去报知燕王，另一路赶赴临淄，把消息通报给昌国君乐毅。

此时乐毅刚从大梁回军，正在临淄休养，忽然听说齐王被楚将淖齿杀害，齐国人又杀了淖齿，太子田法章继位为王，开进齐国的楚军已经全部退去，又惊又喜，急忙送出羽檄，命司马骑劫暂停攻打莒城。自己还不放心，又领了一哨骑兵星夜赶往莒城。

乐毅到莒城时，司马骑劫率领三万燕军已先后攻破莒城周边的几座城邑，但莒城齐军兵多势盛，一时难下。乐毅一到，立刻命燕军停止攻势，退到沂南一带驻扎，遥遥监视莒城，暂不轻动。

几天后，上大夫剧辛带着燕王的诏令从蓟城赶来，见了乐毅，开口就问："上将军亲到莒城，是要攻杀齐王吗？"

剧辛问出这话倒让乐毅好笑，不答他的话，却反问了一句："剧大夫此来，是来催我攻杀齐王吗？"

这两人的一问一答看似不着边际，其实已经各自明白了对方的心意。剧辛看左右无人，这才说道："大王确实命我来催上将军进兵，可是邹相国托我给上将军带一句话：'将在外，君命有所不受'，齐国的事，还请上将军相机决断。"

邹衍是燕国主政之臣，见事果然明白，有他这句话，乐毅这里总算松了口气："邹相是明白人，知道齐王不能杀。自攻破临淄以来，燕国已经占据齐国七十余城，由一个北地边陲小国变成了东方第一大国，以燕国的国力，禁不起这么大的变化。今天的燕国南靠楚，西邻魏，又与赵国接壤千里，齐国的陶邑成了秦国穰侯的封邑，驻扎着一支秦军，我们不敢攻打；薛邑是孟尝君田文的食邑，此人已拜为魏国的相国，他的封地我们也不能碰。小小一个燕国，竟被秦、楚、赵、魏四个强国团团围住，哪一国我们都打不赢。如今各国都各怀鬼胎，等着看燕国下一步的动作，兼并齐国的那一天，就是燕国灭亡的开始。为今之计，只有扶植齐王复国，让齐国替燕国挡住楚、魏，隔绝秦国，而燕国能割取临淄以北千里之地，就足够了。"

"可齐国复国之后，难道不会与燕国为敌吗？"

乐毅笑道："剧大夫说起'为敌'二字，倒让我想起一个故事：魏国有个小吏在外面受了长官的气，一句话也不敢顶撞，回到家里，老婆劝了他两句，他就跳起来把老婆打了一顿。别人问：'长官给你气受，你不敢吭声，老婆好心劝你，你怎么打她？'这魏人说：'你这话有趣！不打老婆，让我去打长官不成？'"

一番话把剧辛也逗乐了："现在的齐国就像这个'魏人'，不敢打长官，只会打老婆……"

"大国之争，只有利益，没有敌友之分，所谓'敌人'，不过是君王造出来哄骗百姓的借口。齐国复国之后，处处要仰仗燕国，哪敢视燕国为敌？当然是借着楚人杀害齐王的事，把楚国视为死敌，去和楚人拼命才对。至于燕国，无非占了齐国的临淄城，大不了还给齐王就是了，燕、齐之间又有多大仇呢？所以现在不妨缓一缓，让齐王法章在莒城站稳脚跟，再找机会与齐王订盟，割取齐国土地，命齐国对燕国称臣，只要齐王肯称臣，咱们就把临淄还给齐王，由燕国出兵扶植齐王复国，如此一来，燕国成了齐国的恩主，还有什么仇恨可言？以后燕国用兵马，支钱粮，大可以从齐国调取，好处多得很呢。"

乐毅这番话说得剧辛心服口服："有上将军在，真是燕国之福。"

"有邹相国坐镇蓟城，才是乐毅之福。"乐毅取出一道已经写好的奏表交给剧辛，"请剧大夫回禀大王，就说我病了，要回临淄休养，留司马骑劫率军围攻莒城。"

"那我对邹相国说什么？"

"不必说，邹相自然明白。"

剧辛带着乐毅的奏表回燕国去了。乐毅随即命司马骑劫率军三万驻扎沂南，监视莒城，无令不得与齐军交战，自己也在当天回临淄去了。

忽然间，燕国和齐国这对死敌休战了。已经被五国联军践踏得支离破碎的齐国，陷入了一片怪异的寂静之中。

八 乐毅归赵

陋巷里的"真龙"

　　乐毅率军回齐国后，平原君又在大梁城里住了一个多月，到底也要回邯郸了。

　　自得了乐毅的指点，平原君赵胜先后三次来访侯嬴，想不到三次都落了空。如今赵军即将北返邯郸，赵胜心里还抱着一线希望，又赶了一辆轻车，带着礼物第四次来拜访这位魏国的贤士。

　　侯嬴的家在大梁城夷门里的一条窄巷中，街两边尽是垒土夯墙茅草为顶的破房子，地上被车轮轧出的辙印里积满了雨水，满地都是滑溜溜的烂泥。

　　在这条破烂的小街上，侯嬴家的房子又是最烂的一座，垒墙的土坯已经被雨水冲出几个大洞来，一面墙眼看就要倒下了似的。唯一临街的窗户没有窗扇，只在窗根底下摆着一个破了口的大陶瓮，把窗户挡住了大半边，房门的户枢已经断了，门板用草绳子系在门框上，歪歪扭扭勉强遮住门口。

　　前几次赵胜来访的时候，这两扇破门是紧紧关着的，门环上拴着一条草绳子，意思是主人不在。可今天这两扇烂门板却大敞四开，露出里面黑

洞洞的天井，隐约听得屋里有人说话，却看不清人影。

自己连番数次来访，贤士始终不在，今天本来不抱什么希望了，主人却偏偏在家，赵胜喜不自禁，拱着手站在门前高声问："请问侯嬴先生在府上吗？"连问了两声，屋里没人回答，也不知是耳背听不见，还是故意不加理会。

在这样的地方拜门显然毫无意义，赵胜干脆提起袍襟侧身走了进来。迎面闻到一股刺鼻的酸臭，夹着潮湿的草木灰那种难闻的灰烟味道，呛得赵胜连打几个喷嚏，只觉得脚下黏糊糊的，低头看去，却是满地烂泥，大概是屋顶漏雨了，弄得满地湿滑。

平原君这一辈子还从未见过如此破旧寒酸的地方，强咬着牙一步步走进来，终于看见阴暗的房里靠墙打出一个土台子，上面铺着两领旧席，一个白衣老者背对着门口，正在指手画脚高谈阔论，另一个穿着蓝袍的中年人静静地听讲，见有人进来，下意识地抬起身来。赵胜忙拱手施礼："这里是侯嬴先生家吗？在下久慕先生之名，特地从邯郸赶来拜访。"

中年人起身还礼："这里是侯嬴的家，他刚被朋友约出去了，你若不嫌弃，就一起坐坐吧。"

既然此处正是侯嬴的居所，而眼前的两个人看起来也像是非凡之人，赵胜也就丝毫不摆架子，走上前来在破席上坐了，见面前一张矮几上摆着一只三足陶盉，里面盛着半壶自酿的米酒，往屋里扫了一眼，身后灶台上有个破了口的陶碗，顺手取过来，端过陶盉给自己倒了半碗酒，见这酒质浑浊不堪，勉强喝了一口，只觉又酸又涩难以下咽，微微皱眉，却又不好意思说出来，强把一口酒咽了下去，笑着说："在下进来的时候，似乎听两位先生在谈论什么，不妨继续讲下去吧。"

那白衣老者皱起眉头上下打量赵胜，观他的眉宇，看他的服色，审视他的步伐气度，细听他说话时那一口柔和的邯郸腔调，心中已把此人的来历猜了个八九。可也正因为猜出赵胜的身份，白衣老者对赵胜反而更不假辞色，冷冷地说："我等乡野鄙人说的尽是丑话，就像这自酿的劣酒，喜欢喝的人必是穷困潦倒，一生转不了运的；喝不惯劣酒的，在此无益。"

赵胜十分聪明，听老者话虽说得孤僻，内里却无恶意，只是人家看出自己是个贵人，言语之中略带讥讽也不为怪。端起陶碗又喝了一口酒。这次有了准备，再细品那酒，虽然酸涩依旧，却也并非难以下咽。于是一连两口把酒都喝干了，自己又拿过陶盉倒了半碗，笑着说："浊酒虽涩，越品越润，高士之言，亦是如此吧？当年老子在函谷关上，一壶酒，五千言，酒水未必胜过这里的，可知'蜜肉断雄心，浊浆引志气'的道理。"

当时天下大家不过道、墨、儒、法而已，道、儒两家又都推崇老子。赵胜看那老者的风范气度像个道家隐士，所以用这样的话来迎合他。可那老者是个旷达不羁的世外高人，对这种奉承话根本不在意，冷笑道："我们说的是一个'率兽食人'的话题，不知贵客于此如何看？"

老者所说的却是孟子的言论。

孟子名轲，是继孔子之后的当世大儒，曾游历于齐、魏、宋诸国，虽有安邦定国之才，却因为宣讲"性善"之说，为百姓直言，屡屡指斥君王的贪恶，不被各国重用，潦倒半生，已于数年前辞世。

孟子生前未到赵国，但平原君是个博闻多识的人，孟轲又是一位名士，身后有《孟子》一书传世，所以平原君知道这"率兽食人"的典故。

孟轲曾去魏国拜见魏惠王，当时魏国正是兵强马壮，称雄天下，魏惠王霸业雄图，志骄意满，而孟轲却不以为然，当面直斥魏王是"疱有肥肉，厩有肥马，民有饥色，野有饿殍，此率兽而食人也！"这一番话振聋发聩，全天下的权贵君王尽为之汗颜。现在老者忽然说出这话来，赵胜也觉得脸上发热，强笑道："人生于世，各有天命，君王食鹿肉，衣皮裘，臣民食草根，衣短褐，也是各有命数。孟轲所说'率兽食人'之言也过了。"

那中年人也应和道："天下战乱不断，士人兴起，欲食粱肉，饮美酒，成大事，都在各人自为……"

"士人学得文武之技，而争为鹰犬，依附君王，反过来吞食百姓膏血，浑不知自己本也出自百姓，此等人之恶，甚于禽兽！"那老者一口喝干了碗里的浊酒，愤愤地说，"天下正在崩毁，大难将临，世人不知自重，一个个只知急功近利，去谋那粱肉美酒，取那鹰犬功名，助纣为虐，最终必与暴君一同见杀，身曝于荒野，名没于史册，并没有什么好炫耀的。"

老者的话实在骇人听闻，赵胜觉得不以为然："老先生所说的'大难'，有何所指？"

"天下最丑恶的就是人心，有些人自视聪明，用尽心机毁坏旁人，最终却是在害自身，可这些邪恶之辈不知大难已近，还在自鸣得意。"老者一双犀利的鹰眼直盯着赵胜，"几十年前魏国曾是霸主之国，如今衰弱至此；齐国做了七十年的东方盟主，国力方强，却被五国合谋陷害，说败就败了。可齐国一败，楚国危亦；楚国再破，魏国难安；没有魏国，赵国也是俎上鱼肉，任秦宰割。二十年内，山东诸国尽是暴秦口中之食！"

老者话里带着凛然之意，似乎点出了赵胜那"破齐楚，弱韩魏"的心机，赵胜暗暗吃惊，强笑道："山东诸国合纵抗秦也有几十年了，胜负还未见分晓，六国合纵，地方岂止万里，带甲两百余万，怎么会轻易为秦所破？以前魏国、齐国都可以为东方霸主，赵国未尝不可一试。"

　　老者瞟了赵胜一眼，淡淡地说："赵国？老朽实在看不出赵国有一统天下的本事。"

　　穿蓝袍的中年人忙说："先生也不要这样说，赵国虽然眼下还不够强大，可赵武灵王胡服骑射，兼并中山，败楼烦、林胡，扩地千里，也积下了雄厚的实力，这些年赵王行韬晦之术，一直听命于齐，几乎不曾对外攻伐，可依在下算来，赵王在位十余年，赵国人口已经超过三百万，带甲之士不少于三十万，赵王贤明敦厚，文有平原君收拾人心，武有廉颇、乐乘、赵奢、楼昌之辈，足以自保。且这些年赵国的声名一向很好，此番秦军偷袭大梁，又是赵国救了魏国的急，眼下的赵国隐然已是三晋的首领，若能坐待天时，东连于齐，南盟于楚，合三晋为一家，西拒强秦，虽不敢说一统天下，可成就百年霸业还是有可能的。"

　　想不到这中年人所说的竟与赵胜这些年规划的"破齐楚，弱韩魏"的策略不谋而合，赵胜心里暗暗吃惊，忍不住偷眼打量起这个中年人来。

　　却听那白衣老者冷笑道："你所说的是小道，不是大道！虽然看起来热闹，其实镜花水月，到底成空。赵国不依此行事倒好，如果真要这么做，只怕破国就在眼前了。"

　　白衣老者的一番话在赵胜听来十分刺耳，那中年人也完全不能相信："先生如此断言，可有什么道理吗？"

　　"自文、武、周公以后，人心都坏尽了。老聃写《道德经》，虽作其言，不传其法，就是看透了天下邪恶日盛，大道已不能行。又有一个孔仲尼周游列国，想推行'克己复礼'，救天下人心，可奔波半生，只落得被人耻笑。前有墨翟创立墨家，取兼爱交利之道，行豪侠勇毅之事，却不成气候；后有孟轲劝义推仁，尽心劳神，也一事无成。到今天，世道人心比老聃、孔丘之时邪恶百倍，正道沦丧，天下人都专以杀人害命为业，欺天昧理为能，那些行霸术的人，依着他们邪恶的本性推演出'法、术、势'三条。说什么得法者为上，得术者居中，得势者为下品。当今天下，秦国地险兵强，先得其势，用商君治国，又得其法，将以暴力压服天下，成就一番霸业。赵国嘛，只是勉强得了一个'术'字，单凭这一个字，能成什么事呢？"

中年人忙说："先生这话在下不敢苟同……"

"苍鹰翔于九霄，可观千里之遥，鼹鼠伏于地穴，所见不及尺寸。你以为赵王的心术不坏？这就是鼠目寸光。赵国以'术'治国，将来恐怕会败在自己的诈术上吧。"

赵胜实在忍不住了，冲口而出："你怎知赵国会用奸使诈？"

那中年人也说："是啊，当今天下要论君明臣贤，赵国当推第一，先生这样说赵王，只怕有些过了。"

白衣老者冷笑一声："你以为赵国君明臣贤？其实这只是因为赵国还不强大，赵王之明在于揽权，平原君之贤在于扩地，不是真明，也不是真贤。你只看今天的赵国，大权尽归于赵王和宗亲贵戚，其他人得不着一丝一毫，便知赵国的君明臣贤只是假象了。以后赵国想要兼并三晋，合齐联楚，西拒秦国，就必然用奸使诈，损人利己！赵国本就是个四面受敌的小国，若再为争霸称雄而以诈术治国，等'术'字一破，必有一场大败。"

白衣老者的话虽然刺耳，内中却有一番道理，赵胜不觉发起愣来。

那中年人又问："这么说，得天下者必是秦国？"

"如今齐国新败，楚、魏之势也难长久，赵国的诈术怕是快要露出来了，这些都不是路。只有秦国的'法'，看起来还有几分样子。不过秦人欲取天下，须得法、术、势三者尽得才行。现在看来还远远不够。"

中年人又问:"依先生之言,法、术、势三者尽得,就能成帝王之业吗?"

听了这话,白衣老者忍不住把手一摆,提高了声音:"非也,非也!用法者归于苛暴,用术者归于奸狡,用势者不能持久,若法、术、势三者尽得,则治民以苛暴,治臣以奸狡,治江山以刚愎狂乱,那时必定万民涂炭,山川坏死!若暴秦得天下,其害国虐民诸般恶行,实非言语所能道,更将遗'法家'恶法苛政于万世,洗骨透髓,华夏魂魄自此毒坏,其祸难言!这是必然的道理,并没有什么可谈论的。"白衣老者仰起头来长叹一声,"行王道者才能得天下,王道,唯正气而已,老子所谓'圣人恒无心,以百姓心为心',这才是正气所在……这些话在今天说来全是笑话。"

"'圣人恒无心,以百姓心为心'?"中年人深思良久,微微摇头,"好是好,可是做不到呀。"

是啊,"圣人恒无心,以百姓心为心",这话听着是好,可在战国乱世之中哪里做得到呢?白衣老者也忍不住叹了口气:"九州已死,神器已失,天下已没有了正气,七国皆是奸雄,所用皆是霸术,日久必亡,无一国可以得天下……"

老者的话原本机锋十足,说到这里却变成了疯话。赵胜忍不住又插了进来:"这是什么话!七国皆不能久长,难道中原还会有另一国兴起?还是让夷狄之辈夺了中原之地?老先生这话实在没有道理!"

见赵胜发起急来,白衣老者却一点也不着急,笑着说:"天道自有着落处,非你我所能知之。老子所言:'上德不德,是以有德,下德不失德,是以无德',又说:'绝圣弃智,民利百倍',这才是天道。只是'上德不德'与'绝圣弃智'需待天下万民觉醒,人人有知,个个有觉,才能悟得,在这杀人的世道说什么'有德无德',没有意思了,要谈大道,且过个一两千年再说吧。"不再理赵胜,却对那中年人说,"你不是想择一贤主而侍吗?

贤主就在面前，你和他说吧。"大袖一摆，起身就走。

想不到白衣老者说走就走，那中年人忙在后追赶，口里叫道："先生等一等，晚辈得蒙先生开导，受益良多，还想和先生盘桓些时候……"

那老者连连摆手，高声道："我论道德，你学霸术，天壤之别，还说什么？孔仲尼说得好：'道不同不相为谋'，不必讲，不必讲！"飞一样走了出去。中年人在后面紧追出去，只把赵胜一个人扔在了屋里。

好半天，那中年人独自走了回来。赵胜忙上前拱手："敢问阁下一声，刚才那位老先生是何人？"

"这位先生是齐国名士鲁仲连，是一位前辈奇人，可惜我无缘与他多聚。"中年人叹了口气，神色间颇有些沮丧。

听了"鲁仲连"三个字，赵胜暗吃一惊："就是在稷下学宫任祭酒的那位鲁连子吗？"

"正是。"

鲁仲连是稷下学宫第一名士，天下知闻，赵胜早就听过他的大名，可此人远在齐国，想招揽也无处下手，想不到今天对面遇到却不相识，竟当面错过了！赵胜不禁两手一拍："嗐，真是可惜！"

与鲁仲连当面错过虽然可惜，毕竟鲁连子已经走了，贤士侯嬴又没访到，赵胜只有先笼络眼前这位中年人："听口音先生也是赵国人吧？敢问高姓大名。"

"在下公孙龙，赵国邯郸人。"

天下的缘分就是这么奇巧，赵胜在邯郸时专程去访公孙龙，却见不到他的面。想不到今天到魏国都城大梁来拜访侯嬴，却意外遇上了自己苦寻不见的人。

其实公孙龙也已猜到面前的人是谁了："冒问一句,阁下是平原君吗?"

"正是。"

公孙龙忙躬身行礼:"听说君上曾到堵山去访过在下,可惜在下这些年游学于齐,不在赵国,本想此次回邯郸后就到府上拜访,不想与君上在此相逢,也是缘分使然。"

听公孙龙言下之意,似乎有意投靠,赵胜大喜,忙说:"先生愿为赵国出力吗?"

"在下是赵国人,自然希望赵国强盛,若能效命于君上,是吾之幸。"

"那就好!先生随我回邯郸,我在大王面前保先生做个大夫。"

平原君是赵国第一权臣,他的一句话就是一场大富贵。可公孙龙志不在此,微微一笑拱手谢道:"君上厚意小人承领。但公孙龙自知文不能治郡县,武不能破兵锋,不敢做赵国的大夫,只愿在君上府里做个食客足矣。至于回邯郸,在下以为此事不急,君上在大梁城里还有大事要办。"

平原君一愣:"我有什么大事?"

"听说齐国是被燕国上将军乐毅伐破,这次秦军围困大梁,又是乐毅出奇谋破了秦军,此人是兵家奇才,又是赵国旧臣,君上难道不欲得此人为己用吗?"

得乐毅为赵国所用,这是平原君的凤愿!只是乐毅之心已归燕王,想办成这件事,却不知从何下手。想不到公孙龙和自己初次见面就说到这件事上来,平原君忙问:"先生有办法说动乐毅归赵?"

公孙龙微微一笑:"这世上有一种人谁也骗不了他,就是心中没有邪念的人。乐毅偏就是这样的人,所以天下人谁也说不动他。但平原君希望乐毅归赵,在下却愿意试试。"

公孙龙这番话说得十分含糊，平原君搔了搔头皮："先生不妨说得清楚些。"

"天下事皆有'关窍'，凡成大事者，遇事不问繁难巨细，但寻得'关窍'，由此入手，一目观之，一语定之，便可成事。君上听过'庖丁解牛'的故事吧？庄周说得好，所谓：'以神遇，不以目视，官知止，而神欲行'，此即逐取'关窍'之道。自古以来，以言语得君王心者，上士也；以政事取信于君者，中士也；以杀伐求首功者，下士也。孟夫子有言：'劳心者治人，劳力者治于人。'就是这个意思。"

公孙龙不愧是名动一方的辩士，他这几句话，真可算自古而今颠扑不灭的大道理了。

公孙龙所学属"名家"，与学纵横之术的苏代相似，都是善于舌辩、离间嫁祸的狐鼠之辈。然而公孙龙与苏代又各自不同。苏代洞悉人性，专在别人心里的软弱处下手，公孙龙却精于权术，善于洞察时局，从中取势，其着眼处比苏代之辈更高明些。

从见到第一面，平原君赵胜就很喜欢这个公孙龙，现在听他说得条条在理，不禁笑道："以先生看来，燕国的'关窍'在哪里？"

"燕国兵精将勇，气势正盛，可它的'关窍'就在于此。燕国僻居北地，臣民勇而不仁，烈而无义，朝中常有内乱，燕王和大臣之间隔阂很深。如今燕国以邹衍为相，乐毅为上将军，苏代、剧辛为大夫，这些人或齐，或赵，或出自东周，竟无一个燕人，燕王初继位，军政之权皆系于外人之手，他怎能自安？此处就是燕国的'关窍'！咱们就从此处下手，游说燕国权臣，离间燕王与邹衍、乐毅之情，若能得手，则燕国君臣离心，政乱军懈，就像庄周所说的那个庖丁，'动刀甚微，謋然已解'，轻轻松松，不但为

君上得到乐毅，若有机缘，还能败了燕国的基业，为赵国削弱这个强邻。"

公孙龙这一番话说得平原君连连点头："若能成此大事，先生功劳可比救鲁之子贡，兴齐之淳髡！不知先生要说动燕国哪一位权臣？"

"成安君公孙操是燕国贵戚，这些年他一直觊觎相国之位。燕王做太子的时候与邹衍、乐毅都很疏远，却和公孙操交情最厚，如今咱们就从公孙操入手，离间燕王与相国邹衍的关系，只要燕王罢了邹衍，乐毅在燕国自然就待不住了。"

这些年平原君求贤若渴，却始终未能访得真贤。想不到在魏国大梁城的寒舍之内，竟平白得了一条"真龙"！真是喜不自禁，忍不住向公孙龙躬身一揖。公孙龙急忙还礼："君上不必如此，小人未立寸功，不敢受礼。"

"先生能说出这番话，已是大功，若再成事，就是赵国的大贤人了！敢问先生何时动身？"

"明天就走。"

燕国的霸业败了

这天公孙龙和平原君一直谈到深夜，算定了妙计。

第二天一早，公孙龙带了一箱黄金，几样礼品，坐上安车飞一样赶往燕都蓟城，一进城，片刻也没有耽搁，立刻拜见燕国的国戚重臣成安君公孙操。一见面就捧出满满一箱黄金："平原君有事想拜托君上，特敬上薄礼，事成后另有重谢。"

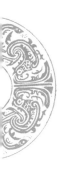

公孙操文有治国之能，武有破军之力，在燕国的贵戚之中是第一等人才，虽然燕国文凭邹衍，武凭乐毅，但蓟城军马却一向掌握在公孙操手里，在燕国朝堂上，公孙操是个举足轻重的臣子。这样一位权贵当然不会把金银放在眼里，淡淡地问："平原君有何事？"

"实不相瞒，平原君命我来蓟城，是想请君上帮忙，诛杀乐毅。"

公孙龙把话说得如此直率，把公孙操吓了一跳，变颜变色地说："这是什么话！乐毅是燕国的上将军，平原君是什么人，竟要害我燕国的重臣，真是岂有此理！"

其实公孙龙分明知道公孙操与乐毅不和，否则他又怎么敢来拜访这位成安君呢？现在公孙操把话说得很硬，公孙龙却不急不忙，笑着说："君上有所不知，乐毅是燕、赵两国的祸害，实在不可不诛。"

公孙龙说的是找死的话。可这么一个人千里迢迢来说这些疯话，其中必有内情。公孙操一时倒猜不透对方话里的意思，只能提起十二分的戒备，板着脸问："平原君为何要诛乐毅？"

其实"平原君要杀乐毅"只是个话引子，在这上头公孙龙尽可以随口编造。但要想骗得了人，却还是要在谎言里尽量多加实话："乐毅本是赵臣，但他在'沙丘之乱'时与公子章、田不礼相聚作乱，几乎害了赵王，叛乱平定之后乐毅逃到燕国，对当年之事难免记恨，赵王和平原君也容不得此人，这次乐毅伐齐之时又借着燕国的势力夺了平原君的相印，更是不能容他！这是我家君上要诛乐毅之故。"

公孙操冷笑一声："'沙丘之乱'是赵国臣子乱政，乐毅入燕，是赵王不能识人，与燕国无关。你说这些话如同放屁！"

公孙龙的脸皮真比牛皮还硬，被成安君斥了一句，丝毫也不在意，倒抓住机会顺着话头儿爬了上来："说到燕国，乐毅之祸更深。"偷看了一

眼成安君的脸色，见公孙操阴沉着脸一句话也不答，于是拿出辩士那套讲
故事的本领来，"小人说一件闲事与君上听：小人居所内本有一株桃树，
年年结果，丰美异常，小人也十分爱惜，时时培护。可去年果实成熟时我
恰好外出，就有乡人逾墙而入，斫其根，折其枝，掠其果，盈车而去，桃
树却枯死了，可见自家的东西只有自家人才肯爱惜，外人只求渔利罢了。
乐毅得燕王信任，尽将精兵交付此人，成就了他破齐的威名，又封以昌国
之地，让乐毅做了封疆列土的诸侯，可乐毅毕竟不是燕人。如今此人手掌
兵权，拥君侯之爵，却不尊王上，不亲燕国，专以燕军为私兵，在齐国掳
劫财货以自肥，又与邹衍结交，互为羽翼，在军中培植私党，早晚必成燕
国腹心之祸，不如早日除掉此人，燕国才可自安。"瞄了公孙操一眼，又
补上一句："燕赵两国唇齿相依，连遭遇也是一样：赵国相印一向在平原
君掌中，却被乐毅夺了；燕国相印本该在君上手里，却被邹衍夺了，这叫
做'是可忍，孰不可忍'！赵国的相印赵人来掌，燕国的相权燕人来掌，
这才是道理，我家平原君是个懂得把握机会的人，一定要夺回相印，这才
罢休。成安君的心胸不会不及平原君吧？"

公孙龙这一番话结结实实挠在了公孙操的痒处。

恶人心中的邪念就像泼了油的干柴，一点就着，却再也扑不灭了。

成安君公孙操一向自恃心计胆识都有过人之处，在燕国也颇有名声，
可燕王姬职在位的这些年间广纳贤士，文有邹衍，武凭乐毅，有这两位贤
士在燕国，公孙操就变得默默无闻。自从燕国破齐，威名远震，燕王姬职
又已故去，继位的燕王是个骄横暴躁的人，对先王旧臣早没有了先前的恭
敬，公孙操把这些看在眼里，觉得自己出头的机会到了。

现在忽然来了这么一个公孙龙，说出一句"燕国的相权要燕人来掌"，

公孙操原本就有这般野心，被公孙龙一挑再挑，已经如火如荼收拾不住，忍不住说了一句："乐毅是乐毅，邹衍是邹衍，根本不是一回事……"

听了这句话，公孙龙知道公孙操这条大鱼已经入罾，于是冷笑一声："君上此言差矣！乐毅就是邹衍，邹衍就是乐毅，毫无分别。"

半晌，公孙操缓缓说了一句："国事，要慎重……"

见成安君动了心，再也忍耐不住了，公孙龙立刻像只捕食的蝎子一样耸着身子爬上两步，疾言厉色地说："燕国危矣！君上是国戚重臣，国事就是阁下的家事！成安君不替王分忧，燕王还能指望谁？"

"这两人的权大……"

公孙龙又往前爬了两步，膝盖压住了公孙操的衣裾，把嘴直凑到成安君耳朵上："权在君王，不在臣子，生杀予夺，全听大王。如今燕国新君即位，对乐毅、邹衍这些客卿未必如先王那般厚待，这是千载难逢的好机会，若不趁此机会下手，真给乐毅攻下莒城、即墨，灭了齐国，立下大功，那时此人居功傲上，拥兵自重，再夺他的兵权就没这么容易了。"见公孙操眼睛里已经透出狼一样的凶光，知道时机差不多了，立刻加上一句，"依小人愚见，乐毅、邹衍就像一对车轮，一个轮子的辐条断了，另一个也得垮。所以打了乐毅就是打了邹衍，打倒了邹衍，也就打倒了乐毅。"

公孙操又眯起双眼想了半晌，终于缓缓地说："先生有何高见，不妨细说。"

经过一夜私谈，公孙龙拉拢住了燕国权贵公孙操，把燕国的"关窍"紧紧攥在自己手里，真正胸有成竹，这才换了一套华贵的深衣，坐着马车出了蓟城，捧了一双玉璧做方物，以赵国使臣身份到历室来拜见燕王。

历室是燕国王城所在，三十年前此地被齐人攻陷，一把火烧成了灰，其后燕王姬职一心富国治军，无心整修宫室，历室王城虽然整修了多年，却还没弄出个样子来。破齐之后，燕人把齐国夺去的鼎簋重宝请回燕国，重新安放在历室王城，新继位的燕王也拿着从齐国掠来的亿万钱财开始大兴土木，整修历室，征集了十多万百姓昼夜劳作，宫室内外人声鼎沸，热闹异常。

此时燕王已获悉乐毅率兵马击退秦军，解了大梁之围，也很高兴，可听说赵国使臣来谢，却又觉得奇怪，把公孙龙召上殿来，张口就问："你是赵国人，却从梁城来，到底是魏王派你来，还是赵王派你来的？"

"下臣是平原君的家宰，平原君派下臣来拜见大王。"

"燕军救了魏国，当然要由魏国派使臣来谢，你一个赵国人来谢什么？"

"大梁破围之后，魏王已遣使臣去邯郸向赵王致谢了，下臣入燕只是来禀报燕王，大梁之战已经获胜，秦军大败而回，仅此而已。"

不等公孙龙把话说完，燕王已经瞪起眼来："此话何意？"

燕王之怒好似雷霆，公孙龙偏偏不急不怕，微笑着说道："大梁被围之时魏国公子无忌奔往邯郸求援，是我家君上亲率赵国精锐之师渡过黄河，两破秦军，解了大梁之围，所以魏王要谢，当然是谢赵王。"

其实燕王已经从乐毅送来的战报中知道，魏国先向赵国求援，战场上也是赵军先至，燕军后至。可燕王自恃破强齐之威，本以为赵国不敢与燕国争功，想不到面前这个赵国使臣却当着他的面说出这样的话来！燕王心中暗自恼着，冷冷地说："一派胡言！赵魏两军哪是秦人敌手，全靠燕军破敌！若不是乐毅，只怕魏王和平原君已做了秦人的俘虏，你在寡人面前说这些大话，不知燕国有黥、刖之刑吗？"

眼见燕王发怒，出言威吓，大殿上的臣子们都为公孙龙捏一把汗。

偏这公孙龙是个不知死活的家伙，凛然不惧，反而笑道："世人都知道燕王礼贤下士，筑黄金台收罗天下人才，下臣名不著世，力不缚鸡，微如草芥，大王哪会认真与下臣计较呢？"先用几句巧话儿堵住了燕王的嘴，让他发不了狠，又接着说道，"燕军之勇天下无双，可要说让秦军畏惧，只怕还……"说到这儿，故意不说下去，嘿嘿地干笑了两声，又道，"恕下臣直言，山东诸国之中楚国版图最广，人口最众，可楚王骄奢无度，臣僚贪腐误国，虽是大国，却不值一提；魏国版图人口仅次于楚，可魏王久病昏聩，不能视事，太子圉、公子无忌年纪尚轻，未成气候，其他不过芒卯、魏齐之辈，人才凋敝；韩国更不必说了，已是微弱之势，萤火之光。若论国势之强，人才之众，能使强秦畏惧的，非我赵国莫属。"

"赵国有什么人才？"

"说起赵国的能人，那就多了。"公孙龙冲燕王伸出一只手掌，"平原君不说了，那是名动六国的大贤，又有廉颇、乐乘、楼昌、燕周、触龙、韩徐、贾偃、赵奢……嘻！数不胜数。"

燕王脾气火暴，是个争强好胜之人，哪里听得下这样的话？冷笑道："赵国能臣是不少，可未必强过燕国吧？"

"燕国？"公孙龙翻起眼睛看着天，"燕军骁勇天下无敌，可要说到人才，却是贻笑大方。如今在燕国掌握军政大权的邹衍、剧辛、乐毅，哪一个是燕人？"

燕王再也听不下去，拂袖而起，转身就走。

眼见激怒了燕王，公孙龙忙向一旁的公孙操使眼色，公孙操会意，起身跟着燕王进了后殿。一群宦官忙上前奉承，燕王暴喝一声："都退下去！"唬得宦官们四散乱跑。公孙操急忙凑上前来笑道："大王是一国之君，盖

世英雄，何必跟一个赵国来的无名之辈计较？"

"这样的鼠辈也敢欺到寡人头上！若不是看他替赵王来献谢礼，寡人这就宰了他！"

燕王怒气勃发，公孙操自然也要愤怒起来，这才像是燕国的臣子。于是也瞪起眼来骂道："赵王何算个什么东西？也敢派手下到燕国来撒野，须知我燕国兵精将勇，破强齐只在顷刻，小小赵国难道不怕燕军吗！"

公孙操这几句话很对燕王的脾胃，恶狠狠地说："待寡人平定齐国之后，就发兵攻赵，让赵王尝尝我燕国铁骑的厉害。"

发兵攻赵是没影子的事，公孙操只嘿嘿地笑了两声，随即话锋一转："大王，臣觉得那个赵国使者说的话很有意思：此番五国伐齐，魏用晋鄙，赵用廉颇，韩用暴鸢，都是本国之将，唯独燕国所拜的上将军乐毅却是赵国人，且乐毅早年是赵武灵王麾下的将领，为避乱而赴燕，如今此人兵权在握，深入齐地，齐国立国八百年所积累的宝藏被他一人独得，权比君主，富甲王侯，这怕不是什么好事。"

公孙操这些话，燕王并没听进耳朵里，随口应道："乐毅这个人，对先王还是忠的。"

"先王吊死问孤，礼贤下士，燕国军民百姓无不宾服，那时候乐毅这些人不敢有不臣之心。可先王晏驾，大王初执国政，只怕这些异国人心里会有些别的想法了。"

"乐毅虽是赵人，统率的却是燕军，他能有什么想法？成安君不必多想。"

公孙操连连摇头："大王，乐毅率军入齐以来，攻无不克，战无不胜，至今已夺取齐国全境七十余城，收服人口数百万，按说连临淄那样的大城都被他一鼓而克，为什么偏偏莒城、即墨这两座小城却屡攻不克？"

"齐王死后，齐太子在莒城继位，手下有几万兵马，恐怕急切难下。"

"莒城一时难克，那即墨呢？即墨只是一座小城，军马仅七千，守将也已战死，可乐毅领兵数万围困即墨几个月，也没有攻克，这不是咄咄怪事吗？"

即墨确实是齐国东面的一座小城，三里之城，七里之郭，城里百姓不过三四千户，乐毅若真统兵数万围攻即墨，几个月都攻不下来，也真是怪事了。

问题是，乐毅并未攻过即墨。

其实乐毅不急于攻打莒城，是考虑燕国未必吞得下齐国，不如找机会与齐王订城下之盟，所以不想把齐王逼得太急，以免齐国向诸侯求救。至于即墨，因为在齐国东部，离临淄甚远，又不是什么重要的城邑，乐毅并未亲去攻打，公孙操所说的话不实。

其实这样的谎话容易揭破，可燕王偏是个简单急躁的人，平时并没往这上头想过，现在公孙操忽然提起，燕王回头一想，也觉得有些奇怪："成安君觉得这里有什么不对？"

"乐毅本是赵国人，投奔燕国十余年，专一整顿军马，燕军上下不少将领都是他提拔起来的，对这样的人，大王不可不提防。臣听说乐毅攻破临淄之后，先王亲到临淄迎请燕国礼器，封乐毅为昌国君，那时就已经打算调乐毅回燕国，免他的军权，可先王回国后一病不起，不久就逝去了，免乐毅军权之事也就耽搁下来。现在乐毅分明已经攻克齐国全境，却故意留下莒城、即墨两地不打，已有传言，说乐毅这是想借燕国之军得齐国之地，然后在临淄城里南面称王，只是齐国百姓还不肯归附，所以乐毅一时无法得逞，就故意在齐国久战不决，拖延时间，不肯回燕国来。"

"乐毅有这个胆吗？"

公孙操笑道："臣活了五十岁，阅人多矣。像乐毅这些游走列国的士人，个个胆大包天，有什么事是他不敢做的？乐毅破齐之后一直赖在齐国不肯回来，这次秦军偷袭大梁，乐毅未得大王诏令就擅自调动兵马救魏，一去数月不归，把二十万大军扔下不管，莒城、即墨两地弃于不顾，这分明就是在拖延时间——巧的是此时赵国平原君也到了大梁，大王想一想，赵国有的是精兵猛将，救大梁何用平原君亲自出马？乐毅、平原君都到了大梁城里，再加上魏国的太子圉和公子无忌，这些人凑在一起想干什么？"

魏太子、平原君、乐毅，这三个人凑在一起想干什么？燕王一时倒没反应过来。

公孙操忙说："大王，与齐相邻的大国只有燕、赵、魏、楚。楚国且不说它，赵、魏却是两条狼！燕国灭齐，独得几千里土地，魏、赵两国哪肯甘心？现在魏国太子、赵国平原君再加上乐毅，他们分明是想背着大王达成密谋，瓜分齐国领土！"

"齐国领土都是燕国的，乐毅敢分吗？"

说到这里，公孙操偷看燕王的神色，见燕王脸色已经十分难看，知道机会来了，就把话锋一转："大王，乐毅不过一名武夫，这样的人或许有野心，却没有权谋，只怕乐毅背后还有谋主。"

"你说什么谋主？"

燕王越是要问，公孙操越是不急着说，一定要让燕王自己把答案找出来，于是绕了一个圈子："大王可知是谁联络五国伐齐的？"

"孟尝君田文。"

"齐王又是被谁杀死在莒城？"

"他新任命的相国淖齿……"说到这儿，燕王恍然大悟，"成安君的意思是……"

聪明人恍然大悟，可以改错。可一个糊涂人要是也"恍然大悟"起来，只怕就要犯下大错了。

见燕王已经进了套子，公孙操微笑点头："大王果然英明。孟尝君是齐相，却联络五国伐齐；淖齿拜相之后，就杀了齐王，这样的事各国都有：赵国有相国李兑专权，燕国也曾有相国子之作乱，至于齐国的田氏代齐，晋国的三家分晋，就不必说了。如今燕国初兴，兵强马壮，可精兵悍将都掌握在一个赵国人手里，而国政却由一个齐国人把持，偏偏这两人之间又交情深厚，大王难道不该多想想吗？"

说到这里，公孙操已经把锋芒直指燕国的相国邹衍，而燕王心里早就乱了，皱起眉头半天不语。

眼看时机差不多了，公孙操就把早已想好的话一股脑儿说了出来："大王，燕国伐齐之时，倾举国之兵，名臣上将皆往军前助战，唯独相国邹衍坐镇蓟城不肯出征；破齐之后举国同庆，相国邹衍却独在府中垂泪！这事大王也听说过吧？燕国相国，却为齐国落泪，这是什么兆头？臣下连想都不敢想啊。"

刀子要从背后捅，谎话要夹在真话里说。公孙操指责邹衍的话，竟然全是真的。

邹衍被燕昭王拜为国相，可他本身却是个齐国人。出身于齐国的稷下学宫，是个饱学的夫子，名声仅在鲁仲连和荀况二人之下，虽然投效燕国，获得高官厚禄，却不忘故国。所以燕国伐齐之时，邹衍不愿随军出征；而闻得齐国被燕军攻破，齐王被新拜的相国淖齿残杀，邹衍确曾在府中垂泪。

这事燕国人都知道，当今燕王也听人说过。

现在公孙操把这几件事本不相关的事虚虚实实叠在一起，一股脑儿端了上来，把燕王吓得惊疑不定，忙问："依成安君看，寡人该怎么办？"

"臣觉得乐毅不攻莒城，其中必有图谋，燕国精兵都在乐毅手里，等他动起手来，咱们就没有招架之力了。不如趁着乐毅还没有成事，大王急发诏令，派一员大将入齐接替乐毅统率燕军，再遣使臣招乐毅回蓟城面见大王。至于邹衍，大王可以先解了他的相印，将他拘禁起来慢慢审问，如此一来也就断了乐毅的内应，绝了这些奸人之望。"

乐毅是燕国上将军，邹衍是燕国的相国，处置这两个人，就算燕王这样的鲁莽之辈也不得不犹豫再三。

眼看已把燕王说动了七八分，公孙操知道天赐良机稍纵即逝，见燕王还在犹豫，忙翻身拜倒，高声道："大王，乐毅在大梁联络赵国平原君和魏国太子，欲举兵以乱国政，邹衍在蓟城掌相印为其内应，局势对大王如同斧钺加身！再若犹豫不决，孟尝君亡齐之祸就在眼前了！请大王速做决断，挽狂澜于既倒，救燕国于水火，不然大祸顷刻将至，悔之莫及！"

沉吟半晌，燕王终于缓缓说道："此事非同小可，还要谨慎些好。这样吧，先命人赴齐接掌燕军，再招乐毅回蓟城复命。至于邹衍，可以先罢黜相位，命他回府闲住，派人监视，若乐毅回到蓟城，说明无事，若乐毅不敢回燕，就是有事，那时再拿邹衍也不迟。"

燕王如此行事，从表面看似乎给邹衍、乐毅两位重臣留了一丝余地，其实已经把事情做绝了。公孙操忙躬身拜道："大王如此处置，最为妥当。"其他的再没有说什么。

公孙操陷害邹衍、乐毅，目的只有一个，就是夺邹衍的相权。现在燕王对他言听计从，公孙操知道自己这个相国之位跑不了了，心里暗喜，脸上却装出一副沉重的样子，并不急着说话，非要等着燕王屈尊来问他国政大事，这样才能于不动声色间得到权柄。

果然，燕王随即问道："以成安君之见，寡人该派谁替乐毅执掌兵权？"

"司马骑劫在军中多年，勇武过人，颇得军心，大王可派他接掌兵权。"

"好，就命司马骑劫为上将军，代掌兵权。至于相印，暂由成安君执掌。你即刻派使臣赴临淄，召乐毅回燕国。"

苏代做了一回忠臣

燕王的一句话，罢了相国邹衍、上将军乐毅两位权臣，这在燕国臣子看来无异于天崩地陷。眼看连邹衍、乐毅都难自保，朝堂上还有哪一个不怕死的敢出来说话？一时间燕国朝堂群臣束手，鸦雀无声。此时此地，只有一个敢站出来说话，就是精明狡诈、凭着一条舌头扫平半个齐国的辩士苏代。

苏代这个人，世上没人比他更滑，可这狡诈的人心里也有一份忠直。苏代和兄长苏秦都出身卑微，被逝去的燕王姬职招揽，也都立誓向燕王报恩。对苏代而言，天下只有一个国家值得他效忠，这个国家就是燕国；只有一个主子值得他卖命，这个主子就是燕王。所以在任何时候任何地方，苏代永远都是个毫无信义的说客，只有在燕国，在燕王驾下，苏代却一心一意要做个忠臣。

今天燕国出了这样的大事，朝野震动，群臣束手，苏代觉得自己不站出来不行了，于是避过新任相国公孙操的耳目，到王宫来求见燕王。

在燕国的客卿之中，苏代的功劳仅次于邹衍、乐毅，那两位重臣都已失了权柄，苏代这时候找上门来，燕王倒是一点也不觉得意外，命苏代进宫，淡淡地问："苏大夫有什么事？"

来见燕王之前苏代已经想好了，邹衍是相国，权柄太重，又已经被拘押起来，燕王不可能立刻罢而复用，否则就显得过于儿戏了。可乐毅却远在临淄，一时接不到罢他兵权的诏命，若燕王能改变心意，派人兼程追赶，或许可以收回前命。再说乐毅是上将军，正统率大军在齐国作战，责任重大，这样的重臣燕国一时离不了，以乐毅为因头说动燕王回心转意，应该比较容易。

苏代也知道燕王刚愎自用，不能硬劝，要绕个弯子才能说动他。所以来之前花了一番心思，想好了一篇说辞："大王，臣昨夜想起，再过几天就是郭隗大夫的祭日。郭大夫是为兴燕立过大功的人，去世后留下三个儿子，却都没有做官，现在燕国已经复兴，臣想请大王赐给郭大夫的后人一个官职，以彰先王之恩德，显大王之仁义。"

苏代这话果然大出燕王意料。

燕国上大夫郭隗是燕昭王驾下贤臣，曾经劝燕王筑黄金台招贤纳士，已经故去多年，现在苏代忽然提起他来，请燕王荫封功臣之子为官，燕王也深觉有理："苏大夫是个有心人，燕国能有今天，郭隗是立了功的，他的后人要赏……郭大夫故去有十年了吧？"

"十二年了。臣记得先王继位之时，内忧外患，已到了亡国的边缘。先王为求富强特去拜访郭隗大夫，郭大夫说：'燕国远在北方，北有匈

奴为患，南有齐、赵为邻，赴汤蹈火之辈尚可觅得，而饱学之士万不存一，以这样的国力想破强齐，雪国耻，直如登天揽月。大王欲富国强兵，须先效越王勾践卧薪尝胆，再效周公旦吐脯握发，求贤纳士，积三十年之功，或有小成。'先王就问郭大夫：'卧薪尝胆是吾所愿，可燕国兵微将少，民寡财薄，哪有贤士肯来燕国效命？'郭大夫说道：'大王欲纳贤才，何不先从郭隗身上做起？郭某不是什么贤才，可大王若肯以贤士之礼待我，天下之士就知道大王的诚意，那些比我更有本事的人自然愿意到燕国来碰碰运气。'于是大王就拜郭大夫为师，以千金结纳，为他建起琼阁画馆，封食邑千户，继而在燕国建起黄金台，招贤纳士。郭大夫又设下一计，要为大王寻千里马，遍访各国，不得其马。终于有人对郭大夫说：'某地曾有一匹千里马，可惜已经死了。'郭大夫立刻找到马主，以千金购马骨而还。大王问道：'郭大夫以千金买马骨，何意？'郭大夫说：'这是做样子给六国贤士看，大王对千里马的骨头都如此尊敬，对那些有德有才的贤人当然更加敬重，有此一招，六国贤士自然来投。'于是大王又在黄金台侧建马冢。有此两件事，让天下士人知道先王如此求贤若渴，果然纷纷来投。眼下燕国所倚重的上将军乐毅，以及邹衍、剧辛诸位，都是这样来的……"

到这时燕王才听出苏代拐弯抹角，还是为了开脱邹衍、乐毅，不由得冷笑一声："苏大夫也是这么来燕国的吧？"

燕王这句话说得好不吓人。若在平时，像苏代这样精乖的人早就缩回去了，可今天之事关系燕国的存亡，苏代哪里还顾得上自己的生死，硬着头皮慢慢说道："是，臣也是这时随兄长来投燕国的。臣下与兄长苏秦都是农家子，自幼饱尝辛苦，看尽了欺压。后来家兄有缘拜在鬼谷子先生门下，学得一身文才武艺，臣追随家兄二十年，文才武功不敢当，只练得些

口舌上的工夫，我兄弟二人也是看先王求贤若渴，这才不自量力来燕国投效，先王待我兄弟如恩父，我兄弟二人也立誓为燕国效命。为了破齐兴燕，我兄长冒死入齐，骗倒了齐王，又花了十多年时间游说天下，表面行合纵大计，集六国之力以克强秦，其实专一疲惫齐国，以成先王之霸业。为此，我兄长命丧齐国，臣又代兄赴齐，赖天之功，仰先王之德，终于离间孟尝君，促成五国伐齐，又靠着上将军的神威，瞬息之间伐灭强齐，一把火烧了临淄城，迎回燕国重宝礼器，反将齐国礼器掠回蓟城，先王虽薨，却是含笑而逝，我兄长地下有灵，也当释然了。"

说到这里，苏代忍不住落下泪来，燕王也不由得轻轻叹了口气。

燕国能有今天，全靠逝去的燕昭王几十年苦苦经营，而郭隗、乐毅、苏秦、苏代这些人也各自有功，燕王怎能不知呢？

想到这些，燕王不由得把骄横之气收敛了几分："苏大夫是个能臣，破齐之役，你与苏秦是首功。"

"臣不敢居功，只求大王听臣进一言……"

"你说吧。"

苏代深吸了一口气，稳了稳神，这才缓缓说道："郭隗大夫当年曾对先王进言，所谓：'帝者与师处，王者与友处，霸者与臣处，亡国者与役处'，大王记得这话吗？"

"寡人记得。"

"先王在时，视郭隗大夫如师，邹相、上将军如友，视苏代等辈如子侄……燕国能够破齐，靠的是先王二十余年苦心经营。可燕国毕竟是小国，仅有上谷、渔阳、右北平、辽西、辽东数郡之地，民众两百万，兵仅二十万，车不过千乘，骑不过万匹。如今燕国虽然破齐，可军力也已耗竭，二十万精兵占据齐国七十余城，分地驻扎，如一盘散沙，将领夺官资、军士掠民财以自享，很多人靠着抢劫发了财，只想着早一天回燕国享福，哪还有战心？燕国大军已不复当年之勇，以至于齐太子田法章继位为王，率五万军马驻扎莒城，我军围莒城多时，久攻不克；齐将田单只率军七千守即墨，燕军也攻不下来，正是强弩之末，其力不能穿鲁缟……此时大王要撤换上将军，却忘了这二十万燕军是上将军一手操练出来的，乐毅一去，谁能指挥得动这些军马，谁又能率领这些骄兵悍将去攻打即墨和莒城？"

"寡人已命司马骑劫为上将军……"

"司马骑劫勇则勇矣，谋略不足！何况他一人岂能同时攻两城？"

"你说的这些寡人想过，即墨城里只有七千军，司马骑劫率三万精兵攻打，最多两个月就能破城，回头再集精兵围莒城，等城里断了粮，看他田法章能坚持多久，寡人算定，一年之内，必叫法章出城来降。平定齐国之后，燕国就是东方第一大国了。"

听燕王说出"平定齐国"的大话，苏代心里的火气再也压制不住："大王把事情想得太简单了！莒城在齐国南部，依山临海，地势险要，齐王法章甚是精明，集兵五万，急切难破，即墨在齐国东端，大将田单智勇兼备，未可轻视，司马骑劫攻莒城，则即墨成腹心之患，攻即墨，则莒城为腹心之患，以燕军现在的态势，一个败仗也吃不起，弄得不好，一子落错，满盘皆输！"说了几句硬话，又想起燕王的脾气，知道面对这样的人，自己不能硬顶，只好又把语气放缓了些，"齐国立国日久，地大人多，岂是举手可灭？何况燕军此番伐齐，劫掠城池，杀戮官民，已与齐国百姓结下深仇，他们更是拥戴齐王，不肯向燕国屈服。齐国南有楚，西有赵、魏，皆是强国，这些国家怎么会看着燕国独占齐地？如今各国都在静观其变，若燕国真的破了莒城，擒了齐王，这些强国就会出兵与燕国争地！那时燕军只怕难以抵挡。"

苏代这些话无异于在燕王头上浇了一瓢凉水，大煞风景。燕王心里快快不快，冷冷地问："依苏大夫的主意，寡人该从齐国退兵了？"

苏代当然听出燕王话里那份不满的意思，可他身为燕国臣子，在这紧要关头，怎能不力谏燕王？咬咬牙，到底还是下了决心："大王，燕国欲并吞齐国实不可能，只能先掠其地，取其财宝粮食，再以重兵围莒城，迫齐王订城下之盟，割让土地城池，向燕国称臣纳贡，如此较为稳妥。臣曾和上将军乐毅、相国邹衍议过此事，各人都认为这样妥当。"说到这儿又急忙补上一句："先王也是这个主意。"

苏代话音刚落，燕王已经冷冷地开口了："先王却没与寡人说过这样的话。"

在这样重大的事上苏代是不敢扯谎的。刚刚故去不久的燕昭王姬职是个明君，听说乐毅伐破齐国之时，他就曾与邹衍、苏代等人商议过如何处置齐国，都觉得齐国太大，凭燕国之力吞不下去，最好的办法是割取齐国土地，迫使齐国称臣，派太子入燕为人质。可燕昭王到齐国去迎取燕国的鼎簋重宝回国，人在临淄之时，却因为一时激愤改了主意，焚烧齐国宫室，毁坏齐王陵寝，将自己早先定下的大政方针全盘破坏了。

燕昭王是个贤明的人，苏代还可以劝他。可眼前这位年轻的新君却是个鲁莽的人，对外，他急着想要兼并齐国，对内，他一心要赶走邹衍、乐毅这些功臣，驱逐所有为燕国立过功劳的客卿，把燕国的大权抓在他一个人手里。

可没有这些功臣客卿的辅佐，燕国就会重新变成不值一提的边疆小国。

燕国大军连眼前已经被占领了的齐国也压服不住，想在楚、赵、魏环伺之下兼并齐国，称霸东方？这分明是个亡国之策！

一瞬间，也不知怎么的，苏代忽然忘了自己最精通的舌辩之术的要领，忘了二十年苦练出来那套审时度势、阳奉阴违、精乖滑溜的花招儿，甚至忘了他自己是谁！只觉得肝火上涌，气急败坏，忍不住提高了声音："大王这样做，是要把燕国的国运当成赌注，让先王三十年苦心化为流水！先王在位时与民同甘苦，与臣下共进退，吊死问孤，从谏如流，如今先王尸骨未寒，大王就一意孤行，不听劝谏，驱逐重臣，任意行事，让先王在天之灵怎能瞑目？"

这是苏代一辈子最勇敢的时候，也是错得最离谱的一瞬。话刚出口，苏代自己也顿时醒悟过来，可说出的话，却再也收不回来了。

燕王恶狠狠地瞪了苏代一眼，冷笑道："苏大夫还记得自己是何人吗？"

此时的苏代已经被自己吓坏了，发了好一会儿愣，这才低下头来缓缓说道："苏代记得，臣与兄长是洛阳人，自幼贫苦无依，是先王收留了臣兄弟二人，赐我等冠袍爵禄，视我等为股肱近臣，出则同车，入则同食，我兄弟也曾立誓要报效燕国，为报先王知遇之恩，臣兄弟二人把一辈子都献给燕国了。"

说到这里，苏代几乎又要落下泪来，却终于只是凄然一笑："现在燕国已经伐破齐国，大业成就，不再需要我们这些人了，苏代请求辞去官爵，到乡下找个地方，过几天清静日子。"

此时的苏代，不走也要走了。但他自请告退，好歹算是给自己留了些体面。燕王虽然暴烈，到底也还知道进退，苏代已经主动请辞，他也不好意思再责怪这个为燕国出了大力的谋臣了。

"既然苏大夫有此意，寡人也不好强留。就赐苏大夫黄金十斤，食邑百户，回家去享福吧。"

苏代避席叩拜："多谢大王。"再也没说别的，弓着身子退下去了。

乐毅走了，燕国的败落也就注定了

短短时间里，邹衍、乐毅、苏代都被燕王罢官夺职，那些助燕国复兴的客卿们眼看这些功勋重臣先后失势，都慌了神，预感到燕国已难立足，一个个都暗中给自己准备起退路来，燕国这个刚刚强盛起来的霸主，先从内部乱了阵脚。

此时的乐毅还不知道蓟城发生了什么事，正在临淄城里算计着怎么把散在齐国各处的燕军重新集结起来，围困莒城，逼新继位的齐王田法章订城下之盟，多为燕国夺取几个郡的国土百姓，却想不到有一位不速之客不远千里驱驰而至。

这人正是赵国的辩士公孙龙。

与成安君公孙操一起设计之后，公孙龙住在燕国的传馆等着消息，想不到消息来得极快，第二天一早就听说相国邹衍被罢了相位，囚于府中，燕王又派使者去齐国收缴乐毅的兵符将印，公孙龙知道机会已到，片刻也没耽误，立刻不告而别，飞一样从蓟城赶往临淄。

听说来了个赵国人求见，乐毅倒觉得有些奇怪，把公孙龙请进府来。公孙龙也顾不得寒暄，急忙地说："上将军，我受平原君之命，到蓟城拜见燕王，告知大梁之战已获全胜，却意外地听到一个消息，燕王不知为何罢了相国邹衍，改用成安君为相，又派使臣来夺上将军的兵权，听说是要把上将军逮往蓟城，与邹衍一起治罪，请上将军早做打算。"

公孙龙的话还没说完，乐毅已经瞪起眼来："胡说！乐毅有什么罪！大王为什么要治我的罪？如此颠倒黑白拨弄是非，若不看你是平原君的人，我立刻就杀了你！"

公孙龙早料到乐毅会说这话，立刻做出一副痛心疾首的嘴脸来："小人只是平原君府里的舍人，也难怪上将军不信小人的话。可小人虽卑贱如蝼蚁，也知仰慕高贤，你我都是赵国人，情不亲祖宗亲，祖宗不亲，山水还亲，我怎能看着上将军遇害……唉！该说的都说完了，上将军听也罢，不听也罢，总之心里有个警觉就好。"

所谓空穴来风，未必无因，像公孙龙这样的人不会无中生有，跑到乐毅面前来撒谎找死，乐毅也懂得这个道理，嘴里虽然斥喝公孙龙，却并不真动手杀他。可公孙龙说燕王要夺乐毅的兵权，把他这个兴燕的功臣和相国邹衍一起治罪，乐毅无论如何不能相信。

见乐毅黑着一张脸不吭声，公孙龙点点头："这样吧，上将军就留小人住在府里，不要对旁人提起我来，以十日为期，若无变故，上将军尽可一口唾沫啐在小人脸上，那时公孙龙立刻滚出临淄，终生不在人前行走。若果然有事，上将军再和小人商量，如何？"见乐毅仍不答话，也就不等他的答复，自己到后院找地方歇息去了。

公孙龙早已料定事变不会超过十天。果然，就在他到临淄的第七天，被乐毅派去围困莒城的燕国大将司马骑劫和蓟城来的使臣一同到了临淄。

见司马骑劫忽然无令而返，乐毅心里已经隐隐有了感觉，缓缓地问："将军正在莒城监视齐王，责任重大，怎么到临淄来了？"

面对乐毅，司马骑劫讷讷地有些不好开口。

乐毅统率燕军十余年，公正温厚，爱兵如子，极得军心，在战场上又指挥若定，破强敌于弹指之间，司马骑劫在乐毅手下做了十年部将，对上将军一向十分敬爱。可现在王命在身，不得不为。司马骑劫咬咬牙，在脸上挤出一个僵硬的笑容来："大王有诏命，请上将军回蓟城，齐国这边的事暂时交给末将处置。"

当年越王勾践手下的臣子范蠡说过一句话："飞鸟尽，良弓藏，狡兔死，走狗烹。"这个道理谁不懂得？只是那些良臣将相早先都没有范蠡的聪明，一定要到被人烹煮之时，才知自己原来是个走狗。

现在扫平天下第一强国的名将，燕国的昌国君、上将军乐毅总算明白了，就算自己立下盖世功勋，可在燕王眼里，仍然只是一条走狗罢了。

想明白这一条后，也不知怎的乐毅忽然觉得很好笑，忍不住嘿嘿地笑了出来。见司马骑劫一脸愕然地看着自己，这才好歹收起笑容："将军稍等，我去取兵符印信来。"转身回到后堂，却见一个人迎面站在那里，正是早些天前来报信的平原君门客公孙龙。

"上将军打算怎么办？"

此时此际，乐毅竟不知该如何回答。

公孙龙走上前来低声道："水流千里，径入大海，落叶飘零，终是归根。上将军是赵国人，在燕国待不长久，可赵王和平原君盼将军归赵，如久旱求甘霖。上将军再犹豫不决，顷刻就丧命于小人之手。我已备了车马，将军随我一起回赵国去吧。"

听了公孙龙的一番话，乐毅只觉得眼眶一热，几乎落下泪来。

公孙龙上前挽住乐毅的臂膀，领着他出了后门，登上安车，驭手一声鞭响，这辆马车径自驰出临淄城的西门，往邯郸去了。

乐毅和公孙龙还在路上，平原君赵胜已经知道了乐毅归赵的消息，大喜若狂，赶紧来见赵王："大喜事！燕国上将军乐毅被燕王夺了兵权，弃燕归赵，现在已经到了巨鹿，不日就到邯郸！"

乐毅归赵自然是件好事，可赵王却远没有平原君这么兴奋："乐毅是个人才，平原君觉得寡人该怎么封他？"

"依赵国之制，爵位有君、侯、上卿、亚卿、五大夫、上大夫、中大夫之分，其中君、侯两爵一向只授王室贵人，结果是王室尊而臣下卑，臣觉得这样不妥。乐毅非同寻常，大王当以君位赐他。"

赵王一愣，忙说："乐毅本是赵国臣子，却背赵去燕，现在虽然回了赵国，并未立下尺寸之功，寡人觉得把他封为亚卿，与廉颇并列，也不算亏待他。"

赵胜忙说："大王，当年齐桓公用管仲而九合诸侯，吴王阖闾得孙武而破楚称雄，魏文侯用吴起，成百年霸业，乐毅能在十年间把燕军操练成天下第一精锐之师，又用三个月时间扫荡齐国，梁城一战，破秦国十万雄师于弹指之间，是个不世出的奇才，堪比管子、孙、吴！何况乐毅刚刚伐破齐国，名震诸侯，燕王又把昌国封给乐毅，拜他为昌国君，封疆列土，大王若只封他一个卿位，未免把乐毅看低了。燕国是个贫穷偏僻的小国，其国力不能与我赵国相比，可燕王却能封乐毅为昌国君，难道我赵国招贤纳士的诚意还不及燕国吗？"略停了停，又笑着说了一句，"大王不要忘了，乐毅身上还佩着赵国的相印呢。"

赵胜说的是句牢骚话。

五国伐齐之时，赵王以笼络乐毅为借口夺了他的相印，赵胜虽不敢在这件事上与赵王计较，可心里却总有些放不下，这时忍不住又说起牢骚话来了。

平原君话里的意思赵王当然听出来了。可这些日子赵国事事顺利，平原君处处立功，这次又亲率精兵大破秦军，救了大梁，派门客说破燕国，把乐毅这样的名将请回赵国，本事也确实了得，这时候平原君发几句牢骚，赵王当然不会和他计较。既而转念一想，平原君说得也在理，赵国的国力强过燕国，燕王做得到的，赵王没理由做不到。

"既然你这么说了，寡人就把观津之地赐给乐毅，封他做望诸君，位列诸卿之上。赐印玺佩剑，在邯郸城里为望诸君营建府邸。"

眼看赵王准了自己所请，平原君十分高兴，正要上前拜谢，忽然心中一动，想起赵王为人敏感多疑，自己一力保举乐毅，赵王已经多心了，现在若再急慌慌地拜谢，倒好像他平原君心里有什么杂念，更让赵王多想。把身子抬了抬，却什么也没说，又缩了回来。

平原君欲语还休，早被赵王看在眼里，可又说不出什么来，略沉了沉，问平原君："依你看来，燕王下一步要做何打算？"

平原君再聪明，毕竟看不透赵王的心腹，哪想得到，只是自己这一犹豫，已经令赵王生了疑虑，也给乐毅种下了祸根。可对燕国的事他倒是早就看透了，喝了一口酒，仰起脸来乐呵呵地说："当初燕王姬职进兵临淄之时，火焚齐国宫室陵寝，已经犯了大错。如今燕王姬职死了，新王继位，立刻罢了邹衍、乐毅，我看燕王下一步必是发兵攻克莒城、即墨，彻底荡平齐国。若如此，就真是可喜可贺了。"

平原君说话办事总是这么一副兴冲冲的样子，对此赵王是颇有几分反感的，淡淡地问："燕国并吞齐国，这算什么喜事？"

"大王，燕国伐齐，本就是为赵、魏两国做嫁衣，可燕王并不自觉，还在妄自尊大。如今燕国已成众矢之的，只要燕王攻克莒城，杀了齐王，天下各国必起而声讨。秦、楚、韩是否出兵伐燕不好说，可魏国一定会出兵。此时赵国就借着列国的声势，集兵二十万分两路进发：一路出桑丘、夏屋、阳城，沿大清河东进；一路出武垣、武遂、观津，沿马颊河东进，直至大海，立刻切断燕国与齐国之间的联系，然后会盟魏国，一同攻入齐国，先破燕军。若能在齐国境内全歼燕军精锐，赵国就出重兵北上攻取燕国督、亢之地，进袭蓟城，若能一鼓而破燕国最好，即使不能灭燕，也要割取燕国的广阳郡。击败燕国之后，大王可与魏王、齐王会盟，三分齐地，北边归赵，南边归魏，留些残山剩水给齐王，让他待在临淄城里做他的孤家寡人好了。那时燕齐两国膏腴之地都入赵国之手，我赵国扩地两千里，东得齐人渔盐之利，北绝燕国戎兵之患，雄图霸业已经成就一半了！"

平原君这一番激昂的话语，就连城府极深的赵王也不禁动容："若真如此，果然是件好事。可燕军精勇，赵国打的是一场恶仗……"

"大王不必担心，燕军之勇在于燕王职励精图治，燕国上下万众一心。可破齐之后，燕人报了破国之仇，志气消磨，成了一盘散沙，加之邹衍罢相，苏代离朝，乐毅归赵，燕国的败落已经注定了！"

平原君饮了一爵酒，长长地舒了口气："古语有云：'天祚翕张，自有其数，顺势而为，必趋其利。'一百多年来赵国如潜龙沉渊，默默无闻，自破齐以后，也该到了龙飞九霄、拨云布雨之时了，我等拭目以待吧。"